LYNNE WILDING

Im Tal der roten Sonne

Buch

Der plötzliche Tod ihres Vaters Rolfe trifft Carla Hunter schwer. Doch als sie in den Hinterlassenschaften ein altes Tagebuch findet, steht ihre Welt vollends Kopf: Ein Teil der Familie, von dem sie nie Kenntnis hatte, lebt im südaustralischen Barossa Valley – die schwerreichen Stenmarks, eine Winzerdynastie. Carlas Vater hatte als aufstrebender junger Winzer eine Affäre mit der Verlobten seines älteren Bruders. Daraufhin enterbte Vater Carl ihn und zwang ihn, seinen kleinen Weinberg Krugerhoff zu verlassen. Rolfe baute sich in Neuseeland unter falschem Namen eine neue Existenz auf. Als Carla mit ihrem kleinen Sohn und der Lebensgefährtin ihres Vaters Krugerhoff besucht, schlägt ihnen unverhohlener Hass entgegen. Die Stenmarks erkennen sie mitnichten als Erbin des Weinbergs an. Zudem lebt auf dem Weingut inzwischen die vietnamesische Familie Loong, die das Gut bewirtschaftet und ihren Lebensunterhalt gefährdet sieht. Carla und die Loongs können sich zwar einigen und beschließen, gemeinsam das kleine Unternehmen, das sie in »Sundown Crossing« umbenannt haben, zu führen; doch die Stenmarks setzen alles daran, dass sie scheitert …

Autorin

Lynne Wilding, in Sydney geboren, hielt sich erst mit den unterschiedlichsten Jobs über Wasser – u. a. war sie unter dem Namen Linda Gaye als Cabaret-Sängerin erfolgreich –, bis sie in den Achtzigerjahren ihr Talent fürs Schreiben entdeckte. Seither veröffentlichte sie einen Bestseller nach dem anderen, wird in Australien als die Königin der großen Sagas gefeiert und für ihre Romane immer wieder ausgezeichnet. Die Gründungspräsidentin und treibende Kraft der »Romance Writers of Australia« verstarb im Juni 2007.

Mehr Informationen zur Autorin und zu ihren Büchern unter:
www.lynnewilding.com

Bei Blanvalet bereits erschienen:

Das Herz der roten Erde (36330)
Land meiner Sehnsucht (36329)
Das Lied der roten Steine (36331)
Pfad deiner Träume (36301)
Sehnsucht nach Cane Valley (36340)

Lynne Wilding

Im Tal der roten Sonne

Australien-Saga

Aus dem Englischen
von Marion Gieseke

blanvalet

Die Originalausgabe erschien 2006 unter dem Titel
»Sundown Crossing« bei HarperCollins*Publishers*
Australia Pty Limited Group, Sydney.

FSC
Mix
Produktgruppe aus vorbildlich
bewirtschafteten Wäldern und
anderen kontrollierten Herkünften

Zert.-Nr. SGS-COC-1940
www.fsc.org
© 1996 Forest Stewardship Council

Verlagsgruppe Random House FSC-DEU-0100
Das für dieses Buch verwendete FSC-zertifizierte Papier
Holmen Book Cream
liefert Holmen Paper, Hallstavik, Schweden.

1. Auflage
Deutsche Erstveröffentlichung Mai 2008 bei Blanvalet,
einem Unternehmen der Verlagsgruppe
Random House GmbH, München

Umschlaggestaltung: HildenDesign, München
Umschlagbild: © Paul Mayall
Redaktion: Michaela Jürgs
lf · Herstellung: Heidrun Nawrot
Satz: Uhl + Massopust, Aalen
Druck und Einband: GGP Media GmbH, Pößneck
Printed in Germany
ISBN: 978-3-442-36923-2

www.blanvalet.de

Für meine
Schwester Carol
in Dankbarkeit und Liebe

1

Neuseeland 1993

Rolfe Kruger stand auf der Veranda seines Hauses, seine morgendliche Tasse Kaffee in der Hand, während sich der Nebel über den Weinreben langsam lichtete. Seine Nasenflügel dehnten sich merklich beim Einatmen. Die Luft war kühl und roch nach Erde, ein Zeichen dafür, dass der Herbst auf der Südinsel bevorstand. Rolfes hellblaue Augen, von deren Rändern viele kleine Fältchen ausgingen, begutachteten die Reben. Es gab bereits Anzeichen, dass der Wechsel der Jahreszeit kurz bevorstand. Die Blätter kräuselten sich und wurden gelb, ehe sie einen rotbraunen oder hellbraunen Farbton annahmen, danach abfielen und sich mit der Erde vermischten.

Rolfe kratzte seinen kurz geschnittenen Bart, eine gleichmäßige Mischung aus grauen und gelblichbraunen Stoppeln, und lächelte zufrieden. Der Jahrgangswein war da, die Trauben waren geerntet und zerstampft und über eintausend Flaschen Valley View Chardonnay und fünfhundert Flaschen Rotwein abgefüllt worden. Dies war eine zwanzigprozentige Steigerung im Vergleich zur Ernte des Vorjahres. Jetzt konnte er es ein wenig langsamer angehen lassen und sich um die zahlreichen, nicht ganz so wichtigen Angelegenheiten im Zusammenhang mit dem Grundstück kümmern, Instandsetzungsarbeiten, die er schon monatelang aufgeschoben hatte.

Unbewusst fuhr er mit der linken Hand über seine Brust, wo er ein beklemmendes Gefühl verspürte. Diese verdammten Verdauungsstörungen. Es war sein eigener Fehler. Er hätte nicht so viel von der deutschen Wurst essen sollen, die er im Delikatessengeschäft in der Stadt gekauft hatte. Seit seiner Kindheit war er süchtig nach dieser Delikatesse. Kaum wahrnehmbar schüttelte er den Kopf. Es war besser, nicht an die Vergangenheit zu denken, die mit so viel Schmerz und Leid verbunden war. Er trank seinen Kaffee aus und stellte den Becher auf den Boden. Dann krempelte er die Ärmel seines ausgeblichenen karierten Hemdes auf und stieg die Stufen hinunter, bis er die Weinreben in der ersten Reihe erreichte. In einer geraden Linie erstreckten sich die Reben etwa fünfundvierzig Meter weit in westliche Richtung.

Er schritt an den Weinstöcken entlang und, wie er es seit fünfunddreißig Jahren getan hatte, bückte er sich, richtete sich wieder auf und streckte sich. Er entfernte die abgestorbenen Stiele und schnitt die unteren Ranken mit der Gartenschere zurück, um das Wachstum zu beschleunigen.

Als er das Ende der dritten Reihe erreicht hatte, blickte er auf, um den Stand der Sonne zu prüfen. Es war mitten am Morgen. Er blinzelte zweimal und war erstaunt darüber, wie langsam er war. Dann zuckte er gelassen die Schultern. Er war schließlich nicht mehr der Jüngste und nicht so rege wie Peter Cruzio, der auf Teilzeitbasis mit ihm zusammenarbeitete, oder Angelique Dupayne. Angie, die Frau, die er liebte, konnte genauso hart anpacken wie die Männer. Er hätte es allerdings lieber gesehen, wenn sich die talentierte Winzerin in der Weinkellerei aufhalten und sich um die Weiterverarbeitung der Trauben und um die Veredelung des Saftes kümmern würde. Die Weinherstellung war heutzutage eine Wissenschaft für sich und etwas völlig anderes als in früheren Zeiten.

In den vergangenen Wochen hatte er sich an die Qualen gewöhnt, und eine Zeit lang gelang es ihm, den dumpfen Schmerz, der von seiner Schulter aus in den linken Arm zog, zu ignorieren und ihn als Rheuma, ein weiteres Zeichen dafür, dass er alt wurde, abzutun. Dann spürte er einen stechenden Schmerz im Rücken, und er stöhnte auf und umklammerte seine Brust. Rolfes erster Gedanke war *Nie wieder deutsche Wurst, sie war viel zu fett.* Dann spürte er einen zweiten, noch stärkeren Schmerz, und er fiel auf die Knie. Sein linker Arm war plötzlich unbrauchbar geworden – was für eine grausame Vorstellung.

Das Atmen fiel ihm schwer. Es war, als würde ein schweres Gewicht gegen seine Brust drücken. Einen Augenblick lang senkte er den Kopf und nahm den Schmerz hin. Dann dachte er an seine Tochter und seinen Enkel und an all die Dinge, die er noch erledigen wollte. Sein Kiefer verspannte sich, und sein Kopf hob sich ruckartig. Er kämpfte um jeden Zentimeter Luft, um seine Lungen zu füllen gegen diesen quälenden, zermürbenden Schmerz, der immer stärker wurde. Er wusste, dass er aufstehen und zum Haus zurückgehen musste, damit er Hilfe bekam …

Er sah alles nur noch verschwommen, dann wieder klar, dann wieder verschwommen. Sein rechter Arm zuckte nach oben an den Pfosten, der das Spalier abstützte. Er versuchte, sich daran festzuhalten und sich hochzuziehen. Seine Finger umklammerten den Draht, die Blätter, die Ranken. Schweißperlen traten auf sein Gesicht und tropften von seiner Stirn. Das Salz brannte ihm in den Augen.

Dann schwanden seine Kräfte, als hätte die Erde sie aus seinem Körper herausgesaugt. Er ließ sich auf den Boden fallen und legte sich auf die Seite, wo er sich wie ein Fötus zusammenrollte. Er hatte unglaubliche Schmerzen. Seine Brust hob sich kaum noch, und sein Atem wurde zunehmend flacher. Er hatte nicht mehr die Kraft, sich zu bewegen. Rolfe verlor das Bewusstsein, war aber innerhalb von wenigen Minuten wieder da. Er öffnete die Augen und starrte in den Himmel über ihm. Sein Blick schweifte zu seinen kostbaren Trauben hinüber. Dünne Weinranken schienen sich auf ihn zuzubewegen und sich schützend um ihn zu legen. Der Schmerz kam wieder, ließ nach, kam zurück. Sein Körper wurde immer schwächer und gab schließlich nach.

Mit zitternder Hand griff er nach einem Stiel, dessen dünne Ranken sich um seinen Zeigefinger wickelten. Sein Lächeln verwandelte sich in eine Grimasse, während ein weiterer scharfer Schmerz durch seine Brust fuhr und seinen ganzen Körper erbeben ließ, bevor er erschlaffte. Seine Lider flatterten und schlossen sich, und während der Schmerz langsam nachließ, atmete er aus und stieß einen leichten, gedehnten Seufzer aus …

Angie Dupaynes tränenüberströmtes Gesicht spiegelte ihre Gefühle wider, als sie die Nummer in das Tastentelefon tippte. Niemals hätte sie damit gerechnet, einen solchen Anruf tätigen zu müssen.

»Carla?« Sie wartete darauf, dass sich die Frau am anderen Ende der Leitung meldete. »Hier ist Angie.«

»Hallo, Angie. Was ist los?«, sagte die Stimme herzlich. »Macht Dad dich wieder verrückt?«

»Mmh, nicht ganz. Scheiße, Carla, es ist nicht einfach, es dir zu sagen, deshalb sage ich es geradeheraus. Es geht um deinen Dad. Rolfe ist …«

Im Wohnzimmer ihres großen Hauses in Christchurch schüttelte Carla heftig mit dem Kopf, in dem sich alles zu drehen begann. Angies Tonfall reichte aus, um ihr zu signalisieren, dass die Nachricht alles andere als positiv war. »Nein!«

»Es tut mir leid. Er ist…«, Angie gelang es kaum, das Wort herauszubringen, »tot. Peter hat ihn zwischen den Rebstöcken gefunden. Wir haben sofort einen Krankenwagen gerufen. Die Sanitäter haben auf der Fahrt zum Krankenhaus versucht, ihn wiederzubeleben, aber Rolfe…«

Carla hörte, wie Angies Stimme sich in ein Flüstern verwandelte, während sie um Fassung rang.

»Der Notarzt sagte, es war ein schwerer Herzinfarkt, und dass er… schnell gestorben ist.«

Carla Hunter sackte gegen die Wand. Sowohl ihr Herz als auch ihr Verstand weigerten sich, diese Worte zu akzeptieren. Doch nicht ihr Vater! Nicht ihr starker, gesunder Vater, der ganz allein in der Nähe von Marlborough, im Nordosten der Südinsel von Neuseeland, ein kleines, einigermaßen erfolgreiches Weingut besaß und dafür gelebt und davon geträumt hatte, Trauben anzubauen und Wein herzustellen, als wäre es eine Religion für ihn. Er war immer so voller Energie gewesen. Sie konnte sich absolut nicht vorstellen, dass er jetzt ganz ruhig dalag und sich nicht mehr bewegte. *O Gott…*

»Bist du noch da, Carla? Bist du okay?«

Carla wischte sich die Tränen aus dem Gesicht. Sie spürte, wie sich ihre Kehle zusammenschnürte, aber sie hatte keine Zeit, schlappzumachen und sich die Augen auszuweinen. Hinten im Hof spielte ihr Sohn Sam mit seinem heiß geliebten Rugbyball. Sie musste ihre Gefühle kontrollieren und überlegen, wie sie es ihm beibringen sollte… und was sie noch alles erledigen musste.

»Nein. Ich bin nicht okay, Angie«, antwortete Carla. »Ich… ich versuche zu überlegen.«

Ihr Kopf war völlig leer. Sie war wie benommen. Ihr Vater war tot. Der einzige Mensch, der ihr sehr viel bedeutete – mit Ausnahme von Sam, ihrer Mutter und Angie –, hatte sie verlassen. Jetzt war sie wirklich … alleine. Mit tränenüberfüllten Augen starrte sie auf den Stapel Hefte, die Hausaufgaben ihrer Zeichenklasse, die sie gerade korrigierte.

»Ich weiß, es ist ein furchtbarer Schock, und wir hier oben versuchen ebenfalls, damit fertig zu werden«, sagte Angie besorgt. »Was … es gibt jetzt einige Dinge, um die du, hm, wir alle uns kümmern müssen.«

»Ich weiß.« Carla stieß einen tiefen Seufzer aus und fuhr sich abwesend mit der Hand durchs Haar. »Ich komme sofort zu dir. Ich kümmere mich um den Flug, und dann lass ich dich wissen, wann ich lande.« Wie auf Autopilot gestellt, sprang ihr Gehirn wieder an. Flugzeug. Beerdigungsvorbereitungen. Geld – nicht gerade etwas, von dem sie eine Menge hatte. Sie stöhnte. »Danke für alles. Ich weiß, dass es auch für dich schwer ist, Angie. Himmel«, ihr war klar, welch enges Verhältnis Angie und ihr Vater gehabt hatten, »wie schaffst du das bloß?«

Am anderen Ende der Leitung herrschte kurzes Schweigen, dann hörte sie einen Seufzer. »Irgendwie.«

»Ich ruf dich zurück, sobald ich mehr weiß.« Carla beendete das Gespräch und legte die Hand über ihren Mund. *O Dad, warum ausgerechnet du und warum jetzt …?*

Ihr Leben war langsam wieder zur Normalität zurückgekehrt. Gerade erst war sie über den Tod ihres Mannes einigermaßen hinweggekommen. Und jetzt ein weiterer Todesfall. Wie sollte sie ihrem Sohn erklären, dass sein geliebter Großvater tot war? Ihre Unterlippe begann zu zittern, und ihr Körper bebte, eine Reaktion auf diese unfassbare Nachricht. Dad war tot …

Sie lehnte den Kopf an die Wand, schloss die Augen, und unter ihren geschlossenen Lidern tauchte das Bild ihres Vaters auf. Für sie war Rolfe Kruger kerngesund und unverwüstlich gewesen. Vor zwei Monaten war er erst sechsundfünfzig geworden, nach heutigen Maßstäben absolut kein Alter. Es war schwer, zu begreifen und zu akzeptieren, was geschehen war, aber sie wusste, dass sie es tun musste, schon allein Sams wegen. Mehr als je zuvor brauchte ihr kleiner Sohn jetzt ihre Stärke. Und außerdem musste sie ihr Schuldgefühl ablegen, dass sie ihren Vater in den letzten Jahren nicht so oft besucht hatte, wie sie es eigentlich hätte tun sollen. Doch sie hatte es sich einfach nicht leisten können – zeitmäßig wegen der Schule nicht und auch nicht finanziell.

Sie ließ sich auf ihren Schreibtischstuhl fallen, nahm den Kugelschreiber in die Hand und fing an, eine Liste mit den Dingen zu erstellen, die sie zu erledigen hatte …

Das Wetter passte genau zur Beerdigung von Rolfe Kruger. Es war ein grauer Tag, und der Regen prasselte auf die Trauergäste nieder, die sich auf dem Friedhof von Marlborough versammelt hatten. Die letzte Ruhestätte der Stadt wurde vom Pfarrer und den Gemeindemitgliedern gut gepflegt. Das Gras um die Gräber herum war ordentlich geschnitten, ebenso wie die Rosensträucher und die anderen dort stehenden Büsche. Man hatte dafür gesorgt, dass die Grabsteine, wie es im Laufe der Zeit geschah, nicht schief, sondern wie Wachposten in Reih und Glied standen – schweigende, von Flechten überzogene Zeugen für diejenigen, die einst gelebt, geliebt und gelacht hatten und dann verstorben waren.

Angie Dupayne und Carla, die neben ihr stand, hatten die Hände ineinander verflochten, um sich gegenseitig zu stützen. Angie beobachtete insgeheim die vielen stummen

Trauernden unter den aufgespannten Schirmen. Obwohl Rolfe ein ziemlich abgeschiedenes Leben geführt hatte, war er im Tal und dem blühenden Weinanbaugebiet hochangesehen, und viele Menschen waren gekommen, um ihm die letzte Ehre zu erweisen. Darauf wäre er bestimmt stolz gewesen.

Ihre Beziehung war mehr gewesen als das übliche Arbeitgeber-Arbeitnehmer-Verhältnis. Angie hatte sich auf seine Anzeige, in der er eine Winzerin gesucht hatte, gemeldet, und er hatte sie angestellt. Allerdings war er nicht nur von ihren jahrelangen Erfahrungen, die sie in der Weinindustrie in Europa gesammelt hatte, sehr beeindruckt gewesen. In den fünf Jahren, in denen sie für Rolfe gearbeitet hatte, war seine Tochter Carla für Angie wie eine Tochter geworden. Sie war froh darüber, dass sich Carla so gut mit ihr verstand.

Ihr Blick blieb eine Sekunde bei einem der Trauernden, Claude Webster, hängen. Claude war erpicht darauf, die Valley-View-Weinkellerei zu kaufen, weil sie an sein Grundstück grenzte. Er hatte Rolfe schon vor einiger Zeit ein Angebot gemacht, aber ihr Chef, der später ihr Liebhaber und Lebensgefährte wurde, hatte kein Interesse am Verkauf – der Weinanbau war sein Leben. Carla wiederum würde ebenfalls nicht verkaufen wollen. Vielleicht würde sie die Zügel in die Hand nehmen und das Weingut leiten, obwohl sie nur flüchtige Kenntnisse von der Weinherstellung hatte. Carlas Mutter, Gina, hatte Neuseeland verlassen, als Carla zehn Jahre alt gewesen war, und er war allein mit Carla in die Nähe von Marlborough gezogen. Weil Rolfe sein Weingut jedoch nur ungerne verließ, hatte er Carla, nachdem sie geheiratet hatte und an der Ostküste der Südinsel in Christchurch lebte, nicht mehr als zweimal pro Jahr gesehen.

Ihr Blick fiel auf einen gedrungenen, glatzköpfigen Mann – Tom Abernathy, Rolfes Anwalt. Überraschenderweise waren die beiden, obwohl sie ein ungleiches Paar waren, Freunde gewesen, hauptsächlich weil Tom sich für einen Weinkenner hielt. Die beiden hatten sich oft in der Weinkellerei getroffen, um den Wein zu probieren und über die Vorzüge der verschiedenen Jahrgangsweine zu diskutieren. Tom hatte Carla und Angie bereits darüber informiert, dass er Rolfes Testament verlesen würde, sobald sich die Trauergäste nach der traditionellen Tee- und Sandwichzeremonie verabschiedet hatten.

Carla schwankte ein wenig, als der Pastor in monotonem Tonfall die Grabrede hielt. Angie hielt Carlas Hand fest und drückte sie. Die Grabrede war der schlimmste Teil der Beerdigung, weil damit die unwiederbringliche Tatsache verbunden war, dass der geliebte Mensch nicht mehr unter ihnen weilte.

Die arme Carla. Vor etwas mehr als zwei Jahren hatte sie bereits ihren Mann beerdigen müssen. Derek, von Beruf Seemann in der Handelsmarine, war bei einem Schiffsunglück ums Leben gekommen. Sie hatten eine glückliche Ehe geführt, wenn man bedachte, dass er einen Großteil der Zeit nicht zu Hause war. Der Schmerz über seinen Tod hätte sie beinahe zerrissen. Wenn es nicht Sam gegeben hätte … Und jetzt ihr Vater! Da Carlas Mutter in ihrem Geburtsland Italien lebte und von ihrer temperamentvollen Großfamilie nach wie vor vereinnahmt wurde, waren Carla und Sam jetzt ganz alleine. Glücklicherweise hatte ihre Freundin eine Menge Mut. Carla hatte viel Schlimmes überlebt und würde auch dies überleben, dessen war Angie sich sicher. Sie hoffte nur, dass sie ebenfalls irgendwann über den Tod ihres Geliebten hinwegkommen würde. Das würde nicht einfach sein. Aber sie war entschlossen,

Carla mit ihrem ganzen Wissen zu helfen, egal was sie mit dem Weingut anstellen würde. Das war das Mindeste, was sie tun konnte. Sie war es Rolfe und seinem Glauben an ihre Fähigkeiten als Winzerin schuldig.

Während der Pastor weitersprach, betrachteten Angies graue Augen ihre Freundin. Angie war fast fünfzehn Jahre älter als Carla, aber Carla sah noch nicht aus wie siebenundzwanzig – trotz all der Schicksalsschläge, die sie erlitten hatte. Sie hatte rotgoldenes Haar, und ihre Locken bildeten einen hübschen Rahmen für ihr ovales Gesicht, das aufgrund des kantigen Unterkiefers, der ähnlich geformt war wie der von Rolfe, außergewöhnlich wirkte. Angie konnte nicht sagen, dass ihre Freundin in landläufigem Sinne hübsch war, aber sie hatte etwas enorm Apartes und Anziehendes an sich. In ihren dunkelblauen Augen lag eine gewisse Empfindsamkeit, und die Form ihrer Lippen ließ auf ein leidenschaftliches Temperament schließen. Carla war vollbusig und nicht so jungenhaft mager wie Angie. Die Sommersprossen auf Carlas Wangen und ihrer geraden Nase verliehen ihr ein keckes, weniger strenges Aussehen. Angie zog sie regelmäßig damit auf, dass sie nicht gerade ein geeignetes Lehrerinnengesicht habe.

»Es ist bald vorüber«, flüsterte Angie beruhigend in Carlas Ohr. Sie lächelte, als Carla dankbar nickte und schaute dann auf den kleinen rothaarigen Sam hinunter, der mit seinen fünf Jahren nicht so recht wusste, was hier passierte, außer dass er von der Traurigkeit, die überall um ihn herum herrschte, angesteckt wurde. Er sah in seinem Anzug mit der langen Hose sehr erwachsen aus und stand kurz davor, in Tränen auszubrechen. Jedoch bemühte er sich, ein starker Mann zu sein, wie sein Großvater es von ihm erwartet hätte. Daher vergoss er keine Träne.

Wie es für die Südinsel typisch ist, ging der Regen in einen feinen Nieselregen mit kurzen Unterbrechungen über, als die Beerdigungszeremonie sich dem Ende zuneigte. Danach stiegen alle Anwesenden in ihre Autos und fuhren zur anschließenden Beerdigungsfeier.

»Sind jetzt alle weg?«, fragte Peter Cruzio, Rolfes Angestellter, der gerade die Küche aufräumte, Angie, die mit einem weiteren Tablett schmutziger Teller und Teetassen hereinkam.

»Fast alle. Webster ist noch da. Er möchte unbedingt noch mit Carla reden, aber sie hat ihm zu verstehen gegeben – und wir beide wissen, dass ein einziger Blick von ihr ausreicht –, dass ›ein Gespräch über das Weingut‹ zu diesem Zeitpunkt völlig unangemessen ist. Das wird Claude jedoch nicht davon abhalten, das Thema anzuschneiden, wenn er meint, dass er daraus einen Vorteil ziehen kann. Der Mann ist ja nicht unbedingt für sein Taktgefühl bekannt.«

»Ich kann mir nicht vorstellen, für Webster zu arbeiten«, knurrte Peter und schüttelte den Kopf. »Die Erntehelfer sagen, dass er hundsgemein und verdammt brutal ist.«

»Vielleicht kommt es gar nicht so weit. Ich habe schon mit Carla über die finanzielle Lage des Weinguts, Rolfes Überziehungskredit und die Absatzmöglichkeiten für den Wein, den wir soeben geerntet haben, gesprochen. Das Geld könnte eine Zeit lang knapp werden, aber ich hoffe ebenso wie du, dass sie sich dazu entschließt, das Weingut zu behalten.« Sie machte sich daran, das Geschirr abzuwaschen. »Bleibst du noch so lange, bis das Testament verlesen wird?«

»Tom hat mich darum gebeten, als Zeuge sozusagen. Glaub aber bloß nicht, dass Rolfe mir irgendetwas vererbt hat.« Sein kantiges Gesicht verzog sich zu einer Grimasse. »Ich werde den Kerl wirklich vermissen. Er war zwar ziemlich wortkarg, aber was soll's? Er hat sich zu Tode geschuftet und jede Minute darauf verwendet, das Weingut aufzubauen. Nach Angaben seines Arztes hat seine Pumpe zum Schluss nicht mehr mitgemacht.«

»Ich weiß. Wir werden ihn alle sehr vermissen«, sagte Angie leise. Peter hatte recht. Rolfe hatte seine Zeit nicht mit überflüssigem Geschwätz verbracht, selbst dann nicht, wenn er in geselliger Runde war. Seine Gespräche drehten sich einzig und allein um die Reben, die bevorstehende Weinlese und seine künftigen Pläne für Valley View. Außerdem hatte er selten über sein Leben in Australien gesprochen und niemals über seine Kindheit. Daher vermutete sie, dass er irgendein Trauma gehabt haben musste, das er in sein Unterbewusstsein verbannt hatte. Sie wusste jedoch einige persönliche Dinge über ihn – über sein Leben in Italien, wie er Gina begegnet war und sie geheiratet hatte und wie sie nach Neuseeland gezogen waren. Sie war sicher, dass selbst Carla nur wenig über Rolfes Kindheit wusste, weil er sich standhaft geweigert hatte, über die Vergangenheit zu reden.

Carla steckte den Kopf durch die Küchentür. Sie warf Peter und Angie ein schiefes Lächeln zu. »Wenn ihr fertig seid, würde Tom gerne das Testament verlesen. Er meinte, es sei besser, es hier zu tun, damit wir nicht alle in sein Büro kommen müssen.«

»Ich bin gleich so weit«, sagte Angie. Sie spülte sich den Schaum von den Händen und trocknete sie an einem sauberen Geschirrtuch ab. Um Carlas Augen hatten sich Sorgenfalten gebildet, und sie bemühte sich tapfer, die Haltung zu bewahren. Rolfes Tochter gelang es zwar, sich nach außen hin unter Kontrolle zu halten, aber in Wirklichkeit stand sie kurz davor umzukippen.

Tom, Peter, Angie und Carla saßen um den Esszimmertisch. Sam, der an alldem nicht interessiert war, war mit seinem Meccano-Baukasten beschäftigt, den er so liebte und den Rolfe ihm geschenkt hatte.

Tom saß am Kopfende des rechteckiges Tisches. Er fuhr mit der linken Hand über seine Glatze und strich die wenigen Haarsträhnen, die ihm noch geblieben waren, nach hinten, während seine Rechte einen Ordner und andere Dokumente aus einem Attachékoffer nahm und sie auf den Tisch legte.

»Ein trauriger Anlass«, begann er. Dann räusperte er sich und setzte seine Brille auf. »Rolfe und ich waren gute Freunde, und ich werde ihn sehr vermissen, wie wir alle. Und weil wir ihn alle gut kannten, wissen wir, dass er gut organisiert war. Er hat ein einfaches Testament hinterlassen, das vor einem Jahr erneuert wurde, damit daraus klar ersichtlich ist, wer was bekommt.

Da es sich um ein formelles Dokument handelt, bin ich gesetzlich verpflichtet, es ganz vorzulesen. Daher sollten irgendwelche Fragen in diesem Zusammenhang erst nach der Verlesung gestellt werden.«

Carla blinzelte heftig, um die aufsteigenden Tränen zurückzuhalten. Nicht jetzt. Später kannst du dir die Augen ausheulen, aber zunächst einmal musst du dies durchstehen, redete sie sich gut zu. Das Testament legte unerbittlich Zeugnis davon ab, dass ein geliebter Mensch gestorben war und diese Welt für immer verlassen hatte. Als Derek gestorben war, hatte sie all das schon einmal durchlitten. Nicht, dass ihr verstorbener Mann viel zu vererben gehabt hätte. Außer einigen sentimentalen, wertlosen Schmuckgegenständen, dem Schmuck seiner Mutter und einigen Aktien, die treuhänderisch verwaltet wurden und Sam zustanden, hatte er nichts hinterlassen. Mit der kleinen Pension, die sie aus Dereks Versicherungspolice erhielt, und ihrem Gehalt als Lehrerin kamen sie und Sam gerade mal so über die Runden. Ihr Blick wanderte zu ihrem Sohn, der unbesorgt mit seinem Baukasten spielte. Er war hochkonzentriert, während er Schrauben und Bolzen zusammenbrachte und sie mit dem kindgerechten Schraubenschlüssel befestigte.

Sie wurde nie müde, ihn zu beobachten – wenn er spielte, Fernsehen schaute, schlief. Nach Dereks Tod, der sie für einige Zeit total aus der Bahn geworfen hatte, war das Kind ihre Rettung gewesen. Sam hatte ihr einen festen Halt gegeben und etwas, worauf sie ihre Energie richten konnte. Auch jetzt würde er ihre Rettung sein. Irgendwie würden sie beide daran wachsen und ihre Trauer überwinden. Sie riss sich aus ihrer Versunkenheit und versuchte, sich auf Toms Worte zu konzentrieren, der gerade angefangen hatte, das Testament zu verlesen …

»… ist das Testament von Rolfe Wilfred Kruger, der bei klarem Verstand seiner einzigen Tochter Carla Janine Hunter das folgende Grundstück vererbt …«

Das Weingut. Natürlich, damit hatte sie gerechnet …

»Außerdem vermache ich meiner Tochter ein Landgut, das unter dem Namen Krugerhoff-Weingut bekannt ist, nämlich die Grundstücke Nummer vier, fünf und sechs über zirka sechzehn Hektar, die im Barossa Valley in Südaustralien liegen, wie auf der beigefügten Eigentumsurkunde aufgeführt.«

»*Was …?*« Carla riss die Augen auf. Sie starrte zunächst Tom an, dann Angie, die mit den Schultern zuckte und geheimnisvoll lächelte, als hätte sie es schon die ganze Zeit über gewusst.

Tom hob die Hand. »Carla, ich möchte erst zu Ende lesen, dann werde ich es dir erklären.«

Das Testament schloss mit Vermächtnissen an Angie

und, zu dessen Überraschung, einem kleinen Vermächtnis an Peter Cruzio.

»Und was hat es mit dieser Barossa-Sache auf sich? Das verstehe ich nicht...« Carla schüttelte den Kopf und legte die Stirn in Falten. Ihr Vater hatte Grundbesitz in Australien? Wieso? Warum...? Er hatte nie darüber gesprochen, sich nie etwas anmerken lassen. Alles, was sie über das Barossa Valley wusste, war, dass es *das* Weinanbaugebiet überhaupt im ganzen Land war und dass ihr Vater dort aufgewachsen war, bevor er nach Italien gezogen war.

Tom schüttelte den Kopf und seufzte: »Ich habe Rolfe vorgeschlagen, dass er es dir selber sagt, aber er bestand darauf, dass du es erst nach seinem... seinem Tod erfahren solltest...« Er bemerkte den Ausdruck auf Carlas Gesicht und fuhr rasch fort: »Dein Vater war Australier, das weißt du doch, oder? Sein richtiger Name war nicht Kruger, er hat ihn durch einseitige Rechtserklärung im Jahr neunzehnhundertdreiundsechzig ändern lassen. Sein richtiger Name lautete Stenmark.«

»Stenmark«, unterbrach Peter, und seine Stimme war etwas höher als sonst. »Sind das *die* Stenmarks, die Rhein-Schloss-Stenmarks?«

»Richtig, Rolfe ist, ich meine, war Carl Stenmarks jüngerer Sohn«, erklärte Tom.

Carla blinzelte verblüfft. »Wer sind diese Stenmarks?«

»Die größten Weinbauern im Barossa Valley«, erklärte Peter, der einige Jahre in Südaustralien verbracht hatte und dort alles über den Anbau von Wein gelernt hatte.

Carla kniff die Augen zusammen. »Das heißt... das heißt, dass dieser Carl mein Großvater ist?« Mein Gott. Carl. Carla. Sie war nach ihm benannt worden und hatte es nie gewusst! Verletzt durch das Schweigen ihres Vaters, die verpassten Möglichkeiten, ihre Familie kennen zu lernen, wandte sie sich ab, um die aufkommenden Tränen zu verbergen. Sie hatte einen Großvater und wahrscheinlich noch andere Verwandte, von denen sie nie etwas gewusst hatte, weil … ihr Vater das nicht gewollt hatte. Innerlich kochte sie vor Wut. »Warum hat Dad mir nie etwas davon erzählt? Hat meine Mutter davon gewusst?«

Tom wirkte ein wenig verlegen. »Soweit ich weiß, hatte Gina keine Ahnung. Rolfe sagte, es habe einen, hm, Familienstreit gegeben, und daraufhin hätte ihn sein Vater enterbt. Es ist eine lange Geschichte … und …« Er langte in seinen Attachékoffer und nahm ein längliches Buch mit einem schwarzen Einband daraus hervor, das er über den Tisch in Carlas Richtung schob. »Rolfe wollte, dass du sein – sein Tagebuch haben solltest. Er hat es vor langer Zeit geschrieben. Er hat mir gesagt, dass dort alles drinsteht.«

»Wo genau liegt denn das Grundstück im Barossa Valley?«, fragte Angie, ganz Geschäftsfrau.

»Ich glaube, in der Nähe der Gemeinde Nuriootpa. Dort gibt es einen kleinen Fluss namens Greenock Creek, der zweimal dort hindurchfließt. Das Grundstück liegt etwas abseits des Sturt Highway und in der Nähe von Seppelts' Weingut.«

»Es muss mehr als vierzig Weinkellereien im Barossa Valley geben. Dieser Krugerhoff – das Land alleine ist bestimmt ein Vermögen wert«, sagte Peter ehrfurchtsvoll.

»Hier sind die Eigentumsurkunde und eine Beschreibung der Gebäude.« Tom reichte Carla einen Plastikumschlag. »Auf Bitte deines Vaters habe ich mich vor drei Monaten mit einem Immobilienmakler dort in Verbindung gesetzt. Er hat den Ort überprüft. Die Gebäude stehen noch, aber viele müssen repariert werden, weil sich über dreißig Jahre fast niemand mehr darum gekümmert hat, und«, er wühlte erneut in seinem Koffer und zog ein Blatt Papier hervor, »merkwürdigerweise wurde mir dieses Blatt zwei Tage nach Rolfes Tod zugefaxt. Ein Angebot von einer Firma im Barossa Valley, falls du verkaufen willst. Nach Aussage des Immobilienmaklers, mit dem ich in Kontakt stehe, ist es ein faires Angebot.«

In Carlas Kopf drehte sich alles. Eigentum im Barossa, Kaufangebote. Außer den Bardolinos in Italien hatte sie noch andere Verwandte. Es war einfach zu viel für sie, besonders wenn sie bedachte, dass ihr Vater erst vor etwa zwei Stunden zu Grabe getragen worden war.

»Darf ich?« Angie sah Carla fragend an, weil sie das Angebot sehen wollte.

Während sie las, formten ihre Lippen ein ›O‹, und sie stieß einen leisen Pfiff aus. »Mein Gott, meinen die das wirklich ernst?« Sie reichte den Brief ihrer Freundin. »Sie bieten dir ein kleines Vermögen an.«

Carlas Augen weiteten sich, als sie die Summe sah, die ein gewisser Luke Michaels von der Michaels Realty Marketing Company ihr anbot. Wenn sie das Grundstück verkaufte, hätte sie keinerlei finanzielle Sorgen mehr. Sie könnte nach Valley View ziehen und den Traum ihres Vaters verwirklichen. Das hatte er sich immer schon von ihr gewünscht. Als Derek noch lebte, war ein solcher Schritt nicht möglich gewesen. Ihr verstorbener Mann hatte kein Interesse an Weinbergen gehabt, und sie waren in Christchurch geblieben, damit Derek in der Nähe seines geliebten Meeres sein konnte. Carla war eine richtige Landratte und hatte Dereks Leidenschaft für das Meer nie verstanden, aber dennoch respektiert.

»Wirst du Krugerhoff verkaufen?«, fragte Peter neugierig.

»Ich werde keine übereilte Entscheidung treffen und alles genau durchdenken. Vielleicht fahre ich sogar ins Barossa, um mir das Ganze einmal anzusehen.«

»Aber warum?«, wollte Tom wissen. In Carlas Blick lag eine eiserne Entschlossenheit. Sie war das Ebenbild ihres Vaters, der den gleichen Gesichtsausdruck hatte, wenn er sich zu etwas entschlossen hatte.

»Du hast mir doch gerade erzählt, dass ich Verwandte dort habe, Tom. Ich würde sie gerne kennenlernen und möchte auch, dass Sam die Möglichkeit dazu hat, egal ob Dad das schwarze Schaf der Familie war. Australien ist wesentlich näher als Italien, und es ist viel preiswerter, dorthin zu fliegen. Aber bevor ich eine Entscheidung treffe, möchte ich das Tagebuch meines Vaters lesen.«

Carla zog das extra lange T-Shirt an, das Derek gehört hatte. Auf dem Nachttisch lag das Tagebuch ihres Vaters. Es war umfangreich – über zweihundert Seiten, beschrieben mit der ordentlichen Handschrift ihres Vaters. Einige Sekunden lang war sie versucht, es aufzuschlagen, aber ihr Herz war nicht bei der Sache. Die Ereignisse des Tages hatten sie zu sehr ausgelaugt, um sich auf den Inhalt konzentrieren zu können. Morgen würde sie es als Erstes in Angriff nehmen.

Sie gähnte und blickte zu Sam hinüber, der in dem anderen Bett lag und schlief. Sie nahm ihm den Daumen aus dem Mund, eine Angewohnheit aus Babytagen, und strich ihm das glatte rötliche Haar aus dem Gesicht, bevor sie die Bettdecke über seine Schultern zog. Er schlief stets sehr unruhig und hatte die Angewohnheit, die Decke nachts herunterzuwerfen.

Heute war er trotz all der für ihn unverständlichen Ereignisse sehr brav gewesen. Er hatte ihr sogar beim Auftragen des Essens geholfen und war zu allen höflich gewesen. Er war ein tapferer kleiner Bursche. Ihr Vater wäre stolz auf ihn gewesen. Aber es war neben allem anderen sehr traurig, dass er nun keine einzige männliche Bezugsperson mehr hatte.

»Ich werde für dich kämpfen, Sam, das verspreche ich dir, mein Sohn«, flüsterte Carla. »Eines Tages wirst du das Beste von allem haben und hoffentlich noch viele andere Familienmitglieder, die dich lieben …«

2

Der Morgen dämmerte heran und erhellte das spartanisch möblierte Zimmer, als Carla aufwachte. Sie hatte merkwürdige, beunruhigende Träume gehabt und würde weder Ruhe finden noch in der Lage sein, irgendeine Entscheidung zu treffen, ehe sie nicht das Tagebuch ihres Vaters gelesen hatte. Sie fröstelte, als sie aus dem Bett kletterte, denn die Morgenluft war extrem kühl. Sie zog den Morgenmantel eng um sich und bemerkte, dass Sam noch fest schlief. Sie nahm das Tagebuch und ging auf Zehenspitzen über den polierten Holzboden ins Wohnzimmer.

Ihr Vater und Angie hielten das Haus tipptopp in Ordnung. Es war zweckmäßig eingerichtet und nur mit wenigen Dekorationsstücken geschmückt. Seine einzige Konzession an ›Unordnung‹ war ein kleiner runder Tisch, auf dem mehrere Fotos standen. Zum Beispiel ein Familienfoto – sie gemeinsam mit ihrer Mutter und ihrem Vater. Ein Mitreisender hatte es aufgenommen, als sie in Auckland von Bord des Schiffes gingen, das sie in Italien bestiegen hatten. Neben dem Foto standen ein Hochzeitsfoto von ihr und Derek sowie einige Fotos von Sam in verschiedenen

Altersphasen. Dann fiel ihr etwas auf, das vorher für sie nie von Bedeutung gewesen war. Es gab keine Fotos, die vor 1972 aufgenommen worden waren.

Sie nahm das Foto, auf dem ihre dunkelhaarige Mutter abgebildet war, in die Hand. Gina Bardolino-Kruger war ausgesprochen hübsch gewesen, war es vermutlich heute noch. Mit wehmütigem Gesichtsausdruck zeichnete Carla mit dem Nagel ihres Zeigefingers ihre Umrisse nach, denn sie hatte sie seit mehreren Jahren nicht mehr gesehen. Gina war es nie gelungen, sich an das Leben in Neuseeland zu gewöhnen. Sie hatte Verständigungsschwierigkeiten gehabt, obwohl sie sich einigermaßen in Englisch ausdrücken konnte. Klimatische Unterschiede zwischen dem heiteren Norditalien und dem oft eisigen Valley View sowie die allmähliche Entfernung von Rolfe hatten dazu beigetragen, dass sich ihre einstmals fröhliche Mutter im Laufe der Jahre in eine traurige Frau verwandelt hatte, die ständig darüber klagte, dass sie ihr Leben und ihre Familie in Italien vermisste. Mit der Zeit hasste sie ihre Ehe und alles, was damit zusammenhing.

Sie gab Rolfe die alleinige Schuld, liebte aber Carla über alle Maßen.

Als Verkäuferin in einem Modegeschäft für Damen hatte Gina gut verdient und genug gespart, um nach Vicenza in der Nähe von Venedig reisen zu können und dort mit ihrer Tochter einen dreimonatigen Urlaub bei der Familie zu verbringen. Carla konnte sich daran kaum noch erinnern. Gina blieb in Italien und hatte ihre Tochter nur einmal danach in Christchurch besucht – und zwar nach Sams Geburt.

In den folgenden Jahren, während Sam heranwuchs, war die Beziehung zwischen Mutter und Tochter aufgrund der großen Entfernung und der Tatsache, dass Gina sich um ihre Familie kümmerte und Carla nach Dereks Tod ihren

Beruf als Lehrerin wieder aufgenommen hatte, weiter abgeflaut. Sie riefen sich jedoch zweimal im Monat an, und Carla schrieb ihrer Mutter manchmal einen langen Brief. Carla bedauerte die große Entfernung, die zwischen ihnen lag und die ihr einst sehr zu schaffen gemacht hatte. Aber sie war reif genug, um zu begreifen, warum es geschehen war, obwohl es für Sam schön gewesen wäre, wenn er seine Großmutter mütterlicherseits besser kennengelernt hätte.

Carla legte das Foto beiseite und setzte sich in Rolfes Lieblingssessel, der immer noch an derselben Stelle stand. Von dort konnte er durch das Wohnzimmerfenster auf die Rebstöcke schauen. Während sie sich hinsetzte, knarzte das abgewetzte Leder unter ihrem Gewicht. Sie zog die Beine unter sich, um ihre nackten Füße zu wärmen, öffnete das Tagebuch und … fand auf der ersten Seite eine zusammengefaltete Notiz. Sie faltete sie auseinander und erkannte die Schrift ihres Vaters. In ihrer Kehle bildete sich ein Kloß. Er hatte die Notiz in dem Wissen geschrieben, dass sie sie erst nach seinem Tod lesen würde.

Liebe Carla,
verzeih mir, dass ich mich wie ein Feigling benommen habe und dir zu Lebzeiten nichts von meiner Vergangenheit erzählt habe. Die Erinnerung war einfach zu schmerzhaft für mich, und ich hoffe, du wirst das verstehen und mir verzeihen.
In Liebe, dein Dad.

Sie faltete die Notiz wieder zusammen, steckte sie in die Tasche ihres Morgenmantels und schaute auf das Datum in der oberen rechten Ecke des Tagebuchs. *Dienstag, 3. Januar 1962* … Ihr Vater, der im Februar geboren war, war vierundzwanzig Jahre alt gewesen, als er dem Tagebuch seine

Gedanken anvertraut hatte. Bevor sie anfing zu lesen, blätterte sie die Seiten durch, von denen viele Eselsohren und Flecken von Essensresten oder Flüssigkeiten aufwiesen – ein Beweis dafür, dass sie in den letzten dreißig Jahren viele Male durchgeblättert und gelesen worden waren.

Sie begann zu lesen und versuchte sich bildlich vorzustellen, was ihr Vater vor so langer Zeit geschrieben hatte…

Im Haus der Stenmarks herrschte eine Menge Trubel. Papa als Haushaltsvorstand hatte die Haushälterin Lilly angewiesen, jedes Zimmer in dem zweistöckigen Haus mit den fünfzehn Zimmern gründlich sauber zu machen und herzurichten, bevor Rolfes älterer Bruder Kurt und dessen deutsche Verlobte, Marta Gronow, ankamen. Greta Michaels, seine ältere Schwester, war in heller Aufregung. Ihr Mann John und ihr dreijähriger Sohn Luke wohnten seit dem Tod ihrer Mutter vor drei Jahren in Stenhaus, und Greta hatte die Rolle der Gastgeberin übernommen. Sie gab sich große Mühe, denn sie wollte, dass alles perfekt war – Papa hatte gesagt, dass es so sein musste. Außerdem wollte sie Marta beeindrucken, die aus einer wohlhabenden deutschen Familie mit Grafen und Gräfinnen stammte.

Lisel Stenmark, die Jüngste der Stenmarks, war zehn Jahre alt und wie üblich sehr altklug. Seit dem Tod der Mutter hatte Papa sie über alle Maßen verwöhnt, und fast immer bekam sie ihren Willen. Da alle mit den Vorbereitungen für Kurts Rückkehr beschäftigt waren, lief sie vor und nach dem Schulunterricht mit verdrossenem Gesicht in der Gegend herum und schmollte, weil alle, einschließlich Papa, zu beschäftigt waren, um ihr die gewohnte Aufmerksamkeit zu schenken, die sie von ihnen verlangte.

Rolfe seinerseits war froh, bei dem ganzen Durcheinander eine berechtigte Ausrede dafür zu haben, dass er den ganzen Tag fort war. Von morgens bis abends kümmerte er sich auf Krugerhoff um die Rebstöcke, die jetzt fast reif waren und voller Weintrauben hingen. Zwei Arbeiter, Otto und Ernst, halfen ihm. Nach der Lese in diesem Sommer würde Rolfe den ersten Jahrgangswein abfüllen, der ein sehr guter zu werden versprach.

Ich weiß, dass Papa sauer auf mich ist, obwohl er versucht, es zu verbergen, dachte Rolfe, während er, zwei Stufen auf einmal nehmend, die Treppe zu dem kürzlich erstandenen Holden-Versorgungsbetrieb hinunterlief. Papas unzufriedener Gesichtsausdruck heute Morgen beim Frühstück gab ihm eindeutig zu verstehen, dass Rolfe für Rhein-Schloss, das Weingut der Familie, arbeiten sollte, und nicht auf seinem eigenen Weingut. Papas Missfallen und das Bewusstsein, dass er nicht der Sohn war, der Papas Wünsche erfüllte und obendrein zu vielen Themen seine eigenen Ansichten vertrat, waren etwas, mit dem er – ebenso wie sein Vater – sich abfinden musste.

Papa Carl Stenmark war ein Mann der alten Schule. Die Familie hatte Deutschland im späten 19. Jahrhundert verlassen und war nach Australien übergesiedelt. Papa war genauso autokratisch wie Rolfes verstorbener Großvater Wilfred, obwohl Carl die meiste Zeit ein gütiger Tyrann war.

Die Mutter – möge ihre Seele in Frieden ruhen – hatte das Richtige getan und ihrem Sohn 16 Hektar Land vererbt und genug Geld, damit er sein eigenes Weingut erstehen konnte. Eines Tages würde Kurt, der um zwei Jahre ältere Sohn der Familie, sowieso ganz Rhein-Schloss erben. Rolfe wusste das seit seinen Teenagerjahren. Deshalb war es lebenswichtig für ihn, sein eigenes Weingut zu kultivieren und zu entwickeln, um – unter anderem – Papa und

Kurt zu beweisen, dass er unabhängig sein konnte und es auch sein würde.

Die Planung des Krugerhoff-Weingutes, das nach dem Mädchennamen seiner Mutter benannt war, war die schwierigste und verantwortungsvollste Aufgabe in seinem Leben gewesen. Obwohl Papa ihn nie gelobt oder irgendein Interesse gezeigt hatte, glaubte Rolfe – wahrscheinlich, weil er es unbedingt wollte –, dass Carl dennoch ein wenig stolz auf ihn war, nachdem er mit enormer Eigeninitiative einiges geschafft hatte. Greta und ihr Mann John lobten ihn sehr für seine Bemühungen. Dies hatte ihm genug Selbstvertrauen gegeben, um weiterzumachen, obwohl er verschiedene Male an seinen eigenen Fähigkeiten gezweifelt hatte. Für diese Rückenstärkung war er Greta und seinem Schwager wirklich dankbar.

Carla stieß einen Seufzer aus und schaute von dem Tagebuch auf. Zu lesen, was ihr Vater vor so vielen Jahren geschrieben hatte, seine Gedanken über sich selbst und seine Familie kennen zu lernen, war eine merkwürdige Erfahrung. Aus den wenigen Seiten, die sie erst gelesen hatte, war bereits der Mann ersichtlich, der er werden sollte, der Vater, den sie so geliebt hatte. Aber sie wollte sich Zeit lassen und nicht zu flüchtig lesen, um das, was zwischen der Zeilen stand, zu verstehen, seine Gefühle zu begreifen, seine Unsicherheit, die Tatsache, dass er sich vor seinem Vater beweisen wollte, etwas, das er offensichtlich sein Leben lang getan hatte.

Allein die Tatsache, dass sie sich an den Nachnamen ihres Vaters, Stenmark, gewöhnen musste, war ein Abenteuer. Genauso wie die Vorstellung, dass sie in Australien einen Großvater, einen Onkel Kurt, zwei Tanten, Greta und Lisel, und einen Cousin, Luke, hatte. Die Ausdrucksweise ihres Vaters war ein wenig altmodisch, weil er das Tagebuch vor über dreißig Jahren geschrieben hatte, also als junger Mann. Die förmliche Schreibweise, das Gefühl, dass die Stenmarks sich nach wie vor an das hielten, was sie in Deutschland gelernt hatten und was durch spätere Generationen vererbt worden war, ließ sie an etwas denken, was Angie, die im Barossa Valley am College alles über den Weinanbau gelernt hatte, ihr erzählt hatte. Das Tal war zunächst von deutschen Einwanderern besiedelt worden, irgendwann Ende 1840, und bis nach dem Zweiten Weltkrieg hatten einige Familien, die dort lebten, nur wenig oder gar kein Englisch gesprochen.

Ihr Blick fiel erneut auf die ordentliche Handschrift.

Gestern Nachmittag, bevor er nach Hause ging, hatte Rolfe an der Hintertür des Cottages gestanden, um einen Blick auf die Rebstöcke zu werfen, was ihm ein gutes Gefühl gab. Die Arbeiten an dem mit Zement verputzten Cottage waren beendet, und es konnte jetzt bezogen werden. Ein paar Möbel waren dort bereits untergebracht – in einem der drei Schlafzimmer standen ein Bett, ein Holztisch und vier Stühle, und ein großer Stuhl stand am Kamin –, falls er sich dazu entschließen sollte, eines Tages von zu Hause auszuziehen. Er musste grinsen, wenn er an Greta dachte, die überall im Haus Schnickschnack und Nippes aufstellen würde, um die Räume wohnlicher zu gestalten.

Es war eine gewaltige Aufgabe gewesen, das Cottage zu bauen und in weniger als drei Jahren ein Weingut anzulegen. Aber jetzt war über die Hälfte der Anbaufläche mit Spalieren versehen worden, und die Reben befanden sich in verschiedenen Stadien des Wachstums. Einige Weinstöcke waren noch nicht reif genug, um Früchte zu tragen, und brauchten noch ein oder zwei Jahre. Aber er war mit dem, was er geleistet hatte, nicht gerade unzufrieden.

Würde Kurt beeindruckt sein, wenn er sah, was sein Bruder geschaffen hatte? In Kurts Briefen an Papa hatte er sich damit gerühmt, dass er an der Universität Heidelberg eine Menge über die Herstellung von Wein gelernt habe. Dort hatte er auch Marta, eine Kunststudentin, kennengelernt, und seiner Meinung nach war sie die ›schönste Frau auf der ganzen Welt‹. In seinen letzten Briefen an Papa hatte er die Frau, die er heiraten wollte, mit Lob überschüttet. Er schrieb, Marta sei ein Ausbund an Tugend und besitze mehr positive Eigenschaften, als Kurt zu Papier bringen könne.

Die schwärmerischen, blumenreichen Sätze seines Bruders brachten Rolfe zum Prusten, aber er wusste, dass Papa hocherfreut war. Sein ältester Sohn heiratete und würde irgendwann den künftigen Erben von Rhein-Schloss zeugen.

Papa war altmodisch in seinem Denken und bestand darauf, dass die Familiengeschäfte stets vom ältesten Sohn auf dessen ältesten Sohn übergehen sollten, wie zuvor in Deutschland. So war es schon seit Jahrhunderten Tradition. Damals hatten die Stenmarks mit anderen Leuten auf engen Weinbergen an der Mosel zusammengelebt, wo der kleinere Fluss in den mächtigen Rhein mündete. Sein Urgroßvater, Fritz Steinmarch, der vierte Sohn von Johann Steinmarch, hatte bereits von Kindheit an gewusst, dass er die Weinstöcke, um die er sich voller Hingabe mit seinen älteren Brüdern kümmerte, nie besitzen würde. Als er erfahren hatte, dass in Australien eine Menge Land zu einem lächerlich niedrigen Preis besiedelt wurde, packte er seine gesamte Habe und einige Ableger von Reben, nahm seine schwangere Frau Gretchen, verabschiedete sich von seiner

Familie und fuhr mit dem Schiff in das fremde Land, um dort sein Glück zu suchen.

Das Barossa Valley, das etwa hundert Kilometer von der Kleinstadt Adelaide entfernt war, hatte Fritz' Erwartungen bei weitem übertroffen. Innerhalb von fünf Jahren hatten er, Gretchen und ihre beiden Kinder Wilfred und Gerda mit dem Anbau von Weintrauben so viel Geld verdient, dass sie das Grundstück kaufen und ihr erstes Steinhaus darauf errichten konnten, aus dem schließlich das erste Weingut von Rhein-Schloss wurde. Rolfe kannte die Familiengeschichte in- und auswendig, da er sie seit seiner Kindheit ständig gehört hatte.

Rolfe lachte erneut in sich hinein. Es geschähe Papa und seinen altmodischen Ansichten recht, wenn Kurt und Marta eine Menge Töchter und keinen Sohn kriegen würden. Aber das war aus historischer Sicht gesehen eher unwahrscheinlich. Den Stenmarks war es, soweit er sich erinnern konnte, im Laufe der Generationen zuverlässig gelungen, mindestens einen männlichen Erben zu zeugen, um das Geschäft und den Namen der Familie weiterzugeben. Ein weiterer Grund für ihn, Krugerhoff auszubauen. Ein kleineres, erfolgreiches Weingut würde seine Zukunft im Valley garantieren, und irgendwann, so Gott wollte, würde er seine eigene Stenmark-Dynastie gründen.

Es war Freitag, der Tag, an dem Kurt und Marta erwartet wurden. Alle außer Rolfe waren in Stenhaus – so hieß das Haus der Familie, das Carl für seine Frau Anna Louise vor einigen Jahren errichtet hatte – und warteten auf sie.

Rolfe war sich darüber im Klaren, dass er zu spät kommen würde, und ließ die Tatsache, dass er von der langen Arbeit hundemüde war, außer Acht. Er trat auf das Gaspedal seines Holden und donnerte die Einfahrt hinunter.

Dann brauste er um die Ecke und parkte auf der Rückseite des Hauses in der Nähe der Garagen neben einem neuen Mercedes-Sportwagen. Sie waren da. Sein Vater hatte den Sportwagen als Verlobungsgeschenk für Kurt gekauft, und Kurt hatte ihn in Adelaide abgeholt, nachdem er gelandet war. Rolfe betrachtete das rote, auf Hochglanz polierte Metall des schnittigen Wagens, und ein Anflug von ungewohntem Neid durchfuhr ihn. Kurts neuer Wagen war ein deutliches Zeichen dafür, dass Papa wie üblich seinen Bruder vorzog. Er machte sich von den negativen Gedanken frei, eilte in die Küche und wusch sich dort Gesicht und Hände am Spülstein. Dann befeuchtete er sein Haar, kämmte es nach hinten – Greta sagte häufig, dass er es schneiden lassen sollte – und klopfte seine verstaubte Arbeitskleidung ab, bevor er durch die geflieste Halle in den Salon ging, der der förmlichste im ganzen Haus war. Die aus Europa importierten Möbel waren von höchster Qualität, und der Raum wurde nur für besondere Anlässe benutzt.

»Aahhh, da bist du ja.« Mit einem missbilligenden Funkeln in seinen stechend blauen Augen sah Carl Stenmark, wie sein jüngerer Sohn leise den Salon betrat und sich gegen die geschlossene Tür lehnte. »Ich bin nicht sicher, ob du uns mit deinem Arbeitseifer beeindrucken willst, Rolfe, aber …«

Eine schlankere Ausgabe von Rolfe mit glattem, kurzem rötlichen Haar unterbrach ihn. »Vielleicht möchte Rolfe sich nur in Szene setzen, um sich einen dramatischen Auftritt zu verschaffen«, neckte sein Bruder.

Rolfe ging auf seinen Bruder zu, schüttelte ihm die Hand und umarmte ihn. »Willkommen zu Hause, Kurt.« Er stieß einen lauten Seufzer aus. »Ohne dein lautes Umhertrampeln ist es im Haus sehr ruhig und friedlich.« Kurt war größer als Rolfe, daher musste dieser den Kopf heben, um zu ihm aufzusehen. »Schön, dass du wieder da bist.«

»Es ist schön, wieder hier zu sein. Als ich die Gummibäume gesehen habe, ist mir bewusst geworden, wie sehr ich das Valley vermisst habe.« Kurt ergriff den Arm seines Bruders. »Ich möchte dir Marta vorstellen.«

Die Fotos, die Kurt von Marta Gronow nach Hause geschickt hatte, wurden ihr nicht gerecht. Das erkannte Rolfe in dem Moment, als er sie sah. Sie saß auf dem Sofa zwischen Lisel und Greta, während der kleine Luke zu ihren Füßen mit seinen Bauklötzen spielte. Sie war schön. Nein, mehr als schön, sie war wunderschön. Rolfe blinzelte ein paarmal und machte eine linkische Bewegung, um seine Verwirrung zu verbergen. Plötzlich wurde sein Mund trocken, sein Kopf leer, und er war nicht in der Lage, etwas Vernünftiges herauszubringen. Sie war wirklich eine märchenhafte Schönheit mit ihrem seidigen, fast schwarzen glatten Haar, ihrer durchsichtigen Haut, den perfekten Gesichtszügen und den großen Augen, die an den Rändern ein wenig schräg nach oben verliefen. Sie hatten eine ungewöhnliche Farbe, schiefergrau, und funkelten ihn an wie dunkle Juwelen. Marta lächelte ihn an und streckte ihm die Hand entgegen.

Rolfe schüttelte ihre schlanke Hand kurz, dann richtete er sich auf. Irgendwie fand er die Sprache wieder, obwohl er das Gefühl hatte, dass alle ihn anstarrten und sein Gesicht trotz der Bräune vor Verlegenheit rot angelaufen war. »Willkommen in Stenhaus, M-Marta, es ist mir ein Vergnügen, meine künftige Schwägerin zu begrüßen.«

»Ich danke euch, Rolfe, Kurt.« Martas Englisch hatte einen starken deutschen Akzent. »Wie ungezogen von dir, Kurt. Du hast mir gar nicht erzählt, wie süß und galant dein jüngerer Bruder ist.«

»Süß? Galant? So habe ich ihn absolut nicht in Erinnerung«, antwortete Kurt mit einem Prusten, »aber wir haben uns auch schon seit zwei Jahren nicht mehr gesehen. Vielleicht hat er in der Zwischenzeit einiges gelernt.« Er warf Papa und danach Rolfe einen Blick zu. »Ich habe gehört, du hast dir ein eigenes Weingut aufgebaut.« Er klatschte in die Hände. »Bravo, Rolfe.« Er wandte den Blick ab und schaute respektvoll auf das Ölgemälde über dem Kamin, das eine majestätische Frau mit rotgoldenem Haar und grünen Augen zeigte. »Mutter wäre stolz auf dich gewesen.«

»Wir sind alle stolz darauf, was Rolfe erreicht hat«, sagte Greta leise, »nicht wahr, Papa?«

»Natürlich, natürlich«, erwiderte Papa gereizt und zog seine grauen Augenbrauen zusammen. »Wir können später noch über Krugerhoff reden. Kurt und Marta sind sicher müde von dem langen Flug und der Fahrt von Adelaide hierher. Sie sollten sich vor dem Abendessen etwas ausruhen.« Er reichte Marta die Hand, um ihr vom Sofa zu helfen, und sagte: »Du bist hier sehr willkommen, Marta. Kurt kann sich wirklich glücklich schätzen. Wir wünschen euch beiden eine erfolgreiche Zukunft.«

»Ich danke dir, Papa Carl. Kurt hat mir so viel von euch erzählt, dass ich das Gefühl habe, ich kenne euch alle schon.« Marta tätschelte Lisels Knie und fuhr mit der anderen Hand durch Lukes dunklen Haarschopf.

»Ich bringe dich in dein Zimmer, Marta, ich bin im übernächsten Zimmer«, bot Lisel an.

Rolfe bemerkte, dass auch das jüngste Mitglied der Familie Martas Schönheit und ihren charmanten europäischen Umgangsformen erlegen war. Während sich alle von ihren Stühlen erhoben, stahl Rolfe sich aus dem Zimmer, um sich weiterer Kritik von Papa im Hinblick auf sein Zuspätkommen zu entziehen. Er ging in sein Schlafzimmer und zog sich bis auf die Unterhose aus. Dann warf er sich aufs Bett und starrte die Decke an. Die Müdigkeit, die ihn auf der Fahrt nach Hause überkommen war, hatte sich in dem Moment aufgelöst, als er Kurts Verlobte gesehen hatte. Jetzt fühlte er sich verjüngt, war begeistert und ... erregt. Was für ein Anblick Marta Gronow war! Sie bewegte sich wie eine Balletttänzerin – er war lange genug dageblieben und hatte zugeschaut, wie sie auf die Salontür zuschwebte –, und diese weiche, sexy Stimme, die sie hatte!

Mit einem Stöhnen drehte er sich auf den Bauch und dachte an die beiden kurzen romantischen Begegnungen, die er bisher gehabt hatte. Die erste Begegnung war mit einer Obstpflückerin am Ende der Erntezeit gewesen, als er sechzehn war. Es war nur eine kurze Affäre. Sie hatten Wein getrunken, waren beschwipst und hatten sich begrapscht. Als er zwanzig war, traf er eine Studentin, die am College Weinbau studierte. Es war nichts weiter als eine sexuell befriedigende Affäre gewesen, die nach dem Abschluss ihres Studiums zu Ende ging.

Typisch Kurt, dass er einen Engel wie Marta gefunden hatte. Rolfes Seufzer wurde durch die Bettdecke erstickt. Sein Bruder hatte von klein auf eine Menge Glück gehabt. Er war der Ältere, sah besser aus, war Papas Liebling, intellektuell begabter und besser im Sport als er, konnte besser auf Menschen zugehen und hatte jetzt auch noch Marta. Rolfe fühlte sich schuldig, weil er so neidisch auf seinen Bruder war, und versuchte, die Eifersucht, die in ihm aufstieg, zu unterdrücken. Ein kurzes Klopfen an der Tür riss ihn aus seinen Gedanken.

»Ich bin nicht angezogen«, warnte er in der Hoffnung, dies würde den potenziellen Eindringling abschrecken.

»Ist schon in Ordnung, Rolfie. Du hast nichts, was ich noch nicht gesehen habe«, antwortete Kurt.

Er kam herein und warf sich neben Rolfe aufs Bett. Er rollte sich auf die Seite, stützte sich auf einen Ellbogen und legte den Kopf in die Hand. Dann betrachtete er eine Weile das Zimmer. An Kurts verräterischem Gesichtsausdruck bemerkte Rolfe, dass seinen Bruder die große Ordnung, die in dem Raum herrschte, amüsierte. Kein anderes Familienmitglied war so zwanghaft ordentlich.

Rolfe überhörte es geflissentlich, dass Kurt ihn beim Spitznamen nannte, den seine Mutter ihm gegeben hatte. In seinem Alter wurde er kaum mehr *Rolfie* genannt. »Solltest du vor dem Abendessen nicht noch etwas ausruhen?«

Kurt grinste. »Ich ruhe mich doch aus. Also sag mir deine Meinung.«

»Worüber?«

Kurt rollte mit den Augen. »Über Marta, du Blödmann.«

»Sie ist sehr schön, aber ich glaube, sie hat ein Problem mit den Augen«, sagte der jüngere Bruder und bemühte sich, ernst zu bleiben, als Kurt die Stirn runzelte.

»Ihre Augen? Die sind okay. Was meinst du damit?«

»Nun, Marta kann offenbar nicht klar sehen, wenn sie sich in einen solch hässlichen Trottel wie dich verliebt. Deine Verlobte sollte vor der Hochzeit mal ihre Augen nachsehen lassen.«

Es entstand ein Scheinringkampf auf dem Bett, bei dem beide Brüder versuchten, die Oberhand zu gewinnen. Rolfe siegte. Er setzte sich rittlings auf Kurt und drückte seine Arme herunter.

»Hey, seit wann bist du denn so stark?«, wimmerte Kurt gespielt angsterfüllt und gab sich geschlagen.

Kurt ließ seinen Blick über Rolfes muskulöse Brust, seine starken, sehnigen Arme und seine breiten Schultern schweifen. »Seitdem ich angefangen habe, Krugerhoff aufzubauen. Von körperlicher Arbeit kriegt man starke Muskeln.«

»Ich freue mich darauf, mir das Weingut genau anzusehen. Greta und John singen ständig Loblieder über dich, aber …«

Erfreut über seinen Sieg, ließ Rolfe seinen Bruder in Ruhe und setzte sich auf die Bettkante. »Aber was …?«

»Ich bin nicht sicher, ob Papa sich darüber freut. Du weißt, dass er gern alles kontrolliert. Was du gemacht hast, ist ziemlich … selbstständig.«

Rolfe warf Kurt einen fragenden Blick zu. Ohne es laut auszusprechen, wussten beide, warum er seine eigenen Wege gegangen war. »Hat Papa dir gegenüber irgendetwas erwähnt?«

Kurt zögerte kurz. »Nun … indirekt. Papa ist ziemlich altmodisch. Meiner Ansicht nach ist das, was du getan hast, einfach toll, und irgendwie beneide ich dich dafür, dass du praktisch aus dem Nichts ein Weingut geschaffen hast. Das muss enorm befriedigend sein.« Rolfe nickte. »Aber jetzt zu *wichtigeren* Dingen: Marta! Ich bin froh, dass du sie magst, denn in den kommenden Wochen werde ich dich wahrscheinlich brauchen, damit du ihr etwas die Zeit vertreibst.«

»Warum?«

»Papa möchte unbedingt, dass ich mehr Verantwortung auf Rhein-Schloss übernehme. Das bedeutet, dass ich weniger Zeit mit Martha verbringen kann.«

»Aber ich …«

Kurt bemerkte, dass Rolfe rot wurde, und vermutete, dass das auf seine Schüchternheit zurückzuführen war. »Sie beißt nicht. Und du hast doch gesagt, du magst sie. Ich möchte, dass Marta ihr Englisch verbessert und dass ihr Barossa gefällt, denn es wird schon bald ihr Zuhause sein. Ich möchte nicht, dass sie Heimweh nach Deutschland und ihren Freundinnen hat. Wir müssen sie bei Laune halten, damit sie zu beschäftigt ist, um die gewohnten Dinge zu vermissen.« Er hob eine Augenbraue. »Hast du verstanden?«

»Natürlich. Aber ... ich habe Krugerhoff. In knapp einem Monat ist Erntezeit. Ich habe nicht immer Zeit.«

Kurt verzog das Gesicht und boxte seinen Bruder liebevoll auf den Arm. »Es muss ja auch nicht jeden Tag sein. Nur ab und zu. Das ist doch nicht zu viel verlangt.«

Er sollte also Zeit mit Marta verbringen und sie unterhalten. Diese Aussicht war zwar verlockend, aber gleichzeitig Furcht erregend. Er mochte Kurts Verlobte schon viel zu sehr, aber nicht auf die Art, wie es sich für einen künftigen Schwager geziemte. Marta übte eine magnetische Anziehungskraft auf ihn aus. Aber wie konnte er Kurts Bitte abschlagen? Er wusste, dass ihm das nicht gelingen würde. »Ich helfe dir gerne.« Rolfe beobachtete, wie Kurt sich nach beendeter Mission vom Bett rollte und aufstand.

»Großartig, Rolfie, vielen Dank.« Kurt drehte sich zufrieden um und verließ das Zimmer.

Rolfe starrte einen Moment auf die geschlossene Tür. Er fügte sich jedoch in sein Schicksal, öffnete die oberste Schublade der kleinen Kommode, die neben seinem Bett stand, und griff nach einem länglichen Buch mit einem schwarzen Einband. Er nahm den Kugelschreiber, der zwischen den Seiten steckte, in die Hand und schlug eine leere Seite auf – die Seite davor enthielt verschiedene Zeichnungen von Krugerhoff – und begann seine Gedanken niederzuschreiben: »Heute habe ich Kurts Verlobte Marta kennengelernt ...«

Carla sah vom Tagebuch ihres Vaters auf. Ihr Blick fiel auf Sam, der sich verschlafen die Augen rieb. Sein rötliches Haar war verstrubbelt, und er tapste zu ihr ins Wohnzimmer. »Guten Morgen, mein Schatz.«

»Morgen«, murmelte Sam herzhaft gähnend. »Was machst du da?« Er gestattete seiner Mutter, ihn zu knuddeln und ihm einen Kuss auf die Wange zu geben, bevor er sich auf die Seitenlehne ihres Stuhls setzte.

»Ich lese gerade Großvaters Tagebuch. Er hat es geschrieben, als er jung war.«

»Bevor du geboren wurdest?«

»Ja.«

»Wow! Dann ist es bestimmt sehr alt.«

Von der Tür her klang helles Lachen. Es war Angie, die sich über Sams Bemerkung amüsierte. »Ja, Kindermund tut Wahrheit kund.« Sie musterte Carla kritisch. »Wie geht es dir?«

»Ich bin immer noch schockiert darüber, was ich gestern erfahren habe. Letzte Nacht hatte ich einige merkwürdige Träume.«

»Das glaube ich gerne.« Angie wandte sich an Sam. »Hast du Hunger, Sportsfreund?«

»Und wie«, sagte Sam eifrig.

»Lass uns Pfannkuchen backen«, schlug Angie vor und zwinkerte Carla zu. »Dann kann Mama in Ruhe Großvaters Tagebuch lesen. Wir rufen sie, sobald das Frühstück fertig ist.«

Carla lächelte dankbar, und nachdem Sam verschwunden war, widmete sie sich erneut dem Tagebuch.

Auf einer Seite fand sie eine Zeichnung, die ihr Vater von Krugerhoff gemacht hatte. Zwar war sie Lehrerin für technisches Zeichnen, doch sie hätte auch sonst kein Problem damit gehabt, die Zeichnung zu verstehen – den

Standort der Gebäude, die Grenzzäune und Namen der angrenzenden Weingüter, die Bewässerungsstellen des kleinen Flusses, der zweimal durch das Grundstück floss, auf wie viel Hektar Wein angebaut wurde und die Traubensorten, die dort angebaut wurden. Sie lächelte traurig. Es war typisch für ihren Vater, so perfekt organisiert zu sein. Sie unterdrückte die aufsteigenden Tränen und las weiter.

Die Verlobungsparty von Kurt und Marta in Stenhaus war das größte Fest, das das Valley seit zwanzig Jahren erlebt hatte. Papa hatte keine Ausgaben gescheut. Ein Kammerorchester, das Beethoven und Bach spielte, begrüßte die Gäste auf der Veranda. Auf dem Rasen standen Pavillons aus Segeltuch, und die auf Böcke gestellten Tische waren randvoll mit köstlichen Speisen. Eine weitere, siebenköpfige Band aus Adelaide mit Gitarren und zwei Blasinstrumenten würde Tanzmusik spielen, und die Musiker hatten soeben begonnen, ihre Anlage aufzubauen. Überall standen Vasen und Gefäße mit Blumen, hauptsächlich verschiedenartige Rosen, und in den Bäumen und über der Tanzfläche waren farbige Lichterketten angebracht.

Der Luxus verschlug den Eingeladenen schier den Atem. Sie hatten an nichts gespart. Das Verlobungspaar und Papa, der wegen seiner Größe und seines stahlgrauen Haares sowieso beeindruckend aussah und den stets eine Aura des Erfolges umgab, standen im Mittelpunkt der Aufmerksamkeit.

In seinem Smoking, dessen Hemd am Hals und um die Brust herum zu eng war, weil er von der körperlichen Arbeit muskulöser geworden war, stand Rolfe zufrieden am Rande des Geschehens. Vor allem galt sein Blick seinem Bruder und Marta. Sie waren wirklich ein attraktives Paar. Marta mit ihrer zobelartigen Geschmeidigkeit und Kurt mit seinem aristokratischen Aussehen und Auftreten. ›Der Kronprinz und seine Prinzessin‹, nannte Rolfe sie ohne einen Anflug von Groll, während sie sich auf der Tanzfläche drehten. Vor langer Zeit hatte Mutter, die sehr klug gewesen war, ihm vorgeschlagen, seine Position in der Familie zu akzeptieren und das Beste daraus zu machen. Das hatte er getan, indem er Krugerhoff aufgebaut hatte.

Seine Schwester Lisel sah für ihre zehn Jahre viel zu erwachsen aus in ihrem neuen Partykleid und der nach oben gekämmten Frisur, die ihr dunkles gewelltes Haar elegant zur Geltung brachte. Sie gesellte sich zu Rolfe und zog ihn am Ärmel.

»Tanz mit mir, Rolfe.«

Er sah auf sie hinab. Dies war keine Bitte, sondern ein Befehl. Sie hatte die gleiche herrische Art wie ihr Vater. »Kannst du denn Walzer tanzen?«

Ihr hübsches Gesicht verzog sich missmutig. »Natürlich.«

Rolfe versuchte, sich vor der Aufgabe zu drücken, und wandte ernst ein: »Lisel, du weißt, dass ich nicht der beste Tänzer der Welt bin.«

»Das weiß ich. Kurt ist besser, aber er tanzt gerade mit Marta. Ich möchte aber unbedingt tanzen – also muss ich es mit dir tun.«

Er lächelte, schüttelte den Kopf über ihre Unverschämtheit und gab sich geschlagen. Lisel hatte es viel zu eilig, erwachsen zu werden. Besonders seitdem Marta da war. Die ganze Zeit imitierte sie das Verhalten der 22-Jährigen, ihre Art zu sitzen, wie sie ging und sogar, wie sie redete. Wenn sie nicht in der Schule war, folgte Lisel ihr wie ein Welpe. Ohne durch ihre Worte gekränkt zu sein, weil ihre Offenheit für ihn ja nichts Neues war, verbeugte Rolfe sich vor Lisel. »Dann tanzen wir.«

Lisel war groß für ihr Alter, und ihr dunkles Haar kitzelte ihn am Kinn, während sie über die Tanzfläche schwebten. Er erinnerte sich an den Tanzunterricht, den die Mutter ihren Söhnen gegeben hatte, als sie Teenager gewesen waren. Sie war eine ausgezeichnete Tänzerin gewesen, leichtfüßig, anmutig und, was das Wichtigste war, äußerst geduldig mit ihnen. Während er an sie dachte, trat eine merkwürdige Feuchtigkeit in seine Augen, und seine Sicht verschwamm. Er schluckte die Tränen und seine melancholischen Erinnerungen rasch herunter. Für Papa waren Tränen ein Zeichen der Schwäche.

Jedoch… er vermisste die sanften Ratschläge seiner Mutter, ihre Liebe und ihr Interesse. Der Aufbau des Weinguts, das er inoffiziell zu ihrem Gedenken errichtet hatte, und die damit verbundene Arbeit hatten es ihm ermöglicht, über ihren frühzeitigen Tod, den eine doppelte Lungenentzündung verursacht hatte, leichter hinwegzukommen. Er vermisste sie sehr, obwohl Greta bis zu einem gewissen Grad die Mutterrolle übernommen hatte. Da sie sich jedoch ebenso ihrem Mann und dem kleinen Luke widmen musste, hatte sie nur wenig Zeit, sich seine Probleme anzuhören und eine vermittelnde Rolle zu spielen, wenn Papa – ein Mann mit hohen Ansprüchen und großen Erwartungen an seine Kinder – mit ihm wieder mal nicht zufrieden war.

Lisel und Rolfes rhythmische Schritte näherten sich Kurt und Marta.

Als er die beiden erblickte, lächelte Kurt und tanzte auf sie zu. »Lass uns die Partnerinnen tauschen«, sagte er. Ehe Rolfe widersprechen konnte – als hätte er das wirklich getan! –, lockerte Kurt seinen Griff um Marta und nahm Lisel in die Arme.

3

Innerhalb von wenigen Sekunden wirbelte Marta mit Rolfe herum. Er hoffte, dass seine Hände nicht feucht werden würden, dass er ihr nicht auf die Zehen treten oder den Takt verlieren würde.

»Amüsierst du dich, Marta?«

»Ja. Es ist wunderbar. Alle sind so nett...«

Idiot! Konnte er noch eine dämlichere Frage stellen?! Es war schließlich ihre Verlobungsparty, warum sollte sie sich nicht amüsieren? Die Gäste hatten ihr Geschenke mitgebracht, und sie und Kurt standen im Mittelpunkt der Aufmerksamkeit. Außerdem sah sie unglaublich glücklich aus. Er traf eine Entscheidung: Wenn er nicht vernünftig mit ihr reden konnte, würde er gar nichts sagen. Er würde den starken, ruhigen Typen spielen. Einigen Frauen gefiel das. Mein Gott, was glaubte er bloß? Spielte es denn eine Rolle, ob sie ihn mochte? Na ja, besser war es auf jeden Fall, besonders im Hinblick darauf, dass sie bald seine Schwägerin sein würde.

Er versuchte, nicht daran zu denken, wie wunderbar es sich anfühlte, sie in seinen Armen zu halten, ihr so nahe zu sein, dass er ihr Parfüm riechen konnte, das ihn an den Duft von Frühlingsblumen erinnerte, und winzige goldene Tupfer in ihren schiefergrauen Augen zu sehen. Sie tanzte einfach göttlich. Um sich abzulenken, schaute Rolfe zu Papa hinüber, der mit ein paar Weinbauern zusammenstand. Zweifellos sprachen sie über die kommende Ernte und den Weintraubenpreis. Seine blauen Augen, die denen von Papa so ähnlich waren, wanderten über den hinteren Rasen, der gemäht und von üppigen Blumenbeeten eingerahmt war, die bis an die voller Trauben hängenden Rebstöcke heranreichten. Einige Leute vergnügten sich im Pool. Das Haus war der ganze Stolz seines Vaters und stellte den Reichtum der Stenmarks im Valley sehr deutlich unter Beweis.

Einige Sekunden lang folgte sein Blick Kurt und Lisel, die um den äußeren Rand der Tanzfläche tanzten. Kurt hob seine Schwester in die Höhe, während sie herumwirbelten, und ihre Gesichter ließen erkennen, wie sehr sie sich amüsierten. Immer wieder fiel sein Blick auf Marta, die die Bandmitglieder beobachtete, die gerade einen neuen Song von den Beatles spielten, *Love Me Do*. Kurt und Marta würden bald heiraten, in einigen Jahren ihre eigene Familie gründen und dazu beitragen, dass der Name Stenmark im Barossa Valley unsterblich wurde. Es war für seinen Vater äußerst wichtig, dass die Familientradition fortgeführt wurde. Rolfe hatte viele Vorträge darüber gehört, dass sein Urgroßvater Fritz, der Rhein-Schloss gegründet hatte, und sein Großvater Wilfred Papa schon frühzeitig zu verstehen gegeben hatten, wie wichtig eine Familie war.

Einen Moment verschmolz sein Blick mit dem seines Vaters. Dann wandte er sich ab und tanzte mit Marta auf die andere Seite der Tanzfläche. Er wusste, dass sein Unabhängigkeitsdrang hohe Anforderungen an Papas Geduld stellte. Papa war damals strikt dagegen gewesen, dass Mutter Rolfe das Land vererben und ihm das Geld geben wollte, um es zu bebauen. Sie hatte jedoch in Deutschland eine Menge geerbt und darauf bestanden, jedem ihrer Kinder einen Anteil zu vererben, anstatt das Geld in Rhein-Schloss zu investieren, wie es Papa am liebsten gesehen hätte.

Rolfe war der Überzeugung, dass er viel von seiner Mutter hatte. Er war entschlossen, unabhängig und hatte den festen Willen, sich zu beweisen, vor allem was Krugerhoff betraf. Wenn es nach der Meinung seines Vaters ginge, sollten allerdings sämtliche Familienmitglieder im Familienunternehmen tätig sein. Selbst Gretas Ehemann, John Michaels, war vor kurzem Geschäftssekretär der Weinkellerei geworden. Papa gefiel es gar nicht, dass Rolfe nicht seine gesamte Kraft der Familie widmete. Noch dazu zu einem Zeitpunkt, da viele Weingüter expandierten und kleinere Weingüter aufkauften, die unrentabel geworden waren.

»Ich werde langsam schwindlig von all dem Drehen, Rolfe«, sagte Marta und lehnte sich an ihn, während sie ihn zum Rand der Tanzfläche dirigierte. »Ich glaube, ich brauche noch ein wenig Champagner.«

Rolfes Gedanken darüber, wo sein künftiger Platz im Valley sein würde, wurden durch ihr Lächeln jäh unterbrochen. »Natürlich. Komm mit ...« Er legte die Hand auf ihren Rücken, und sie verließen die Tanzfläche, um sich etwas zu trinken zu holen.

»Das Frühstück ist fertig, Carla. Komm schnell, bevor Sam die ganzen Pfannkuchen auffuttert.«

Angies Rufen riss Carla aus ihren Gedanken, aber irgendetwas, ein Name, den ihr Vater in seinem Tagebuch erwähnt hatte, beschwor eine Erinnerung herauf. John ... *Michaels*. Sie stand auf und klappte das Tagebuch zu. Dann ging sie zur Anrichte, um die Dokumente durchzusehen, die Tom ihr gegeben hatte. Sie fand den Brief aus Südaustralien – von Michaels' Immobilien, mit der Unterschrift von Luke Michaels darunter. Das musste derselbe Luke sein, der als kleines Kind im Tagebuch ihres Vaters vorkam. Wahrscheinlich war er jetzt Anfang dreißig.

Der Duft von gebratenen Pfannkuchen stieg ihr in die Nase, und ihr leerer Magen begann zu knurren. Sie legte den Brief in die Mappe zurück und ging gedankenverloren in die Küche. Durch Luke Michaels bekundeten die Stenmarks Interesse am Kauf von Krugerhoff, ein Weingut, das seit über dreißig Jahren brachgelegen hatte. War das interessant für sie? Ja, ganz gewiss.

Angie musste noch etliche Sachen einkaufen und nahm Sam nach dem Frühstück mit in die Stadt. Das gab Carla die Möglichkeit, weiter im Tagebuch ihres Vaters zu lesen. Obwohl sie hungrig gewesen war, hatte sie nicht viel gegessen. Sie machte sich zu viele Gedanken, und die Achterbahn ihrer Gefühle verschlug ihr vollends den Appetit.

Die Arbeit auf dem Krugerhoff-Weingut machte Rolfe hungrig, und er war nachts in die Küche geschlichen, um sich ein Sandwich zu machen. Als Kurt plötzlich in die Küche gestürzt kam, sah er auf.

»Ich habe dich schon gesucht, Rolfie.«

Rolfe hielt inne, das Sandwich mit Bratwurst, Pickles und Käse zu belegen. Wenn Kurt ihm in letzter Zeit begegnete, endete es regelmäßig damit, dass Rolfe irgendetwas für ihn tun sollte. Sein älterer Bruder war ein Meister darin, Leute dazu zu bewegen, etwas zu tun, das sie gar nicht wollten. Ein Blick auf die Küchenuhr sagte Rolfe, dass er längst im Bett sein sollte. »Morgen bei Sonnenaufgang beginnt die Ernte auf Krugerhoff. Es dauert wahrscheinlich die ganze Woche, bis wir die Trauben gepflückt haben.« Er wartete auf Kurts Bitte, die prompt erfolgte.

»Du musst mir einen Gefallen tun«, begann Kurt und untermalte seine Rede mit einem gewinnenden Lächeln.

Rolfe hob eine Augenbraue. »Noch einen?« Auf Kurts Bitte, sich um Marta zu kümmern, war er letzte Woche mit ihr in Kurts Mercedes durch das Valley nach Hahndorf, einem in den Hügeln von Adelaide gelegenen Dorf, gefahren. Sie hatte die alten Gebäude aus Sandstein sehr gemocht und das Gefühl, das ein wenig von Deutschland nach Australien gebracht worden war, denn das Dorf war ursprünglich von deutschen Einwanderern besiedelt gewesen. Als Belohnung für seine Mühen war er von Kurt ausgescholten worden, der gemeint hatte, Hahndorf würde bei Marta ein Gefühl von Heimweh erzeugen. Davon hatte Rolfe nichts bemerkt. Sie hatte ganz offensichtlich Gefallen daran gehabt und, um ganz ehrlich zu sein, er ebenfalls.

Es war eine Freude, mit Marta Gronow etwas zu unternehmen, und jedes Mal, wenn er mit ihr zusammen war, musste er sich widerwillig eingestehen, dass er ihrem Zauber zunehmend erlag. Andere Männer in seiner Situation wären so schlau gewesen, sich aus dem Staub zu machen – schließlich war es alles andere als klug, sich in die Verlobte seines Bruders zu verlieben. Der Grund, warum er nicht davonrannte, bestand darin, dass er annahm, Martas Gefühle würden einzig und allein Kurt gelten. Daher gab sich Rolfe damit zufrieden, sie aus der Ferne anzuhimmeln. Aber das würde niemand jemals erfahren. Weder Kurt noch Marta, noch sein puritanischer Vater.

Kurts Gesichtsausdruck wurde vorwurfsvoll, und seine jugendliche Arroganz gewann die Oberhand. »Mein Gott, du bist manchmal wirklich schwierig. Ich wollte dich lediglich darum bitten, Marta am Freitagabend zu Seppelts Weinprobe zu begleiten. Es wird spärliche zwei Stunden von deiner Zeit in Anspruch nehmen. Es sind nur geladene Gäste dort, darunter die meisten der im Valley bekannten Weinbauern.«

»Warum kannst du sie nicht dorthin begleiten?«, fragte Rolfe, während er sein Sandwich kaute.

»Papa, John und ich müssen auf Rhein-Schloss einen Finanzplan erstellen. Wie ich Papa kenne, werden wir die halbe Nacht im Büro verbringen.«

»Das Wetter ist perfekt, und die Trauben sind reif«, erinnerte Rolfe seinen Bruder. »Ich werde diese Woche die Ernte einbringen, genauso wie viele andere Weinkellereien.«

»Aber deine Ernte ist ziemlich klein. Nicht alle Rebstöcke tragen Früchte, daher solltest du bis Freitag fertig sind. Oder?«

»Nur die Hälfte des Grundstücks ist bepflanzt, und einige Rebstöcke sind noch keine drei Jahre alt. Ja, ich hoffe, verdammt noch mal, dass wir bis Freitag fertig sind. Aber danach müssen wir die Trauben auch noch zerstampfen. Du kennst das doch. Otto und Ernst sind zwar erfahren, aber weil ich der Eigentümer bin und mir keinen ausgebildeten Winzer leisten kann, muss ich dort sein, um alles zu beaufsichtigen.«

»Natürlich.« Kurts schnelle Reaktion zeugte von seiner Ungeduld. »Und viel Glück mit deinem ersten Jahrgangswein – das muss sehr aufregend für dich sein.« Kurt kratzte sich am Kinn, und seine Gesichtszüge spannten sich an, während er überlegte. »Mach dir keine Sorgen um Marta, ich werde Rudi Farber bitten, sie mitzunehmen.«

»Diesen Idioten? Rudi wird sie in kürzester Zeit zu Tode langweilen.«

Kurt zuckte die Schultern, dann kam ihm ein Gedanke, und er grinste. »Danach wird Marta meine Gesellschaft umso mehr schätzen.«

Rolfe gab seinen Widerstand auf. »In Ordnung. Ich werde sie begleiten.« Er konnte den Gedanken nicht ertragen, dass der langweilige Rudi Farber, dessen Vater Teilhaber an einem der größeren Weingüter war, Marta auf die Nerven gehen würde. Außerdem wusste Rolfe, dass er es sich leisten konnte, sich einige Stunden freizunehmen, um seine brüderlichen Pflichten zu erfüllen. Er würde halt danach das Zerstampfen der Trauben beaufsichtigen. »Um wie viel Uhr?«

Kurt grinste siegessicher. »Punkt achtzehn Uhr dreißig, es ist dort sehr förmlich.« Kurt beobachtete, wie Rolfe sein Sandwich aß, und leckte sich über die Lippen. »Vielleicht esse ich auch eins.«

Sein jüngerer Bruder musterte ihn scharfsinnig. Er wusste, dass Kurt wollte, dass Rolfe das Sandwich für ihn belegte. Nicht heute Abend. Er grinste wohlwollend. »Sei mein Gast«, sagte er und schob die verschiedenen Teller in Kurts Richtung. »Und wenn du fertig bist, vergiss nicht, die Reste in den Kühlschrank zu stellen, sonst wird Lilly uns zum Küchendienst verdammen.« Weiter an seinem Sandwich kauend, verließ Rolfe die Küche und ging auf die Treppe zu, die zu den sieben Schlafzimmern im ersten Stock führte.

Müde war nicht der richtige Ausdruck. Rolfe war erschöpft, nein, über alle Maßen erschöpft, wenn es so etwas gab. Die Ernte hatte länger in Anspruch genommen, als er vermutet hatte, denn er hatte nur Otto und Ernst, die ihm halfen. Sie waren erst Freitagmittag fertig geworden und hatten daraufhin sofort einen Teil der Ernte in die Stielzerkleinerungsmaschine mit den rotierenden Schaufeln geschüttet, die die Stiele und Überreste beseitigte.

Es blieb ihm gerade noch genug Zeit für eine blitzschnelle Dusche, bevor er sich schweren Herzens – denn draußen waren es fast 30 Grad – in seinen dunkelgrauen Anzug zwängte. Als er fertig war, wartete er in dem weiten, gefliesten Foyer mit dem Tisch in der Mitte, der stets mit frischen Blumen geschmückt war, auf Marta. Innerlich freute er sich, denn sie würden zur vornehmsten Weinprobe in der zur Zeit größten Weinkellerei im Valley gehen.

Greta eilte geschäftig die Treppe hinunter und hielt Luke fest an der Hand, da seine kleinen Beinchen noch etwas wacklig auf der langen, breiten Treppe waren. Sie lächelte Rolfe zu, während sie und ihr Sohn zu der auf der Rückseite des Hauses gelegenen Küche zustrebten. »Du siehst wirklich toll aus, Rolfe. Marta ist fast fertig, ich soll dir ausrichten, dass sie nur noch ein paar Minuten braucht«, teilte sie ihm mit.

Er wusste, dass Marta umwerfend aussehen würde, darauf hatte er sich schon vorbereitet. Aber er war nicht darauf gefasst, wie schön sie wirklich war, als sie jetzt in ihren hochhackigen goldenen Sandalen und ihrem hellroten Kleid leichtfüßig die Treppe hinunterschritt. Das Kleid war aus seidigem Material und umhüllte elegant ihren Oberkörper. Unter dem Rock trug sie verschiedene Schichten aus steifem Satin, und das tief ausgeschnittene Mieder wurde von bleifstiftdünnen Trägern gehalten. Ihren Hals schmückte eine goldene Kette mit einer großen, in Gold gefassten Perle, die perfekt zu den tropfenförmigen Perlenohrringen passte. Sie trug ihr glänzendes Haar offen, und mit jedem Schritt, den sie machte, schwang es hin und her.

Er fühlte einen Knoten in seiner Brust, ein beklemmendes Gefühl in der Herzgegend, und es fiel ihm schwer zu atmen. Sein Herz begann zu rasen. Das starke Klopfen durchdrang seinen ganzen Körper und reichte bis in seinen Kopf und sein Trommelfell. Er spürte, wie seine Hände zuckten, denn er hatte das starke Bedürfnis, sie zu berühren. Vorsichtshalber steckte er sie in seine Hosentaschen. Plötzlich sprachlos geworden, konnte er nur lächeln. Auch sie schenkte ihm ein strahlendes Lächeln.

»Tut mir leid, dass es so lange gedauert hat. Verzeihst du mir?«

Mit halb erstickter Stimme, was Marta gar nicht aufzufallen schien, antwortete Rolfe: »Natürlich. Kurts Auto steht vor der Tür, aber es ist immer noch ziemlich heiß draußen. Ich mache das Verdeck zu, dann können wir die Klimaanlage anstellen.« Er spürte, wie in ihm eine starke Hitze hochwallte. Das Blut lief rascher durch seine Adern, und er fühlte sich unbehaglich. Die Dusche hatte keine erfrischende Wirkung mehr. Marta hakte ihn unter und drückte seinen Arm.

»Dann gehen wir also. Kurt sagt, dass Weinproben Spaß machen, und im Valley gibt es nicht allzu viele davon.«

»Ich glaube, sie werden zunehmend beliebter. Versprich mir, dass du dich nicht betrinkst. Kurt würde das keinesfalls gutheißen.« Rolfe lachte, um seine Worte abzumildern, aber in Stenhaus war ihm schon aufgefallen, dass Marta eine Vorliebe für starken Rotwein hatte.

Marta, die seine Worte nicht störten, lachte ebenfalls. »Lieber Rolfe. Du bist genauso streng und dominant wie Papa Carl. Du solltest dich vielleicht etwas mehr entspannen.«

»Hat Kurt gesagt, dass ich verkrampft bin?«

»Nein, das ist mir selber aufgefallen. Du denkst zu viel, und wahrscheinlich hasst du Partys«, fügte sie intuitiv hinzu. »Stimmt das?«

»Einige Partys. Weinproben sind in Ordnung. Sie sind im eigentlichen Sinne des Wortes ja auch keine Partys.«

War das die Art und Weise, wie sie und andere ihn sahen? Als jemand, der sich nicht amüsieren konnte und der das Leben zu ernst nahm? Vielleicht stimmte das sogar, und er war sich dessen nicht einmal bewusst. Er wusste, dass er nicht so kontaktfreudig und freundlich war wie Kurt, Greta oder Lisel. Er wollte jedoch nicht, dass Marta annahm, er sei genauso streng und dominant wie sein Vater.

Aus einem Grund, dem er nicht zu tief nachgehen wollte, wünschte er sich, dass sie ihn als attraktiv, unterhaltsam und liebenswert betrachtete. Im Stillen schwor er sich, dass sie heute Abend einen anderen Rolfe erleben würde – einen charmanten, interessanten Mann, der mehr war als nur ihr künftiger Schwager.

Als Rolfe den Sportwagen parkte, war die Weinprobe schon in vollem Gang, und er ging mit Marta auf die offene Kellertür zu. Drinnen saßen fast achtzig Leute. Sie wurden von mehreren Kellnern bewirtet, die Tabletts mit Rot- und Weißwein und eine Menge kleiner Speisen trugen. In einer Ecke hinten im Weinkeller spielte eine Trachtenkapelle deutsche Volksmusik.

»Ich hoffe, du kriegst kein Heimweh, wenn du die Musik hörst«, sagte Rolfe, während er Marta ein Glas Rotwein reichte. Marta war in Baden-Baden geboren und aufgewachsen. Sie war Einzelkind, und ihr Vater lebte noch. Johann Gronow hatte vor kurzem wieder geheiratet und hatte eine leitende Position in der Automobilindustrie. Rolfe vermutete, dass Marta das Leben in Stenhaus gefiel: Sie wurde wie eine Prinzessin behandelt, und sie mochte das Leben in einer Großfamilie.

»Überhaupt nicht, ich habe eine viel zu schöne Zeit in meiner Wahlheimat, als dass ich Heimweh nach Deutschland verspüren könnte«, sagte Marta entschieden. Sie nippte an ihrem Wein. »Sehr erfrischend. Was ist das für eine Sorte?«

»Burgunder Schaumwein. Nach Seppelts' Werbekampagne zu urteilen, reinigt er den Gaumen«, fügte er trocken hinzu. »Australische Frauen lieben Schaumweine. Ich habe gehört, dass einige ihn trinken, als wäre er Limonade.«

»Aber davon bekommen sie doch einen Kater. Ich habe nie einen Kater.« Sie nahm einen großen Schluck von ihrem

Wein, neigte den Kopf und musterte ihn eindringlich. »Du und Kurt, ihr wisst so viel über Wein. Ich hoffe, dass ihr mir alles Wissenswerte darüber beibringt. Ich möchte es unbedingt lernen, damit ich an Diskussionen über die verschiedenen Aspekte teilnehmen kann.«

»Das würde ich gerne tun.«

»Vielleicht«, sie nahm erneut einen Schluck Wein, »kann ich nach Krugerhoff kommen und sehen, wie Wein hergestellt wird.«

»Ich bin sicher, Kurt zeigt es dir gerne auf Rhein-Schloss.«

Sie verzog das Gesicht, aber im nächsten Moment lächelte sie verführerisch. »Er hat in letzter Zeit ständig zu tun. Wir haben noch nicht einmal die Zeit gefunden, unsere Hochzeit zu planen.« Sie schmollte und starrte ihr halbleeres Glas an. »Ich bin deswegen ein bisschen sauer auf ihn.«

Rolfe zuckte die Schultern, als wäre das nicht weiter wichtig, aber es war gut zu wissen, dass sein Bruder nicht perfekt war. »Es ist Erntezeit, die arbeitsreichste Zeit des Jahres für die Weingüter. In ein paar Wochen wird Kurt eine Menge Zeit für dich haben.«

Er wollte nicht über Kurt reden oder über Hochzeiten, besonders nicht über ihre Hochzeit. Die Vorstellung, wie Marta und Kurt zusammen im Ehebett lagen, die Arme umeinander geschlungen, hinterließ einen unangenehmen, bitteren Geschmack in seinem Mund. Mein Gott! Nein, er wollte auf keinen Fall daran denken.

Mach irgendetwas!, sagte er sich. Er entdeckte den Inhaber von de Bortoli's Wines, der mit dem Flugzeug von Griffith hierhergekommen war, zweifellos auf der Suche nach neuen Weinen und um möglicherweise ein paar Insiderinformationen aufzuschnappen. »Komm, ich möchte dir ein paar Leute vorstellen. Einige wirst du wahrscheinlich von der Verlobungsparty her kennen.«

Marta entdeckte den Kellner, der gerade mit einem Tablett voller Getränke vorbeikam. »Aber zuerst trinken wir noch einen Wein, okay?«

Rolfe seufzte innerlich. Es würde eine Herausforderung für ihn werden, Marta nüchtern nach Hause zu bringen. »Natürlich.«

Für jemanden, der schon früh angefangen hatte, Tischwein zu trinken, wie Rolfe und seine Geschwister, war er ziemlich überrascht, dass Marta mehr als beschwipst war, als die Weinprobe sich dem Ende zuneigte, obwohl sie weit davon entfernt war, volltrunken zu sein. Trotzdem musste sie sich an seinem Arm festhalten, weil sie ziemlich wacklig auf den Beinen war, als sie zum Auto gingen. Der Abendwind, der durch die Gummibäume rauschte, bewirkte, dass Marta ihren Kopf von rechts nach links drehte, um den Wind in ihrem Haar zu spüren. Rolfe war froh, sein Jackett auszuziehen, nachdem er die Tür auf ihrer Seite geschlossen hatte. Er ließ das Verdeck des Mercedes herab, weil es jetzt kühler geworden war, und glitt hinter das Steuer. Marta legte ihre Hand auf seinen Arm.

»Ich hatte eine wunderschöne Zeit. Danke, Rolfe. Ich … ich denke, du und ich werden gute Freunde sein.« Sie stieß einen Seufzer aus, lehnte den Kopf gegen den Ledersitz und schloss die Augen.

Da ihre Augen geschlossen waren, konnte Rolfe Marta jetzt betrachten, was er eingehend tat, bis das beklemmende Gefühl in seiner Brust beinahe unerträglich wurde. Gute Freunde! Er wollte mehr als Freundschaft. Er spannte den Unterkiefer so fest an, dass er schmerzte. Noch viel mehr. Seine Gedanken verselbstständigten sich, und er fuhr unruhig durch sein Haar. Dann bemerkte er, dass sie ihn durch ihre halb gesenkten Wimpern gedankenverloren betrachtete.

»Ich mag dein welliges Haar, Rolfe. Es kringelt sich so schön im Nacken. Kurts Haare sind so kurz und glatt.«

Sie lallte, während sie das sagte, und strich mit den Fingern ein paar Locken aus Rolfes Gesicht. Diese intime Geste ließ ihn zurückfahren, und er räusperte sich. Abrupt war ihre Intimität vorüber. Rolfe drehte den Zündschlüssel um und ließ den Motor an.

Es war angenehm, ihr Lachen zu hören, während er die dunkle Schotterstraße hinunterfuhr. Ihr Lachen klang so befreit und sehr sexy. »Fahr schneller, Rolfe, ich liebe die Geschwindigkeit, wenn der Wind durch mein Haar fegt. Es ist ein so berauschendes Gefühl.«

Er blickte sie an, sah ihren Gesichtsausdruck, sah, wie wunderschön sie war, und obwohl sein gesunder Menschenverstand ihm sagte, es nicht zu tun, gewann sein Bedürfnis, sie zu beeindrucken und ihr zu gefallen, die Oberhand. Er drückte das Gaspedal herunter, und der Mercedes raste vorwärts.

»Huiiii!«, quietschte Marta. »Wunderbar.«

Eines der Hinterräder traf auf ein Loch in der Straße. Das Steuerrad drehte sich zur Seite, und einige Sekunden lang verlor er die Kontrolle über den Wagen. Das Auto rutschte vom Straßenrand, und als er hart auf die Bremse trat, kam der Wagen schlingernd zum Stehen. Zuvor hatte der vordere Kotflügel jaulend einen heruntergefallenen Ast gestreift. Wütend schlug Rolfe auf das Steuerrad ein. Dann stieg er aus dem Auto, um sich den Schaden anzusehen. Obwohl die Scheinwerfer an waren, konnte er keine Kratzer oder Beulen entdecken. Er müsste warten, bis es hell wurde. »Verdammt, Kurt bringt mich um.«

»Ich werde ihm sagen, dass das mein Fehler war und dass ich dich zum Rasen überredet habe.«

Er rollte mit den Augen. »Ich glaube nicht, dass ihm das gefallen wird.« Und seinem Vater ebenso wenig… Beide würden ihm die Hölle heiß machen.

Marta tätschelte sein Knie. »Nein, alles wird in Ordnung gehen, du wirst schon sehen.«

Er wusste nicht warum, aber er glaubte ihr. Sein Blick verengte sich, als er sie ansah und sich fragte, ob er bei Marta eine andere Dimension festgestellt hatte, nämlich die Fähigkeit, Dinge zu manipulieren? Langsam erkannte er, dass noch mehr in ihr steckte als der oberflächliche Glanz und ihr Charme. Und das machte sie noch anziehender für ihn.

O Dad…Carla blickte vom Tagebuch auf. Sie hatte sich so sehr auf das Lesen konzentriert, dass ihr die Augen wehtaten. Zu ihrer Überraschung hatte sie schon über die Häfte des Tagebuchs gelesen. Sie brauchte nicht viel Fantasie, um sich auszumalen, wohin das alles führen würde – nämlich zu einer einseitigen Liebesbeziehung. War ihr Vater aus Barossa weggegangen, weil er es nicht mehr ertragen konnte, Kurt und Marta zusammen zu sehen? Aber sie sollte nicht so viel grübeln… Sie blätterte auf die nächste Seite.

In seinem dunkelblauen Unterhemd, den aufgerollten Shorts und den abgewetzten Arbeitsstiefeln sah Rolfe genau wie seine beiden Arbeitskräfte Otto und Ernst aus – nicht wie der Besitzer von Krugerhoff. Der süß-saure Geruch des Gärungsprozesses verschlug ihm den Atem in dem großen, engen Blechschuppen, den man scherzhaft die Weinkellerei nannte, im Gegensatz zu einer Destillerie, wo Weinbrand und andere starke alkoholische Getränke hergestellt wurden. Die drei hatten den Saft aus dem Sediment herausgepresst und besprachen, wie viel Hefe hinzugefügt werden sollte. Rolfe hörte Otto und Ernst genau zu. Er vertraute auf ihr Urteil, denn sie verfügten über eine jahrelange Erfahrung in der Herstellung von Wein.

Martas unerwartetes Auftauchen beendete jegliche Diskussionen. Sie stand in der Tür zur Weinkellerei, und die Männer starrten sie an wie verliebte Schuljungen. In ihrer engen Hose und dem leichten Wollpullover sah sie zum Anbeißen aus. Nach der Weinprobe bei Seppelts war es erheblich kühler geworden.

»Ich bin hier, um zuzuschauen, wie man Wein herstellt. Du hast mir doch versprochen, es mir zu zeigen, erinnerst du dich?«, sagte Marta zu Rolfe und fügte schüchtern hinzu: »Passt es dir jetzt?«

»Mmmh, oh! Natürlich, ich freue mich …« Er zog die Stirn in Falten, als ihm ein Gedanke kam. »Weiß Kurt, dass du hier bist?«

»Nein.« Sie zuckte die Schultern, als wäre es nicht unbedingt wichtig, dass er das wissen müsste. »Gestern Abend hat er mir gesagt, dass ich lernen muss, mich zu beschäftigen, aber«, sie machte einen Schmollmund, genau wie Lisel, »das ist schwierig. Greta braucht in Stenhaus keine Hilfe, weil Lilly und die Haushaltshilfe sich um alles kümmern. Lisel, die ich sehr mag, ist die meiste Zeit in der Schule, und Kurt und Papa Carl sind pausenlos auf Rhein-Schloss. Sie fahren morgens schon früh los und kehren erst im Dunkeln zurück. Ich spiele mit Luke, lese ihm Geschichten vor und so weiter. Er ist ein braver kleiner Bursche, aber …«

»Ich verstehe.« Rolf nickte. »Komm, wir schauen uns die Rebstöcke an. Sie verlieren bereits ihre Blätter. Dann gehen wir ein wenig spazieren, und ich erkläre dir, wie man Wein macht.«

»Das ist nett von dir, Rolfe. Ich hatte schon Angst, du hättest zu viel zu tun, um dich mit mir abzugeben. Ich möchte unbedingt mehr über Wein wissen, damit ich mit Kurt darüber reden kann.«

Rolfe kam eine Idee. »Vielleicht«, er zögerte. Sollte er sie fragen? Warum eigentlich nicht? »Vielleicht hättest du Lust, mir zu helfen?«

Eine Stunde später gingen sie durch die Weinkellerei, und er zeigte ihr die Fässer, Leitungen, die Regale für den Flaschenwein und anderes für die Weinherstellung benötigte Zubehör. Marta sah ein wenig beunruhigt aus, als Rolfe sie erneut fragte, ob sie ihm helfen wollte. »Du sollst nicht in der Weinkellerei arbeiten, sondern im Büro. Ich habe eines der Schlafzimmer im Cottage zu meinem Büro umfunktioniert und bin mit dem Papierkram im Rückstand. Eigentlich müsste das ganze Büro neu organisiert werden.« Sein Lächeln war dazu gedacht, sie zu beruhigen. »Es würde nur einen kleinen Teil deiner Zeit in Anspruch nehmen. Ich bin gerade dabei, das Etikett für Krugerhoff zu entwerfen – teilweise ist der Wein schon in Flaschen abgefüllt, aber noch nicht etikettiert.« In Wirklichkeit hatte er das Etikett schon entworfen, aber noch nicht drucken lassen. Da sie Kunststudentin war, hatte sie womöglich bessere Ideen als er.

Marta lächelte erfreut. »Ich würde dir gerne dabei helfen, das Etikett zu entwerfen.«

Rolfe lächelte über ihren Enthusiasmus, den er jedoch mit der Auflage dämpfte: »Wenn Kurt nichts dagegen hat.«

»Oh, das ist kein Problem.« Sie wedelte mit der Hand. »Er wird froh sein, dass ich – wie sagt man? – sinnvoll beschäftigt bin, bis die Arbeit auf Rhein-Schloss weniger wird und er wieder Zeit für mich hat.«

Als er ihren lebhaften Gesichtsausdruck sah, wurde sein

Grinsen noch breiter. »Gut.« Er würde nicht weiter darüber nachdenken, wie schwierig es werden würde, wenn er sie so oft sah und sie ihm so nah war. Nein, er würde sich keine Gedanken darüber machen.

In den nächsten drei Wochen kam Marta dreimal pro Woche und blieb ungefähr drei Stunden am Tag. Sie überraschte Rolfe durch ihren Fleiß. Er brauchte ihr nur einmal etwas zu erklären, sie kapierte sofort und setzte es in die Tat um. Nachdem sie das Büro neu organisiert hatte, machte sie sich daran, dem restlichen Cottage eine wohnliche Atmosphäre zu verleihen, und brachte einige Dinge von Stenhaus herüber. Einen Teppich fürs Wohnzimmer. Geschirr und Besteck für die Küche. Weingläser und Vorhänge für sämtliche Zimmer. Im Keller von Stenhaus hatte sie einige alte Vorhänge gefunden.

Rolfe hatte nicht den Mut, ihr zu sagen, dass er einfache Sachen mochte, keine pompösen Dinge und Rüschen. Aber sie hatte so viel Freude daran, diesem Ort eine weibliche Note zu verleihen, dass er sich wiederum darüber freute, dass ihr das so viel Spaß machte. Sie einigten sich auf einen Entwurf für das Etikett: ein Schild, auf dem eine diagonale wellenförmige Linie abgebildet war, die den Fluss darstellen sollte, der durch Krugerhoff floss, weiterhin Weintrauben und zwei Weingläser, die hintereinander standen. Das war Martas Vorschlag, und er gefiel ihm sehr gut.

An einem Freitag spät nachmittags zeigte er ihr, wie man die Rebstöcke befestigte und dazu dünne Äste horizontal an den Drähten entlanglaufen ließ und sie in Abständen mit Draht befestigte, damit sie nicht umfielen. Am Himmel standen dunkle Wolken. Von Süden näherte sich ein Gewitter. Der Wind hatte nachgelassen, und es roch nach Feuchtigkeit und Erde. Eine seltsame Ruhe lag über den Rebstöcken und den Büschen. Die Vögel hatten aufgehört zu zwitschern, und auch die Insekten waren verstummt.

»Wir fahren besser zurück«, entschied Rolfe und spähte zum Himmel hinauf. Die Wolken hatten eine dunkle grüngraue Farbe angenommen und waren schwer vor Feuchtigkeit. »Wenn wir schnell zum Haus laufen, werden wir es wahrscheinlich noch vor dem Regen schaffen.«

»Wir rennen um die Wette, komm«, sagte Marta und lief mit einem herausfordernden Lachen los.

Rolfe steckte die Heckenschere und den Draht in seine Hosentasche und rannte hinter ihr her. Es donnerte, dann zuckte ein langer Blitz über den Himmel; das Gewitter war da. Regentropfen so groß wie Münzen platschten in rascher Folge auf die Erde, und innerhalb von wenigen Sekunden wurde aus dem Schauer ein sintflutartiger Regen, der sie bis auf die Haut durchnässte. Im Cottage angekommen, hinterließen sie in der Küche, im ganzen Flur und auf dem Weg zum Schlafzimmer kleine Pfützen.

»Ich mache Feuer.« Rolfe ging zum Kamin hinüber, wo Brennholz und Streichhölzer lagen. Im Barossa-Tal konnte es im Winter sehr kalt werden. Marta legte die Arme um sich, und ihre Lippen zitterten vor Kälte. »Im Badezimmer liegen Handtücher, mit denen du dich abtrocknen kannst. Zieh die nassen Sachen aus, damit sie am Feuer trocknen können. Im Wäscheschrank findest du eine Decke, in die du dich einwickeln kannst, bis deine Kleidung trocken ist.«

Er bemerkte ihr Zögern, und sie begann noch stärker zu zittern. »Geh jetzt, du willst dich doch nicht erkälten, oder? Nachdem ich das Feuer angefacht habe, setze ich den Kessel auf. Eine heiße Tasse Kaffee und ein Brandy werden uns wieder aufwärmen.« Sie nickte zustimmend und ging in Richtung Flur.

Rolfe strich sich das nasse Haar aus der Stirn, kniete sich vor den Kamin und griff nach der Schachtel Streichhölzer, die auf dem Korb mit den Holzscheiten lag. In null Komma nichts loderte das Feuer. Er zog sich Stiefel und Pullover aus und ließ sie auf den Boden fallen. Dann lief er in die Küche, zündete den Gasherd an, füllte den Kessel mit Wasser und stellte ihn auf den Herd. Er besaß keine Kaffeemaschine, daher mussten sie löslichen Kaffee trinken. Er schüttete die dunklen Körner in zwei Tassen und durchsuchte den kleinen Küchenschrank nach dem Brandy, den er für Notfälle bereithielt. Er füllte zwei Weingläser halbvoll mit dem Brandy und wartete, bis das Wasser kochte. Dann goss er es auf den löslichen Kaffee, holte Milch und eine Zuckerdose und stellte alles auf ein Holztablett, das er ins Wohnzimmer trug, wo das Feuer lichterloh brannte, knisterte und spuckte.

»Marta, geht es dir gut?«

»Ja.« Sie stand am Eingang zum Wohnzimmer und hatte die Decke um sich gewickelt. »Aber ich friere. Der Regen war ekelig kalt.«

»Setz dich in die Nähe des Feuers, dann wird dir bald warm werden. Ich hole deine Sachen, damit sie trocknen können.« Es war wichtig, etwas zu tun, dachte er, während er Martas nassen Fußabdrücken den Holzboden im Flur entlang und ins Badezimmer folgte. Er wrang die nassen Sachen so gut es ging aus und brachte sie ins Wohnzimmer. Dann stellte er die Esszimmerstühle zu einer provisorischen Wäscheleine zusammen, legte die er die nassen Sachen darüber, und schob sie näher an den Kamin heran.

Draußen wütete das Gewitter. Der Regen klatschte mit solcher Wucht an die Fensterscheiben und auf das Dach, dass Marta und Rolfe laut reden mussten, damit sie einander verstehen konnten.

»Regnet es oft so stark?«, fragte Marta. Sie ließ ihren Blick durch das Zimmer und über ihre trocknenden Sachen schweifen und starrte, während sie den heißen Kaffee trank, wie hypnotisiert in die Flammen.

»Je nach Saison. Deshalb ist es wichtig, die Wetterparadigmen zu kennen, damit man weiß, wann man die Trauben pflücken kann. Wenn sie jetzt noch an den Rebstöcken hingen, wäre die Hälfte der Früchte ruiniert.«

»Aber kann das Gewitter den Rebstöcken nicht noch Schaden zufügen?«

Mit entblößter Brust saß er neben ihr auf dem Sofa, dann fiel ihm seine nasse Hose ein, und er stand auf. »Ja. Besonders den zarten Ranken der kleineren Rebstöcke. Einige Spaliere werden ebenfalls umfallen, aber man kann sie wieder reparieren. Es ist nicht so, als wäre die Hälfte der Ernte ruiniert.« Er fühlte sich unbehaglich in seiner nassen Hose und sagte: »Ich gehe eben und zieh mich um.«

Im Kleiderschrank im Schlafzimmer hingen verschiedene Arbeitsklamotten, die er nach und nach von Stenhaus hierher gebracht hatte. Er entschied sich für Jeans und eine leichte Jacke mit Reißverschluss. Als er wieder ins Wohnzimmer kam, kniete Marta vor dem Kamin, eine Hand die Decke um ihren Körper festhaltend, während die andere ihr langes, glattes Haar ans Feuer hielt, um es zu trocknen. Die Decke war ihr von der Schulter gerutscht, und er sah ihre samtweiche, leicht gebräunte Haut.

Er versuchte sich daran zu erinnern, wie sie im Badeanzug ausgesehen hatte, als er sie mit Kurt im Pool gesehen hatte, aber jetzt ging seine Fantasie mit ihm durch, und seine sexuelle Erregung stieg um einige Grad an, denn er *wusste*, dass sie unter der Decke nackt war. Sein Blick fiel auf ihren Spitzen-BH und den Slip mit dem Spitzenrand, die über einem der Stühle trockneten. Ein Fehler, wie er schnell erkannte. Eine Hitzewelle stieg in ihm auf. Er wandte den Blick ab und schaute zum Fenster. Es wurde schon dunkel. Wenn Kurt zu Hause war, würde er sich Sorgen machen, wo Marta blieb.

Verdammt, es war gar nicht gut, dass sie hier war. Er musste sie aus dem Cottage bringen, bevor er irgendetwas Dummes tun oder sagen konnte. »Es ist schon spät. Ich werde dir ein paar Sachen geben, die du anziehen kannst, wenn du nach Hause gehst. Ich hole sie dir, und sobald der Regen nachlässt …«

Sie blickte ihn durch einen Schleier von Haaren an, dann strich sie sich das Haar aus dem Gesicht, um ihn besser sehen zu können. Sie musterte ihn ein zweites Mal prüfend, und ihr Blick blieb an seinen breiten Schultern und seiner muskulösen Brust, die sich unter der halb geschlossenen Jacke abzeichnete, hängen. Sein Haar, das er kurz mit dem Handtuch trockengerieben hatte, war völlig verstrubbelt. Er sah, wie ihre Hand nach dem Brandy griff und sie den Rest austrank.

»Du willst mich also nicht mehr hier haben?« Sie blinzelte ein paarmal, und ihre Unterlippe zitterte. Sie wandte den Blick ab und sagte mit einer Kleinmädchen-Stimme: »Ich verstehe.«

»Nein, das ist es nicht.« Verdammt. Jetzt hatte er ihre Gefühle verletzt. Reumütig kniete er sich in die Nähe des Kamins, ihr gegenüber, um sie zu besänftigen. »I-ich denke, es wäre besser. Deine Kleidung und besonders der Pullover brauchen eine Ewigkeit, um zu trocknen.«

Sie gab ihm keine Antwort, leckte sich den restlichen Brandy von den Lippen und rückte so eng an ihn heran, dass sie sein Gesicht berühren konnte. »Lieber Rolfe. Du bist so süß.«

Es war diese Berührung, die den Ausschlag gab.

Seine aufgestauten Gefühle, die er wochenlang unterdrückt hatte, die Nächte, in denen er von ihr geträumt und sich vorgestellt hatte, wie sie in seinen Armen lag, ließen ihn die Kontrolle über sich verlieren. Unwillkürlich hob er die Hand, um ihre Hand an seine Wange zu legen. Dann hielt er sie an seinen Mund, um sie zu küssen. Ihre Augen wurden weit vor Überraschung und … Entzücken. Ihre Lippen öffneten sich und formten ein stimmloses ›Oh‹. Sie rückte näher, bis ihre Körper sich fast berührten …

Er war nur ein Mann, und er war verliebt. Daher tat er das, was Männer schon seit Jahrhunderten tun. Er zog sie in seine Arme und küsste sie, obwohl er wusste, dass das sehr töricht war und dass sein Benehmen die Freundschaft zwischen ihnen zerstören und es unvorstellbare Konsequenzen haben würde, wenn sie Kurt davon erzählte. In diesem Augenblick jedoch war er sich all dessen nur vage bewusst – zumindest machte es ihm nichts aus. Er wollte, brauchte diesen Moment mit ihr, weil er wusste, dass er ein Leben lang davon zehren musste.

Seine Vorfreude verwandelte sich in Erstaunen, als sie sich nicht abwandte, sondern sich stattdessen an ihn presste und ihn mit der gleichen Leidenschaft küsste. Es war, sie war einfach wunderbar! So weich, so warm, so hingebungsvoll. Wie konnte er ihr widerstehen? Er wusste, dass er es nicht konnte. Er bemerkte, wie sie zitterte, und seine Hände glitten unter die Decke und streichelten ihren Körper. Wie gut sich das anfühlte. Seine Fingerspitzen umkreisten ihre Brust. Er rollte die Brustwarze zwischen seinen Fingern und spürte, wie sie vor Erregung hart wurde, während seine Männlichkeit eine unübersehbare Reaktion hatte.

Seine Gefühle waren stark, berauschend, überwältigend. Plötzlich machte sie sich von ihm los, und in ihren dunklen Augen spiegelte sich sein Gesicht wider, seine Leidenschaft, sein Verlangen. Sie schenkte ihm ein Lächeln, und obwohl er kein großer Liebhaber war, wusste er, was das zu bedeuten hatte. Sie schürzte sinnlich die Lippen, um ihm Mut zu machen, und sie atmete genauso heiser wie er, als seine Hände weitere verlockende Stellen an ihrem Körper erforschten.

»Du bist so schön«, flüsterte Rolfe.

Er übersäte sie mit Küssen, von ihrem Ohrläppchen hinunter bis zur Wange und zu ihrem Hals, aber das reichte ihm nicht, er wollte mehr. Er stand auf, half ihr hoch, und die Decke fiel auf den Boden. Sie hatte sie absichtlich fallen gelassen. Marta bot ihm einladend ihren Körper dar, und ihre rechte Hand fuhr über seinen Kiefer, hinauf bis zu seinem Haar, das sie ihm aus dem Gesicht strich.

»Ich liebe dich, Marta …«

Sie lächelte ihn an, ein jahrhundertealtes, wissendes Lächeln. »Ich weiß«, flüsterte sie.

Sie umfasste sein Gesicht und küsste ihn erneut. Sie durchwühlte mit ihrer Zunge seinen Mund, bis seine Zunge in einem kurzen, leidenschaftlichen Tanz auf ihre traf. »Ich will dich, Rolfe …« Sie ergriff seine Hand und dirigierte ihn in den Flur, der zu den Schlafzimmern führte. »Jetzt.«

Es war unmöglich, einen vernünftigen Gedanken zu fassen, denn er war gefangen in diesem Augenblick, und so tat er, was er schon seit Wochen hatte tun wollen. Er zog sie in seine Arme, und sie schlang die Arme um seinen Hals. Ihr Lachen klang sexy und voller Vorfreude, als er raschen Schrittes den Flur hinunter und auf das Schlafzimmer zuging.

Er hörte ein Klopfgeräusch, das ihn aus seinem Schlaf riss, in den er gefallen war, nachdem er Marta geliebt hatte – die schöne, wundervolle, sexy Marta. Er öffnete die Augen und suchte nach ihr. Aber sie war nicht da. Er blinzelte, bis er ganz wach war, rollte sich vom Bett und griff nach seinen Jeans. Nachdem er den Reißverschluss hochgezogen hatte, hatte das Klopfen aufgehört und auch der Regen, wie er feststellte. Aber … wo war Marta?

Das Cottage lag im Halbdunkel, und unter dem Schein der Tischlampe ging er auf das Wohnzimmer zu. Als er näher kam, hörte er Stimmen, Kurts Stimme, die vor Zorn hoch erhoben war!

»Ich habe überall nach dir gesucht. Ich habe geglaubt, du hättest einen Unfall gehabt …«

»Nein, Liebling, ich, ich meine, wir, Rolfe und ich, wurden in den Rebstöcken vom Gewitter überrascht. Es war furchtbar, Kurt«, sagte Marta mit der Stimme eines kleinen Mädchens. Sie saß mit übergeschlagenen Beinen auf dem Sofa und hatte ihre Kleidung an. Die Decke lag ordentlich zusammengefaltet über einem der Stühle.

»Weißt du, wie spät es ist? Es ist nach zwanzig Uhr. Ich habe dreimal hier angerufen! Niemand hat sich die Mühe gemacht, ans Telefon zu gehen.«

Mit einer Gelassenheit, die ihn selbst überraschte, trat Rolfe ins Zimmer. »Hallo, Kurt. Vielleicht ist die Telefonleitung durch das Gewitter beschädigt worden«, improvisierte er, während er im Innern hoffte, dass das der Wahrheit entsprach. Er versuchte, sich natürlich zu geben, ging zum Kamin hinüber, um das Feuer zu schüren, und legte ein paar Holzscheite auf, damit er seinen Bruder nicht ansehen musste. Schon jetzt hatte er Schuldgefühle über das, was er, was *sie* getan hatten. Er blickte Marta flüchtig an und sah rasch wieder weg. Sie wirkte ruhig und gefasst. Eine erstaunliche Frau, in vielerlei Hinsicht.

Kurt sah die beiden missmutig an, dann ließ sein Zorn ein wenig nach. »Das würde ich gerne überprüfen. Wenn das Telefon funktioniert, rufe ich Stenhaus und Papa an, dass es Marta gut geht.«

»Ja, mach das.« Rolfe spürte ein beklommenes Gefühl in der Magengegend. Er hatte große Angst, dass Kurt herausfinden würde, was geschehen war. Wenn dem so wäre, täte es ihm leid, aber er bedauerte nichts. Marta in seinen Armen zu halten und sie mehrere Male geliebt zu haben, war die bisher schönste Erfahrung in seinem jungen Leben gewesen. Er wartete, bis Kurt am anderen Ende des Flurs war, ehe er Marta zuflüsterte. »Geht es dir gut? Was wirst du ihm über uns erzählen?«

»Über uns?«, sagte sie unbeeindruckt. »Gar nichts.« Sie lächelte kühl und hob fragend eine Augenbraue, während sie hinzufügte: »Es gibt nichts zu erzählen, oder?«

Er runzelte die Stirn und kniff die Augen zusammen. »Was willst du damit sagen? Du und ich, wir haben …« Er hatte Schwierigkeiten, die richtigen Worte zu finden. »Was wir getan haben.«

»Wir haben nichts getan«, zischte sie leise. »Verstehst du, Rolfe? *Nichts*. Wir wurden vom Gewitter überrascht und haben hier gewartet, dass es aufhört. Wenn Kurt weitere Fragen stellt, werde ich ihm sagen, dass du auf dem Bett eingeschlafen bist und ich auf dem Sofa. Deshalb haben wir das Telefon nicht gehört. Verstehst du?« Sie lächelte, als er ihr mit einem stummen Nicken zu verstehen gab, dass er verstanden hatte.

Kurt kam wieder ins Wohnzimmer. Er wirkte immer noch angespannt und verärgert. Rolfe kannte die Launen seines Bruders. Man konnte ihn nicht so leicht abspeisen, wie Marta glaubte. Wie es seine Art war, würde Kurt so lange herumstochern, bis er zufrieden war, und derzeit konnte Rolfe nicht erkennen, dass er mit dem, was sie gesagt hatten, zufrieden war.

»Merkwürdig. Das Telefon ist in Ordnung.« Er fixierte seine Verlobte. »Ich sagte Papa, dass alles in Ordnung ist. Komm jetzt.« Er streckte die Hand nach Marta aus. »Wir sollten gehen. Lilly hat das Abendessen für dich aufgehoben.« Kurz und bündig wünschte er Rolfe eine gute Nacht und verschwand mit Marta.

Rolfe sank schwerfällig auf das Sofa und starrte in die Flammen. Seine Schultern sackten nach vorne, während er an die letzten beiden Stunden dachte und daran, wie sich sein Leben verändert hatte. Er hatte nicht die Absicht gehabt, mit Marta zu schlafen, weil er es akzeptiert hatte, dass er sie nur mit einem gewissen Abstand lieben konnte. Aber ... sie hatte ihn nicht zurückgewiesen, als er sie geküsst hatte, sie war genauso scharf und voller Leidenschaft gewesen wie er! Er wurde rot, als er daran dachte, wie ausgiebig sie es miteinander getrieben hatten.

Gott ... was hatte er bloß getan? *Er hatte das Vertrauen seines Bruders missbraucht.* Er schüttelte den Kopf, unfähig, die Welle von Selbstverachtung, die ihn plötzlich überkam, unter Kontrolle zu bringen. Aber ... er liebte sie, und Marta hatte bestimmt auch Gefühle für ihn, sonst hätte sie sich nicht so verhalten. Das war doch logisch, oder nicht? Vielleicht ... liebte sie Kurt nicht mehr. Er schenkte ihr nicht gerade viel Aufmerksamkeit. Rolfe hatte sie fast zwei Monate lang beobachtet und festgestellt, dass sie die Art Frau war, die viel Aufmerksamkeit und Zuneigung brauchte. Die hatte sie von Rolfe bekommen und leidenschaftlich darauf reagiert. Er reckte entschlossen das Kinn. Er würde Marta bitten, ihn zu heiraten. Ja, genau das würde er tun. Er lächelte breit, doch als er an seinen Vater dachte, schnürte sich sein Herz vor Angst zusammen. Was würde Papa davon halten? Wie würde er reagieren, wenn er Kurt, seinem Lieblingssohn, Marta wegnahm? Rolfe schluckte und hatte Schwierigkeiten, den Kloß in seinem Hals loszuwerden. Die Antwort lag auf der Hand: Papa würde überaus verärgert sein … Er schüttelte den Kopf, weil er nicht an Carl Stenmarks üble Launen denken wollte. Er hatte seine Entscheidung getroffen.

Er würde Marta bitten, seine Frau zu werden. Und nach dem zu urteilen, wie sie sich heute ihm gegenüber verhalten hatte, würde sie ja sagen. Über Papa und Kurt würde er sich später noch genügend Gedanken machen können.

Mit feuchten Augen blickte Carla von dem Tagebuch auf. Sie hatte nicht gewusst, wie schwer die Kindheit ihres Vaters und seine Zeit als junger Mann gewesen war. Sie erinnerte sich an ihre eigene Kindheit. Ihr Vater war immer streng und ernst gewesen, aber auch sehr liebevoll. Und er hatte sich ganz seinem Weingut gewidmet, nachdem er die finanziellen Mittel gehabt hatte, Valley View zu kaufen und zu bebauen. Es war sein Lebenstraum und sein Lebenswerk gewesen.

Wie kam es jedoch, dass weder sie noch ihre Mutter irgendetwas von der Last, die er seit Jahren mit sich herumschleppte, geahnt hatte? Rolfe Kruger hatte um diesen Teil seines Lebens eine hohe Mauer errichtet und ihnen nie einen Einblick gewährt. Manchmal hatte er wohl irgendwelche Geschichten erfunden, um ihre Neugier zu befriedigen. Das war wirklich traurig.

Sie blätterte die wenigen noch ungelesenen Seiten durch. Sie musste das Tagebuch unbedingt zu Ende lesen.

4

Rolfe ließ sich über eine Woche nicht in Stenhaus blicken und behauptete, das Wichtigste für ihn sei die Ernte und die nächste Phase der Weinherstellung. Kurt hatte am Tag nach dem Gewitter mit ihm geredet und gesagt, dass Marta ihm auf Krugerhoff nicht mehr aushelfen würde – was er bereits erwartet hatte. Während die Zeit verstrich und er keinen Kontakt mit seiner Familie hatte, versuchte Rolfe, die Alarmglocken in seinem Hirn auszuschalten. Er redete sich ein, dass Kurts Reaktion und das Schweigen seiner Familie normal seien, weil sie immer noch verärgert darüber waren, dass sie Marta am Abend des Unwetters hatten suchen müssen.

Es war sehr schwer für ihn, Marta nicht zu sehen, noch nicht einmal für eine Minute. In den letzten beiden Monaten hatte er sie fast täglich gesehen, wenn auch manchmal nur kurz. Jetzt wollte er seine Gefühle für sie bestätigt wissen und sie bitten, ihn zu heiraten. Er wusste jedoch, dass es genauso wichtig war, etwas Abstand zwischen sich und Marta und dem, was geschehen war, zu bringen. Während dieser Zeit konnten sie ihre Gefühle füreinander prüfen, damit sie ganz sicher waren. Rolfe war sich ganz sicher. Er wollte den Rest seines Lebens mit Marta Gronow verbringen, und jede Nacht, wenn er im Krugerhoff-Cottage im Bett lag, dachte er daran, wie perfekt ihr Liebesspiel gewesen war, und begann von ihr zu träumen.

Samstag war der einzige Tag in der Woche, an dem die Familie an dem langen, breiten Esszimmertisch in Stenhaus zusammen zu Abend aß. An diesem Tisch konnten zwanzig Leute bequem Platz finden. Der Raum war mit Möbeln im Louis-XIV.-Stil ausgestattet, denn Mutter hatte sich zwei Jahre vor ihrem Tod während eines Urlaubs bei Verwandten in Deutschland und Frankreich in diese Möbel verliebt.

Mit einem beklommenen Gefühl kehrte Rolfe an diesem Abend nach Stenhaus zurück, um zu duschen und sich zum Essen umzuziehen. Das einzig Gute war, dass Marta dort sein würde, und wenn er Glück hatte, würde er vielleicht ein paar Worte mit ihr wechseln können.

Das dreigängige Menü verlief ungewöhnlich still. Kurt hatte eine steinerne Miene aufgesetzt. Er sagte kein einziges Wort, und als Rolfe in seine Richtung blickte, sah er die Wut in seinen Augen, die er jedoch unterdrückte. Marta vermied jeden Blickkontakt, und selbst Lisel, die dafür bekannt war, dass sie über alles Mögliche schnatterte, war merkwürdig schweigsam. Zu seiner wachsenden Besorgnis kam die Tatsache, dass Papa sich weigerte, mit ihm zu sprechen, obwohl er mit allen anderen am Tisch redete, sogar mit dem kleinen Luke. Die unterschwellige Spannung, die hauptsächlich von Papa und Kurt ausging, war etwas, dessen sich alle Anwesenden bewusst waren.

Als es, wie die alte Familientradition es erforderte, Zeit war für Kaffee und Brandy, der nach europäischer Art im Salon eingenommen wurde, richtete Papa seinen Blick auf Rolfe.

»Komm mit ins Arbeitszimmer, Rolfe. Wir müssen miteinander reden.«

Instinktiv wusste Rolfe, dass sie nicht darüber sprechen würden, wie die Ernte auf Krugerhoff oder Rhein-Schloss verlief. Der wütende Blick seines Vaters und sein steinerner Gesichtsausdruck ließen vermuten, dass er ihm die Hölle heiß machen würde.

Nachdem sich die Bürotür hinter ihnen geschlossen hatte,

setzte sich Carl Stenmark hinter seinen Schreibtisch. Rolfe wollte sich ebenfalls setzen, aber sein Vater knurrte ihn an: »Du bleibst besser stehen.«

Mindestens eine Minute lang starrten Carls blaue Augen seinen Sohn böse an. Dabei trommelte er mit den Fingerspitzen nervös auf den Schreibtisch mit der Lederauflage. Rolfe war erleichtert, als sein Vater das angespannte Schweigen endlich durchbrach.

»Es ist schmerzlich für einen Vater, einen Sohn zu haben, für den er sich schämt und der die Familie betrogen hat. So fühle ich mich nämlich, Rolfe. Beschämt. Mehr als beschämt über dein Benehmen.« Carl wurde deutlicher. »Wie konntest du das tun? Du hattest unser Vertrauen! Ich habe dir vertraut und Kurt ebenfalls. Und du hast unser Vertrauen missbraucht.«

Rolfe wusste, worüber sein Vater redete, aber da er plötzlich Angst vor seinem Zorn hatte, zuckte er die Schultern und stellte sich dumm. »Ich weiß nicht, was du meinst, Papa.«

»Beleidige nicht meine Intelligenz«, polterte Carl. »Es geht um Marta, und was du mit ihr am Abend des Unwetters gemacht hast.« Seine Oberlippe kräuselte sich vor Abscheu. »Du hast sie in deinem Cottage verführt und Sex mit ihr gehabt. Und wenn ich zehn Jahre jünger wäre, würde ich dir deswegen die Seele aus dem Leib prügeln.«

Vor Papas glühendem Zorn zurückweichend, trat Rolfe einen halben Schritt zurück, aber dann erinnerte er sich daran, wie es gewesen war, und versuchte, sich zu verteidigen. »Das stimmt nicht ganz, Papa, ich habe Marta nicht gegen ihren Willen verführt. Ich weiß nicht, was Marta gesagt hat, aber sie ...«

»Hör auf! Meine Güte! Sei ein Mann und stehe zu dem, was du getan hast, anstatt wie ein Feigling zu versuchen, die Schuld auf eine unschuldige junge Frau zu schieben. Kurt und Marta haben miteinander geredet.« Er räusperte sich geräuschvoll und schien mehr als peinlich berührt. »Ich habe ebenfalls mit ihr geredet. Marta sagt, dass du sie verführt hast, nachdem sie ihre nasse Kleidung ausgezogen hatte und in eine Decke gewickelt am Kamin saß, um sich zu wärmen. Was für ein abscheuliches Benehmen.« Vorwurfsvoll schüttelte er seinen grauen Kopf. »Die Verlobte deines Bruders. Um Himmels willen, Mann, was hast du dir bloß dabei gedacht?«

Rolfe schluckte den Kloß in seinem Hals herunter, bevor er an ihm zu ersticken drohte. Er konnte kaum glauben, dass Marta ihn beschuldigte, sie verführt zu haben. Es war natürlich gut möglich, dass Kurt sie dazu gezwungen hatte, eine falsche Aussage zu machen. Er *wusste*, dass er sie nicht gegen ihren Willen verführt hatte. Sie hatte ihn ermutigt zu … zu …

»Ich habe sie nicht verführt, Papa«, wiederholte er leise.

»Ach wirklich? Marta ist also eine Lügnerin?«, erklang eine männliche Stimme hinter ihm.

Er drehte sich um und entdeckte seinen Bruder. Kurt war leise ins Zimmer getreten und lehnte mit dem Rücken an der Tür. Ihre Blicke kreuzten sich, dann sahen beide weg. »Kurt, ich entschuldige mich dafür, dass ich dich und deine Gefühle verletzt habe. Für die Art und Weise, wie alles geschehen ist, aber nicht dafür, was passiert ist. Ich liebe Marta.« Kurt machte einen Schritt auf ihn zu, seine Faust vor Zorn halb erhoben, hielt jedoch inne, als Rolfe fortfuhr: »Es tut mir leid, dass es auf diese Art passiert ist. Ich … ich möchte Marta heiraten, wenn sie mich haben will.«

»Pah«, Kurt spie ihn an. »Du bist nicht nur ein Lügner,

sondern obendrein ein Narr. Marta gehört mir, sie wird mich heiraten.«

»Rolfe«, sagte Papa. »Du streitest es also nicht ab? Du hattest, hm, Sex mit Marta?«

»Ja.« Er stellte sich aufrecht hin und starrte in die entsetzten blauen Augen seines Vaters. Dann sagte er so fest, wie seine angespannten Halsmuskeln es ihm erlaubten: »Ja, ich habe Sex mit ihr gehabt, aber ich habe sie nicht gegen ihren Willen verführt.«

Carl schüttelte den Kopf. »Ich kann einfach nicht glauben, dass einer meiner Söhne sich so ... unmöglich benommen hat.«

»Er hat es nur getan, weil er eifersüchtig auf mich ist und auf das, was mir gehört. Alle wissen, dass Rolfe mich schon immer darum beneidet hat, dass ich der Ältere und erbberechtigt bin. Er hat Marta aus Bosheit verführt, weil er niemals eine Frau bekommen wird, die so schön ist wie sie.« Kurt schleuderte seinem Bruder diese Anschuldigung entgegen und ging um Rolfe herum auf die andere Seite des Schreibtisches, um seinen Bruder direkt anzufunkeln.

»Nichts davon entspricht der Wahrheit. Ich habe sie nicht verführt«, sagte Rolfe erneut, obwohl er wusste, dass das zwecklos war. Es verletzte ihn unendlich, aber weder Papa noch Kurt glaubten ihm. Sie glaubten, was sie glauben wollten, nämlich, dass er gewissenlos und unehrenhaft gehandelt hatte. »Ich möchte mit Marta sprechen und aus ihrem eigenen Munde erfahren, dass ich sie verführt habe.«

»Nein. Sie will dich weder sehen noch mit dir reden, nie mehr«, sagte Kurt angeekelt. »Und ich auch nicht.«

Papa hob die Hand. Er betrachtete Kurt ein paar Sekunden lang und richtete dann seinen Blick auf Rolfe. »Man sollte Marta die Möglichkeit geben, etwas dazu zu sagen,

Kurt. Allein schon aus dem Grund, um Rolfes Illusionen, dass sie Gefühle für ihn hat, ein für alle Mal zu zerstören.«

Rolfe sah, wie Kurt den Kopf schüttelte. Diese Geste brachte eindeutig zum Ausdruck, dass er dagegen war. »Was? Hast du Angst, dass du eventuell etwas hören könntest, was dir nicht gefällt, Kurt?«, fragte er herausfordernd. »Dass Marta lieber mit mir zusammen sein möchte?«

»Du Mistkerl.«

Kurt stürzte sich auf seinen Bruder und bearbeitete dessen Kopf mit seinen Fäusten. Er schlug heftig auf ihn ein, wo immer er ihn erwischen konnte, aber Rolfe reagierte schnell und legte die Hände über sein Gesicht, damit er ihm nicht allzu sehr wehtun konnte.

»*Hört auf!* Ich lasse es nicht zu, dass sich meine Söhne in meiner Gegenwart prügeln wie gewöhnliche Arbeiter«, brüllte Papa. »Kurt, ich verstehe zwar, wie du dich fühlst, aber«, fügte er lautstark hinzu, »beherrsch dich! Hol Marta! Wir werden dem Ganzen jetzt ein Ende bereiten.«

Nachdem Kurt weg war, wagte Rolfe nicht, seinen Vater anzusehen, und erneut herrschte im Raum erdrückendes Schweigen. Die Handgreiflichkeiten mit Kurt ließen sein Herz wild klopfen, aber seine Gedanken waren bei Marta. Jetzt konnte er nur hoffen und beten, dass sie stark genug sein würde, sich Kurt zu widersetzen und allen zu sagen, bei wem ihre wahren Gefühle lagen. Aber tief in seinem Innern wusste er, dass, egal wen Marta bevorzugen würde, ein emotionaler Keil in die Stenmark-Familie getrieben worden war, der sie spaltete, und dass nichts mehr so sein würde wie früher. Rolfe fand sich damit ab, dass ihm und nicht Marta die Schuld an dieser Spaltung gegeben würde. Er war bereit, diese Schuld auf sich zu nehmen, wenn die Frau, die er liebte, ihm gehören würde. Irgendwie würden sie dieses Martyrium schon überstehen. Er glaubte fest daran, dass er alles sein und erreichen konnte, wenn Marta bei ihm war.

Mit einem Klicken öffnete sich die Tür, und Kurt kam mit Marta ins Zimmer.

Das peinliche Schweigen dauerte fort, bis Papa sagte: »Marta, meine Liebe, du hast eine Menge durchgemacht, aber zwei Dinge müssen unbedingt noch geklärt werden. Komm und setz dich an den Schreibtisch.« Er machte Kurt ein Zeichen, einen Stuhl mit Seitenlehnen für sie heranzuziehen.

Marta setzte sich und faltete die Hände in ihrem Schoß. Sie sah blass und angespannt aus, während sie von einem zum anderen blickte. Rolfe lächelte ihr zu, aber sie erwiderte sein Lächeln nicht. Kurt stand neben ihr und hatte seine Hand besitzergreifend auf ihre rechte Schulter gelegt.

Papa nahm kein Blatt vor den Mund. »Marta, Rolfe hat den Eindruck, dass, soweit er sich erinnern kann, am Abend des Unwetters keine – es ist peinlich für einen alten Mann, dies zu sagen – keine Verführung stattgefunden hat und dass ihr zwei euch freiwillig und in gegenseitigem Einvernehmen geliebt habt.« Seine buschigen Augenbrauen zogen sich zusammen. »Wie lautet deine Antwort darauf, Marta?«

»So war es nicht, Papa Carl. W-wir waren alleine. Ich war… unter der Decke nackt. Rolfe hat mich geküsst. Er war so stark. Ich hatte Angst…«

»Du Mistkerl…«, wiederholte Kurt mit halb erstickter Stimme, aber laut genug, dass alle es hörten.

»I-ich wusste nicht, was ich tun sollte.« Martas Stimme stockte. »Er hat mir *drei* Brandys gegeben. Ich war – wie sagt man? – schwindlig im Kopf. Es war alles wie ein Traum…«

»Marta, das ist nicht wahr, das weißt du genau«, unterbrach Rolfe sie. »Sag ihnen einfach die Wahrheit, *Liebling.*«

Sie starrte ihn mit ihren leicht schräg gestellten Augen an, in denen die Tränen aufkamen, und ihr Mund zitterte. »Ich … ich sage die Wahrheit, Rolfe. D-du hast mich gegen meinen Willen verführt. Oohhh …« Sie beugte den Kopf und begann leise zu schluchzen.

Kurt und Papa nickten entschlossen.

Einige Sekunden lang stand Rolfe unter Schock, unfähig, darüber nachzudenken, was er tun oder sagen sollte. Was er jedoch nicht wusste, war, dass der wirkliche Albtraum noch bevorstand. »Aber … Marta, ich liebe dich.« Verzweifelt fiel Rolfe auf die Knie und griff nach ihren Händen mit den Spitzenhandschuhen. »Liebling, bitte! Ich liebe dich, ich möchte, dass wir heiraten. Sag mir jetzt ehrlich, du hast doch Gefühle für mich, nicht wahr?« Sein Herz, sein Verstand, seine Seele flehten sie an, ja zu seinem Heiratsantrag und seiner Frage zu ihren Gefühle zu sagen. Sie hob den Kopf und schaute ihn mit klaren Augen an.

»Ich … ich wünschte, ich könnte sagen, dass ich dich dafür hasse, was du getan hast, aber ich bin kein Mensch, der hasst. Ich weiß nicht, warum du meinst, dass ich irgendwelche Gefühle für dich habe. Das habe ich nicht. Ich liebe Kurt und«, sie neigte den Kopf, um Kurt anzusehen, und lächelte ihn schwach an, »wenn er mich noch haben will, möchte ich ihn gerne heiraten.«

»Natürlich will ich das«, sagte Kurt ehrenhaft. Er blitzte seinen Bruder an, und in seinem Gesicht lag ein Ausdruck von Triumph und Rechtfertigung.

Ungläubig den Kopf schüttelnd, unfähig und nicht bereit, die Worte, die Marta soeben gesagt hatte, zu akzeptieren, schrie Rolfe: »Nein! Marta … das kann nicht dein Ernst sein.«

»Das ist ihr voller Ernst«, sagte Kurt ungeduldig.

Papa stieß einen Seufzer aus, und als Rolfe seinen Gesichtsausdruck sah, die Art und Weise, wie er ihn anstarrte, gefror das Blut in seinen Adern. *Er hatte verloren.* Marta, den Respekt seines Vaters, die Zuneigung seines Bruders – alles. Aber eine Frage ließ ihn nicht los: Warum hatte Marta gelogen? Aus Angst? Um zu überleben oder …? Dann tauchte ein weiterer schrecklicher Gedanke auf. Hatte sie sich nur mit ihm amüsiert, weil Kurt keine Zeit gehabt hatte? Aber diesen Gedanken verwarf er sofort wieder. Er wollte nicht daran denken, dass die Frau, die er liebte, möglicherweise so berechnend und oberflächlich war.

»Kurt, bring Marta aus dem Zimmer, sie hat genug durchgemacht«, befahl Carl leise.

Als sie weg waren, wandte Carl seinem Sohn seine ganze Aufmerksamkeit zu. Rolfe wusste, dass es zwecklos war, seinen Vater davon zu überzeugen, dass Marta, aus welchem Grund auch immer, nicht die Wahrheit gesagt hatte. Papa hatte beschlossen, sich auf die Seite von Kurt und Marta zu stellen. Plötzlich war es Rolfe, als träume er etwas, was ein anderer erlebte. Still stand er da und wartete. Er sah, wie sein Vater sich über die Schläfen rieb, als schmerze sein Kopf. Dies war das einzige äußere Zeichen seiner Erregung.

»Du … hast den Namen der stolzen Stenmarks besudelt. Du hast mich so beschämt, dass ich dich nicht länger als meinen Sohn bezeichnen kann.«

Rolf schwieg. Er hatte das Gefühl, einem Richter zuzuhören, der in einem Gerichtsprozess sein Urteil verkündet. Er wagte kaum zu atmen und bemerkte, dass unzählige verschiedene Gesichtsausdrücke über das Antlitz seines

Vaters flackerten. Rolfe erinnerte sich an ihn, als er noch ein Kind gewesen war und auf dem Schoß seiner Mutter gesessen hatte. Als er heranwuchs, lernte er alles über die Weinherstellung, die Probleme und Erfolge, die mit dem Mannsein und Unabhängigwerden verbunden waren. Und nun schüttelte sein Vater den Kopf, um sein Urteil zu verkünden.

»Die Vorstellung, dass du in Stenhaus lebst, ist angesichts dessen, was geschehen ist, unerträglich. Dein Bruder wird dir niemals verzeihen, und ich und Marta ebenfalls nicht. Du bist hier nicht länger willkommen.«

Das bedeutete also die Verbannung, was er bereits erwartet hatte. Warum sollte er auch hierbleiben, wenn Papa und Kurt ihn jeden Tag daran erinnerten, wie ungerecht diese Anschuldigung war? Papa hatte jedoch noch nicht zu Ende gesprochen, und was er als Nächstes sagte, bereitete ihm zusätzlich großen Schmerz. Trotzdem blieb Rolfe ruhig. Martas Worte hatten die Kampfeslust in ihm versiegen lassen.

»Auch im Barossa Valley bist du nicht mehr willkommen.«

Jetzt reagierte Rolfe. »Und was wird aus Krugerhoff, Papa?« Das Weingut war sein Rettungsanker. Alles, was er hatte. Aber sein Vater machte sich keine Mühe, diese Frage zu beantworten. Krugerhoff war zu klein und unbedeutend für ihn.

»Du wirst heute Abend Stenhaus und das Valley *für immer* verlassen. Ich ...« Carl rieb sich die Augen, dann fuhr er fort: »Obwohl ich das nicht gerne tue, verstoße ich dich und werde meinen Anwalt bitten, ein neues Testament aufzusetzen. Ab dem heutigen Abend habe ich nur einen Sohn«, er fixierte Rolfe lange, dann richtete er seinen Blick auf den Schreibtisch, »und der heißt Kurt.«

»Papa, das kann doch nicht dein Ernst sein.« Rolfe war über alle Maßen schockiert. Aber in seinem Herzen wusste er, dass sein Vater es ernst meinte und dass er bei seiner Entscheidung bleiben würde. Der Name der Familie war für Papa überaus wichtig. Mit dem Namen Stenmark war niemals ein Skandal verbunden gewesen, und sein Vater wollte, dass das so blieb.

»Papa«, Rolfe flehte um Gnade. »Dein Testament ist mir egal, du brauchst mir kein Geld zu hinterlassen. Das Einzige, was ich jemals von dir verlangt habe, ist deine Liebe und deinen Respekt. Ich werde einige Jahre nach Europa gehen, bis sich die Sache …«, seine schwielige Hand machte eine vage Bewegung, »beruhigt hat und vergessen ist. Ich bitte dich jedoch, versperr mir nicht den Zugang zu meiner Familie, zu dir und Greta und Lisel.«

Papa schüttelte den Kopf. »Das muss ich tun. Was du getan hast, ist nicht zu verzeihen, und Kurt hat schließlich auch seinen Stolz. Es gibt keinen Platz mehr für dich in der Stenmark-Familie.« Er schlug hart auf die Oberfläche des Schreibtisches, eine Geste, die er oft machte, wenn eine Diskussion beendet war. »Das ist alles, was ich zu sagen habe. Geh jetzt.«

Rolfe erinnerte sich nicht mehr daran, wie er es geschafft hatte. Er stolperte aus dem Zimmer und lief in sein Schlafzimmer. Es war ein schlechter Traum, nein, ein Albtraum gigantischen Ausmaßes. *Und alles nur deshalb, weil eine feige junge Frau nicht den Mut gehabt hatte, die Wahrheit zu sagen.* Aber der Albtraum war real. Rolfe kannte seinen Vater. Er gab nicht so leicht ein Urteil ab, und wenn er es einmal getan hatte, würde niemand ihn dazu bewegen, seine Meinung zu ändern. Später, nicht jetzt, würde er darüber nachdenken, wie unfair Papa gewesen war, dass er Marta geglaubt hatte anstatt seinem eigenen Sohn, den er verstoßen hatte, um seinen ältesten Sohn und Erben zu besänftigen. Rolfes Gedanken drehten sich nur noch darum, dass er seinen Lebensinhalt, nämlich Marta und Krugerhoff, verloren hatte.

Er hatte keine Idee, was er jetzt tun sollte. Roboterartig holte er zwei Koffer und eine Reisetasche unter seinem Bett hervor und füllte sie mit Kleidung, Büchern und der Trophäe, die er in der Volksschule für den Eierlauf gewonnen hatte. Er betrachtete das Foto seiner Eltern, das seit Jahren auf seiner Frisierkommode stand, wickelte es in ein Hemd und steckte es in seinen Koffer.

Es klopfte leise an die Tür, und Greta betrat den Raum. Sie sah ihn packen und fing an zu weinen.

»Oh, Rolfe, ich kann nicht glauben, was Papa da macht. Er ist außer sich vor Zorn.«

»Ich weiß.« Sie umarmten einander, aber es gelang ihm nicht zu lächeln. »Er hat mir nicht geglaubt, ebenso wenig wie Kurt, aber«, während Rolf ihr in die Augen sah, wurde ihm bewusst, dass dies wahrscheinlich das letzte Mal war, »ich schwöre auf Mutters Grab, Greta, dass ich Marta nicht gegen ihren Willen verführt habe. Ich liebe sie und habe geglaubt«, ein frustrierter Laut ging seiner Bemerkung voraus, »sie würde meine Gefühle erwidern.«

Greta schenkte Rolfe ein mattes Lächeln. »Ich glaube dir. Marta ist ziemlich berechnend. Dieses junge Ding weiß genau, wie sie es anstellen muss.« Sie sah Rolfes fragenden Blick, und in ihrer sachlichen Art erklärte sie es ihm. »Warum sollte sie den zweiten Sohn heiraten, wenn der Erstgeborene ihr Reichtum und Ansehen bietet? Marta Gronow ist nicht dumm, aber sie kann mich auch nicht für dumm verkaufen.«

Er wollte nicht darüber nachdenken, dass Greta recht hatte, daher schwieg er. Später würde er ihr zustimmen.

Er warf seine Brieftasche, einige Toilettenartikel und das Tagebuch, in das er begonnen hatte, seine Gedanken zu schreiben, in die Reisetasche, zog den Reißverschluss zu und legte die Tasche über seine Schulter.

»Was wirst du tun, Rolfe?«

»Ich weiß es nicht. Vermutlich fahre ich heute Abend nach Krugerhoff.«

»Papa wird dich aus dem Valley jagen. Er kann erbarmungslos sein, genauso wie Kurt. Du solltest nach Adelaide oder Melbourne gehen. Verkauf Krugerhoff und nimm das Geld, um irgendwo neu anzufangen. Irgendwie wird es uns beiden gelingen, in Kontakt zu bleiben. Ruf mich an, wenn du kannst.« Ihr Lächeln wurde breiter und erinnerte ihn an das Lachen seiner Mutter. »Ich möchte wissen, dass du in Sicherheit bist.«

Er wusste, dass sie es gut mit ihm meinte. »Ich werde Krugerhoff nicht verkaufen. Eines Tages, auch wenn es vielleicht zwanzig Jahre dauert, wird Papa mich bitten, zurückzukommen. Ich werde dafür sorgen, dass Otto und Ernst sich um die Weinernte und die Gebäude kümmern. Ich werde weiterhin alle Gebühren und Steuern bezahlen.« Er dachte kurz nach, obwohl es ihm schwerfiel, klar zu denken. »Vielleicht fahre ich nach Griffith oder nach Sydney. Das ist eine große Stadt, und im Hunter Valley findet man immer einen Job auf einem Weingut.« Er hob die Koffer vom Boden auf und stöhnte über ihr Gewicht.

»Versuch nicht, dich mit Marta zu treffen, Rolfe«, warnte Greta, als ob sie ahnte, dass er das vorhatte. »Sie hat ihre Entscheidung getroffen, wen sie bevorzugt. Und Papa und Kurt werden wie Adler über sie wachen. Du hast keine Chance, in ihre Nähe zu kommen.«

»Natürlich.« Aber er konnte ihr schreiben. Ja, das würde er tun, wenn er sich irgendwo niedergelassen hatte. »Ich gehe jetzt besser ...«

»Ja, geh, bevor Kurt noch einen Wutanfall kriegt und dich sucht«, stimmte Greta ihm zu. Sie gab ihm einen Kuss auf die Wange und umarmte ihn mütterlich. »Ich werde dich vermissen ... sehr sogar. Und John und der kleine Luke ebenso.«

»Ich werde sie auch vermissen, *alle.*« Greta öffnete ihm die Tür, und er ging so rasch hinaus, wie die schweren Koffer es ihm erlaubten, ohne sich noch einmal umzudrehen.

Sydney, Dezember 1963

Rolfes Koffer waren wieder einmal gepackt, seine Reisedokumente in Ordnung. Der Job bei Penfolds Wines hatte ihn gelangweilt. Wein zu verkaufen war seiner Meinung nach nicht so interessant, wie Trauben anzupflanzen und nach der Ernte guten Wein aus ihnen herzustellen. In zwei Stunden würde er an Bord der RHMS *Ellinis* der Chandris Lines gehen, die nach Europa und England fuhr. Die Schiffspassage war preiswerter als ein Flug nach Europa, und er musste mit seinen Ersparnissen sorgsam umgehen. Er schaute sich in der möblierten, beengten Kabine mit der kleinen Küche und dem winzigen Badezimmer um. Sein Blick fiel auf einen Stapel Briefe, die er Marta in einem Zeitraum von über einem Jahr geschrieben hatte. Alle waren ungelesen zurückgeschickt worden. Der Zeitpunkt war gekommen, dass er sich mit Martas Lüge abfand. Es war sinnlos, die Briefe weiter mit sich herumzuschleppen. Er wollte sich nicht selbst bemitleiden und warf die Briefe entschlossen in die Mülltonne.

Es war schwierig für ihn, sich an seinen neuen Nachnamen Kruger zu gewöhnen, aber alles in allem war die Änderung seines Namens durch Rechtserklärung vor einem Jahr, als er sich in Sydney niedergelassen hatte, ein kluger Schritt gewesen. Der Name Stenmark wurde in der Weinindustrie immer bekannter – die Leute stellten zu viele Fragen –, wie er in Griffith und im Hunter Valley herausgefunden hatte. Nach etlichen Telefonaten mit Greta hatte er sich damit abgefunden, dass Papa ihm wahrscheinlich niemals verzeihen würde. Dies trug zu seiner Entscheidung bei, in einem Land weit weg von Australien einen Neuanfang zu wagen.

Er hatte aufgehört zu schreiben, weil er nicht richtig sehen konnte, und rieb seine Augen so lange, bis er wieder klar sehen konnte. Es war nicht einfach, die nächsten Worte zu Papier zu bringen, aber er kniff die Lippen zusammen und schrieb.

Es war kaum vorstellbar, dass Kurt und Marta tot waren. Greta hatte ihm die schlechte Nachricht vor einer Woche telefonisch übermittelt. Aber es hatte ihn nicht weiter überrascht, dass sein Bruder und Marta bei einem Autounfall ums Leben gekommen waren. Marta liebte schnelles Fahren, und Kurt hielt sich nie an die Geschwindigkeitsbegrenzung. Nach Angaben der Polizei war der Mercedes-Sportwagen auf der Murray Street aus einer Kurve geschleudert worden und hatte sich ein paarmal überschlagen. Bei dem Unfall waren nicht nur Marta und Kurt auf der Stelle getötet worden, sondern auch Martas drei Monate alter Fötus. Ein trauriger Tag für die Stenmarks.

Greta sagte, Papa sei untröstlich gewesen, voller Trauer, aber auch wütend... auf ihn, Rolfe. Obwohl das nicht viel Sinn machte. Er glaubte, dass Rolfe irgendwie dafür verantwortlich sei, was Marta und Kurt zugestoßen war.

Derartige Anschuldigungen waren unlogisch und entsprachen nicht Papas gesundem Menschenverstand, aber das war wohl egal. Er musste unbedingt irgendjemandem die Schuld in die Schuhe schieben. Und anstatt Kurts Leichtsinn zu rügen, machte er Rolfe für den Unfall verantwortlich!

Rolfe war froh, Australien endlich zu verlassen. Nachdem Kurt und Marta tot waren und Papa ihm nach wie vor nicht verziehen hatte, hatte er dort nichts mehr verloren. Und das würde für alle Zukunft so bleiben. Es war für ihn am besten, weit fortzugehen, zu vergessen und die Ereignisse der letzten beiden Jahre hinter sich zu lassen …

Mit tränenverschleiertem Blick sah Carla vom Tagebuch ihres Vaters auf. Sämtliche Teile des Puzzles – die Geschichte ihres Vaters als junger Mann – ergaben plötzlich einen Sinn. Sie wusste nun, was Rolfe getan hatte, warum er Australien verlassen hatte und nie zurückgekehrt war. Es war überaus tragisch, in so jungen Jahren seinem Schicksal überlassen zu werden. Ohne Familie und Freunde hatte er in einem fremden Land gelebt. Es war die Umkehr der Geschichte seiner Vorfahren. Die waren vom Rheintal ins Barossa Valley ausgewandert. Es war wenig verwunderlich, dass er so still und ernst geworden war. Sie blätterte ein paar Seiten weiter. Sie waren unbeschrieben, aber auf der letzten Seite des Tagebuchs stand ein vier Zeilen langer Eintrag.

Italien, Frühling 1965

Er lernte Italienisch und konnte in dieser Sprache schon einfache Unterhaltungen führen. Gestern hatte er in einer Taverne einen Mann kennengelernt, den Weinhersteller

Guido Bardolino. Sie hatten zusammen ein paar Gläser Wein getrunken. Guido bot ihm an, eine Saison auf seinem Weingut in Vicenza in der Nähe von Venedig zu arbeiten.

Rolfe beschloss, den Job anzunehmen, weil er müde vom Herumreisen war und es satthatte, in muffigen Räumen zu schlafen und aus dem Koffer zu leben. Außerdem brauchte er dringend Geld. Und Guido sagte, dass er vier hübsche Töchter hätte, Lucia, Francesca, Gina und Guiseppina.

Er durfte nicht vergessen, Greta zu schreiben und ihr seine neue Adresse zu geben.

Carlas rechter Zeigefinger zeichnete den Namen ihrer Mutter nach, und sie lächelte. Als sie das Tagebuch schloss, stieß sie einen Seufzer aus. Ihr Vater war eine Zeit lang glücklich gewesen – in Italien und einige Jahre, nachdem sie nach Neuseeland gekommen waren. Als sie sich an diese glückliche Zeit erinnerte, wurde ihr Lächeln breiter, dann verschwand es langsam wieder. Sie legte den Kopf zurück und machte die Augen zu. Sie hatte so viel zu verarbeiten. Seine persönlichen Aufzeichnungen hatten ihr einen ganz anderen Mann gezeigt, einen jungen, leidenschaftlichen Mann, dem Unrecht getan worden war. Wenn er sich ihr nur anvertraut hätte, als er noch am Leben gewesen war! Aber zumindest war es gut, jetzt alles zu wissen und zu verstehen, selbst wenn es reichlich spät dafür war.

Plötzlich ruhelos geworden, weil sie seit Tagesanbruch fast ununterbrochen gelesen hatte, stand sie auf und ging zum Fenster hinüber, um die Rebstöcke zu betrachten. In einer der Reihen sah sie einen langen, dünnen Stock mit einem roten Band, das im Wind flatterte. Der Rebstock ragte hoch über die anderen hinaus. An jener Stelle hatte Peter Cruzio ihren Vater gefunden. Ihre Augen füllten sich mit Tränen, und sie wandte sich ab und schaute sich im Zimmer um. Während ihr Blick von einem Möbelstück zum anderen wanderte, fasste sie einen Entschluss.

In weniger als zwei Wochen waren Schulferien. Dann hätte sie Zeit, die Dinge ihres Vaters zu regeln und ... einen Flug nach Adelaide in Südaustralien zu buchen, für sich, Sam und Angie. Sie würden ins Barossa fahren und sich Krugerhoff ansehen ... und ... mit den Verwandten, die sie dort hatte, Kontakt aufnehmen. Dies tat sie für ihren Sohn, nicht für sich. Da ihre Mutter und ihre Kusinen so weit weg waren, hatte Sam es verdient, Teil einer liebevollen Familie zu werden. Darum würde sie sich kümmern.

5

Innerhalb von dreißig Jahren hatte sich im Haus der Stenmarks ziemlich viel verändert. Eines blieb jedoch unverändert. Samstagabends kam die Familie zum gemeinsamen Abendessen zusammen, das jedoch nicht mehr im offiziellen Speisesaal eingenommen wurde, sondern in einem verglasten Innenhof, der an die Küche angebaut worden war und von dem aus man die Terrasse und den Pool überblickte. Hinter dem Pool, der von einer zwei Meter hohen Hecke abgeschirmt wurde, befanden sich eine lange Garage, in der sechs Autos Platz hatten, und ein Fitnessstudio, hauptsächlich für Lisel und Luke. Dieses Gebäude war an die Stelle der alten Weinkellerei und der Ställe getreten, die von Carls Großvater, Fritz Stenmark, erbaut worden waren.

Luke Michaels, der mit einem Aperitif in der Nähe des Fensters stand, schaute auf die Rebstöcke, die sich, so weit das Auge reichte, über das ganze Gebiet erstreckten. Die roten, goldenen und braunen Blätter setzten farbige Akzente auf das vorherrschende Grün. Man konnte den nahenden Herbst bereits spüren. Ende Mai würden die meisten Blätter abgefallen sein. Luke liebte diese Jahreszeit. Die Ernte war eingefahren, der Gärungsprozess hatte begonnen, und jetzt hatte er wieder mehr Zeit, sich um die Dinge zu kümmern, die er in ruhigeren Zeiten erledigen konnte.

Als Luke hörte, dass jemand das Zimmer betreten hatte, wandte er sich vom Fenster ab. Das Klacken der hohen Absätze auf dem gefliesten Boden verriet ihm auch blind, dass es Tante Lisel war. Nicht dass er sie Tante nannte. Der Altersunterschied zwischen ihnen betrug nur sieben Jahre, und als er ein Teenager gewesen war, hatte sie darauf bestanden, dass er sie beim Vornamen nannte.

Lisel Stenmark war ein völlig anderer Frauentyp als seine Mutter Greta. Sie war groß und mit ihren vierzig plus immer noch schlank wie ein Model, hatte dunkles Haar – während seine Mutter mal blond gewesen war – und wirkte im Gegensatz zu dieser glamourös und anspruchsvoll. Sie hatte ein feuriges Temperament und war hochgradig empfindlich, während Greta Michaels ruhig war und ein angenehmes Wesen hatte.

»Lisel«, hieß er sie lächelnd willkommen. »Kann ich dir etwas bringen?«

»Ich trinke, was du trinkst, mein Lieber.«

Er hob sein Glas, um ihr zuzuprosten. Dann ging er zur gut gefüllten Bar hinüber, die in einer Ecke des Zimmers stand, und schenkte ihr ein. Die Standuhr im Foyer schlug sieben Uhr, und wie auf ein Kommando betrat die Stenmark-Familie den Raum. Das Abendessen begann stets pünktlich um sieben Uhr. Greta und John Michaels, Lukes

Eltern, waren die Ersten, und hinter seinem Großvater trottete ein geschrubbter Josh Aldrich im Anzug her. Der solide gebaute Mann mit dem blonden Haar hatte unauffällige, ebene Gesichtszüge und braune Augen, die fast unentwegt hin und her schauten, beobachtend, beurteilend, berechnend.

Luke mochte den Betriebsmanager von Rhein-Schloss nicht übermäßig, aber er musste zugeben, dass der Mann etwas von seiner Arbeit verstand und den gesamten Produktionsprozess der Firma – bis zum Abfüllen des Weins in Flaschen – beaufsichtigte. Josh war heute Abend der Ehrengast, weil Großvater ihn eingeladen hatte, wahrscheinlich, um während des Essens oder danach über geschäftliche Dinge zu reden. »Fachsimpeleien« waren etwas, was seine Mutter während des samstäglichen Abendessens verabscheute. Aber im Laufe der Jahre waren solche Gespräche unvermeidlich geworden, denn dies war die einzige Zeit, wo sie alle zusammen waren.

Der Tisch mit der Glasplatte war bereits mit Sets, Silberbesteck und Gläsern gedeckt. Aus Respekt warteten alle, bis sich Carl Stenmark an den Kopf des Tisches gesetzt hatte, bevor sie ihre jeweiligen Plätze einnahmen, Luke rechts von Carl und Josh links von ihm. Nachdem Margit, die Köchin, durch die Küchentür gespäht und sich vergewissert hatte, dass alle saßen, schob sie einen Servierwagen in den Innenhof. Das Geschirr klapperte, und der erste Gang wurde serviert, grüner Salat mit Scheiben von geräuchertem Lachs.

Aus dem Augenwinkel sah Luke, wie sein Großvater auf seinen Teller starrte. Seine Miene war ausdruckslos, denn er wusste, was jetzt kommen würde.

»Schon wieder Salat. Es ist Herbst, Greta.« Carls Ton war genauso vorwurfsvoll wie seine Worte. »Es wird langsam Zeit für warme Suppen. Alles, nur nicht dieses grüne Zeug.«

»Nächste Woche, Papa«, antwortete Greta geduldig auf die Frage, die schon seit Jahren die gleiche war. »Nächste Woche gibt es deine Lieblingssuppe, Lauchcreme mit Spargel.«

»Gut.«

Luke nahm seine Gabel und fing an zu essen. Er wusste, dass Großvater oder Lisel die Unterhaltung beginnen würden. Seine Tante war ziemlich geschwätzig und trug die Klatschgeschichten aus dem Dorf an den Esstisch, egal, ob es Großvater gefiel oder nicht. Luke war wie sein Vater, er hörte gerne zu und beteiligte sich ab und zu an der Konversation, wenn ihm Fragen gestellt wurden.

»Ich habe gehört, dass Pieter Schmidt, der Vorsitzende der Riverside Winery in der Nähe von Angaston, entlassen wurde«, begann Lisel.

»Der Mann ist ein Narr«, bemerkte Josh, der alle wichtigen Leute im Valley kannte, mit einem abfälligen Grinsen. »Pieter wurde dabei erwischt, als er einige Kästen Cabernet Sauvignon, der Jahrgangswein, der Riverside im letzten Jahr eine Goldmedaille eingebracht hat, mitgehen ließ. Wenn es sich nicht gerade um diesen Wein gehandelt hätte, hätten sie vielleicht ein Auge zugedrückt. Der Wein war jedoch ausschließlich für den Export bestimmt.«

»Er hat Pech gehabt«, krächzte Carl und fuchtelte mit seiner Gabel in der Luft herum. »Diebstahl vonseiten des Personals kommt bei Weinkellereien häufig vor, genauso wie bei anderen Unternehmen. Es ist eine Tatsache, mit der sich die Eigentümer abfinden müssen.«

Margit kam mit einem Tablett, um das benutzte Geschirr abzuräumen. Greta stand auf, um ihr zu helfen und das Auftragen des Hauptgerichts zu beaufsichtigen.

»Der Eigentümer von Riverside hätte Schmidt anzeigen sollen«, meinte Lisel, und ihr Mund verzog sich zu einer schmalen Linie. »Das würde anderen im Valley eine Lehre sein.«

»Aber niemanden vom Diebstahl abhalten, meine Liebe. Solche Praktiken gibt es nur in bestimmten Gegenden«, erwiderte Carl nüchtern. Er hatte genug davon und ging zu einem anderen Thema über. »Themawechsel. Luke«, Carls blaue Augen richteten sich auf seinen Enkel, »was gibt es Neues auf Krugerhoff?«

»Gestern habe ich per Fax eine höfliche Absage erhalten«, antwortete Luke. »Ich habe vor, nach Neuseeland zu fliegen, um persönlich ein Angebot zu unterbreiten.«

»Nein.«

Carl schüttelte seinen Kopf mit dem vollen schneeweißen Haar. Er war jetzt zweiundachtzig, wirkte aber zehn Jahre jünger. Seine Haut war gebräunt, weil er sich meistens draußen aufhielt, und er war genauso gesund wie jemand, der halb so alt war wie er.

»Es ist keine besonders gute Taktik, so viel Interesse zu demonstrieren. Wenn die Frau einigermaßen intelligent ist, wird sie annehmen, dass das Land viel mehr wert ist, als du ihr dafür geben willst.«

»Das ist es auch, Papa«, sagte Greta. »Das weiß doch jeder.«

»Aber *sie* vielleicht nicht«, erwiderte Carl mit listigem Blick. »Ich schlage vor, du wartest noch eine Woche und erhöhst dann dein Angebot um zehntausend Dollar. Du hast mir doch erzählt, dass Krugerhoff das einzig wertvolle Erbstück ist, das sie erhalten hat, und dass das Weingut ihres …«, er stolperte über das Wort, »Vaters in Neuseeland verschuldet ist.«

»Soweit ich gehört habe«, bestätigte Luke.

»Also wird sie dein Angebot akzeptieren, wenn sie keine Närrin ist.«

»Aber du musst dich beeilen«, sagte Josh Aldrich, eifrig darauf bedacht, in das Gespräch einbezogen zu werden. »Die anderen Immobilienbüros in der Stadt werden ihr angesichts der hervorragenden Lage von Krugerhoff eine Menge Angebote unterbreiten.«

Plötzlich schlug Carl so hart auf den Tisch, dass das Besteck klirrte. »*Ich will das Land.*« Seine Stimme wurde tiefer und klang wie entfernter, unheilvoller Donner. »Es war vor über dreißig Jahren im Besitz der Stenmarks, und es gibt kein … ›Hindernis‹ mehr, dass es nicht wieder uns gehören sollte.«

»Ja, Großvater. Ich bin sicher, dass sie so vernünftig sein wird, es zu verkaufen.« Luke gab der Forderung des Familienoberhauptes nach.

Lisel, die Luke schräg gegenübersaß, lächelte ihn beruhigend an. »Mach dir keine Gedanken, Papa, Luke wird Erfolg haben.« Sie griff über den Tisch, um die Hand ihres Neffen zu tätscheln. »Wir wissen, dass er in allem sehr gut ist. Egal, ob es darum geht, auf Rhein-Schloss zu arbeiten oder Michaels' Immobilien einzuschalten, um mehr Land für den Anbau von Wein zu kaufen.«

Luke brachte mit seinem Lächeln zum Ausdruck, wie sehr er sich darüber freute, dass seine Tante auf seiner Seite war. »Danke für dein Vertrauen, Lisel.«

Diesmal war es sein Vater, der das Thema wechselte und Geschäftliches zur Sprache brachte. Luke hörte nur mit halbem Ohr zu und war mit seinen Gedanken ganz woanders. Selbst nach so langer Zeit konnte es sein Großvater nicht über sich bringen, den Namen seines jüngeren Sohnes laut auszusprechen, obwohl er jetzt tot war. Als ihn die Nachricht von Rolfes Tod ereilte, hatte er kein großes Interesse daran gehabt, etwas über Rolfes Leben oder seine Kinder zu erfahren – er wusste lediglich, dass er eine Enkelin namens Carla Hunter und einen Urenkel hatte. Seit Jahren schon war er von der Vorstellung, Krugerhoff zurückzubekommen, wie besessen, als ob dadurch die Vergangenheit irgendwie ausgeglichen werden könnte.

Die Reaktion seiner Mutter war anders ausgefallen. Sie wollte alles über die Familie ihres Bruders wissen, was Luke von seinem neuseeländischen Informanten erfahren hatte. Der Kontakt zwischen Rolfe und ihr war immer spärlicher geworden und schließlich gänzlich abgerissen, als Rolfe nach Neuseeland ausgewandert war. Sie wusste nur, dass er geheiratet und eine Tochter hatte. Das war das Letzte, was sie über ihn gehört hatte, und sie nahm an, dass er sich eingelebt hatte und glücklich war. Rolfe war der Lieblingsbruder seiner Mutter gewesen, und Luke hatte die Geschichte, wie und warum Rolfe enterbt worden war, viele Male gehört. Im Vergleich zu heute geltenden, weniger strengen Maßstäben fand er das alles reichlich übertrieben. Großvater hatte wirklich antiquierte Vorstellungen über Moral und korrektes Benehmen.

Als das Hauptgericht aufgetragen war, wanderten Lukes Gedanken zu seiner Kindheit zurück und den Dingen, die er von Krugerhoff wusste. Etwas Geheimnisvolles hatte Krugerhoff umgeben. Rolfe hatte das Valley rasch verlassen und war beinahe spurlos verschwunden. Einige ältere Kinder hatten, als Luke in den Kindergarten der Volksschule ging, die Theorie aufgestellt, dass Rolfe in einem Wutanfall von Kurt oder Carl getötet worden war und seine Leiche irgendwo auf Krugerhoff begraben lag. Da er damals erst fünf Jahre alt gewesen war, zu jung, um logisch zu denken, hatte Luke mit den älteren Jungen mehrere Expeditionen nach Krugerhoff gemacht.

Den Jungen war es jedoch nicht gelungen, in die Gebäude vorzudringen und Rolfes Grab zu finden. Und sogar jetzt noch, so viele Jahre später, erinnerte er sich an das schaurige Gefühl, das er gehabt hatte, als er, wie die Stenmarks es nannten, in unerlaubtes Gebiet eingedrungen war. Auf ihrem letzten Ausflug hatte Otto, ein alter Mann, der einst für Rolfe gearbeitet hatte und der inoffizielle Verwalter des Weinguts war, sie entdeckt und zu Tode erschreckt. Danach hatte Luke kein Interesse mehr an Krugerhoff gehabt. Erst als er ein Teenager war, hatte Greta ihm versichert, dass Rolfe nicht tot war, sondern in Neuseeland lebte. Somit hatte sie die Mordtheorie ein für alle Mal aus der Welt geschafft. Seine Mutter hatte nur gelacht, als er ihr gestand, was er und die anderen Jungen damals angestellt hatten.

Jetzt war Rolfe Stenmark-Kruger tot. Das hatten sie von einem Immobilienmakler in Marlborough auf der Südinsel von Neuseeland erfahren. Luke hatte dem Mann einen Vorschuss gezahlt, damit er ihn über irgendwelche ›Tätigkeiten‹ im Zusammenhang mit der Valley-View-Weinkellerei informieren sollte. Mit Rolfes Tod war das letzte Kapitel der Liebesgeschichte, die der Familie so viel Kummer beschert hatte, geschrieben. Luke warf Carl, der durch irgendetwas abgelenkt war, was Lisel ihm gerade sagte, einen verstohlenen Blick zu. Vielleicht konnte Großvater jetzt die Vergangenheit ruhen lassen und gefühlsmäßig wieder mit sich im Reinen sein, aber wahrscheinlich nicht, bevor Krugerhoff den riesigen Ländereien von Stenmark einverleibt war.

»Genug jetzt von expandierenden Märkten und Liefermöglichkeiten«, sagte Carl grantig, nachdem er Lisel fünf Minuten lang zugehört hatte, die ihm einige Lieferstrategien erklärte. Er wandte sich Josh Aldrich zu. »Ich habe gehört, dass auf dem neuen Weingut nördlich des Valleys die Traubenfäule herrscht. Weißt du etwas darüber?«

»Das stimmt, Mr. Stenmark«, sagte Josh respektvoll. »Im Frühjahr werden sie dort ein großes Problem haben, wenn sie das nicht unter Kontrolle kriegen.«

»Und was ist mit unseren Rebstöcken?«, fragte Carl stirnrunzelnd.

»Die sind völlig in Ordnung, jeder einzelne.« Josh atmete erleichtert auf, als Carl nickend zu verstehen gab, dass ihn diese Information zufrieden stellte.

»Das ist eine schlimme Krankheit, diese Traubenfäule«, sagte Carl und schüttelte den Kopf. »Und John, was hat es damit auf sich, dass de Bortoli bis nach Victoria expandieren will?«

»Die Information ist richtig«, bestätigte John Michaels. »Und sie sind nicht die Einzigen, die das tun.«

»Barossa ist immer noch der beste Ort für den Weinanbau«, verteidigte Carl das Valley entschlossen. Seiner Meinung nach war es das beste Gebiet auf der ganzen Welt.

»Ja, Großvater«, stimmte Luke zu, »aber die anderen Weingüter stellen sich um, weil die Australier die vielen verschiedenen Weinsorten, die es jetzt gibt, außerordentlich lieben. Mehr als noch vor zwanzig oder dreißig Jahren.«

Carl schmunzelte. »Da hast du recht. Als ich Rhein-Schloss übernommen habe, tranken die meisten Australier, Männer und Frauen, Bier oder Limonade. Es gab so etwas wie ein nationales Misstrauen Wein gegenüber, der ihnen fremd war und den nur Einwanderer tranken. Heutzutage wandern noch immer viele Menschen aus allen möglichen Ländern ein und haben offensichtlich auch die Ureinwohner vom Wert und vom Geschmack des guten Weines überzeugt. Das Weingeschäft boomt.«

»Das kann man wohl sagen«, bekräftigte Lisel und hob ihr Glas.

»Und du leistest gute Arbeit im Hinblick auf die Verkaufsförderung, Lisel«, gab Carl leicht widerwillig zu.

Da Carl Stenmark kaum Komplimente über etwas machte, das mit Rhein-Schloss zu tun hatte, liefen Lisels Wangen rot an. »Danke, Papa.«

»Hört, hört«, sagte Luke. Er wusste, dass Lisel nach dem Scheitern ihrer beiden Ehen lange gebraucht hatte, um eine Nische auf Rhein-Schloss zu finden. Einer der Gründe, warum ihr die Vermarktung der Produkte so gefiel, war der, dass sie regelmäßig ins Ausland reisen konnte. Das kam allen äußerst gelegen. Denn wenn Lisel schlechte Laune hatte oder deprimiert war, was nicht selten der Fall war, hatte sie eine böse Zunge, und es war schwer, mit ihr auszukommen, besonders wenn man sie mit Lukes Mutter, also ihrer Schwester, verglich, die eine sanfte, fürsorgliche Frau war.

Lisel war wie ein Chamäleon und außerdem ziemlich raffiniert. Viele Menschen, wie die Angestellten im Betrieb oder das Personal zu Hause, konnten von ihrer Launenhaftigkeit ein Lied singen. Aber ihrer Familie gegenüber, seinem Vater und Großvater, gab sie sich völlig anders. Für die war sie beinahe perfekt – tüchtig und temperamentvoll. Persönlich war Luke nie Opfer ihrer Launen gewesen, doch seine Mutter kannte Lisel am besten, und sie hatte als Einzige in der Familie nicht so viel Glück gehabt. Dennoch war es schwierig, Lisel nicht zu mögen. Seit seiner Kindheit hatte sie großes Interesse an Luke gehabt. Sie hatte mit ihm gespielt, ihm beim Lernen geholfen, ihn während des Studiums an der Universität unterstützt und ihn später dazu ermutigt, das Immobilienbüro in Nuriootpa zu eröffnen. Sie hatte ihm sogar eine ganze Reihe junger Frauen vorgestellt in der Hoffnung, eine passende für ihn zu finden, bisher jedoch ohne Resultat. Luke nahm an, dass seine Tante ihn wie ihren Sohn betrachtete, den sie nie gehabt hatte, obwohl sie zweimal verheiratet gewesen war.

Es spielte keine Rolle für sie, dass er kein Stenmark war. Seine Mutter hatte auf natürlichem Weg keine Kinder kriegen können und ihn nach sieben Jahren kinderloser Ehe adoptiert. Großvater machte das ebenfalls nicht aus. Gerade vierunddreißig geworden, wurde Luke darauf vorbereitet, Rhein-Schloss zu übernehmen, wenn Großvater sich zur Ruhe setzte. Falls er sich zur Ruhe setzen würde. Rhein-Schloss war sein Leben, und Luke konnte sich nicht vorstellen, dass er jemals die Leitung abgeben würde. Nach Rolfes Verbannung und später, nachdem Kurt und Marta ums Leben gekommen waren, war die Firma seine Rettung gewesen. Obwohl Großvater jetzt über achtzig war, würde er sich garantiert noch einige Jahre um die Unmengen von Weingütern kümmern wollen.

Nach dem Nachtisch zogen sich alle ins Wohnzimmer zurück, das seine Mutter neu dekoriert und noch gemütlicher gestaltet hatte. Margit hatte schon eine Käseplatte und Kekse auf den Kaffeetisch gestellt sowie eine silberne Thermoskanne mit Kaffee, Tassen und eine Flasche Portwein.

Wie so häufig in letzter Zeit war Lisel die Erste, die sich verabschiedete. »Ich habe eine Verabredung in der Stadt«, sagte sie. Sie blinzelte Luke zu und giggelte leise, damit nur er es hören konnte: »Wünsch mir Glück, okay?«

Er kannte seine Tante genau und wusste, dass sie wahrscheinlich erst morgen zurückkehren würde. Großvater hatte von ihren amourösen Abenteuern keine Ahnung. In Stenhaus hatten sich alle an Lisels Eskapaden gewöhnt, doch niemand wagte Großvater zu erzählen, dass seine jüngste Tochter häufig Sex mit wechselnden Partnern hatte. Sie hielten es für klüger, dass der alte Mann die Illusion hegte, Lisel sei... normal. Luke wusste, dass irgendwo irgendein Mann auf sie warten würde. Ihre Affären mit Männern, die oft jünger waren als sie, waren immer kurz und heftig. Und Lisel bestimmte stets, wie und wo es sich abzuspielen hatte.

»Ich weiß nicht, woher sie die Energie nimmt«, sagte Greta kopfschüttelnd, während sie das silberne Tablett herumreichte.

»Schon als kleines Kind besaß sie eine Menge Energie«, erinnerte sich Carl. »Lisel hat uns alle geschafft, besonders ihre Mutter.« Sein Blick fiel auf das Gemälde von Anna Louise. Ein melancholisches Lächeln trat auf seine Lippen, und seine Züge wurden weich. In stillem Gruß an seine vor langem verstorbene Frau hob er das Glas.

»Aufgrund ihrer Energie ist Lisel eine große Bereicherung für die Firma, Sir. Sie hat stets neue Ideen für die Vermarktung und den Absatz des Weins«, sagte Josh, während er Carls Blick folgte. Anna Louise war eine schöne Frau gewesen, dachte er, während er den hochwertigen Portwein trank. Rhein-Schloss war berühmt für den besten Port im Valley. Der Wein reifte acht bis zehn Jahre in Eichenfässern und wurde zu unverschämt hohen Preisen verkauft.

Josh sah, wie Lisel sich unauffällig aus dem Zimmer stahl. Diese Schlampe! Das war der richtige Ausdruck für sie, und alle im Raum mit Ausnahme des alten Manns wussten es. Er hätte nichts dagegen, sie flachzulegen, gestand er sich ein, aber er war zu intelligent, um die herablassende Lisel anzubaggern, obwohl er gehört hatte, dass sie nichts gegen wilden Sex hatte. Dennoch, er musste sie dafür loben, dass sie so diskret war. Ihre Partner waren meistens Arbeitskollegen oder Männer aus dem Valley –

unzufriedene Ehemänner, Reisende und ab und zu sogar Touristen.

Er kannte Lisel in- und auswendig, denn Josh hatte es sich zur Aufgabe gemacht, so viel über die Stenmarks herauszufinden, wie er nur konnte. Wissen war Macht, und er liebte die Macht, die er als Möglichkeit betrachtete, sich zu bereichern. Luke und dem alten Carl in den Arsch zu kriechen, war ebenfalls hilfreich. Innerhalb von drei Jahren hatte er sich vom Packer zum Werksleiter der Weinkellerei hochgearbeitet. Die Katzbuckelei war für ihn das Mittel zum Zweck, obwohl er sich manchmal selbst dafür verachtete. Sein Ziel war es, Unternehmensleiter zu werden und von den Arbeitern und dem Gärungsgestank wegzukommen. Als Unternehmensleiter würde er Macht haben und eine Menge Geld verdienen.

Obwohl er vorher schon mal im Haus der Stenmarks gewesen war, ließ Josh seinen Blick durch das Zimmer schweifen und nahm die schlichte Eleganz und den Reichtum in sich auf. Ebenso wie Anna Louise vor ihr hatte Greta einen ausgezeichneten Geschmack. Josh war schon ein paarmal zum Abendessen eingeladen worden und hätte es sehr geschätzt, wenn Carl ihn regelmäßig einladen würde. Das wäre der Beweis dafür, dass er eine Verbindung zum Management von Rhein-Schloss hatte und dass er für den alten Mann und seinen Erben unentbehrlich war.

Luke würde bestimmt das Erbe antreten, denn Carls zweiter Sohn Rolfe war gestorben, ohne dass er sich mit dem alten Mann versöhnt hatte. Wie alle im Valley wusste auch Josh, dass Rolfe verbannt worden war. Aber der Mann war ein Narr gewesen, dass er nicht versucht hatte, die Gunst seines Vaters zurückzuerlangen, nachdem Kurt tot war.

Dass Carl Krugerhoff haben wollte, war ebenfalls äußerst interessant. Der alte Mann war ein gieriger Typ. Schade eigentlich. Josh hatte etwas Geld zur Seite gelegt und hätte nichts dagegen gehabt, ein Angebot zu machen, aber wenn die Stenmarks das Weingut unbedingt haben wollten, würden sie es auch bekommen. Josh unterdrückte ein spöttisches Grinsen. Die Stenmarks waren unerbittlich erfolgreich. Sie hatten eine Unmenge Geld und Einfluss, eine Garantie dafür, dass das auch so blieb.

Als John ihm ein zweites Glas Portwein anbot, hielt Josh ihm sein Glas entgegen. Dies war das Leben, und er wollte ein gewaltiges Stück davon abhaben. Vielleicht, dachte er, während er einen Schluck von dem Port nahm, würde er Krugerhoff mal einen Besuch abstatten, um herauszufinden, warum der alte Stenmark das Gut unbedingt haben wollte.

Angie fuhr mit ihrem Mietwagen den Barossa Valley Highway hinunter. Sie kannte das Valley, denn sie war einige Jahre auf dem Weinbaucollege gewesen, bevor sie in Europa gearbeitet hatte. Sie hatte gehört, dass das College nicht mehr existierte und dass die Kurse für Weinbau und Weinherstellung jetzt an der Universität von Adelaide stattfanden.

Sie kamen an einer Reihe von Weingütern vorbei, und Carla schüttelte erstaunt den Kopf über das Ausmaß, das der Weinanbau angenommen hatte, und die vielen Weinkellereien. In den letzten beiden Wochen hatten sie sich eingehend mit dem Barossa und der Stenmark-Familie beschäftigt, und dank der auf dem neuesten Stand befindlichen Bücherei in Christchurch hatte sie viel durch das noch in den Kinderschuhen steckende Internet gelernt. Es war ein wunderbares Lern- und Informationsmittel, das immer beliebter wurde. Bevor sie Christchurch verlassen hatten, hatte Carla drei weitere Kaufangebote für Krugerhoff erhalten – zwei von Immobilienmaklern im Barossa Valley im Namen von unbekannten Interessenten und ein weiteres, noch besseres Angebot von Michaels' Immobilien, das ihre Neugier über das geerbte Weingut noch größer werden ließ.

Nachdem sie das Tagebuch ihres Vaters mehrmals gelesen hatte und jedes Mal ein bisschen mehr über ihn erfahren und ihm immer näher gekommen war, war Carla über das bisherige Interesse an dem Grundstück verblüfft. Im Hinblick auf das Ausmaß des Weinanbaus im Valley, die Bedeutung, die dem Tourismus beigemessen wurde, und den Umfang der Weinverkäufe verstand sie nun, warum der alte, kleine Pachtbesitz so wertvoll war. Seit ihrer Ankunft in Adelaide hatte sie ihre Vorstellung, Krugerhoff zu modernisieren, aufgegeben. In Christchurch hatte sie Angie, die ihr mit Rat und Tat zur Seite stand. Sie selbst wusste nur wenig über Weinherstellung und Weinanbau. Außerdem würde der Trennungsschmerz nicht zu groß sein, wenn sie Christchurch verließ? Sie hatte auf der Südinsel gelebt, seitdem sie ein Teenager gewesen war. Das war ihr Zuhause. Angie hatte ihr erzählt, dass diese sechzehn Hektar eine hervorragende Weinernte ergeben würden, genug, damit sie, Angie und Sam bequem davon leben konnten, ohne dass sie weiterhin unterrichten musste. Obwohl sie Menschen gerne etwas beibrachte. Die Möglichkeiten waren verlockend. Und für den Augenblick und bis sie mehr über Krugerhoff wusste, war diese Option für sie eine Beruhigung.

Sie erinnerte sich an etwas, was ihr Vater oft gesagt hatte. *Wenn du eine Gelegenheit siehst, ergreif sie mit beiden Händen und lass sie dir nicht entgehen. Sie wird wahrscheinlich nie mehr wiederkommen.*

Hatte er ihr deshalb Krugerhoff vererbt? Weil er es

als Möglichkeit betrachtete, dass sie und Sam finanziell unabhängig waren und sie sich mit seinen Verwandten wieder vereinten? Er hätte das Land schon vor Jahren verkaufen können, damit das Leben in Valley View leichter für ihn gewesen wäre, aber er hatte es nicht getan. Verflucht … Sie machte sich so viele Gedanken, warum ihr Vater so gehandelt hatte, wurde aber trotzdem nicht schlau daraus.

»Ich habe das Gefühl, als würde ich nach Hause kommen«, sagte Angie leise, während sie durch Tanunda fuhren. »Ich habe diesen Ort so vermisst.«

Sam, der auf dem Rücksitz saß, betrachtete die Landschaft und meinte: »Nichts als Rebstöcke, nur Rebstöcke. Das ist doch langweilig.«

»Sam!« Carla war alles andere als erfreut. »Aber Großvater hat dich nicht gelangweilt, oder?«

»Nein. Großvater hat mir alles über Trauben erklärt und mir Geschichten erzählt. Es war interessant in Valley View.« Er wechselte das Thema. »Mum, im Flugzeug war es schön kühl, aber dies ist ein merkwürdiger Ort, um Ferien zu machen. Warum sind wir hier?«

»Das habe ich dir doch schon erzählt, Sam, um uns Großvaters altes Weingut anzusehen. Vielleicht werde ich es verkaufen, aber ich will es mir erst ansehen, bevor ich so eine wichtige Entscheidung treffe.« Sie hatte Sam noch nichts von den Stenmarks erzählt, denn es sollte eine Überraschung für ihn werden.

»Ach ja, das habe ich ganz vergessen.« Er wandte sich wieder seinen geliebten Star-Wars-Figuren zu.

Angie sah Carla von der Seite an und sagte: »Bis wir nach Nuriootpa kommen, ist es schon später Nachmittag. Möchtest du sofort in dem Motel, das ich gebucht habe, einchecken und Krugerhoff morgen früh ansehen oder …?«

»Der Makler hat die Schlüssel. Ich habe ihn gebeten, Strom, Gas und Wasser wieder anzustellen. Ich möchte es gleich sehen, damit ich mir eine Vorstellung davon machen kann. Morgen haben wir dann genug Zeit, um es uns genauer anzusehen.« Sie wollte Angie nicht erzählen, was der Immobilienmakler über Krugerhoff gesagt hatte, nämlich dass das Grundstück völlig verwahrlost und in einem schlimmen Zustand sei.

Angie warf ihr Haar in den Nacken und gluckste. »Das dachte ich mir. Du bist genau wie Rolfe. Was du heute kannst besorgen, das verschiebe nicht auf morgen, war einer seiner Grundsätze.«

»Ich erinnere mich, dass Dad das oft gesagt hat.« So viele Dinge im Zusammenhang mit ihrem Vater waren jetzt nur noch Erinnerung, genau wie bei Derek. So war es, wenn ein geliebter Mensch nicht mehr da war. Die Gegenwart hörte auf zu existieren, und die Vergangenheit blieb. Zeitkapseln, Schauplätze, Dinge, die gesagt wurden, glückliche und traurige Zeiten, an die man sich in Liebe erinnerte.

»Gehen wir zuerst zum Makler? Ich glaube, er ist in der First Street.«

Während Angie in der Nähe der zwei Meter hohen rostigen Drahtgitter anhielt, erinnerte sich Carla an die Skizze, die ihr Vater von Krugerhoff angefertigt hatte. Verflucht. Warum hatte sie sein Tagebuch nicht mitgenommen? Jetzt war es zu spät, sich darüber zu ärgern. Das Holzschild, auf dem der Name der Weinkellerei stand, war im Laufe der Jahre verblichen, und nur die Pfosten, die etwas schief standen, waren noch da. Man konnte nicht sehen, was hinter den Toren lag, weil voluminöse Büsche und Gummibäume den Blick versperrten. Carla entdeckte einen Pfad, der am Tor vorbei zum Grundstück führte.

Sie nahm den Schlüsselbund, den der Makler ihr gegeben hatte und an dem ein halbes Dutzend Schlüssel hing, und stocherte mit einem der Schlüssel in das Schlüsselloch. Er passte nicht. Also probierte sie die anderen, leider ebenfalls ohne Erfolg. Entweder hatten sie die falschen Schlüssel, oder der Mechanismus des Schlosses war eingerostet.

»Es wird gleich regnen, Mum«, verkündete Sam, der hinter seiner Mutter und Angie stand. Er starrte in den dunklen Himmel. Dicke graue Wolken hingen drohend über ihnen. In der Ferne hörten sie Donnergrollen und sahen Blitze aufzucken. Im Gebüsch regte sich nichts … ein Zeichen, dass der Regen kurz bevorstand.

»Lass mich mal versuchen«, bat Angie und nahm Carla die Schlüssel aus der Hand.

Die drei waren so sehr damit beschäftigt, sich einen Zugang zu Krugerhoff zu verschaffen, dass sie nicht hörten, wie ein Landrover am Straßenrand anhielt. Ein hochgewachsener Mann, der einen ausgeblichenen Hut, Khakishorts und eine Weste mit Reißverschluss über einem Khakihemd trug, stieg aus. Trotz seiner muskulösen Größe kam er leichtfüßig, beinahe geräuschlos, auf sie zu.

»Hey! Alles in Ordnung? Brauchen Sie Hilfe?«

Erschrocken ließ Angie die Schlüssel in den Dreck fallen. »Verdammt!«

Alle drei drehten sich um, um den Fremden zu betrachten.

»Sind Sie Polizist, Mister?«, fragte Sam, während er neugierig auf die schmutzigen Stiefel und die khakifarbene Kleidung des Mannes starrte.

»Keineswegs, mein Freund.« Er grinste Sam an. »Ich bin Paul van Leeson. Ich wohne am Ende der Straße. Gibt es ein Problem?«

»Hallo, ich heiße Carla Hunter.« Carla stellte sich, Angie

und Sam vor. »Ich … der Immobilienmakler hat mir diese Schlüssel für Krugerhoff gegeben, aber keiner scheint zu funktionieren.«

»Kiwis, hey!« Paul erkannte sofort, dass sie aus Neuseeland kamen, und sagte dann nüchtern: »Das Schloss ist wahrscheinlich eingerostet oder verstopft. Ich hole eine Dose mit Antirostmittel. Ein bisschen Schmiere kann nicht schaden.«

Angie und Carla sahen einander an, während Paul mit großen Schritten zum Landrover ging.

»Er ist nett«, flüsterte Angie und wackelte vielsagend mit den Augenbrauen.

»Wenn du lange Muskelpakete magst«, erwiderte Carla feixend.

Paul kam mit einer Dose zurück und sprühte einen feinen Strahl in das Schloss. Dann verstaute er die Dose in seiner Westentasche und streckte die Hand nach dem Schlüssel aus. »Ich kann es versuchen, wenn Sie möchten.«

»Danke.« Angie gab ihm die Schlüssel.

Mühelos ließ sich das Schloss und danach das Drahtgitter öffnen. »Es ist ziemlich lange nicht mehr bewegt worden«, stellte er fest. »Haben Sie vor, Krugerhoff zu kaufen? Merkwürdig«, nachdenklich rieb er sich seine Nasenspitze, »ich wusste gar nicht, dass es zum Verkauf steht.«

»Nein. Wir wollen es uns nur mal ansehen.« Carlas ausweichende Antwort überraschte sogar sie selbst. »Danke, dass Sie uns geholfen haben, Mr. van Leeson. Das war sehr nett von Ihnen.« Er betrachtete sie, und in seinen grauen Augen lag ein fragender Ausdruck, was ihr ganz und gar nicht gefiel, so als würde er sie kennen, obwohl sie sicher war, dass sie ihn vorher noch nie gesehen hatte. Unverschämter Australier! Sie fragte sich, ob alle australischen

Männer so frech waren, aber im nächsten Moment verwarf sie diesen Gedanken wieder.

»Nennen Sie mich Paul«, bot er an. »Hier.« Er nahm die Dose aus seiner Weste und reichte sie Carla. »Wie ich sehe, haben Sie noch andere Schlüssel. Vielleicht brauchen Sie das Zeug noch mal.«

»Aber …« Carla schüttelte den Kopf, doch Angie hatte kein Problem damit, die Dose entgegenzunehmen.

»Vielen Dank. Wie können wir sie Ihnen zurückbringen?«, fragte die stets praktische Angie.

»Wenn Sie in Nuriootpa bleiben, geben Sie sie bitte in meinem Büro in der Gawler Street ab. Ansonsten lassen Sie sie einfach am Tor stehen, wenn Sie fertig sind. Sie können das Büro nicht übersehen. Es ist das schönste Gebäude in der ganzen Straße.« Er feixte sie frech an. »Ich bin der Architekt, der es entworfen und erbaut hat.« Er griff erneut in seine Weste, zog eine Visitenkarte hervor und reichte sie Angie.

Nachdem er an seinen Hut getippt und Sams Haarschopf verstrubbelt hatte, ging er zurück zu seinem Fahrzeug.

Carla starrte ihm hinterher. Als sie jedoch erneutes Donnergrollen hörten und Blitze zucken sahen, konzentrierte sie sich rasch wieder auf die Gegenwart und drängte ihre kleine Truppe vorwärts. »Kommt, lasst uns gehen.« Sie nahm Sams Hand, und gemeinsam marschierten sie den kaum erkennbaren Pfad hinunter.

Der Makler hatte nicht übertrieben, als er den Zustand von Krugerhoff beschrieben hatte. Carla hatte einige schlimme Orte gesehen, Unterschlüpfe auf der Südinsel von Neuseeland, aber sie hatte noch nie einen Ort gesehen, der so wild und ungepflegt war wie das Weingut ihres Vaters. Aufgrund des herannahenden Gewitters war es dunkel geworden, aber es gelang ihnen, noch rechtzeitig die Veranda des Cottages zu erreichen und die Haustür zu öffnen, bevor die ersten Tropfen fielen.

Von der Tür gelangten sie direkt ins Wohnzimmer. Sie wirbelten den Staub von etwa dreißig Jahren auf und mussten wiederholt niesen. Mehrere Fenster waren zerbrochen, und im Flur hörte man das trippelnde Geräusch eines kleinen Tieres, das sie aufgestört hatten und das hastig davonrannte. Carla schaltete das Licht an. Die alte Glühbirne flackerte, dann platzte sie, und der Raum lag erneut im Halbdunkel. Carla ging mit Sam in die Küche und machte dort Licht. Sie hatte mehr Glück, denn die Glühbirne blieb heil. Sie drehte den Kran am Spülstein auf, um die Wasserleitung zu prüfen. Ein fürchterliches Beben erschütterte die Wände. Zunächst kamen nur wenige Tropfen, aber dann platzte das Wasser geradezu aus der Leitung, wohl das erste Mal seit Jahrzehnten. Der rostige Strahl mischte sich mit dem Staub vom Boden des Spülbeckens aus rostfreiem Stahl. Dann wurde das Wasser allmählich klarer, bis es ganz sauber aussah und Carla den Wasserhahn wieder zudrehte.

»Das eine Schlafzimmer ist ein Büro«, sagte Angie, als sie zu Carla in die Küche kam.

Plötzlich wurde Carla voll bewusst, wo sie sich befand. Warum sie hier war. Und dass vor langer Zeit ihr Vater das Licht angeknipst und den Wasserhahn aufgedreht hatte, wie sie es soeben getan hatte, und auf dem Sofa gegenüber dem Kamin gesessen hatte. Er hatte die Zimmer in seinem Tagebuch nacheinander kurz beschrieben, und nachdem sie es in den letzten zwei Wochen so oft gelesen hatte, kannte sie den Inhalt fast auswendig. Sie wollte nicht in das Schlafzimmer gehen, wo er und Marta sich geliebt hatten. Aber sicher würden Angie und Sam es seltsam finden, wenn sie es nicht tun würde.

Draußen wütete das Gewitter mit einer beeindruckenden Licht- und Klangvorstellung. Der Regen donnerte auf das Dach des Cottages. Bisher gab es keine undichten Stellen. Eine Zeit lang standen sie am zerbrochenen Fenster im Wohnzimmer und schauten hinaus. Blitze erhellten die Gebäude und das Grundstück, wo die Reben gestanden hatten. Das weißblaue Licht des Blitzes ließ alles gespenstisch wirken. Carla erschauderte, nicht aufgrund der Kälte, sondern wegen der Erinnerungen. Vor langer Zeit war Krugerhoff der ganze Stolz ihres Vaters gewesen, und in seinem Tagebuch stand, dass er sich Hoffnungen …

»Was für ein Dreckloch«, murmelte Sam.

»Das ist kein Dreckloch, Sam, das Cottage ist nur seit ewig langer Zeit nicht mehr bewohnt. Dort hat keiner mehr gewohnt, seit deine Mutter geboren wurde«, erklärte Angie. Sie sah Carlas Reaktion, die Traurigkeit in ihren Augen. »Man muss es nur sauber machen, neu streichen und neue Möbel hineinstellen, dann ist es bestimmt wieder schön.«

»Mmm, vielleicht.« Sam klang nicht gerade überzeugt, aber nach einigem Nachdenken fügte er hinzu: »Es ist viel größer als unsere Wohnung in Christchurch. Können wir uns die anderen Gebäude ansehen, wenn der Regen aufhört?«

Carla legte den Arm um ihn. »Nein, es wird bald dunkel. Das verschieben wir auf morgen. Morgen nach dem Frühstück sehen wir es uns genauer an.«

»Okay. Weißt du, Mum«, Sam sah zu Carla auf, »ich habe ein komisches Gefühl hier drinnen«, er legte die Hand auf sein Herz, »weil ich weiß, dass Großvater früher hier gewohnt hat.«

Carla lächelte ihren Sohn an. »Ich auch, Sam. Ich auch«, sagte sie leise.

6

Während das Gewitter tobte, spähten drei Augenpaare durch ein verrostetes Loch in der Mauer der Weinkellerei und sahen, dass zum ersten Mal Licht im Cottage brannte.

»Diese verdammten illegalen Siedler«, brummte der junge Mann. Für einen Vietnamesen war er ziemlich groß und muskulös von der Arbeit im Weinbau. Er spuckte vor Abscheu auf den Boden.

»Das sind keine illegalen Siedler, Tran. Die könnten keinen Strom anmachen«, entgegnete Kim Loong ihrem Bruder. Sie war dreißig Zentimeter größer als das Kind und fünf Jahre älter als der junge Mann.

»Sind wir nicht illega… illegale Siedler?«, fragte das Kind in stockendem Englisch.

»Das stimmt. Na und, Su Lee?« Tran blickte Kim an und sprach leise, als würde er ein Geheimnis verraten. »Vor kurzem waren eine Menge Leute hier. Etwas wird geschehen«, prophezeite er. »Wir verschwinden besser von hier, ehe sie uns entdecken. Wir sind jetzt drei Monate hier und haben etwas Geld gespart. Wir könnten in eine große Stadt gehen, vielleicht Adelaide, wo es eine Menge Arbeit gibt.«

Kim schüttelte den Kopf. »Arbeit ist im Valley nicht schwer zu kriegen, sogar nach der Ernte, weil die Leute weiterziehen und Arbeit für uns hinterlassen. Es ist besser, wenn wir hierbleiben. Wir haben ein Dach über dem Kopf und genug zu essen. Wir müssten viel mehr sparen, bevor wir in eine große Stadt gehen.« Sie seufzte. »In Australien ist alles so teuer.«

»Besser als auf den Straßen von Saigon, hey!«, sagte

Tran amüsiert, stieß Kim in die Rippen und erhielt einen zornigen Blick für seine Bemerkung.

»Guck, jetzt gehen sie. Die Lichter sind aus«, bemerkte Su Lee. »Vielleicht kommen sie nicht wieder.«

»Lasst uns das Abendessen bereiten«, sagte Kim.

Sie marschierten hintereinander her und machten kein Geräusch auf dem verwahrlosten Boden der Weinkellerei, auf dem überall Holzstücke, Metallrohre und rostende Maschinenteile verstreut herumlagen. Tran hatte in der höhlenartigen Weinkellerei eine notdürftige Behausung für sie gezimmert. Mit rostigen Platten aus galvanisiertem Eisen und Holzlatten hatte er einen ungefähr sechs Quadratmeter großen Bereich abgetrennt. Sie schoben eine der Metallplatten zurück, duckten sich und krabbelten in ihre Einraumbehausung.

Kim und Su Lee sorgten dafür, dass ihr ›Zuhause‹ makellos war. Der Boden wurde täglich gefegt, und die Matten und Decken, auf denen sie schliefen, wurden tagsüber aufgerollt und in eine Ecke gestellt, damit sich keine neugierigen Tiere und Insekten darin einnisten konnten. Ihr Komfort war minimal: ein Petroleumherd, einige Töpfe unterschiedlicher Größe und ein Wok, ein Metallkessel zum Wasserkochen, alte Obstkisten mit Drahttüren, in denen sie die nicht verderblichen Lebensmittel aufbewahrten, und ein kleiner Buddha-Schrein, der ständig mit Blumen und Kerzen geschmückt wurde. Die Kleidung wurde am Ufer des Flusses gewaschen, der sich durch das Weingut schlängelte, und an Seilen zum Trocknen aufgehängt, hoch genug, damit sich die drei ihre Köpfe nicht daran stießen.

Während Tran die beiden Lampen anzündete, ihre einzige Lichtquelle in der Nacht, nahm Kim ein Holzbrett und begann, Gemüse und Hühnchenfleisch zu zerkleinern, das sie am Nachmittag in Nuriootpa gekauft hatte, um eine

Chinapfanne mit Nudeln zu machen. Su Lee hatte bereits drei Eimer Wasser vom Fluss geholt: einen zum Kochen und zwei zum Waschen.

»Ich denke, wir gehen woanders hin«, beharrte Tran auf seinem Vorschlag. »Wir können im Winter nicht hierbleiben und uns den Arsch abfrieren. Außerdem gibt es nicht genug Arbeit im Valley, denn die Reben sind alle tot.«

»Sei nicht so vulgär, Tran Loong«, ermahnte ihn Kim, und ihre dunklen Schlitzaugen blickten Su Lee vielsagend an. Ihre jüngere Schwester sprach nicht so gut Englisch wie sie oder Tran – Schwester Dina in Saigon hatte Kim die Sprache beigebracht –, aber wie die meisten Kinder lernte Su Lee ›schlimme‹ Wörter sehr schnell. »Es wird sehr kalt werden, und vor dem Winter müssen wir uns ein neues Zuhause suchen. Hast du die ganze Zeit wieder an dem Motorrad rumgebastelt?« Kim warf ihm einen giftigen Blick zu. »Geh ins Valley und such dir eine Arbeit.«

Tran zuckte die Schultern. »Ich brauche Geld für ein neues Ersatzteil. Ich kann es gebraucht kriegen, es kostet nicht viel!«

Kim hob eine Augenbraue. »Wie viel?«

»Vierzig Dollar.«

Auf einigen Weingütern war das beinahe der Wochenlohn für Teilzeit, dachte sie. Sie wusste aus Erfahrung, dass er wahrscheinlich fünf bis zehn Dollar zu den Kosten hinzudichtete, damit er etwas für sich übrig hatte. Sie unterdrückte ein Seufzen. Tran war ziemlich gerissen, wenn es um Geld ging. Sie griff nach dem Geldgürtel, den sie unter dem Rock um ihre Hüften trug, nahm zwei Zwanzigdollarscheine heraus und reichte sie ihm mit der Frage: »Kann das Motorrad mit einem neuen Ersatzteil wieder fahren?«

»Wahrscheinlich«, sagte Tran zuversichtlich.

Seit sie herausgefunden hatte, dass ihr Bruder eine Schwäche für Glücksspiele hatte – er war ihrem Vater sehr ähnlich –, trug sie das Geld an ihrem Körper, anstatt es irgendwo zu verstecken, falls er ihre Ersparnisse entdecken und verspielen würde, wie er es schon einmal getan hatte. Trotzdem konnte man Tran vertrauen, denn die meiste Zeit arbeitete er hart. Er war geschickt mit seinen Händen und konnte fast alles bauen. Eine andere Schwäche von ihm war, dass er, der gerade achtzehn war, zur Ungeduld neigte.

Aber Kim verstand das. Auch sie war einmal achtzehn Jahre alt gewesen, obwohl das schon sehr lange her war. Damals hatte sie auf den Straßen von Saigon gelebt, nachdem sie mit neun Jahren an einen Bordellbesitzer verkauft worden war. Sie war mehrmals aus dem Bordell geflüchtet, doch man hatte sie immer wieder gefunden. Jedes Mal war sie verprügelt und erneut ins Bordell gesteckt worden. Mit siebzehn war sie mit etwas erspartem Geld endgültig nach Saigon getürmt. Als sie an die Vergangenheit dachte, überkam sie ein Schaudern, und sie zerkleinerte die Karotten heftiger als unbedingt nötig.

Aber die Erinnerungen ließen sie nicht los …

Als viertes Kind und zweitälteste Tochter einer verarmten Bauernfamilie war sie für ihre Eltern nur noch ein Handelsobjekt. Da die Reisernte durch die Dürre vernichtet worden war, brauchten ihre Eltern Geld, um die Familie zu ernähren. *Denk nicht an diese schlimme Zeit und wie schrecklich sie wirklich gewesen ist*, ermahnte sie sich. Aber die Albträume ließen sich nicht verscheuchen.

Doch die Vergangenheit war vorüber. Tran, Su Lee und Kim lebten jetzt legal in Australien und hatten die Möglichkeiten, das zu tun, was sie tun wollten. Kim konzentrierte ihre Gedanken auf die beiden Frauen und den Jungen, die die Ruhe des Cottages gestört hatten. Würden sie nochmals kommen? Morgen hatte sie frei, und sie und Su Lee würden Ausschau nach ihnen halten.

»Bei Tageslicht sieht alles noch viel schlimmer aus als gestern Abend«, sagte Carla niedergeschlagen, während sie um das Cottage herum und auf ein großes Gebäude aus Blech und Steinen zugingen. Angie meinte, dass dort die Trauben gepresst, der Saft gegärt und der Wein in Flaschen abgefüllt worden war.

»Oh, ich weiß nicht«, Angie versuchte, positiv zu klingen. »Die Gebäude haben den Verschleiß von dreißig Jahren ganz gut überstanden, wenn man bedenkt, dass sie kaum instandgehalten wurden.«

»Der Makler hat mir gesagt, dass Otto, einer von Dads Arbeitern, sich bis zu seinem Tod vor drei Jahren so gut es ging um sie gekümmert hat. Der alte Mann hat auch die Rebstöcke im Winter beschnitten. Er nahm an, dass Dad eines Tages zurückkommen würde, und wollte bis dahin alles soweit auf dem Laufenden halten.«

»Aha. Deshalb sehen die Rebstöcke nicht ganz so wild aus, und die Weinkellerei scheint ebenfalls in recht gutem Zustand zu sein. Lass uns reingehen«, schlug Angie vor. Sie schloss die breite Tür auf und zog sie auf. Das Sonnenlicht strömte in das Innere des Schuppens und vermischte sich mit dem Licht, das durch die Dachfenster drang. Interessiert sah sie sich alles genau an, die Presse, die Fässer und andere Gegenstände. »Vor dreißig Jahren waren das ganz moderne Geräte. Und es gibt kaum Abnutzungserscheinungen. Otto hat die Maschinen wahrscheinlich geölt und alles in Ordnung gehalten, bis er nicht mehr in der Lage dazu war.«

»Das heißt«, grübelte Carla vor sich hin, »man braucht

nicht allzu viel zu ersetzen und kann sich die Kosten sparen, wenn … ich meine, wenn jemand die Weinkellerei übernehmen würde, wäre die Verarbeitung nicht allzu schwierig, oder?«

Angie dachte eine Weile über Carlas Frage nach, bevor sie antwortete. »Das glaube ich nicht, aber ein Experte, ein Weinbauingenieur, müsste das alles prüfen und sicherstellen, dass die Geräte in Ordnung sind.«

»Hey, Mum, schau mal dort drüben«, rief Sam von der anderen Seite des höhlenartigen Schuppens her. Er hatte in einer Ecke ein geheimes Flaschenlager und verschiedene kleine Eichenfässer entdeckt.

»Rolfes erster Jahrgangswein, vermute ich«, sagte Angie.

»Der ist wohl jetzt nicht mehr gut, oder?«, erkundigte sich Carla und nahm eine der grünen Flaschen, von denen es einige hundert gab, heraus. Auf dem Etikett stand *›Krugerhoff, Chardonnay, 1962‹*. Das war sehr lange her. Sie lächelte matt und legte die Flasche zu den anderen.

Angie verzog das Gesicht. »Weißwein. Vermutlich ist er nicht mehr gut, man kann ihn nicht einmal mehr als Essig verwenden.« Sie inspizierte die Fässer. »Sieht aus, als hätte Rolfe auch einige Fässer Portwein angesetzt. Wenn er inzwischen nicht sauer ist, die Mischung gut war und der alte Otto ihn immer wieder gedreht hat, ist der Geschmack jetzt wahrscheinlich weich und geschmeidig.« Sie deutete auf einige kleine Holzkisten. »Wahrscheinlich hatte er vor, zur Feier der ersten Ernte einen Gedenkwein herauszubringen.«

Sam zog Carla am Arm. »Komm, Mum, lass uns die Weinstöcke ansehen. Und den Fluss würde ich auch gerne sehen. Meine Lehrerin sagte, dass man in australischen Flüssen Yabbys fangen kann.«

»Was ist ein Yabby?« Carla lächelte über Sams Begeisterung. Er war ein kleines Temperamentsbündel.

»Das ist ein Flusskrebs, ein Verwandter der Garnele, glaube ich«, erklärte Angie.

Carlas Lächeln wurde breiter. Sam schien Australien zu gefallen, und das war gut so, wenn… Gestern Abend war sie durch die lange Reise, die Neugier, Krugerhoff zu sehen, und das Gewitter todmüde gewesen. Sie hatte jedoch nicht einschlafen können, weil ihr so viele Gedanken, Fragen und Möglichkeiten im Kopf herumgingen. Traurige Gedanken an ihren Vater, vermischt mit optimistischen, dass Krugerhoff vielleicht, *vielleicht* in ein gut gehendes Unternehmen verwandelt werden könnte. Carla wusste, dass damit eine Menge harter Arbeit und viel Geld verbunden waren. Außerdem war es ziemlich risikoreich. Was wäre, wenn es nicht funktionierte? Sie neigte nicht dazu, ihre Fähigkeiten zu überschätzen, und betrachtete sich als mittelmäßig risikoreich, wenn es darum ging, etwas für sie Unbekanntes zu riskieren.

Sie konnte jedoch nicht abstreiten, dass noch etwas anderes sie dazu veranlasste, Krugerhoff voranzutreiben: die Stenmark-Familie. Wenn sie sympathisch waren und eine Beziehung mit ihnen aufgebaut werden konnte, die für Sam nützlich war, würde sie sich wahrscheinlich leichter tun, nach Barossa zu ziehen.

Als sie wieder nach draußen trat, blinzelte Carla ein paarmal, während sich ihre Augen an das helle Licht gewöhnten. Über dem hohen Gras und dem niedrigen Gebüsch konnte man in unmittelbarer Ferne die Rebstöcke deutlich erkennen, obwohl sich einige Jahre niemand darum gekümmert hatte und sie reichlich wild wuchsen. Es gab keine Ordnung, keine geraden Reihen; die Spaliere – wenn überhaupt noch welche standen – waren nicht zu sehen.

Es herrschte ein schier undurchdringliches Chaos, das bestimmt nur schwer zu beseitigen war.

»Das ist ein gewaltiges Gestrüpp«, gab Angie zu, als sie den Ausdruck auf Carlas Gesicht sah. Die Hände in die Taschen ihrer Jeans gesteckt, stand sie neben ihrer Freundin und betrachtete die Rebstöcke.

»Ich vermute, sie müssen alle ausgerissen werden und man«, Carla vermied an dieser Stelle das Wort ›wir‹, »müsste noch mal ganz von vorne anfangen.«

»Nicht unbedingt. Es ist schwer, das zu beurteilen, ohne sie genau inspiziert zu haben. Von hier aus sehen die Rebstöcke recht gesund aus. Sie verlieren jetzt schnell ihre Blätter, weil Herbst ist. Während der Ruhephase könnte man sie zurückschneiden und die Spaliere wieder aufstellen.« Angie sah Carla von der Seite an. »Das heißt, wenn genügend Arbeitskräfte dafür zur Verfügung stehen. Falls keine Krankheiten lauern, bin ich zuversichtlich, dass die meisten Rebstöcke im Frühling wieder blühen und Früchte tragen werden.«

Carlas Augenbrauen schossen nach oben. Sie starrte Angie an. »Wirklich? Bist du ganz sicher?«

»Nun, ich würde nicht gerade mein Leben darauf wetten«, gestand Angie, »aber ich bin relativ sicher, dass Krugerhoff mit viel harter Arbeit bis zum nächsten Sommer eine Ernte hervorbringt.«

»Erstaunlich …«

Sam, der außer Sichtweite war, rief von der anderen Seite des Feldes: »Hey, Mum, ich habe den Fluss gefunden.«

Angie grinste und tauschte mit Carla einen Blick. »Ich gehe. Du bleibst hier und schaust dir alles an.« Sie kannte Carla gut genug, um zu wissen, dass Rolfes Tochter gerne das Für und Wider abwog und dass sie, wenn sie sich dafür entschied, Krugerhoff zu behalten, eine erhebliche Verpflichtung eingehen würde. Angie konnte aufgrund ihrer Erfahrungen das Potenzial besser einschätzen als Carla, und sie hatte das Gefühl, dass es sich lohnen würde, Krugerhoff zu modernisieren. Der Zeitpunkt konnte zudem nicht besser sein, denn das Geschäft im Valley boomte. Als Carlas enge Freundin wusste sie jedoch, dass sie vorsichtig sein musste und nicht allzu begeistert sein durfte. Carla sollte die Entscheidung, was mit Krugerhoff passieren sollte, ganz alleine treffen.

Sie ging durch das wild wuchernde Gras auf eine Reihe hoher Büsche zu, die an den Fluss grenzten, und rief: »Wo bist du, Sam?«

Von der Suche nach Sam abgelenkt, bemerkte Angie den Mann, der von der anderen Seite her auf Carla zumarschierte, erst, als sie eine männliche Stimme rufen hörte:

»Dies ist Privateigentum, Lady. Was zum Teufel haben Sie hier zu suchen?«

Angie drehte sich um und sah, dass Carla angriffslustig das Kinn reckte und sich versteifte. Sie ließ sich offenbar nicht verunsichern. Wer auch immer der Mann sein mochte – es war jedenfalls nicht der nette Architekt, der ihnen gestern geholfen hatte –, er würde sich warm anziehen müssen. Denn einen solch herrischen Ton schätzte Carla Hunter nicht im Geringsten. Angie grinste schadenfroh. Schließlich fand sie den abenteuerlustigen Sam. Er saß in der Hocke und erforschte mit einem Stock die Tiefe des Flusses. »Du suchst Yabbys, nicht wahr, Sam?«

Carlas blaue Augen funkelten eiskalt, als sie den kräftigen Mann in Arbeitskleidung auf sich zukommen sah. Seine Aggressivität brachte sie auf die Palme. Sie gab ihm keine Antwort, starrte ihn stattdessen nur schweigend an.

Josh Aldrich blieb einen Meter von der rothaarigen

Frau entfernt stehen und hatte das Gefühl, als wäre er in eine unsichtbare Mauer gerast und hätte eine Erscheinung oder Halluzination. Mist! Ohne zu fragen, wusste er sofort, wer sie war. Und er spürte etwas, das mehr war als Neugier, eine Art Anziehungskraft. Er vergrub seine Hand in seiner Hosentasche, um die Erregung in seiner Leistengegend unter Kontrolle zu bringen. Zum Teufel, sie sah genau wie ihre … Großmutter aus! Die gleichen Gesichtszüge, das gleiche rote gelockte Haar, aber die scharfen blauen Augen, die hatte sie von dem Alten.

Als er seine Sprache wiederfand, hatte sie einen anderen Klang, der voller Ehrfurcht war. »W-was machen Sie hier?«

Carla konterte mit einer Gegenfrage. Ihre Stimme klang belehrend, herablassend. »Und wer sind Sie, dass Sie mir eine derartige Frage stellen? Sie sind offensichtlich kein Polizist oder Immobilienmakler.«

»Ich bin …«, er streckte die Brust raus, »Josh Aldrich, Betriebsleiter von Rhein-Schloss.« Er tat weiterhin so, als wisse er nicht, wer sie sei. »Dies ist Privateigentum, wissen Sie. Ich sah das offene Tor und das Auto und dachte, ich sehe mal nach.« Das entsprach nicht ganz der Wahrheit. Er war gekommen, um sich ein wenig umzuschauen, und was hatte er gefunden? Das große Los! Was ihm eine diebische Freude bereitete.

»Ah, Mr. Aldrich. Wer hat Sie denn zum inoffiziellen Leiter von Krugerhoff ernannt?«

O Mann! Sie sprach sogar wie Carl Stenmark. Er wäre gerne die Fliege an der Wand, wenn sich die beiden begegneten. »Niemand«, antwortete er. »Ich leiste nur Nachbarschaftshilfe und stelle sicher, dass alles in Ordnung ist.« Er atmete tief durch und stellte *die* Frage, weil er ganz sicher sein wollte. »Sie sind es doch, oder?« Als sie ihm keine Antwort gab, fügte er hinzu: »Rolfe Stenmarks Tochter.«

Carla hätte ihn um ein Haar angelächelt. »Neuigkeiten verbreiten sich schnell in Kleinstädten Australiens, genau wie in denen Neuseelands. Ja, ich bin Carla Hunter.«

»Dann gehört dieser Ort Ihnen, nicht wahr?«

»Ja, sobald der Erbschein ausgestellt ist, Mr. Aldrich.«

Josh Aldrich zuckte die Schultern. »Nennen Sie mich Josh, Carla. Die Leute im Valley nennen einander beim Vornamen. Sie werden ein Riesengeschäft machen, wenn Sie dieses Land verkaufen«, begeisterte er sich. »Seitdem die Leute im Valley von Rolfes, hm, vom Ableben Ihres Vaters erfahren haben, gibt es jede Menge Spekulationen darüber, wer daran interessiert sein könnte, Krugerhoff zu kaufen.« Er nahm an, dass sie sich über diese Informationen freuen würde, aber ihr Blick blieb kühl.

»Was veranlasst Sie oder andere zu der Vermutung, dass ich verkaufen will?«

Josh warf den Kopf in den Nacken und lachte. »Lady, das ist doch nicht Ihr Ernst. Alle wissen, dass Sie kein Geld und keine Ahnung von der Weinherstellung haben. Es wäre ziemlich dumm von Ihnen, wenn Sie nicht verkaufen würden.« Sie schwieg, und er setzte hinzu: »Ihr Großvater Carl wird alles daran setzen, das Land zu erwerben.« Er kniff die Augen zusammen und glich dabei einem gierigen Tier. »Nennen Sie einen Preis, Carla.«

»Hat mein Großvater das gesagt?«

»Wissen Sie, wir beide sind so.« Josh hob die rechte Hand und brachte Zeige- und Mittelfinger zusammen, um Nähe zu demonstrieren, gab ihr jedoch keine ehrliche Antwort auf ihre Frage. »Ja, mehr oder weniger hat er das zu mir gesagt.« Mist, das entsprach fast der Wahrheit.

Sie dachte kurz darüber nach. »Dann wäre es vermutlich klug, wenn ich selber mit ihm darüber reden würde, um festzustellen, welche Summe er sich vorstellt.«

Entsetzt über ihre Offenheit, platzte Josh heraus: »Scheiße, Lady. Ich meine, Carla, machen Sie das nicht, gehen Sie nicht zu Carl. Der alte Mann ist…« Wie konnte er es sagen, ohne ihre Gefühle zu verletzen? Aber er kannte sie ja gar nicht, also konnten ihm ihre Gefühle eigentlich auch egal sein, selbst wenn sie verdammt gut aussah und eine Menge Sexappeal hatte. »Der alte Mann ist… er ist immer noch verärgert darüber, was Ihr Vater getan hat, Sie wissen natürlich davon. Er wird wahrscheinlich nicht gerade erfreut sein, Sie zu sehen, weil Sie Rolfes Tochter sind und so.« Er brach ab.

»Und seine einzige Enkelin, wie ich vermute. Ist das nicht ein wenig lächerlich?«

Sie richtete sich zu ihrer vollen Größe auf, was sie beide auf gleiche Augenhöhe brachte. Josh glaubte, die Gefühle von Menschen ziemlich gut deuten zu können, und Carla Hunter versteckte ihre nicht einmal. Sie geriet umheimlich in Fahrt, was angesichts ihres roten Haares und seiner unverblümten Art zu reden allerdings nicht weiter verwunderlich war. Er wartete auf die Explosion…

»Ich nehme an, dass alle im Valley über die Sache mit meinem Vater und Marta Bescheid wissen?«

»Ja, diese uralte Geschichte kennt jeder«, sagte er fröhlich. Josh machte es Spaß, Leute zu ärgern und abzuwarten, wie lange sie brauchten, bis sie aus der Haut fuhren.

Carla blinzelte und konnte es kaum glauben. »Das ist vor über dreißig Jahren passiert. Was für eine Art von Mensch hegt so lange einen Groll?«

»Derjenige, der sich das leisten kann«, antwortete Josh

unverblümt. »Carl Stenmark ist der Typ von Mann, der weder vergisst noch vergibt.«

»Das glaube ich nicht.«

»Okay.« Er zuckte gleichgültig die Schultern. So oder so war es nicht wichtig für ihn. Er hatte das, was er wollte. Eine saftige Neuigkeit, die er Luke und dem alten Carl sofort überbringen würde. Rolfes Tochter war in der Stadt! Das würde ihm eine Menge Pluspunkte verschaffen. »Nur noch einen Rat, Carla, den Sie entweder annehmen oder ablehnen können. Machen Sie einen großen Bogen um Stenhaus und Rhein-Schloss. Arbeiten Sie lieber auf Krugerhoff mit Luke Michaels, Stenmarks Enkel, zusammen. Er ist umgänglicher und vernünftiger als der alte Mann.«

Carla war irritiert, dass Josh die Meinung ihres Großvaters kannte und ihr rundheraus mitgeteilt hatte, was für ein Mann Carl Stenmark war. Auch gefiel ihr das eingebildete Grinsen – so als wüsste er alles – auf Josh Aldrichs Gesicht nicht. Der Mann war viel zu selbstgefällig. »Jetzt, nachdem wir uns kennengelernt haben, Josh Aldrich, können Sie zu Ihrem Boss gehen und ihm sagen, dass ich, *falls* ich Krugerhoff verkaufe und die Meinung meines Großvaters genauso ist, wie Sie sagen, das Weingut ganz bestimmt nicht an Rhein-Schloss verkaufen werde.«

»Lady, Sie sind unglaublich.« Josh schüttelte in einer Mischung aus Verblüffung und Bewunderung den Kopf. »Sie können sich Rhein-Schloss nicht widersetzen. Carl geht zwar auf die zweiundachtzig zu, aber er ist ein schwieriger Gegner.«

Sie hatte genug! Die Hände auf die Hüften gestützt, die Beine leicht gespreizt, um einen festen Stand zu haben, erwiderte sie kühl: »Ich kann auch schwierig sein, Mr. Aldrich. Sagen Sie Ihrem Boss das und … *verschwinden Sie von meinem Grundstück.*« Ihr rechter Zeigefinger deutete herrisch auf das Tor. »Und zwar sofort!«

7

Von ihrem Versteck zwischen den Reben aus lauschte Kim Loong der Unterhaltung zwischen Josh Aldrich, den sie kannte, und der rothaarigen Frau. Sie war also jetzt die Eigentümerin von Krugerhoff. Das war ja äußerst interessant. Alles, was mit Krugerhoff zu tun hatte, war wichtig für Kim. Während ihres Aufenthalts im Valley hatte sie immer wieder Gesprächsfetzen mitgekriegt, die sich um das herrenlose Gut drehten, das die Loongs zu ihrem vorübergehenden Zuhause erkoren hatten.

Nach Aldrichs Stimme und der Reaktion der Frau zu urteilen, war das Grundstück zum Verkauf ausgeschrieben. Aber nachdem Kim von ihrem Versteck aus die Frau genau beobachten konnte, spürte sie, dass dem wohl nicht so war. Wenn sie die Frau richtig einschätzte – und meistens hatte sie mit ihrem Urteil recht, da das Leben auf den Straßen von Saigon ihr zwangsläufig diese Urteilsfähigkeit beigebracht hatte –, hatte die Fremde keine große Lust, ihr Erbe zu verkaufen. Und Aldrichs nervtötende Art – die Kim nicht unbekannt war, da sie den Mann auf einem der Weingüter von Rhein-Schloss selbst erlebt hatte – ärgerte die Frau so sehr, dass sie das Gut zum jetzigen Zeitpunkt keinesfalls verkaufen würde, schon gar nicht an die Eigentümer von Rhein-Schloss.

Das war alles ziemlich interessant, aber wo blieb ihre kleine Familie dabei? Wenn Krugerhoff verkauft oder umgebaut würde oder wenn Miss Hunter hierbliebe, um das

Weingut zum Leben zu erwecken, würde das auf das Gleiche hinauslaufen: Ihre notdürftige Unterkunft würde entdeckt werden. Dann müssten sie gehen und würden obdachlos werden.

Verzweifelt wehrte sie sich gegen die aufkommenden Depressionen. Es durfte einfach nicht geschehen, dass sie vertrieben wurden. Sie sah, wie die ältere blonde Frau mit dem rothaarigen Jungen zurückkam. Dann gingen alle drei zum Cottage zurück. Der Junge sprang voraus, und die Frauen unterhielten sich im Gehen.

Das Gespräch, das sie mit angehört hatte, gab Kim eine Menge Stoff zum Nachdenken. Sie wartete, bis die Fremden außer Sichtweite waren, ehe sie sich rührte. Tran musste umgehend sein Motorrad reparieren. Es würde wahrscheinlich schneller gebraucht, als sie dachten.

»Ist das möglich?«, fragte Carla Angie, während sie in einem Café in der Murray Street zu Mittag aßen.

Angie lächelte, denn auf diese Frage hatte sie schon tagelang gewartet und wusste die Antwort. »Ich denke schon. Verkauf doch Valley View Winery an Claude Webster. Nachdem du alle Rechnungen und das Darlehen bezahlt hast, hättest du noch einen kleinen Gewinn übrig. Wenn du dazu deine Wohnung in Christchurch verkaufst, obwohl du nicht viel dafür bekommen wirst, weil der Markt momentan nicht viel hergibt, und zu deinem Gewinn und dem Geld hinzunimmst, das Rolfe mir hinterlassen hat, hätten wir genügend finanzielle Mittel, um Krugerhoff nach und nach aufzubauen.«

Carlas blaue Augen funkelten amüsiert. »Ich merke schon, du hast dir bereits Gedanken gemacht. Es klingt gut, *vorausgesetzt*«, sie betonte das Wort, »wir machen fifty-fifty. Darauf muss ich bestehen.«

»Wenn du das willst, okay. Und ja, ich habe über die Möglichkeiten nachgedacht«, antwortete Angie und fügte zwinkernd hinzu: »Du wahrscheinlich auch.«

Carla nickte. »Ich müsste blind sein, um das Potenzial nicht zu erkennen, und wenn ich Teilzeit als Lehrerin arbeiten könnte – ich denke, dass meine Ausbildung hier anerkannt wird –, würde uns das ebenfalls helfen.« Sie beobachtete Angies Gesichtsausdruck. »Ja, ich geb's zu ... Der Vorteil liegt eindeutig darin, Dads Verwandte kennen zu lernen. Das wäre gut für Sam.«

Angie nickte und runzelte nachdenklich die Stirn. »Mach dir diesbezüglich nicht zu viele Hoffnungen. Hat dir dieser Aldrich nicht davon abgeraten, dich mit deinem Großvater in Verbindung zu setzen, weil Carl Stenmark nicht sehr, sagen wir mal, freundlich ist?« Sie war nahezu sicher, dass dem so sein würde. Im Laufe der Jahre hatte Rolfe ihr nur einige wenige Details im Zusammenhang mit seiner Enterbung erzählt. Und vorausgesetzt, dass Aldrich nicht maßlos übertrieb, war es gut möglich, dass Carla von den großen, mächtigen Stenmarks vor den Kopf gestoßen würde.

Carlas Augen blitzten entschlossen auf. »Ich kann einfach nicht glauben, dass irgendjemand über dreißig Jahre lang einen solchen Groll hegt und ihn auf Menschen überträgt, die er gar nicht kennt und die mit dem ursprünglichen Problem überhaupt nichts zu tun haben.«

»Es ist nicht gerade logisch, aber dein Großvater wird alt. Manchmal entwickeln alte Leute Macken. Auch mein Vater wurde nach Mums Tod ein wenig seltsam. Er war mürrisch und schwierig im Umgang und ist es bis zu seinem Tod geblieben.« Angie sah zu Sam hinüber, der unruhig auf seinem Stuhl herumrutschte. »Warum gehst du nicht mit Sam in den hübschen Park, den wir auf dem Weg hierher gesehen haben?«

»Ja, Mum«, Sam war begeistert. »Mein Fußball ist im Kofferraum.«

Angie lächelte ihn an. Für sie war er wie ein Enkel, den sie nie haben würde. »Ja, mach das, und ich gehe zum Motel zurück und stelle einige Berechnungen an. Es sind nur Schätzungen, aber dann bekommen wir eine bessere Vorstellung davon, was wir finanziell brauchen, um Krugerhoff rentabel zu machen.«

»Vergiss nicht die Renovierungskosten für das Cottage. Wenn wir hierbleiben, muss es bewohnbar sein.«

»Dazu bedarf es nicht viel. Eine neue Küche, außen und innen neue Farbe, Einbauschränke in den Schlafzimmern. Wir müssten die Möbel erneuern und das Büro verlegen. Wir könnten an die hintere Veranda einen kleinen Raum anbauen oder die Garage zu einem Büro umfunktionieren.« Sie warf Carla einen raschen Blick zu. »Warum bitten wir nicht diesen netten Architekten Paul, uns einen Kostenvoranschlag zu erstellen? Gleichzeitig könnte er sich vergewissern, dass die Struktur der Gebäude stabil ist.«

»Du bist wirklich unverbesserlich«, protestierte Carla. In den vergangenen sechs Monaten hatte Angie einige Male versucht, Carla zu verkuppeln. »Ich bin *nicht* auf der Suche nach einem Mann, also versuch gar nicht erst, mir einen zu präsentieren.«

Nachdem sie gegessen hatten, bezahlte Carla die Rechnung. »Zeit, in den Park zu gehen«, sagte sie zu Sam. Angie machte sich unterdessen auf den Weg zum Motel, und Carla und Sam stiegen ins Auto.

Während Carla ihren Sohn anschnallte, dachte sie angestrengt nach. Handelte sie bezüglich Krugerhoff richtig? Sie war unentschlossen. Es würde eine Menge Arbeit erfordern. Wäre es nicht einfacher, das Weingut zu verkaufen und das Geld für die Abzahlung des Darlehens von

Valley View zu benutzen? Das wäre die vernünftigere Lösung, aber … ihr Vater hatte aus einem bestimmten Grund an Krugerhoff festgehalten und ihr das Weingut hinterlassen. Der Grund dafür war ihrer Meinung nach, sie wieder in Kontakt mit seiner Familie zu bringen, obwohl er sie ihr gegenüber nie erwähnt hatte. Harte Arbeit hin oder her, sie war es ihrem Vater schuldig, es zumindest zu versuchen. Mit Angies Hilfe und Expertise würde es bestimmt ein Erfolg werden. Und für Sam würde es ein wunderbares Vermächtnis bedeuten.

Sie ließ den Motor an. Jetzt wollte sie erst mal mit Sam zur Coulthard Reserve fahren und danach, trotz Angies Ratschlag, vorsichtig zu sein, Stenhaus und den Fremden, die ihre Familie waren, einen Besuch abstatten.

Nachdem sie eine gute Stunde im Park verbracht, die Enten gefüttert hatten und Sam herumgerannt war und seinen Fußball hin und her gekickt hatte, war er jetzt so müde, dass er ruhig in seinem Sitz saß, während Carla endlich den Weg fand, der zum Haus ihres Großvaters führte. Sie war ein paarmal falsch abgebogen und hatte zweimal anhalten müssen, um sich erkundigen, wie sie nach Stenhaus kamen. Jetzt fuhr sie die Einfahrt zur beeindruckenden Residenz der Stenmark-Familie hinauf. Mit offenem Mund starrte Carla auf das Haus, in dem ihr Vater einst gelebt hatte.

Architektonisch gesehen war es eine Mischung zwischen einem französischen Schloss und einem deutschen Herrenhaus. Die Wände des zweistöckigen Gebäudes bestanden aus großen handgeschliffenen grauen Steinblöcken. Das Schieferdach war steil, die Fenster waren bleiverglast, und die an den Wänden befestigten Holzspaliere beherbergten eine Reihe von Weinstöcken. Rings um das Haus waren ein makelloser Rasen sowie Gärten mit verschiedenen Rosenarten angelegt. Am Ende der langen Einfahrt und vor der Treppe, die zum Haus führte, befand sich ein ausladender, mit Kies aufgeschütteter Bereich, der mit Rosenbüschen und schlanken dunklen Kiefern eingefasst war. Alles war sehr beeindruckend. Weiter hinten vor den endlosen Reihen mit Weinreben erblickte sie etwas, das wie ein länglicher, niedriger Garagenkomplex aussah. Ah ja, sie erinnerte sich, dass ihr Vater das in seinem Tagebuch beschrieben hatte.

»Wow! Mum, was machen wir hier?«, wollte der stets neugierige Sam wissen.

Überwältigt von so viel Reichtum, antwortete Carla nicht sofort. Sie hatte keine Ahnung gehabt …

»Mum …?«

Sie wollte gerade das Auto wenden und fortfahren, als ihre Entschlusskraft die Oberhand gewann. Es war doch nur ein Haus, und in dem Haus wohnten ihre Verwandten. Sie parkte den Wagen und sah die Verwunderung auf Sams Gesicht. *Ich mache das für dich, Sam. Für dich.* Entschlossen tätschelte sie sein Knie. »Ich will nur schnell mal vorbeischauen, mein Schatz. Warte bitte im Auto auf mich.« Und ehe er protestieren konnte – Sam konnte ziemlich nervig werden, wenn ihm etwas nicht passte –, stieg sie aus dem Auto und rannte die sechs Marmorstufen, die zu den doppelten Eingangstüren führten, hinauf. Sie drückte kräftig auf den Klingelknopf aus Messing und wartete. Ihr Herz schlug schneller als sonst, und sie war etwas außer Atem. Nach einer Minute öffnete sich die bleiverglaste Eingangstür, und eine große, dunkelhaarige Frau, die perfekt gekleidet und geschminkt war, starrte an ihrer aristokratischen Nase vorbei auf Carla.

»Wann werdet ihr es endlich mal lernen? Lieferungen

werden an der Hintertür abgegeben, nicht an der Vordertür«, schnauzte Lisel Stenmark. Ihre Stimme klang verächtlich und ungeduldig. Dunkle Augen maßen Carla von oben bis unten – ihre staubigen, flachen Schuhe, die saloppe Hose und den leichten Pullover. Dann starrte Lisel auf das junge Gesicht, das rotgoldene Haar und die blauen Augen. Ihre Augen weiteten sich, und ihr Gesichtsausdruck änderte sich schlagartig. Sie blinzelte einige Male schnell, und ihr perfekt geschminkter Mund spannte sich an.

Ihr Instinkt sagte Carla, um wen es sich bei dieser Frau handeln könnte. Sie trug teure Geschäftskleidung und war offenkundig kein Dienstmädchen. Sie war zu jung, um die ältere Schwester ihres Vaters sein zu können, wahrscheinlich um die vierzig. Es musste Lisel sein, die jüngere Schwester ihres Vaters. Carla versuchte, das unfreundliche Benehmen der Frau zu ignorieren, und sagte mit selbstbewusster Stimme: »Sie müssen Lisel sein.«

Lisel Stenmark trat einen halben Schritt zurück, als hätte Carla eine ansteckende Krankheit.

»Leute, die mich nicht kennen, nennen mich Ms Stenmark«, blaffte Lisel sie an.

Angesichts Lisels Arroganz malmte Carla mit dem Unterkiefer, fuhr jedoch fort: »Wir kennen uns noch nicht, aber es gibt keinen Grund, warum wir uns nicht kennenlernen sollten. Mein Name ist Carla Hunter. Ich bin Ihre Nichte – die Tochter von Rolfe, Ihrem Bruder.«

»Sie wagen es, einfach hier aufzukreuzen und sich vorzustellen? Es ist Ihnen, wie ich glaube, bekannt, dass Sie hier nicht willkommen sind. Papa hat Rolfe vor über dreißig Jahren enterbt, und irgendwelche Nachkommen von ihm werden von den Stenmarks nicht anerkannt.« Lisel richtete sich zu ihrer vollen Größe auf, so dass sie einige Zentimeter über Carla ragte. »Papa wird Sie und Ihren

Sohn niemals anerkennen, und wenn Sie glauben, Sie können einfach herkommen und erwarten, Teil der Familie zu sein, dann haben Sie sich getäuscht.«

»Aber …« Carla hatte das Gefühl, als hätte ihr jemand ins Gesicht geschlagen, und dem kalten Lächeln nach zu urteilen, das die Frau ihr entgegenfunkelte, genoss sie es offenkundig. »Das ist alles vor sehr langer Zeit passiert. Sicherlich …«

»Mein Vater, meine Schwester und ich haben ein gutes Gedächtnis, Ms Hunter. Es bedeutet uns nichts, dass Stenmark-Blut in Ihren Adern fließt. Wie gesagt, Sie sind hier nicht willkommen und werden es niemals sein. Je früher Sie Krugerhoff verkaufen und dorthin zurückgehen, wo Sie hingehören, desto besser.« Lisel trat einen weiteren Schritt zurück und schlug Carla die Tür vor der Nase zu.

Stolz auf ihre Reaktion, lehnte sich Lisel von innen gegen die Haustür. Da klingelte es erneut an der Tür. Vor Wut schnalzte sie mit der Zunge und öffnete die Tür einen kleinen Spalt. Carla stand immer noch da, die Hände auf die Hüften gestützt, ihre Wangen glutrot.

»Niemand sagt mir, wohin ich gehen und was ich machen soll, *Tante Lisel*. Dass die Stenmarks die Vorstellung, dass sich Rolfes Tochter im Barossa Valley aufhält, nicht gutheißen, ist bedauerlich, weil ich vielleicht hierbleiben werde.« Carla beugte sich zum Türgriff vor und zog die Tür heftig zu, ehe ihre aufgeblasene Tante etwas erwidern konnte.

Über alle Maßen zornig, lief Carla die Treppe hinunter, stieg ins Auto und donnerte die Fahrertür zu. Was glaubten die Stenmarks bloß, wer sie waren? Und … was waren das für Leute, die nach dreißig Jahren noch einen solch starken Hass in sich trugen? Das war doch nicht normal. Dann kam ihr die Einsicht, dass ihr Vater wahrscheinlich genau das Richtige getan hatte, als er Australien verlassen und irgendwo neu angefangen hatte. Frustriert knirschte sie mit den Zähnen, und ihre Gedanken überschlugen sich. Wer brauchte solche Verwandte überhaupt?

»Bist du in Ordnung, Mum? Du siehst irgendwie komisch aus.«

»Komisch?«

»Na ja – so wie du aussiehst, wenn du wütend auf mich bist!«

Sams Beobachtung ließ Carla lächeln. Sie lehnte sich zu ihm hinüber und zog ihn an sich. »O Sam, ich bin nicht wütend auf dich, sondern auf jemand anders.« Sie startete den Motor und legte den Gang ein. »Aber ich werde darüber hinwegkommen. Und jetzt suchen wir Angie.«

Auf dem Weg nach Nuriootpa kochte Carla vor Wut darüber, wie ihre liebreizende Tante sie behandelt hatte. *Sie sind hier nicht willkommen. Gehen Sie dahin zurück, wo Sie hingehören.* Zum Teufel sollten sie sich scheren. Sie war die Tochter ihres Vaters, und sie hatte genauso das Recht hier zu sein wie jedes Mitglied der Stenmark-Familie. Und – sie straffte störrisch ihr Kinn – sie würde hierbleiben, beschloss sie. Mit Angies Hilfe würde sie aus Krugerhoff eine Erfolgsgeschichte machen. Zum Teufel mit den Stenmarks und Rhein-Schloss. Ja, zum Teufel mit ihnen allen.

Lisel stand mit dem Rücken zur Eingangstür und wartete darauf, dass sich ihr Herzschlag wieder normalisierte. Sie reflektierte, was sie gerade mit Carla erlebt hatte. Diese Frau hatte eine beängstigende Ähnlichkeit mit ihrer Mutter Anna Louise, was sie ziemlich nervös machte. Wie konnte sie es wagen, schnurstracks zu ihnen zu kommen und obendrein noch mit Erwartungen? Aber sie spürte noch etwas, was weitaus beunruhigender war. Carla

Hunter stellte eine Bedrohung für Luke und sein Erbe dar, obwohl Lisel sich fast sicher war, dass ihr Vater den neuseeländischen Emporkömmling niemals akzeptieren würde. *Sie* hatte Lukes Traum, zum geschäftsführenden Direktor der Firma aufzusteigen, schon viel zu lange gehegt, um zuzulassen, dass ihm irgendjemand im Weg stand. Carla musste genötigt werden, das Valley umgehend zu verlassen. Irgendwie.

Nachdem Luke Michaels einen Anruf von Lisel erhalten hatte, bei dem sie ihm aufgeregt von Carlas Aufkreuzen in Stenhaus erzählte, wusste er, dass er eine persönliche Unterhaltung mit Rolfes Tochter nicht länger hinauszögern konnte. Sein Bauchgefühl sagte ihm, dass das keine angenehme Unterhaltung werden würde, nach der Art und Weise zu urteilen, wie Lisel mit Carla gesprochen hatte. Es wurde schon dunkel, als er seinen teuren Mercedes in der Nähe der Eingangspforte von Krugerhoff parkte. Er saß einen Moment lang da und nahm die Umgebung in sich auf – er war schon seit Jahren nicht mehr auf Krugerhoff gewesen.

Die alten Tore waren weit geöffnet und die Büsche ziemlich niedrig gewalzt, weil andauernd Autos rein- und wieder rausfuhren. Er bemerkte, dass an der Seite des Cottages ein Auto stand, zweifellos ein Mietauto. Ein blonder, nein, ein rothaariger Junge spielte mit einem Fußball, den er immer wieder gegen die Wand prallen ließ, bevor er ihn auffing und von unten her zurückschoss. Für einen so jungen Burschen war das nicht schlecht. Luke stieg aus dem Auto und ging auf das Cottage zu. Der Junge bemerkte ihn und kam mit dem Fußball unter dem Arm auf ihn zugerannt.

»Hallo, Mister.« Sam hielt alle Leute für seine Freunde.

Er schaute den Mann in dem Geschäftsanzug von oben bis unten abschätzend an. »Suchen Sie meine Mutter?«

»Vielleicht. Ist deine Mutter Carla Hunter?«, fragte Luke, obwohl er sicher war, dass der Junge Carlas Sohn war.

»Ja.« Sam deutete auf die Weinkellerei. »Sie und Angie sind dort drin.«

»Und wer ist Angie?«, fragte Luke und drehte sich halb um.

»Angie war Großvaters Geschäftspartnerin, jetzt ist sie Mums Freundin und Geschäftspartnerin.« Sam zögerte einen Moment und fügte dann leise hinzu: »Großvater ist vor kurzem gestorben. Angie ist eine erstklassige Winzerin, wissen Sie.«

»Wirklich?« Luke nahm diese Informationen mit wachsendem Interesse auf, während er auf die geöffnete Tür der Weinkellerei zusteuerte.

»Möchten Sie Ball mit mir spielen, Mister?«

Luke blieb stehen und wandte sich dem Jungen zu. »Das hängt davon ab, was du spielst. Liga, australische Regeln oder Union?«

»Rugby natürlich«, antwortete Sam beleidigt, und sein Ton deutete an, dass nichts anderes für ihn infrage kam.

»Vielleicht später, nachdem ich mit deiner Mum gesprochen habe.«

In diesem Moment kam Carla aus der Weinkellerei und sah den Mann in dem Geschäftsanzug mit ihrem Jungen reden. Sie hatte gerade noch Zeit für einen flüchtigen Eindruck, bevor er sie bemerkte. Er war groß und gut gebaut. Sein Anzug war teuer und hatte eine perfekte Passform, genauso wie seine maßgefertigten Schuhe. Er hatte gepflegtes schwarzes Haar, eine olivfarbene Haut und hübsche, gleichmäßige Züge, war jedoch für ihren Geschmack keineswegs attraktiv. Und er benahm sich auf eine Art und Weise, die ihr zu verstehen gab, dass er sich für äußerst wichtig hielt.

»Ms Hunter?« Dann sagte er rasch: »Ich bin Luke Michaels. Wir haben schon bezüglich des Verkaufs von Krugerhoff miteinander korrespondiert.«

Luke sah, wie Carla die Augen zusammenkniff. Das Lächeln auf ihrem Gesicht gefror, dann verschwand es völlig. Hoffnungslosigkeit machte sich in ihm breit. Dieses Unterfangen würde nicht einfach werden. Das Benehmen seiner Tante hatte Rolfes Tochter in Rage versetzt. Lisel war äußerst gut darin, Leute zu verärgern. Aber während er Carla betrachtete, fiel ihm etwas auf, das seine Tante nicht erwähnt hatte: Carla Hunter war ein Spiegelbild, eine moderne Version seiner – ihrer beider – Großmutter. Josh Aldrich war die Ähnlichkeit sofort aufgefallen, aber Luke hatte es nicht geglaubt, bis er es nun selber sah. Das gleiche Haar, die gleichen blauen Augen der Stenmarks. Ja, sie war die jüngere, größere Ausgabe von Anna Louise.

»Ja?« Carla, die aufgrund ihres Erlebnisses in Stenhaus immer noch außer sich war, hatte nicht die Absicht, irgendjemandem, der für die Stenmarks arbeitete, irgendeine höfliche Behandlung einzuräumen. »Ich glaube, ich habe Ihr letztes Angebot abgelehnt, Mr. Michaels.«

»Das war, bevor Sie Krugerhoff gesehen haben. Sie sind jetzt einige Tage hier, vermute ich, Zeit genug, um festzustellen, wie schwierig es sein wird, das Weingut wieder aufzubauen, ganz zu schweigen von den Kosten. Ich habe die Erlaubnis erhalten, mein Angebot um weitere fünfundzwanzigtausend Dollar zu erhöhen.«

»Und wer ist Ihr Auftraggeber, Mr. Michaels? Carl Stenmark?«

»Darüber kann ich keine Auskunft geben.« Er wich ihr

aus und wusste, dass sie es wusste. »Ich biete Ihnen einen Haufen Geld an, Ms Hunter, ein kleines Vermögen. Und darüber hinaus liegt mein Angebot über dem sämtlicher Anbieter. Das verspreche ich Ihnen.«

»Aahh, ja, ich kann mir vorstellen, dass die finanziellen Mittel der Stenmarks unerschöpflich sind«, antwortete Carla und kräuselte verächtlich die Lippen. »Ich habe mich noch nicht entschlossen, Krugerhoff zu verkaufen. Ich bin mir nicht sicher, dass das der Wunsch meines Vaters war.«

»Mit allem Respekt, aber es ist allgemein bekannt, dass Ihr Vater Krugerhoff behalten hat, um Großvater zu ärgern und ihm heimzuzahlen, dass er enterbt worden ist.« Er sah, wie sich ihre Augenbrauen hoben. »Ja, unser gemeinsamer Großvater. Ich bin Gretas Sohn.«

Carlas Zorn wurde größer. »Weder Sie noch ich wissen genau, warum mein Vater das Weingut behalten hat, Mr. Michaels.«

»Nennen Sie mich doch einfach Luke. Schließlich sind wir miteinander verwandt.«

»Die Tatsache, dass ich mit Ihrer Familie in direktem Verwandtschaftsverhältnis stehe, hat unsere gemeinsame Tante sehr erzürnt«, entgegnete Carla süffisant. »Sie hat mir eindeutig erklärt, was sie von meiner Beziehung zu den Stenmarks hält. Offensichtlich glaubt sie, dass ich mich bei meinem Großvater einschmeicheln will, um meine finanzielle Situation zu verbessern. Glauben Sie mir, nichts ist weiter von der Wahrheit entfernt.«

Obwohl er wusste, dass ihre finanzielle Situation nicht gerade rosig war, glaubte Luke ihr. Diese verdammte Lisel mit ihrer scharfen Zunge! Ihr Benehmen heute Nachmittag würde es ihm unendlich schwer machen, das zu erreichen, was Großvater von ihm erwartete – den raschen Erwerb von Krugerhoff. Er war damals noch zu jung gewesen, um sich an Rolfes Weggang von Stenhaus zu erinnern, aber im Laufe der Jahre hatte er genügend Informationen über die Persönlichkeit seines Onkels in Erfahrung gebracht, um zu wissen, dass er ein unabhängiger, entschlossener Mann gewesen war – genauso wie seine Mutter Anna Louise. Und wenn er sich nicht irrte, hatte Carla Hunter ähnliche Charakterzüge geerbt, die ihm den Weg zum Erfolg nicht gerade erleichterten.

»Sie und ich, wir sind keine direkten Blutsverwandten. Ich wurde kurz nach meiner Geburt von meinen Eltern adoptiert.« Er sah, wie sich ihre Augenbrauen erneut hoben, während sie die Nachricht verdaute. Die jahrelangen Schilderungen seines Großvaters, in denen er Rolfes Benehmen angeprangert hatte, und der vorzeitige Tod von Kurt und Marta hatten eine instinktive Abneigung gegenüber Rolfe in ihm erzeugt. Er bekam die Qualen seines Großvaters schließlich direkt mit. Aber zugegebenermaßen begann er, daran zu zweifeln, warum dieser Carla Hunter gegenüber ähnlich gesinnt sein sollte.

»Das ist für mich nicht von Interesse. Sie sind ein Stenmark, und Sie handeln im Auftrag von Carl Stenmark. Ich könnte mich dazu entschließen, Krugerhoff zu behalten und hierher zu ziehen.«

»Das wäre töricht, Carla.«

»Warum?«

»Aus zwei Gründen. Nach meinem Dafürhalten haben Sie nicht die finanziellen Mittel, das Weingut neu aufzubauen, und außerdem möchte mein Großvater das Land haben. Bevor es Krugerhoff wurde, gehörte es den Stenmarks, meiner verstorbenen Großmutter, die es an Rolfe vererbte. Großvater will sein Land zurück und wird alles in seiner Macht Stehende tun, um es zu bekommen.«

»*Alles*, sagen Sie?« Carla kräuselte ihre Lippen. »Würde er auch so weit gehen und Sam und mich in die Familie aufnehmen? Würde er seinen dummen Hass auf meinen Vater beiseitelegen, damit er Krugerhoff bekommt?«

Luke gab ihr keine direkte Antwort auf ihre Fragen, weil er wusste, dass er sie verärgern würde. Stattdessen sagte er: »Verzeihen Sie, dass ich das sage, aber ich glaube nicht, dass Sie eine Vorstellung davon haben, wie viel Macht Rhein-Schloss ausübt. Wenn Sie sich dazu entschließen, hierzubleiben, könnte das Leben«, er machte eine kurze Pause, »für Sie und Ihren Sohn sehr schwer werden.«

Carla funkelte ihn einen Moment lang an, ehe sie antwortete. »Das klingt nach einer Drohung, Luke Michaels. Was ist los mit euch Stenmarks?« Sie stützte die Hände auf die Hüften, während sie die Füße energisch in den Boden stemmte. »Ihr glaubt, ihr könnt alle unterdrücken! Diese Haltung kommt bei mir nicht an, daher können Sie sich Ihr Angebot«, ihre blauen Augen blitzten in der untergehenden Sonne, »ich nehme an, Sie wissen, wo Sie sich das hinstecken können.«

Luke versteifte sich. »Carla, Sie machen einen Fehler, wenn …«

Es bereitete ihr großes Vergnügen, ihn zu unterbrechen. »Dann ist es eben mein Fehler, und nicht Ihrer. Wie ich Ihrem Handlanger Aldrich schon zuvor geraten habe: Verschwinden Sie von meinem Grundstück, Luke Michaels, und kommen Sie nie mehr wieder. Es sei denn, Sie haben eine Einladung von mir erhalten, was bestimmt nicht geschehen wird.«

In den immer dunkler werdenden Schatten der Weinkellerei versteckt, hielt Kim Loong die Hand über ihren Mund, um ein Kichern zu unterdrücken, als sie hörte, wie die Besitzerin von Krugerhoff keinem Geringeren als Luke Michaels, einem Stenmark, befahl, von ihrem Grundstück zu verschwinden. Ihr gefiel die Einstellung der rothaarigen Frau, sehr sogar. Sie kniff die Augen zusammen, während sie auf den Rücken von Carla Hunter spähte. Die Frau würde hierbleiben, das sagte ihr ihre Intuition. Als sie heranwuchs, hatte sich Kim oft von ihrer Intuition leiten lassen, die sie bisher noch nie getrogen und mehr als einmal ihr junges Leben gerettet hatte.

Den ganzen Tag über hatte sie darüber nachgedacht, welche Konsequenzen es für die Loongs haben würde, wenn die Frau und ihre Familie hierbleiben würden. Sie, Tran und Su Lee fühlten sich in ihrer notdürftigen Unterkunft wohl. Kim wollte nicht weggehen. Sie hatte sich an ihre winzige Behausung gewöhnt, an die Tatsache, dass sie kein fließendes Wasser, keinen Strom und keinen Kühlschrank hatten. Irgendwie schafften sie es. Sie wusste, dass Tran mehr wollte und mit neidischen Augen darauf schaute, was die anderen Leute im Valley besaßen. Auch sie schaute darauf, gab sich jedoch damit zufrieden, den rechten Zeitpunkt abzuwarten, bis sie mehr Geld gespart hatten. Su Lee war froh, einfach bei ihnen zu sein, anstatt auf der Farm zu arbeiten, was Kinder sowieso nicht tun sollten, und sich zu fragen, ob sie, wenn sie alt genug war, in eine Zwangsehe ohne Liebe gedrängt oder zu häuslicher Sklaverei verdammt werden würde.

Kim kam zu einer Entscheidung, als sie sah, wie die rothaarige Frau Luke Michaels Rückzug beobachtete. Ja, sie würde es tun, jetzt gleich, obwohl die Frau wahrscheinlich immer noch ziemlich wütend sein würde. Während sie aus den Schatten trat, sah sie die blonde Frau mit dem Jungen ins Cottage gehen. Gut, es würde also keine Unterbrechung geben –

»Miss …?«

Carla Hunter fuhr herum, und pure Verblüffung stand auf ihrem Gesicht, als sie die zierliche Gestalt Kim Loongs anstaunte. Ihre blauen Augen maßen Kim von oben bis unten und danach die Umgebung, um festzustellen, ob sonst noch irgendjemand hier war. »Wer sind Sie und was machen Sie hier?«, fragte sie mit sachlicher Stimme.

»Mein ... Name ist Kim Loong. Mein Bruder und ich sind Arbeiter im Valley, in den Weingütern. Überall dort, wo wir Arbeit finden. Ich habe Sie mit Mr. Michaels sprechen hören. Sie werden hierbleiben, ja?«

Carla verzog den Mund. Waren alle, selbst die Arbeiter im Valley, neugierig darauf zu erfahren, ob sie hierblieb oder nicht? »Das ist meine Sache, hm, Kim. Ich habe mich noch nicht entschieden.« Was nicht genau der Wahrheit entsprach, aber auch keine Lüge war. »Wohnen Sie in dieser Gegend?«

»Ja.« Kim lächelte kurz. »*Hier.*«

Es wurde dunkel, und Carla war müde. Es war ein langer Tag gewesen, ein Tag voller Enttäuschungen und Hoffnungen. Sie versuchte, ihre Ungeduld zu bezwingen. »Was meinen Sie mit ›hier‹?«

»Meine Familie – Tran, Su Lee und ich –, wir wohnen dort.« Sie deutete auf die Weinkellerei. »Wir wohnen seit einigen Monaten hier. Tran hat ein Zimmer für uns gebaut.«

»Ihr seid nicht etwa illegal hier, oder?« Als Kim den Kopf schüttelte, sagte Carla: »Sie wissen, dass Sie das Land unerlaubt betreten haben, nicht wahr?«

Kim zuckte die Schultern, aber es war keine gleichgültige Geste, sondern mehr ein Eingeständnis. »Wir sind echte vietnamesische Migranten. Wir wussten, dass nie jemand hierherkommt, und dachten, es wäre sicher. Wir haben niemanden gesehen, bis Sie und Ihre Familie vorgestern eingetroffen sind. Wir haben keinen Schaden angerichtet und niemandem etwas getan …«

Mit gerunzelter Stirn, aber dennoch fasziniert von dieser asiatischen Frau und der Tatsache, dass sie seit Monaten unbemerkt und unerlaubt auf Krugerhoff wohnte, gewann Carlas Neugier die Oberhand. »Zeigen Sie mir, wo.«

Kim führte Carla durch die Weinkellerei bis zu dem Bereich, wo Tran ihnen ein Zuhause geschaffen hatte. Sie rückte die Platte aus galvanisiertem Eisen zurück und bat die Besitzerin von Krugerhoff einzutreten.

»Dies ist meine Schwester Su Lee«, stellte Kim das Kind vor, das auf dem Campingkocher mit nur einer Herdplatte Wasser für den Reis aufgesetzt hatte.

Die Behausung erinnerte Carla an Fotografien von Hütten asiatischer Bauern, ordentlich, sauber, mit einem Minimum an Möbeln und persönlichen Gegenständen. Von an der Wand befestigten Haken hingen zwei alte Fahrräder, offensichtlich ihr Transportmittel.

Carla amüsierte und bewunderte Kims Ehrlichkeit, ihren Einfallsreichtum und ihre Kühnheit. Kim hatte wohl schon vermutet, dass ihr Versteck bald entdeckt werden würde, und beschlossen, ihre Anwesenheit vorher bekannt zu geben. Ziemlich schlau von ihr. Carla stellte Kim eine Menge Fragen – zur Hygiene, welche beruflichen Erfahrungen sie und ihr Bruder hatten, woher sie stammten und wie ihre Pläne für die Zukunft aussahen. Kims Antworten waren entwaffnend ehrlich.

»Eines Tages möchte ich ein Restaurant eröffnen. Su Lee und ich werden kochen, und Tran kümmert sich um die Gäste. Eines Tages …« Kims Stimme wurde immer leiser, obwohl ihr Gesichtsausdruck zuversichtlich und voller Hoffnung war. Sie blickte zu Carla auf. »Können wir hierbleiben, bis Sie wissen, was Sie tun wollen?«

Carla kaute an ihrer Unterlippe, während sie über Kims Frage nachdachte. »Ich weiß nicht, ob ich das tun kann. Die städtischen Behörden würden es gar nicht gutheißen, dass Sie unter solchen … solchen Bedingungen leben.«

Kim nickte ernst und unterbreitete ihr ein Angebot. »Wenn Sie hierbleiben, arbeiten wir für Sie. Eine Menge Arbeit muss erledigt werden, um, wie sagen Sie?, alles schön zu machen. Wir räumen auf, machen sauber, streichen und kümmern uns um die Weinstöcke. Tran und ich wissen, wie das geht. Es gibt eine Menge Arbeit hier, Ms Hunter.«

Carla konnte den Seufzer nicht unterdrücken. »Ich weiß.«

Etwas an Kim berührte sie. Die Frau war eine Kämpfernatur und versuchte, das Beste für sich, ihren Bruder und ihre Schwester rauszuholen. Genauso wie Carla versuchte, ihr Bestes für Angie und Sam zu tun. In dieser Beziehung hatten sie ähnliche Ziele und Hoffnungen. Sie hatte sich den heutigen Abend im Hinblick auf Krugerhoff als Frist gesetzt. Wenn sie wieder im Motel waren und Sam im Bett lag, würde sie mit Angie die Zahlen und ihre Möglichkeiten besprechen, und danach würde sie eine Entscheidung treffen. Gott, wenn sie nur jemanden hätte, der ihr einen Rat geben würde. Wenn sie bliebe, würde sie ihre Jugend und Entschlossenheit mit der Macht der Stenmarks messen müssen. Würde sie gewinnen? Sie betrachtete Kim – und lächelte sie dann an. Warum eigentlich nicht? Sie hatte jetzt schon Personal, das bereit war, hart für sie zu arbeiten!

»Ms Hunter, was werden Sie mit uns machen?«

»Momentan gar nichts. Aber Sie können gerne hierbleiben, bis ich mich entschieden habe.«

Kim machte eine winzige Verbeugung. »Oh, vielen Dank.

Sie werden Ihre«, sie bemühte sich sichtbar, den richtigen Ausdruck zu finden, »Großzügigkeit nicht bereuen.«

An diesem Abend beratschlagten Angie und Carla bis weit nach Mitternacht. Sie gingen die Zahlen durch und diskutierten die Vor- und Nachteile dessen, was getan und nicht getan werden sollte, bis beide verbal und emotional erschöpft waren. Sie beschlossen, darüber zu schlafen, aber Carla wusste, dass sie nur wenig Entspannung finden würde. So viel hing von ihrer Entscheidung ab. Endlich fiel sie in unruhigen Schlaf – und träumte von ihrem Vater. Er lächelte sie an und drängte sie, Krugerhoff eine Chance zu geben. Am nächsten Morgen, als Sam sie an der Schulter rüttelte, um sie aufzuwecken, war ihre Entscheidung getroffen. Sie würden sich drei bis fünf Jahre geben, um das Weingut wieder aufzubauen und Profit zu erwirtschaften. In dieser Zeit würde Carla die Stenmarks dazu bringen, ihren Widerstand ihr und Sam gegenüber aufzugeben. Wenn sie sahen, dass sie, genau wie ihr Vater damals, entschlossen war, das Weingut zu einem Erfolg und einem Teil des Barossa Valley zu machen, würden sie zur Vernunft kommen. Ganz bestimmt!

8

Im Sitzungssaal von Rhein-Schloss schlug Carl Stenmark mit seiner großen Faust auf den Tisch. Ungläubig starrte er John und Luke Michaels an, die ihm soeben einige unbequeme Neuigkeiten übermittelt hatten. Lisel saß ganz ruhig am Tisch und tat so, als würde sie einen Stapel Unterlagen durchsehen.

»Was heißt das, sie bleibt hier?«, brüllte Carl.

»Das ist das, was man sich in Nuriootpa erzählt. Alle in der Gemeinde reden darüber«, sagte John zu Carl. »Aldrich sagt, dass ihre Freundin, Angie Dupayne, die eine glaubwürdige Winzerin mit einer Menge Erfahrung ist, in der Stadt gesehen wurde, wo sie Bankkonten eröffnet hat, obwohl sie für die Geräte und das Material hauptsächlich bar bezahlt. Und sie hat eine Konstruktionsfirma beauftragt, die Maschinen in der Weinkellerei zu überprüfen.« Er fügte hastig hinzu: »Ich glaube, sie hat Paul van Leeson gebeten, sie in puncto Reparaturen am Haus zu beraten.«

»Ein Bagger ist schon dabei, das Gebüsch um das Grundstück herum zu beseitigen.« Diese Information hatte Lisel direkt von Josh.

John blickte zu Carl. Er fühlte sich unwohl, weil sein Schwiegervater so wütend war. Deshalb wandte er den Blick ab und schaute zur anderen Seite des Konferenztisches. »Sieht so aus, als meinten sie es ernst, Carl.«

»Das glaube ich nicht.« Carl schüttelte den Kopf, und sein Gesicht rötete sich zusehends. »Die Frau muss verrückt sein.«

»Vielleicht will sie das Weingut auf Vordermann bringen, um einen besseren Preis zu erzielen«, sagte Luke zögernd, obwohl sein Herz ihm sagte, dass das nicht stimmte. Er hatte die Kampfeslust in Carla Hunters Augen gesehen. Sein Großvater hatte den gleichen Blick, wenn er etwas Neues plante.

Carl stand auf und ging im Sitzungssaal auf und ab, die Hände hinter dem Rücken verschränkt, die Augenbrauen missmutig zusammengezogen. Plötzlich blieb er stehen und blickte in Lukes Richtung. »Was werden wir also tun? Wegen ihr!«

»Wir könnten ihnen das Leben schwer machen«, schlug

John vor, »und die Leute dazu bringen, dass sie ihnen nicht das geben, was sie benötigen. Oder sie auf die schwarze Liste setzen, weil sie arbeiten. Wenn es ihnen nicht gelingt, die Weinstöcke bis zum Frühling zum Wachsen und Blühen zu bringen, haben sie eine ganze Saison verschwendet. Das würde sie in den Ruin treiben.«

»Aber wie würden wir dann dastehen?«, fragte Luke seinen Vater. »Wie Goliath, der David besiegt. Wir haben im Valley den Ruf, dass wir in geschäftlichen Dingen immer fair sind. Wir sollten das Image von Rhein-Schloss nicht ankratzen, indem wir skrupellose Methoden anwenden. Mein Vorschlag ist, dass wir warten. Wenn sie scheitern und das Weingut ihr ganzes Geld verschlingt, werden sie verkaufen wollen.«

»Ich denke, wir sollten …«, begann Lisel, änderte dann aber ihren Gedanken. »Es gibt viele Möglichkeiten, wie man Leute entmutigt und ihr Vertrauen untergräbt. Unfälle passieren. Geräte kommen abhanden oder funktionieren nicht. Die Weinstöcke könnten beschädigt werden.« Sie sah ihren Vater eindringlich an. »Papa, wir alle wissen, dass es im Valley gewisse Leute gibt, die für Geld alles tun, was man von ihnen verlangt.«

Carl nickte, aber seine Stirn legte sich noch mehr in Falten, während er seine Tochter fixierte. »Ich werde dich nicht fragen, woher du diese Dinge weißt. Wenn es jedoch um illegale Taten geht, werde ich mich nicht daran beteiligen. Außerdem …« Er schien eine Entscheidung gefällt zu haben und zuckte die Schultern. »Rolfes Tochter wird kein Erfolg beschieden sein. Sie wird die harte Arbeit nicht schaffen, all die Unwägbarkeiten. Sie hat sich eine Riesenaufgabe gestellt, und ich bin sicher, dass das angesichts ihrer fehlenden Ausbildung ihre Fähigkeiten übersteigt.« Er schnaubte, während er sagte: »Wir werden Lukes Vorschlag befolgen und abwarten. Im Frühling wird sie aufgeben. Aber«, er sah alle abwechselnd an, »ich möchte darauf hinweisen, dass sie hier nicht willkommen ist. Wir werden schon sehen, wie viele Leute ihr Hilfe anbieten, wenn sie erfahren, dass Rhein-Schloss nicht möchte, dass sie zu den Weinbauern im Valley gehört.«

Alle nickten einmütig.

Nachdem Carla und Angie sich entschieden hatten, im Valley zu bleiben, stellten sie eine Liste mit zu erledigenden Aufgaben auf. An erster Stelle stand die Notwendigkeit, das Cottage bewohnbar zu machen und für die Loongs eine angemessene Unterkunft zu finden. Dafür brauchten sie den Expertenrat von Paul van Leeson, der nur allzu erfreut war, ihnen zu helfen.

Er kam an einem Nachmittag vorbei, als Carla und Angic gerade ihre Arbeit beendet hatten. Sie hatten den ganzen Tag damit zugebracht, das Cottage zu säubern, bevor sie innen mit dem Streichen anfangen konnten. Sie mussten in einer Woche damit fertig sein, weil Carla und Sam nach Neuseeland zurückflogen, um noch einige Dinge zu erledigen: Carla musste ihre Stelle als Lehrerin kündigen und Valley View und ihre Wohnung in Christchurch verkaufen.

»Die Struktur ist noch ziemlich stabil«, erklärte Paul, nachdem er das Cottage von innen und außen inspiziert hatte. Er überprüfte das Fundament, dann kletterte er aufs Dach, eine ziemliche Herausforderung für jemanden, der so groß war wie er.

»Ich möchte die Garage zu einem Büro umbauen und am Ende des Wohnbereichs eine Haustür einbauen lassen. Ist das machbar?«, fragte Carla, die sich darüber im Klaren war, wie abgearbeitet sie aussah. Ihre Kleidung war schmutzig und ihr Haar verschwitzt und strubbelig. Sie hatte vor einer Stunde ihr Gesicht im Badezimmerspiegel betrachtet und sogar einige Schmierflecken auf ihren Wangen entdeckt. Sie schielte zu Angie und fühlte sich plötzlich nicht mehr so schlecht, denn Angie sah genauso ramponiert aus wie sie.

»Sicher«, stimmte Paul zu. »Ich kann Ihnen einen Konstrukteur nennen, der Sie nicht reinlegt.« Sein Blick fiel auf die Farbdosen, die in einer Ecke des Wohnzimmers standen. »Streichen Sie selber?«

»Natürlich. Ich habe nichts dagegen, Handwerker für etwas zu bezahlen, das ich selber nicht kann. Aber wo immer möglich, müssen wir Geld sparen. Wir streichen und machen die meiste Arbeit auf dem Weingut selber.«

»Das ist sinnvoll, ich bin genauso wie Sie. Mit dem Pinsel kann ich ganz gut umgehen. Wenn Sie möchten, kann ich Ihnen am Wochenende helfen«, bot er an.

»O nein …«

Angie stieß Carla ihren Ellbogen in die Rippen. »Ihre Hilfe können wir gut gebrauchen, Paul. Vielen Dank.« Sie ignorierte Carlas scharfen Blick. »Es gibt noch etwas. Wir möchten die Loongs auf dem Weingut unterbringen. Sie helfen uns dabei, die Weinstöcke in Ordnung zu bringen, und sie haben keine vernünftige Unterkunft. Was schlagen Sie vor?«

Paul klopfte mit seinem Bleistift im Stakkatorhythmus auf das Klemmbrett. »Ich nehme an, Sie wollen nicht noch ein Cottage bauen. Das würde dauern und ziemlich teuer werden.« Gedankenverloren ging er im Wohnzimmer auf und ab und kratzte sich am Ohr. »Als ich mein Haus gebaut habe, wohnte ich ein Jahr lang in einem Wohnwagen auf dem Bauplatz. Ich hatte einen Anschluss für Wasser und Strom und ein Campingklo. Sie könnten ähnlich verfahren und einen geräumigen Wohnwagen kaufen oder mieten, der Küche, Dusche und Toilette hat, und ihn auf das Grundstück stellen.«

»Das ist eine großartige Idee«, lobte Angie. »Wir könnten ihn abzäunen, damit sie eine Privatsphäre haben. Würde die Stadtverwaltung zustimmen?«

»Wahrscheinlich. Vorausgesetzt, Sie halten sich an deren Vorschriften, was Wasser, Strom und Kanalisation betrifft«, erwiderte Paul.

Carla war beeindruckt von Pauls Idee, obwohl sie es nicht zugab. Sie hatte sich schon den Kopf darüber zerbrochen, wie sie die vietnamesische Familie unterbringen sollten, deren Dienste schon jetzt unverzichtbar waren. Kim und Tran arbeiteten hart und beklagten sich nie, und Su Lee hatte sich bereits mit Sam angefreundet. Zwischen ihnen bestand ein Altersunterschied von einigen Jahren, aber sie waren innerhalb von wenigen Tagen praktisch unzertrennlich geworden. Sie spielten zusammen und erkundeten neugierig die nähere Umgebung. Momentan waren sie auch irgendwo unterwegs und würden erst nachmittags wieder zurück sein.

»Ich sollte mir mal die Weinkellerei ansehen, wo ich schon hier bin«, schlug Paul vor.

»Geh mit Paul, Carla. Ich räume hier auf«, erbot sich Angie mit gespielter Unschuld, während sie einen Haufen schmutziger Lumpen einsammelte sowie eine Kiste mit verschiedenen Flaschen und Dosen mit Reinigungsmitteln.

Von der Tür der Weinkellerei aus beobachtete Carla, wie Paul kreuz und quer durch die Halle ging. Er inspizierte die Balken aus Metall und den Boden, der zum Teil betoniert war. Dann kletterte er eine Leiter hinauf, die an der Wand lehnte, um die Dachsparren zu begutachten. Dabei ließ er die Fässer und die zur Weinherstellung benötigten Geräte außer Acht, da diese nicht zu seinem Fachgebiet gehörten. Danach gesellte er sich zu Carla.

»Derjenige, der das Haus gebaut hat, hat erstklassige Arbeit geleistet. Das Gebäude scheint in einem ausgezeichneten Zustand zu sein. Die Materialien sind von bester Qualität und halten ewig. Ich denke nicht, dass Sie Probleme mit der Struktur haben. Aber Sie sollten einen Weinbauspezialisten kontaktieren, der sich mal die Geräte für die Weinherstellung ansieht.«

»Angie hat sich bereits darum gekümmert. Sie kennt jemanden in der Forschungsabteilung, der sich die Sache morgen anschaut.«

Er musterte sie nachdenklich. »Ich nehme an, dass Sie es ernst damit meinen, das Weingut neu zu starten, und nicht nur im Cottage wohnen wollen?«

Es war mehr eine Feststellung als eine Frage, aber sie antwortete ihm trotzdem. »Völlig ernst.«

»Glauben Sie, das wird den Stenmarks gefallen?«

Sie hätte Anstoß an seiner Neugier nehmen können, aber sein Gesichtsausdruck und die Art und Weise, wie er sich um alles kümmerte, gab ihr zu verstehen, dass sein Interesse aufrichtig war. »Wahrscheinlich nicht.« Ihre Antwort war ehrlich. »Sie haben bereits verkündet, dass ich hier nicht willkommen bin.« Sie zuckte die Schultern, um anzudeuten, dass die Meinung ihrer Verwandten nicht wichtig war. »Unser Leben ist sehr schwer, seitdem mein Mann gestorben ist. Wir können kaum die Rechnungen bezahlen, weil meine Karriere als Lehrerin beschränkt ist. Ich betrachte das Weingut als Möglichkeit, das zu bekommen, was ich in Christchurch nicht bekommen kann. Dad hat es wohl behalten, um uns drei finanziell abzusichern.«

»Aber Sie könnten ein großes Risiko eingehen.«

Carla schenkte ihm ein flüchtiges Lächeln. Sie blickte zu

ihm auf – eine ziemliche Entfernung, weil er so groß war – und betrachtete sein Gesicht. »Das weiß ich.« Über den Risikofaktor hatte sie viele Stunden lang nachgegrübelt. »Ein großer Gewinn, nicht nur in finanzieller Hinsicht, verlangt ein großes Risiko. Das bedeutet drei bis fünf Jahre harte Arbeit für Angie und mich, aber wenn die Weinstöcke wieder Ernten hervorbringen, wird unser Leben garantiert angenehmer sein.« Sie lächelte erneut, fast träumerisch. »Das ist ein Ziel, auf das man sich freuen kann.«

»Da haben Sie recht«, sagte Paul mit einem Nicken und fragte dann: »Wollen Sie weiterhin den Namen Krugerhoff benutzen? Vielleicht wäre es Zeit, das Weingut umzubenennen.« Er hielt einen Moment inne, um seine Gedanken zu ordnen. »Vielleicht ein Name, der mehr australisch und nicht so deutsch klingt; die anderen Weingüter heißen Jacob's Creek, Jackson's Landing, Bethany Wines, es gibt so viele davon. Wenn neue Besitzer ein bereits existierendes Weingut übernehmen, denken sie sich oft einen neuen Namen aus.«

»An einen Namenswechsel habe ich noch gar nicht gedacht.« Vielleicht wäre das sinnvoll. Ein neues Projekt, ein neuer Name. Paul hatte recht. Sie würde mit Angie darüber reden und ihre Meinung zu diesem Thema hören.

»Die Menschen im Valley kennen diesen Ort unter dem Namen Krugerhoff, aber das Weingut hat nie einen Jahrgangswein vermarktet oder eine einzige Flasche Wein verkauft.«

»Das stimmt.« Aus Neugier warf sie ihm einen fragenden Blick zu. »Haben Sie einen Vorschlag?«

»Mhm, lassen Sie mich darüber nachdenken.« Sein kantiges Gesicht, das nicht unbedingt attraktiv war, in dem jedoch eine natürliche Stärke lag, bekam einen versonnenen Ausdruck. Er schaute einige Sekunden lang auf Carlas rotes Haar hinab. Dann schweifte sein Blick über die wild wuchernden Weinstöcke, die bereits ihre Blätter abwarfen. Dort, wo der Fluss durch das Grundstück floss, standen einige hohe Gummibäume. Es war bereits später Nachmittag, und das Buschland und der Himmel hatten eine leichte aprikosenfarbene Tönung. »Wie wär's mit *Hunter's Crossing*? Ihr Nachname ist Hunter, und der Fluss kreuzt zweimal Ihr Grundstück. Wie gefällt Ihnen der Name? Nein«, fuhr er rasch fort, ehe sie ihm eine Antwort geben konnte, »noch besser, was halten Sie von *Sundown Crossing*?« Er grinste zufrieden. »Einen australischer klingenden Namen werden Sie kaum finden.«

Carlas Blick schweifte zu den Rebstöcken mit ihrem rötlich orangefarbenen Farbton und dem blassen Himmel, bevor die Sonne unterging. »Sundown Crossing.« Leise sagte sie den Namen ein paarmal vor sich hin. Der Name gefiel ihr. »Ich werde Angie das vorschlagen und ihre Meinung dazu hören. Sie versteht mehr davon als ich.«

In gegenseitigem Einvernehmen gingen sie auf seinen Landrover zu. Paul öffnete die Fahrertür. »Um wie viel Uhr soll ich Samstagmorgen im Overall und mit dem Pinsel in der Hand auf der Matte stehen?«

Sie versuchte, ihm einen Ausweg anzubieten. »Wirklich, Sie brauchen nicht …«

Er verzog das Gesicht, aber der Ton seiner Stimme war fest. »Ich möchte aber, Carla. Wenn Sie mich etwas besser kennenlernen, werden Sie sehen, dass ich nichts tue, was ich nicht tun will. Zum Beispiel bin ich bestimmt die einzige Person im Valley, die Land hat und keinen Wein anbaut. Das interessiert mich nicht. Ich ziehe es vor, den Wein zu trinken, anstatt in den Weinfeldern zu schuften.« Er lächelte sie an. »Sollen wir sieben Uhr anpeilen?«

»Halb acht.« Carla sah zu, wie er in seinen Landrover stieg und die Tür zuschlug. Er grinste, während er sich verabschiedete, und ließ den Motor an. Paul van Leeson hatte etwas an sich, das überaus sympathisch war. Hinter seiner lockeren Art lag eine ruhige Stärke und Entschlossenheit. Sie beobachtete ihn, während er den Rückwärtsgang einlegte, bis zur Straße fuhr und schließlich außer Sichtweite war.

Sam und Carla waren über einen Monat fort. Nachdem Carla Valley View verkauft und ein Angebot für die Wohnung in Christchurch akzeptiert hatte, kehrten die beiden ins Barossa Valley zurück. Carla war erstaunt über die Fortschritte, die das Weingut in der Zwischenzeit gemacht hatte. Bestimmt hatten Angie und die Loongs von Sonnenaufgang bis nach Sonnenuntergang geackert, denn sie hatten in dieser kurzen Zeit enorm viel erreicht.

In der Nähe des Eingangs war auf stabilen Pfosten ein neues, von einem Fachmann gemaltes Schild angebracht, auf dem der Name *Sundown Crossing Winery* stand. Die rostigen Tore waren entfernt worden, und zwei zwei Meter hohe Zementsäulen mit schmiedeeisernen, offen stehenden Toren begrüßten sie, während sie ihren Gebrauchtwagen, den sie in Adelaide gekauft hatte, auf dem vor kurzem gekiesten Weg zum Cottage hinunterfuhr. Vor dem Cottage wuchs nun ein Rosengarten, denn Rosen waren empfänglich für die gleichen Ungeziefer wie Reben und dienten sozusagen als Frühwarnsystem für eventuell auftretende Krankheiten. Vor kurzem hatte es beträchtliche Niederschläge gegeben, und aus der natürlichen Vertiefung vor dem Cottage war ein kleiner Teich geworden, auf dem einige Enten fröhlich quakend vor sich hin schwammen.

Es sah so… hübsch ländlich aus. Vielleicht sollte man

den Teich zu einem festen Bestandteil machen, überlegte Carla, während sie und Sam das Gepäck hinter sich herzogen und auf die Veranda zugingen. Angie stand schon an der Eingangstür und umarmte sie ausgiebig.

»Ich habe euch beide so sehr vermisst«, flüsterte Angie, und Tränen schimmerten in ihren grauen Augen.

»Nach allem, was du getan hast, bin ich überrascht, dass du überhaupt Zeit hattest, irgendjemanden zu vermissen. Es sieht fantastisch hier aus.« Carla ließ ihren Blick über das Wohnzimmer schweifen. Mit den neuen Möbeln wirkte es heimelig und einladend.

Sam ließ seinen Rucksack auf den Fußboden fallen. »Wo ist mein Zimmer, Angie?«

»Am Badezimmer vorbei, das letzte Zimmer den Flur entlang.«

Er flitzte davon, und die beiden Frauen strahlten einander an. Dann hörten sie einen Pfiff durch den Flur hallen. »Das ist echt cool.«

»Sam scheint es zu gefallen.« Carla konnte kaum ein Gähnen unterdrücken. »Es tut mir leid, dass du die ganze Arbeit machen musstest.«

»Willst du mich auf den Arm nehmen? Sieh doch mal, was du in Neuseeland geschafft hast. Du hast Valley View leer geräumt und die Möbel verkauft. Dann das Gleiche noch mal in Christchurch! Kim und Su Lee machen heute Abend für dich und Sam zur Begrüßung ein vietnamesisches Essen. Kim ist eine großartige Köchin. Die Loongs sind jetzt in ihrem Wohnwagen, und sie lieben ihr Zuhause.« Leise fügte sie hinzu: »Ich glaube, dies ist das erste richtige Heim, das sie je gehabt haben, mit Ausnahme des Bauernhauses ihrer Eltern mit dem Boden aus Erde. Komm und schau dir an, was wir bisher aus dem Boden gestampft haben, dann trinken wir eine Tasse Tee und reden.« Angie wackelte vielsagend mit den Augenbrauen, was sie immer dann tat, wenn sie etwas Besonderes ausgeheckt hatte. »Bis jetzt läuft alles sehr gut.«

»Und die Stenmarks?«

Angie zuckte die Schultern. »Habe kein Sterbenswörtchen von ihnen gehört. Paul sagte, dass sie allen aufgetragen haben, uns das Leben schwer zu machen. Ich habe die meisten Sachen bar bezahlt, denn die Händler wollen nicht, dass Sundown Crossing etwas auf Kredit kauft.«

Carla stieß einen Seufzer aus. »Aber was für einen Grund geben sie an?«

»Dass wir neu und sozusagen noch nicht kreditwürdig sind. Die üblichen Methoden. Rhein-Schloss hat im Valley eine Menge Einfluss, aber es gibt keinen Beweis dafür, dass die Stenmarks dahinterstecken.«

»Das hätten wir uns denken können. Unsere Anwesenheit und was wir hier tun ist eine Blamage für sie.« Carla setzte schnaufend hinzu: »Wir können nur hoffen, dass das Geld ausreicht.«

Wenn Carla schon über den Eingang zum Weingut beeindruckt war, so war sie noch viel beeindruckter, als sie sah, dass die Rebstöcke teilweise auf Vordermann gebracht waren, die Weinkellerei gründlich gesäubert worden war und der Ort nicht nur funktionstüchtig wirkte, sondern wie ein erfolgreiches Unternehmen. Die zu einem Büro umgebaute Garage beherbergte drei Schreibtische und Aktenschränke, alle aus zweiter Hand, und überraschenderweise einen Computer mit Drucker. Danach zeigte Angie ihr den Wohnwagen, in dem die Loongs jetzt lebten.

»Wir haben eine Weile gebraucht, um den geeigneten zu finden. Paul hat uns geholfen. Er hat mich rumkutschiert, damit ich mir einige ansehen konnte.«

Der Wohnwagen war riesig, über acht Meter lang und

zweieinhalb Meter breit mit einem zwei Meter hohen Reisigzaun davor, um die Privatsphäre zu schützen. Kim und Su Lee hatten schon einen Gemüsegarten angelegt, und an der Seite stand Trans Motorrad, über das er ein Segeltuch gebreitet hatte.

»Alle Geräte in der Weinkellerei funktionieren«, sagte Angie. »Der Techniker hat die verschiedenen Maschinenteile überprüft. Der alte Otto hat gute Arbeit geleistet, denn er hat sie ständig gewartet, so dass sie nach der Ernte ohne weiteres in Betrieb genommen werden können.«

Angie hob sich die Weinstöcke für zuletzt auf. So viel war geschafft worden, dass es Carla fast schwindlig war. Von dem ehemaligen Chaos war bereits ein Drittel aufgeräumt, und neue Spaliere waren aufgestellt worden, um die Reben zu stützen. Vier Leute, darunter Kim und Tran, arbeiteten jede Reihe durch, beschnitten die Weinstöcke, entfernten die abgestorbenen Teile und stellten nach Bedarf weitere Spaliere auf.

»Der heftige Regen hat unsere Arbeit verzögert, aber ich nehme an, dass die Reben rechtzeitig zurückgeschnitten und für die Bestäubung im Frühling bereit sind«, erklärte Angie. »Und hinter dem Fluss steht ein Traktor, mit dem noch weitere Flächen gerodet werden können, um neue Reben anzupflanzen. Es wird noch einige Monate dauern, bis das ganze Grundstück bepflanzt ist. Das heißt«, sie wiederholte das, was Carla zuvor bereits gesagt hatte, »wenn das Geld ausreicht.«

»Sobald Sam in der Schule ist, werde ich mich nach einer Stelle als Lehrerin umsehen. Ein kleines Nebeneinkommen würde uns helfen. Wenn wir mehr Geld brauchen, gehe ich zur Bank.«

Angie schüttelte ernst den Kopf. »Ein Darlehen sollte

nur die letzte Möglichkeit sein. Ich möchte, dass wir auf die Beine kommen, ohne uns zu verschulden.«

Carla legte den Arm um Angies Schultern und sagte inbrünstig: »Gott sei gelobt, wenn wir das erreichen.«

Von seinem Aussichtspunkt auf einer Anhöhe über dem Weingut, im hohen Gebüsch versteckt, beobachtete Josh Aldrich durch sein Fernglas, was auf Sundown Crossing vor sich ging. Ob es ihm gefiel oder nicht, er war beeindruckt davon, wie viel diese Eindringlinge in so kurzer Zeit erreicht hatten. Sundown Crossing. Er mochte den Namen, den Carla für ihr Projekt ausgesucht hatte, was ihr langfristig gesehen allerdings nicht viel helfen würde. Sie und diese Angie mochten ja alle möglichen Dinge mit dem Weingut veranstalten, aber der alte Carl wollte unbedingt, dass seine Enkelin scheiterte. Also verschwendeten sie lediglich ihre Zeit und ihr Geld.

Manchmal hatte er den Eindruck, dass das Einzige, was den alten Mann morgens aufstehen ließ, sein Hass war. Jetzt hatte er die Möglichkeit, sein Gift gezielt zu verspritzen. Was eigentlich schade war. Carla war wirklich eine außergewöhnliche Frau. Er glaubte nicht, dass er sich irrte, denn er hatte auch bei Luke eine gewisse leise Bewunderung für sie festgestellt. Er schüttelte den Kopf, während er verfolgte, wie die Frau die Rebstöcke betrachtete. Carla war das Ebenbild des alten Mannes – es war wirklich unheimlich. Das gleiche aufbrausende Temperament, die gleiche Entschlossenheit und Starrköpfigkeit, wenn es darum ging, etwas zu tun, was sie als das Beste für sich und ihren Sohn erachtete.

Einige Sekunden lang dachte Josh an die Möglichkeit, dass Carla erfolgreich sein und den Traum ihres Vaters erfüllen würde. Mist, das würde dem alten Carl überhaupt nicht gefallen … Aber schließlich war sie jung, vital und vermutlich clever, obwohl sie den Einfluss und den starken Willen der Stenmarks nicht richtig einschätzte. Carl war ein Furcht einflößender, erbitterter Gegner, und Lisel war zu allem fähig. Er ahnte, dass sie aus Gründen, die nur ihr allein bekannt waren – vielleicht wegen ihrer Affenliebe zu Luke –, alles dransetzen würde, ihre Nichte zu vertreiben.

Aber was wäre, wenn durch eine merkwürdige Laune des Schicksals Carla nicht scheitern würde? Wenn sie und Angie Dupayne Erfolg hätten und – nur spaßeshalber – wenn der alte Carl die Vergangenheit ruhen lassen und Carla in seine Familie aufnehmen würde? Dann wäre aber die Katze im Vogelkäfig los! Die Hände in den Hosentaschen vergraben, schaukelte er auf seinen Absätzen hin und her und ließ seiner Fantasie kurzfristig freien Lauf. Wenn das geschah, hätte der alte Carl eine Blutsverwandte, die sein Erbe Rhein-Schloss übernehmen könnte. Und da Carla einen Sohn hatte und der alte Mann äußerst konservativ war, was das Erben anging, konnte die Lage sehr interessant werden. Für alle Stenmarks.

Vor diesem Hintergrund würde es sich für Josh bezahlt machen, sich mit Carla Hunter anzufreunden. Lieber wäre es ihm, er könnte sie besteigen und ihr zeigen, was für ein Kerl er war, aber eins nach dem anderen. Zuerst müsste er ihre Freundschaft gewinnen, dann erst würde er sie bumsen. Der Gedanke erregte ihn, und er leckte sich voller Vorfreude über die Lippen. Diese Vorstellung gefiel ihm außerordentlich.

Carla war in Nuriootpa, um einzukaufen. Es war ein herrlicher Wintertag: blauer Himmel, keine Wolken und mild. Doch Carla war nicht in der Stimmung, um all das zu schätzen. Ihr Vorstellungsgespräch beim Direktor der Nuriootpa High School war negativ verlaufen. Damit hatte sie sämtliche Möglichkeiten, mithilfe ihrer Zeugnisse als Lehrerin eine Stelle zu finden, erschöpft. Die Schulen suchten keine Lehrer, und es gab eine ›Hackordnung‹ um Jobs wie ihren, die vom Bildungsministerium kam. Die Aussicht, im Winter eine Gelegenheitsarbeit in Barossa zu finden, war ebenfalls gering, weil die meisten Jobs tourismusorientiert waren.

Und was die Sache noch verschlimmerte: Gestern Abend hatten sie und Angie nochmals ihren Geschäftsplan überprüft und festgestellt, dass sie mehr Geld ausgegeben hatten als eingeplant. Das Geld wurde bereits knapp, und die entsprechende Arbeit an den Reben, damit die Frühjahrsblüte gelingen konnte, war noch nicht abgeschlossen. Irgendein Einkommen wäre auf jeden Fall hilfreich.

Auf der positiven Seite hatte sich Sam in seiner Schule gut eingelebt. Jeden Morgen fuhren er und Su Lee im Schulbus zur Schule, und Kim freute sich, dass ihre kleine Schwester die Möglichkeit hatte, die Bildung zu erhalten, die ihr verwehrt worden war. Carla hatte keine Ahnung, wie sie die ganze Arbeit auf dem Weingut ohne die Hilfe der Loongs überhaupt hätte schaffen können. Kim und Tran waren gewissenhafte und begeisterte Arbeiter und hatten eine Menge Erfahrung. Angie brauchte ihnen nur ein einziges Mal zu sagen, was sie zu tun hatten, und sie taten es. Sie arbeiteten genauso hart wie sie und Angie, oft bis zum Einbruch der Dunkelheit.

Paul van Leeson kam gerade mit einem Karton voller Einkäufe aus dem Baumarkt, als Carla daran vorbeiging.

»Carla, hallo!«, rief Paul, als er sie entdeckte. Er stellte den Karton auf seine Hüfte. »Wie geht es?«

Seitdem sie ins Cottage gezogen waren, hatte Paul die Angewohnheit entwickelt, ein- bis zweimal pro Woche vorbeizukommen, um zu sehen, wie die Arbeit voranging. Doch sie hatte ihn schon einen Monat nicht mehr gesehen, denn er war mit einem wichtigen Projekt beschäftigt gewesen. Carla ärgerte sich über sich selbst, als sie bei seinem Anblick eine kleine, aber dennoch wahrnehmbare freudige Erregung verspürte. »Danke der Nachfrage. Dem Weingut geht es gut.« Idiotin! Es bestand absolut keine Notwendigkeit, dass sie so formell war. Paul war ein unkomplizierter, lässiger Mann. Ihr Ärger über sich selbst wurde noch stärker, als er über ihr förmliches Benehmen grinste.

»Haben Sie Zeit, einen Kaffee mit mir zu trinken?«

»Natürlich. Vielen Dank.« Es wäre gemein von ihr gewesen, ihm diesen Wunsch abzuschlagen, sagte sie sich. Sie gingen in einen der zahlreichen Coffeeshops, die es entlang der Hauptstraße gab. Es war später Nachmittag, und das Café war fast leer, daher wurden sie umgehend bedient.

Während sie einander gegenübersaßen, spürte Carla, wie er mit großem Interesse ihre Kleidung musterte, und hielt es für notwendig, ihm eine Erklärung zu geben. »Ich war gerade in der Highschool zu einem Vorstellungsgespräch mit dem Direktor.«

»Und ...?«

Sie verzog das Gesicht. »Im Moment ist keine Stelle frei, obwohl er sich meine Qualifikationen und die Adresse aufgeschrieben hat.« Sie sah besorgt aus. »Ich werde wohl etwas weiter weg nach Arbeit suchen müssen.«

»Wird das Geld knapp?«, fragte er intuitiv, während er einen Löffel Zucker in seinen Mokka rührte.

»Unser Budget basierte auf dem Wissen, dass es fast zweieinhalb Jahre dauert, bis wir von der Ernte im nächsten Sommer ein Einkommen erzielen können.« Sie konnte ehrlich mit Paul sein, da er kein persönliches Interesse an dem Weingut hatte. »Leider haben wir nicht mit einberechnet, dass wir ständig Bargeldzahlungen leisten müssen. Die Händler, die zweifelsohne von den Stenmarks beeinflusst sind, bestehen darauf, dass wir für alles bar zahlen, was bedeutet, dass wir das Geld schneller als erwartet ausgeben.« Sie sah ihn an und bemerkte, dass er Interesse zeigte, dann wurde sie plötzlich verlegen, wandte den Blick ab und schaute auf ihre Kaffeetasse. »Aus diesem Grund suche ich Arbeit. Ein Einkommen, um die Unterhaltskosten und die Löhne für die Loongs zu bezahlen, wäre eine große Erleichterung.«

Paul nickte verständnisvoll. »Dessen bin ich sicher. Vielleicht kann ich Ihnen in dieser Angelegenheit helfen.«

Ein Hoffnungsschimmer funkelte in Carla auf. »Kennen Sie Leute, die jemanden mit meiner Ausbildung gebrauchen könnten?« Sie erzählte ihm über ihre vor vielen Jahren erlangten Abschlüsse.

»Ja. Momentan plane ich ein riesiges Architekturprojekt. Gestern hat Bill, mein technischer Zeichner, die Kündigung eingereicht. Er möchte in Adelaide arbeiten, damit er in der Nähe seiner Freundin sein kann, die an der dortigen Universität Psychologie studiert. Das ist ein schlechter Zeitpunkt für mich. Es könnte Wochen dauern, bis ich einen geeigneten Ersatz für ihn finde.«

»Bieten Sie mir den Job an?« Das war das Letzte, was sie erwartet hätte, und sie war sich nicht sicher, ob eine so enge Zusammenarbeit mit ihm gut für sie war, aber …

Er lächelte sie entwaffnend an. »Das tue ich.« Sein Blick war spekulativ, aber nicht bedrohlich. »Was meinen Sie, Carla? Glauben Sie, dass wir gut zusammenarbeiten?«

Warum zögerte sie nur? Aus irgendeinem merkwürdigen, undefinierbaren Grund verunsicherte sie seine Wärme, seine lässige Art und seine Hilfsbereitschaft.

»Hm, ich habe keine Erfahrung im Zeichnen von Bauplänen.«

Er ignorierte ihren Einwand. »Ich bin sicher, dass Sie das schnell lernen werden. Sie kennen die Grundlagen technischer Zeichnungen, und das ist das Wichtigste.« Seine grauen Augen musterten sie unbeirrt. »Aber vielleicht wollen Sie sich noch an anderen Schulen bewerben. Denken Sie einfach mal über mein Angebot nach.«

Carla dachte bereits ernsthaft darüber nach, und bisher übertrafen die positiven Aspekte die negativen. Sie brauchte umgehend eine Arbeit. Und es war fast unmöglich, momentan eine Stelle in einer Schule zu finden. Außerdem konnte es nicht so schwierig sein, für Paul zu arbeiten. Sie konnte sich nicht vorstellen, dass er ein strenger Chef war, und er hatte Angie und ihr bereits gesagt, dass er nicht sehr oft im Büro sein würde.

»Nun… wenn Sie meinen, dass ich das kann.« Sie hielt inne, dann kam sie zu einer raschen Entscheidung. »Ja, ich würde den Job gerne annehmen.«

»Okay. Großartig.« Er streckte seinen langen Arm aus und schüttelte ihre Hand. »Können Sie morgen früh anfangen? Bill kann Sie einweisen, bevor er geht.«

»Natürlich.«

Auf dem Weg zu seinem Immobilienbüro ging Luke Michaels gerade in dem Augenblick an dem Coffeeshop vorbei, als Paul und Carla sich die Hand gaben. Er blieb kurz stehen, dann ging er weiter. Seine Haltung war gefasst, seine Überraschung hinter der dunklen Sonnenbrille verborgen. Carla und Paul van Leeson gaben sich die Hand – warum nur? Es war bestimmt eine Abmachung, irgendein geschäftlicher Vertrag. Die Muskeln in seinem Magen spannten sich an vor… ja, was war es, was er da spürte?

Besorgnis – oder vielleicht doch etwas anderes, viel Persönlicheres – Interesse vielleicht? Um Gottes willen nein, was dachte er da bloß? Aber weshalb waren Paul und Carla zusammen? Hatte die Widersacherin von Rhein-Schloss etwas Großartiges mit Krugerhoff, Berichtigung: Sundown Crossing, vor? Und wenn ja, woher hatte sie das Geld? Es war ihm im Valley zu Ohren gekommen, dass sie Valley View und ihre Wohnung in Christchurch verkauft hatte und dass Angie Dupaynes Geld, das Rolfe ihr vererbt hatte, auf einem Geschäftskonto bei der National Bank in der Stadt lag.

Basil Coulthard, der Leiter der Bank, war nur zu erfreut, ihm im Gegenzug für einige Kisten Rhein-Schloss Qualitätswein pro Monat ›Informationen‹ zur Verfügung zu stellen. Basil würde sicher wissen, ob Carla und Angie einen Darlehensantrag gestellt hatten. Seine Neugier war geweckt. Luke überquerte die Straße und steuerte die Bank an, um mit Basil zu reden.

9

Das ist sie?«, flüsterte Frances Conrad ihrem Mann Walt ins Ohr, als Carla auf der Veranstaltung der Winzervereinigung im Valley auftauchte. Die Vereinigung hielt gelegentliche Treffen für Mitglieder ab, an denen sowohl die Besitzer von großen und kleinen Weingütern im Barossa Valley teilnahmen als auch Vertreter verschiedener anderer Provinzen, die sich davon gute Geschäftsabschlüsse versprachen. Sie wollten gesehen werden und in Kontakt mit Weinbauern im Valley treten, um sich einen allgemeinen Überblick darüber zu verschaffen, wie das Weingeschäft auf nationaler und internationaler Ebene voranging.

»Sie ist jünger, als ich vermutet habe«, antwortete Walt.

»Achte mal auf die Reaktion der Leute, Walt.« Frances' Stimme zeugte von großer Sachkenntnis. »Du warst gerade in Margaret River, daher kannst du es noch nicht wissen. Es geht das Gerücht, dass man sie aus dem Valley drängen will. Was bedeutet, dass niemand auf sie zugeht und mit ihr oder ihrer Partnerin Angie redet. Die Einwohner der Stadt zeigen ihnen die kalte Schulter.«

Walts Interesse war an seinem heiseren Grunzen zu erkennen. Er behielt Carla und Angie genau im Auge. Oberflächlich gesehen, schienen die beiden Frauen nicht allzu besorgt darüber zu sein, dass die anderen Winzer nicht mit ihnen redeten. Der dickliche, massige Mann mit dem mondförmigen Gesicht fragte seine Frau: »Wer hat dir das denn erzählt?«

»Josh Aldrich und noch andere.«

»Also könnte sie ein paar Freunde gut gebrauchen«, sinnierte Walt, dann murmelte er, halb zu sich selber: »Vielleicht springt etwas für uns dabei heraus, Liebes, besonders wenn Carl an ihr interessiert ist.«

»Carl ist überhaupt nicht an ihr interessiert, obwohl sie sein eigen Fleisch und Blut ist.« Frances schüttelte verwundert den Kopf. »Er will nur ihr Land, genauso wie er unser Land wollte und auch bekam. Deshalb will er unbedingt, dass sie scheitert.«

»Dieser alte Mistkerl!« Walt kniff die Augen zusammen, und etwas Spucke flog auf das Kleid seiner Frau. »Er genießt es, Menschen zu ruinieren, genau wie er uns ruiniert hat.«

»Beinahe«, korrigierte Frances. »Er hat uns das Weingut, unser Geld und unseren guten Namen weggenommen, aber unser Haus in Angaston hat er nicht gekriegt. Gott sei Dank war es auf den Namen meiner Mutter eingetragen.«

Walt kratzte seinen roten Nacken und trank sein Glas aus. »Wir sollten uns bei den beiden vorstellen, damit jeder sieht, dass uns die Befehle von Stenmark egal sind.«

Frances lächelte zustimmend und schob ihren Arm unter seinen.

»Ich glaube, Sie sind neu im Valley«, begann Walt die Unterhaltung, während er sich zu Carla und Angie gesellte. »Ich bin Walt Conrad, und dies ist meine Frau Frances. Sie hat mir gerade von Ihnen erzählt. Ich war in den letzten sechs Wochen in Westaustralien.«

»Hallo, schön, Sie kennen zu lernen«, sagte Carla und gab den beiden die Hand. »Sind Sie Winzer, Walt?«

»Ich war Winzer. Aber das ist eine lange Geschichte, die ich Ihnen vielleicht ein andermal erzähle. Jetzt bin ich im Weinvertrieb tätig und reise ein wenig im Land herum«, sagte er.

»Es wird viel darüber geredet, was Sie alles tun«, stellte Frances fest und lächelte freundlich. »Sie sind sozusagen der neue Geschmack des Monats im Valley.«

»Mhm, ja, ich nehme an, die Leute reden viel«, erwiderte Carla augenzwinkernd. Heute Abend wurden sie und Angie mit einer Menge Ablehnung konfrontiert. Sogar der Präsident der Vereinigung hatte sie abblitzen lassen, nachdem er herausgefunden hatte, wer sie waren. Das hatte Carla wütend gemacht, und sie hatte gehen wollen. Aber Angie bestand darauf, dass sie da durchmussten, um zu zeigen, dass die Unhöflichkeit der Leute kein Grund für sie war, wie verängstigte Kaninchen einfach davonzuhoppeln. Die Distanziertheit und das Machtspiel der Stenmarks war etwas, das Carla niemals begreifen würde, und deren Benehmen ihr und Sam gegenüber schmerzte sie. Aber sie war ebenso entschlossen, sich nicht einschüchtern zu lassen oder ihr Weingut, das jetzt ihr Zuhause war, gezwungenermaßen zu verlassen.

Aus der Ferne hatten Luke Michaels und sein Stellvertreter Josh Aldrich ihr Glas gehoben und ihr zugeprostet. Die beiden konnten zur Hölle fahren.

Frances lachte amüsiert. »Sie haben wirklich Humor, Carla. Das ist ein großer Vorteil, wenn man bedenkt, wie sehr sich die Leute von einer gewissen Weinfirma gängeln lassen.«

Carla verbarg ihre Verblüffung angesichts der Offenheit dieser Frau – die meisten Menschen machten einen großen Bogen um die Wahrheit –, und ihr Blick schweifte von einem Conrad zum anderen, während sie fragte: »Wie kommt es, dass Sie beide nicht davon betroffen sind?«

»Rhein-Schloss hat uns eine Menge angetan, aber wir haben überlebt«, antwortete Walt trocken, aber seine heruntergezogenen Mundwinkel ließen seine Verachtung für die Stenmark-Familie deutlich erkennen.

»Wie haben sie das angestellt?«, fragte Angie. Sie war sich sicher, dass sie diese Frage stellen konnte, da die Conrads ihnen die Möglichkeit gegeben hatten, nachzufragen.

»Das ist eine lange, traurige Geschichte«, seufzte Frances effektvoll. »Wir reden nicht gerne darüber, aber wenn Sie mal nachfragen, wird man Ihnen erzählen, was Carl«, sie sah Carla an, »Ihr Großvater, getan hat. Wie er seine Macht und ein Team von teuren Anwälten dazu benutzt hat, unsere Grundstücksurkunde in Frage zu stellen, und vor Gericht gewonnen hat. Der Verteidiger – und der Prozessverlust – hat unser ganzes Geld verschlungen. Sie werden es wahrscheinlich nicht wissen, aber Ihr Großvater kann ziemlich skrupellos sein. Und wenn ich Ihnen einen

Rat geben darf, Carla, seien Sie sehr vorsichtig, was Ihren Umgang mit Rhein-Schloss betrifft.«

Walt unterbrach seine Frau. »Jetzt haben wir genug über uns geredet, Liebling, Carla hat ihre eigenen Probleme, und ich bin sicher, dass sie gut damit fertig wird. Ich wünsche Ihnen alles Gute bei Ihrem Vorhaben«, sagte Walt zu den beiden Frauen, und seine Miene gab ihnen zu verstehen, dass später noch genug Zeit sein würde, Carla und Angie davon zu berichten, was sich zwischen ihnen und Rhein-Schloss ereignet hatte. »Wenn ich Ihnen irgendwie helfen kann, hier ist meine Visitenkarte.« Er schenkte den beiden Frauen ein argloses Lächeln, während er hinzufügte: »Carl Stenmarks Feinde sind unsere Freunde.«

Sie unterhielten sich noch einige weitere Minuten über die bevorstehende Saison, und dann zogen die Conrads ab, um andere Leute zu begrüßen.

»Was sollte das denn bedeuten?«, fragte Angie verdutzt und schüttelte den Kopf, nachdem die beiden außer Hörweite waren.

»Ich weiß nicht genau«, sagte Carla nachdenklich. Die Conrads waren ein merkwürdiges Paar, das eine starke Abneigung für die Stenmarks hatte. Ob das allerdings begründet war oder nicht, musste sie erst noch prüfen. »Aber ich werde es herausfinden.« Und wer konnte ihr das besser erzählen als Paul? Sie arbeitete jetzt vier Tage pro Woche für ihn, und er wusste alles, was im und in der Nähe des Valley geschah. Er würde bestimmt wissen, was zwischen ihrem Großvater und den Conrads passiert war. Er hatte viele geschäftliche Kontakte und lebte im Valley, seitdem er vor zwölf Jahren das Geschäft seines Onkels übernommen hatte. Aus ihrer Unterhaltung hatte Carla den Eindruck gewonnen, dass die Conrads etwas im Schilde führten, und ganz oben auf ihrer Liste stand wahrscheinlich, dass sie sich an ihrem Großvater rächen würden. Dennoch, um fair zu sein, waren sie die Einzigen, die heute Abend mit Angie und ihr gesprochen hatten – ein Beweis dafür, dass sie nicht so feige waren wie die anderen Leute im Valley.

Sie seufzte tief. Wenn sie zu Depressionen neigen würde, hätte sie wahrscheinlich längst kapituliert. Es gefiel ihr gar nicht, als unerwünschte Person zu gelten – ausgenommen bei Paul, den Loongs und den Conrads. Alles, was geschehen war, all die kleinen Probleme, die sie mit Händlern hatten, die ihnen nichts verkaufen wollten, und mit Leuten, die sie vor den Kopf stießen und ihnen eindeutig zu verstehen gaben, auf welcher Seite sie waren, hatten eines bewirkt: Es hatte ihnen sonnenklar gezeigt, wie mächtig die Stenmark-Familie im Barossa Valley und wahrscheinlich weit darüber hinaus war. Es wurde immer deutlicher, dass sie und Angie in einem schweigenden, aber desto tödlicheren Zermürbungskrieg gefangen waren.

Und Carla fragte sich, ob sie in finanzieller und emotionaler Hinsicht überleben würden, bis sie vom Verkauf ihres ersten Jahrgangsweins ein Einkommen erzielen konnten.

In diesem Moment schlenderten Luke und Lisel an ihnen vorüber, wobei Lisel sie absichtlich ignorierte. Diese arrogante Ziege! Carla verkniff die Lippen, und erneut gewann ihre Entschlossenheit die Oberhand. Sie war Rolfe Stenmark-Krugers Tochter, und sie würde es keineswegs zulassen, dass irgendjemand, schon gar nicht die Stenmark-Familie, ihren so lange gehegten Traum, eine unabhängige, finanziell gesicherte Winzerin zu werden, zerstörte.

Sie berührte Angies Arm, und ihre Augen funkelten. »Komm, wir mischen uns unter die Leute.« Sie sah, wie Angie fragend eine Augenbraue hob, und fügte hinzu: »Wenn niemand das Tabu brechen und mit uns reden will, dann reden wir eben mit ihnen.«

»Man könnte uns vor den Kopf stoßen«, sagte Angie zweifelnd.

»Das ist mir egal.« Es war ihr nicht egal, aber das würde sie nicht zugeben, nicht einmal der einzigen Frau gegenüber, die ihr am nächsten stand. »Ich möchte, dass jeder sieht, dass ich mich von den Stenmarks nicht einschüchtern lasse. Wie die Leute reagieren, bleibt ihnen überlassen.«

Josh Aldrich, der sie von weitem beobachtete, verfolgte, wie Carla und Angie auf eine Reihe von Leuten zugingen. Es war interessant, die Reaktion der Weinbauern zu beobachten. Zunächst waren sie schockiert, dass Carla den Mut besaß, sich ihnen offiziell vorzustellen, dann waren sie verunsichert, ja sogar verlegen, und zuletzt traten sie unruhig von einem Fuß auf den anderen, entschuldigten sich und gingen weiter. Hin und wieder wurden die beiden von einigen beherzten Weinbauern begrüßt, und sie unterhielten sich ein bisschen.

Joshs Mund verzog sich zu einem bewundernden Grinsen, während die Frauen im Raum umhergingen. Spannung und Interesse waren deutlich zu spüren. Offensichtlich wollte Carla nicht zulassen, dass sie nicht wahrgenommen wurde. Josh gab Carls Enkelin eine Eins für ihre Zivilcourage. Er mochte starke Frauen. Lisel Stenmark war ebenfalls couragiert, aber arrogant und egoistisch. Der Höhepunkt des Abends bestand für Josh darin, Carla zu beobachten. Er sah, wie sie ihren Kopf zurückwarf und über eine Bemerkung, die ein Weinbauer gemacht hatte, herzhaft lachte. Ihre Spontaneität, die Tatsache, dass sie die schönste Frau dort war –, ja, er musste sich eingestehen, dass er Carla Hunter mochte – sehr sogar.

Unauffällig schlängelte sich Josh durch die Menge, die sich langsam zerstreute, und steuerte auf Carla zu. Einem vorübereilenden Kellner nahm er drei Gläser Weißwein ab. Damit stellte er sich direkt Angie und Carla in den Weg und bot ihnen ein Glas Wein an. »Meine Damen, dies ist für Sie. Ich weiß nicht, wie Sie es angestellt haben, aber heute Abend ist es Ihnen gelungen, eine negative Atmosphäre in eine positive zu verwandeln.«

»Oh. Sie sind es«, sagte Carla ganz und gar nicht erfreut, als sie Josh erkannte. Sie war absolut nicht beeindruckt. Ihr Blick wurde eisig, aber aus Höflichkeit nahm sie das angebotene Glas entgegen.

Josh schenkte ihr ein jungenhaftes, eindeutig verlegenes Lächeln. »Ich möchte mich entschuldigen.« Ein Flackern in Carlas blauen Augen gab ihm zu verstehen, dass sie wusste, was er meinte. »Wir hatten damals einen ziemlich schlechten Start. Ich wusste nicht, wer Sie waren und was Sie hier machten.« Was nur zum Teil gelogen war. Er blickte zu Angie und versuchte, sie in die Unterhaltung einzubeziehen. »Ich bin beeindruckt von dem, was Sie auf Kruger –«, er verbesserte sich, »Sundown Crossing erreicht haben. Sie haben in kürzester Zeit aus einem brachliegenden Grundstück ein Weingut gemacht. Das ist eine großartige Leistung.«

Seine Komplimente bewirkten bei Carla, dass sie Josh mit etwas mehr Interesse betrachtete. In seinem Abendanzug, mit seinem ordentlich frisierten Haar und seinem glatt rasierten Gesicht sah er ganz anders aus, als sie ihn in Erinnerung hatte. Damals war er ein ekliger, gereizter Kerl gewesen und hatte sie, als sie erst zwei Tage im Barossa Valley war, blöd angeredet.

»Ich kann kaum glauben, dass Ihre Arbeitgeber gesagt haben, Sie sollen mir das ausrichten«, sagte Carla spitz.

»Das haben sie auch nicht. Es ist meine persönliche Meinung.« Er lehnte sich zu ihr vor und senkte vertraulich die Stimme. »Die Stenmarks besitzen weder meinen Körper noch meine Seele, wissen Sie. Zwar arbeite ich für sie, aber in meiner Freizeit tue ich, was ich will.« Er wirkte glaubwürdig, und als er merkte, dass Carlas Augen weit wurden, war er davon überzeugt, dass sie ihm die Lüge abgekauft hatte. Nun, eigentlich war es keine richtige Lüge, sondern eher eine Übertreibung, weil er langfristig gesehen wusste, wo sein Vorteil lag. Aber dennoch, wenn er mit der Besitzerin von Sundown Crossing eine traute Beziehung aufbauen konnte, konnte das keinesfalls schaden. Durch ihn würden die Stenmarks über ihre Unternehmungen informiert – und selbst wenn der alte Carl vor Wut schäumte, weil seine Enkelin die Dinge nur allzu erfolgreich in die Hand genommen hatte, konnte Josh keinesfalls verlieren.

»Können wir also das Kriegsbeil begraben und von vorne anfangen?«, fragte Josh. Er streckte zögernd die Hand aus, aber als er ihre Unschlüssigkeit bemerkte, zog er sie sofort wieder zurück. »Ist schon okay. Ich verstehe. Warum sollten Sie mir vertrauen, wenn ich für die Stenmarks arbeite?«

»Wenigstens sind Sie Manns genug, um mit uns zu reden. Das ist mehr, als die meisten heute Abend getan haben«, bemerkte Angie.

Carla, die normalerweise nicht argwöhnisch war, zwang sich nun dazu, ihre anfängliche Meinung über Josh zu ändern, da er plötzlich derart offen und nett war. Hatte sie sich etwa in ihm getäuscht? Vielleicht konnte es ja nicht schaden, wenn sie ihm etwas entgegenkam, nachdem er angeblich sein eigener Herr war. Sie streckte die Hand aus, und seine große, gepolsterte Hand griff umgehend nach ihrer.

»Gut. Sind wir also Freunde?«

»Könnte sein.«

»Sie werden es nicht bereuen, Carla«, versprach er.

Männer mit weniger Selbstvertrauen wären vermutlich vor Carlas eindringlichem Blick in den Boden versunken. »Ich hoffe, Sie werden mir keinen Grund dazu geben.«

Josh nickte zustimmend. Froh über den soeben errungenen Sieg und genau darauf achtend, sie nicht zu sehr zu bedrängen, wusste er, dass es jetzt Zeit war, sich zu verabschieden. »Ich habe eine Menge zu erledigen, meine Damen. Gute Nacht.« Lächelnd wandte er sich ab und ging trotz seiner Körperfülle erstaunlich leichtfüßig davon. Er hatte sein Ziel erreicht, und wenn sie sich nächstes Mal trafen, würde er Carla einladen, mit ihm auszugehen. Er war zuversichtlich, dass sie seine Einladung annehmen würde.

Eine Woche später, als Paul nicht da war, betrat Josh van Leesons Büro und lud Carla zum Abendessen ein. Zunächst zierte sie sich, aber schließlich einigten sie sich auf einen Termin. Sie hatten ein nettes Abendessen in einem Restaurant in einem Vorort, und Josh legte sein bestes Benehmen an den Tag. Er verstand genug von Frauen, um zu wissen, dass Carla Hunter nicht die Art von Frau war, die sofort mit einem Mann ins Bett steigen würde. Sie hatte einen zu starken Willen und war immer noch nicht über den Tod ihres Mannes hinweg. Er dachte über sein Vorhaben nach. Am Anfang würde er ab und zu mit ihr ausgehen und auch ihren Sohn mit einschließen. Das würde ihr bestimmt gefallen. Er konnte eine Menge Geduld aufbringen, wenn es sich um jemanden handelte, für den es sich lohnte, geduldig zu sein.

10

Der Frühling stand kurz bevor. Der Himmel war klar und blau, und eine warme Brise wehte, als an einem Samstagmorgen Ende August Carla und Sam auf dem Weg zum Fluss an den langen Reihen der Weinstöcke entlanggingen. Nach den kräftigen Winterregen war die Strömung sehr stark, und Carla bestand darauf, dass Sam nicht ohne die Begleitung eines Erwachsenen zum Fluss ging.

Obwohl sie nicht vom Fach war, fand sie, dass die Rebstöcke gesund aussahen. Die Reben hatten zu wachsen begonnen – die zarten, hellgrünen Blätter hatten sich zwar noch nicht entfaltet, aber die Ranken griffen bereits um sich auf der Suche nach einer Stütze und der Wärme der Sonne. Angie sagte, dass sie mit dem, was sie und Carla erreicht hatten, zufrieden sei. Dadurch, dass die Reben in den Wintermonaten zurückgeschnitten worden waren, waren sie jetzt kräftig und erpicht darauf zu wachsen. Beinahe Frühling. Carla stand einen Moment schweigend da und überlegte …

Es war die Jahreszeit, die ihr Vater so geliebt hatte. Frühling – Erneuerung, die Bestätigung des Lebenszyklus durch die Natur, wie er es genannt hatte. Einige Sekunden kniff sie die Augen zusammen und spähte dann nach oben. Der Nebel am Fluss begann sich langsam aufzulösen, und in ihrer Fantasie konnte sie ihren Vater an den Rebstöcken entlangschreiten sehen, wie er es jahrelang getan hatte. Sie sah, wie er stehen blieb, um die Reben zu befühlen, und liebevoll über die Blätter strich und die Ranken um die Drähte wickelte. Sie spürte einen Kloß in ihrer Kehle und schluckte schwer. Sie vermisste ihn, ebenso wie Angie und Sam ihn vermissten. Deshalb arbeitete Angie auch so hart.

Es war ihre Art, mit dem Schmerz fertig zu werden, mit dem Verlustgefühl und der Einsamkeit.

»Mum, komm jetzt«, rief Sam ungeduldig vom Rand des Feldes, dort, wo es an das dichte Gebüsch grenzte und die großen Bäume, die am oberen Flusslauf standen.

Carla schloss zu ihm auf und fuhr ihm durch das Haar. »Ich bin schon da.«

Sam sah zu ihr auf. »Josh hat gesagt, dass er einmal ein Schnabeltier im Fluss gesehen hat. Ich werde nach ihm suchen.«

»Wirklich?«, rief Carla. Sie kämpften sich durch das dichte Gebüsch bis zum Ufer des Flusses und kletterten über eine Reihe von Felsen, was Sam großen Spaß machte. »Ich bin kein Experte in australischer Fauna, Schatz, aber ich glaube, der Fluss fließt zu schnell für Schnabeltiere. Ich glaube, sie ziehen stillere Gewässer vor.«

Als sie den Namen Josh hörte, dachte sie sofort an den Betriebsleiter von Rhein-Schloss. Zu ihrer Überraschung hatten sie sich ein paarmal miteinander verabredet. Das war Joshs Überredungskünsten zu verdanken gewesen. Zweimal war Sam dabei gewesen, und Josh hatte ein großes Getue um ihren Sohn gemacht, was Sam unendlich gut gefallen hatte. Die Art und Weise, wie Sam auf Josh reagierte, gab ihr zu verstehen, dass ihr Sohn seit dem Tod ihres Vaters kein männliches Vorbild in seinem Leben mehr gehabt hatte, obwohl Paul oft auf Besuch und manchmal auch zum Abendessen ins Cottage kam. Sam und Josh hatten zusammen Football und Frisbee im Park gespielt, und Josh hatte ihm Vögel gezeigt, die er kannte, und einmal hatten sie einen riesigen Waran gesehen, der eine umgekippte Mülltonne durchwühlte.

Josh bemühte sich eindeutig um sie und Sam, und sie hatte ein schlechtes Gewissen, weil sie bereits nach ihrer zweiten Verabredung gewusst hatte, dass sie keine engere Beziehung mit ihm eingehen wollte. Sie fühlte sich körperlich nicht von ihm angezogen. Gleichwohl hatte sie ihn dazu benutzt, um Informationen über die Stenmarks von ihm zu erhalten, die er ihr auch anstandslos gegeben hatte. Sie hatte erfahren, dass ihr Großvater nahezu ein Einsiedler war. Obwohl er den ganzen Tag in seinem Büro auf Rhein-Schloss verbrachte, ging er danach sofort nach Hause und ließ sich nur selten in der Öffentlichkeit blicken, und das auch nur, wenn es aus geschäftlichen Gründen erforderlich war. Josh erzählte ihr, dass Greta, Luke Michaels' Mutter, das umgänglichste Mitglied der Familie sei und dass Lisel... Josh, der über alles eine Meinung hatte, sagte nur sehr wenig über Lisel, was Carlas Neugier weckte. Sie wollte unbedingt noch mehr über ihre scharfzüngige Tante erfahren.

Das Problem dabei war nur: Wen konnte sie fragen? Vielleicht Paul. Oder die Conrads. Angie hatte die beiden für morgen zum Abendessen eingeladen. Ja, dachte sie, während sie von einem Felsen zum anderen sprang und versuchte, Sam einzuholen, vielleicht würde sie von den Conrads mehr Informationen bekommen als von ihrem Chef.

Es war schwierig für sie, sich Paul als Chef vorzustellen. Er war so locker und unkompliziert. Er war geduldig mit ihr, wenn sie Fehler machte, und beantwortete gerne all ihre Fragen. Darüber hinaus bestärkte er sie in ihrem Wunsch, Winzerin zu werden. Sie schaute nach vorne, um Sam nicht aus den Augen zu verlieren. Er hatte einen langen Stock gefunden und stocherte damit im Wasser herum. »Sei vorsichtig, Sam, der Fluss ist ziemlich schnell.«

»In Ordnung, Mum«, rief er zurück. »Ich glaube, ich habe einen Flusskrebs gesehen.«

Während sie langsam weiter in seine Richtung ging, gab sie sich wieder ihren Gedanken hin. Es war schade, dass ... was eigentlich? Paul hatte seine eigenen Probleme. Er war noch nicht über den Tod seiner Verlobten hinweg. Lisa McNee, die für das Internationale Rote Kreuz gearbeitet hatte, war vor einem Jahr bei einem Rebellenaufstand in Botswana ums Leben gekommen. Paul war bemerkenswert gelassen gewesen, als er Carla davon erzählt hatte. Er sagte, dass es leichter für ihn wäre, die Tage und Nächte durchzustehen, wenn er über seinen Schmerz reden würde. Carla wusste, was Schmerz bedeutete! Sie hatte ihn zweimal erfahren, zuerst bei Derek, dann bei ihrem Vater.

»Komm jetzt, Mum«, drängte Sam. »Dort drüben in der Nähe der Biegung ist ein ruhiger Tümpel.« Er senkte die Stimme und flüsterte: »Vielleicht gibt es dort Schnabeltiere.« Er hielt sich an den Ästen fest, um das Gleichgewicht nicht zu verlieren, und kletterte über mehrere Felsen, bis er zu einer Stelle kam, wo der Fluss etwa drei Meter breit war. Auf der anderen Seite stürzte das Wasser über die Felsen, aber auf ihrer Seite verlief der Fluss gemächlicher.

»Sam, sei vorsichtig. Warte auf mich.« Carla schaute auf den Fluss, während sie denselben Pfad nahm wie Sam. Das Wasser war dunkel, fast schwarz, und obwohl hohe Bäume dem Fluss Schatten spendeten, vermutete sie, dass das Wasser im Tümpel über zwei Meter tief war. Sie beschleunigte ihren Schritt, um Sam einzuholen. Dabei wäre sie auf dem feuchten Moos fast ausgerutscht, konnte sich jedoch in letzter Minute an einem Ast festhalten. Dann fiel ihr Blick auf Sam. In seiner Hast, das Schnabeltier zu finden, war er alles andere als vorsichtig und wartete nicht auf sie. Seine fünf Jahre jungen Beine hüpften eilig über die schleimigen, von Flechten bedeckten Felsen.

Dann sah Carla, wie Sam das Gleichgewicht verlor. Er griff ins Leere, während er versuchte, sich am Gestrüpp festzuhalten, aber seine Arme waren zu kurz. Er kippte zur Seite und rutschte den nassen Felsen hinunter. Dann fiel er ins Wasser und wurde in die Tiefe gerissen.

Carla war vor Schrecken erst wie gelähmt, dann wurde sie von Panik ergriffen. Sie rannte über die glitschigen Felsen. Dabei strauchelte sie ein paarmal und zog sich beim Festhalten einige Schürfwunden zu, aber sie achtete nicht darauf. Mit Ausnahme des gurgelnden Wassers, das nach unten stürzte, war es ruhig am Fluss. Doch als Sam nicht mehr auftauchte, zerriss ihr verzweifelter Schrei die Stille.

11

Carla war ungefähr vier Meter von der Stelle entfernt, wo Sam ins Wasser gefallen war. Sie spürte, wie die Panik sie lähmte. Sam konnte noch nicht gut schwimmen, und seine Kleidung würde ihn unter Wasser ziehen. Plötzlich tauchte sein Kopf auf, Sam spuckte Wasser, fuchtelte wild mit den Armen und ging wieder unter. Carla sprang ins eiskalte Wasser. Sie tauchte hinab und trat Wasser – es war fast zwei Meter tief. Verzweifelt suchte sie nach ihm. Nichts. Sie schoss an die Oberfläche, holte Luft und tauchte erneut unter. Einige Blasen und kleine Wellen, die auf das Flussufer zuliefen, waren die einzigen Anhaltspunkte, auf die sie zuschwomm.

Aufgewühlt von ihren Bewegungen, war das Wasser trübe, und sie konnte nicht viel sehen. Angestrengt ruderte sie mit den Armen. Warum konnte sie ihn nicht finden?

O Sam, Sam …! Dann stießen ihre ausgestreckten Finger an etwas Weiches – seine Nylonweste. Sie zog mit ganzer Kraft daran, aber Sam bewegte sich nicht. Etwas hielt ihn unter Wasser. Mit einer Hand packte sie die Weste und zerrte diesmal noch fester daran. Es gelang ihr, ihn vom Grund des Flusses loszureißen, doch sein Bein blieb unter einem Ast stecken.

Ihre Lungen waren kurz davor zu platzen, als sie Sam mit letzter Kraft hochriss und mit ihm auftauchte. Gierig schnappte sie nach Luft und atmete röchelnd ein. Dann schüttelte sie ihren Sohn. »Sam, bist du in Ordnung?« Sie war erleichtert, als er hustete, einen Schwall Wasser ausspuckte und dann die Augen öffnete. Japsend und ebenfalls röchelnd, versuchte er, seine Lungen mit lebensrettender Luft zu füllen. Wasser tretend hielt sie ihn eng an sich gedrückt und strich ihm das Haar aus dem Gesicht.

»Gott sei Dank, du lebst.«

»Noch ein wenig früh für ein Bad, nicht wahr?«, fragte eine lakonische Stimme, die vom Ufer des Flusses kam.

Carla drehte den Kopf und sah, wie Paul van Leeson ins Wasser stieg, um ihr zu helfen. Sie drehte Sam auf den Rücken und befahl ihm, sich ruhig zu verhalten. Sie hielt ihn fest umklammert und schwamm auf Paul zu. Rebel, Pauls roter Setter, verfolgte das Geschehen vom Ufer aus und bellte aufgeregt.

»Das wäre beinahe schiefgegangen«, keuchte Carla. Völlig erschöpft reichte sie Paul ihren Sohn. Er trug Sam ans Ufer und legte ihn vorsichtig ins Gras. Carla schwamm ihnen hinterher und ließ sich dann nur zu gerne von Paul aus dem Wasser helfen. Beide Arme um ihren Sohn gelegt, brach sie neben ihm zusammen.

»Ich bin gerade mit Rebel Gassi gegangen, oder besser,

sie mit mir«, erklärte Paul. »Wir sind am Fluss entlangspaziert, weil Rebel gerne im Wasser herumtobt.«

Sam rappelte sich hoch und sah seine Mutter an. »E-es tut mir leid, Mum. Ich wusste nicht, dass die Felsen so glitschig sind. Ich habe geglaubt, ich wäre vorsichtig, aber ich bin ausgerutscht…«

»Ich weiß. Ist schon okay, Sam. Es ist nichts passiert, und nur das ist wichtig.« Sie blickte über den Kopf ihres Sohnes hinweg zu Paul, der ganz in ihrer Nähe in der Hocke saß. »Unfälle passieren nun einmal.« Sie schenkte ihm ein schwaches Lächeln. »Danke, dass Sie da sind.«

»Das war reiner Zufall.« Er lächelte sie verständnisvoll an. »Etwas derart Dramatisches haben wir nicht erwartet, nicht wahr, mein Mädchen? Auf unseren Spaziergängen passiert normalerweise nicht viel, es sei denn, Rebel sieht einen Vogel oder ein Kaninchen.« Er tätschelte den Kopf des Hundes, um ihn zu beruhigen.

Carla wagte nicht, darüber nachzudenken, was passiert wäre, wenn sie nicht bei Sam gewesen wäre. »Ab heute ist der Fluss für dich verbotenes Gebiet, verstanden?« Auf den früheren Ausflügen waren er und Su Lee immer von einem Erwachsenen begleitet worden, aber selbst ihre Anwesenheit heute hatte den Unfall nicht verhindern können. Daher war es besser, wenn der Fluss für ihn tabu war.

»Ja, Mum«, sagte Sam einsichtig, und sein Gesichtsausdruck spiegelte unmissverständlich den erlittenen Schock wider.

Paul blickte Carla eindringlich von oben bis unten an, und ihr wurde bewusst, dass ihre nasse Hose und ihr Pullover an ihrem Körper klebten und seiner Fantasie nicht viel Spielraum ließen. Seine Musterung ließ sie rot anlaufen. Wenn Josh sie so angesehen hätte, hätte sie keine Skrupel gehabt, ihm zu sagen, wo er sich seine Blicke hinstecken könnte. Aber Paul! Sie war es nicht gewohnt, dass er sie mit derart großem Interesse anstarrte, als ob... Sie atmete tief ein, dann hielt sie den Atem an. Ein Anflug von Erregung durchlief ihren Körper und berauschte ihre Sinne. Ihr Herz raste und erhöhte die Spannung zwischen ihnen. Spürte nur sie dieses erhöhte Bewusstsein, oder war es bei ihm genauso? Seine grauen Augen, seine ernsten Gesichtszüge, seine Haltung verrieten absolut nichts. Verlegen über ihre Gefühle stand sie auf, um ihren Pullover auszuwringen, damit er nicht mehr so an ihr klebte.

Ihre Bewegungen ließen Paul blinzeln, und die Stimmung sank auf den Nullpunkt. Carla und Sam zitterten vor Kälte und Nässe. Paul stand auf, zog seinen Pullover aus und wickelte Sam darin ein. Dann hob er den Jungen hoch und setzte ihn rittlings auf seine Schultern. Dabei hielt er Sams Beine an seine Brust gepresst, damit er nicht das Gleichgewicht verlor.

Pauls Gesichtsausdruck blieb undurchsichtig, als er sich Carla zuwandte. »Wir gehen jetzt besser. Ihr beide braucht eine heiße Dusche und eine Tasse Kakao, um euch aufzuwärmen und die Nerven zu beruhigen.« Mit großen Schritten bahnte er sich einen Weg durch das Gebüsch und eine Reihe von Weinstöcken und kletterte das Ufer hinauf, Carla dicht auf seinen Fersen. Sie versuchte, nicht weiter über diesen unbehaglichen Moment nachzudenken.

Egal, in welche Richtung Angie die Zahlen für Sundown Crossing auch drehte, die Ein- und Ausgaben wichen erheblich voneinander ab. Seit dem Abendessen hielt sie sich im Büro auf und beschäftigte sich mit dem Geschäftsplan und den Rechnungen. Wie konnten sie das Weingut bewirtschaften, ohne sich dabei zu verausgaben? Da sie schon in ihrer Jugend die Buchhaltung für Valley View und andere

Weingüter erledigt hatte, war sie sicher, dass sie alles mit einkalkuliert hatte.

Schon seit Wochen spielte sie mit der Buchhaltung *Fangen*, wie Carla es nannte. Es war äußerst wichtig für sie, sicherzustellen, dass die Loongs für ihre Arbeit bezahlt wurden. Sie waren auf dem Weingut unentbehrlich geworden und würden wahrscheinlich auch nicht weggehen, weil die drei – sogar Tran, der eine rastlose Seele war und eine Schwäche für Glücksspiele hatte – jetzt zufrieden waren. Zum ersten Mal in ihrem Leben hatten sie ein vernünftiges Dach über dem Kopf, verdienten regelmäßig Geld und konnten es sich leisten, gut zu essen. Da Kim ein besonderes Talent dafür hatte, jeden Dollar, den sie verdienten, auf vernünftige Art und Weise auszugeben, glaubte Angie, dass sie von dem, was sie verdienten, auch noch etwas sparen konnten.

Frustriert warf sie den Stift auf den Schreibblock, auf dem sie die Zahlen aufgelistet hatte, und rieb sich die Müdigkeit aus den Augen. Sie hatte alles Mögliche versucht, die ihnen zur Verfügung stehenden Geldmittel zu strecken, aber sie konnte Carla nicht ständig ein falsches Gefühl der Sicherheit geben und so tun, als ob alles in Ordnung wäre, wenn das Gegenteil der Fall war.

Als könne sie Angies Gedanken lesen, tauchte Carla plötzlich an der Tür zum Büro auf. Sie trug ein blaues, überlanges Nachthemd, das ihr bis zu den Knien reichte. »Arbeitest du immer noch? Es ist schon fast Mitternacht.« Sie setzte sich auf den Stuhl neben Angies Schreibtisch und betrachtete Angies müdes Gesicht. Etwas in dem Ausdruck der älteren Frau verriet ihr, wie besorgt Angie war. Sie hatten vereinbart, dass Angie sich um die finanziellen Dinge im Zusammenhang mit dem Weingut kümmern sollte, da sie eine Menge Erfahrung darin hatte. Aber während

Carla einen Blick auf die Zahlen auf dem Schreibblock warf, schien es dort eine ganze Reihe von Berechnungen zu geben, die Angies Besorgnis auf Carla übertrugen.

»Was ist los?«

Angie kniff den Mund zusammen, wie sie es immer tat, wenn sie sich Sorgen machte. »Ich habe die Finanzen überprüft. Die Verbesserungen, die wir vorgenommen haben, haben mehr Geld verschlungen, als ich vermutet habe, obwohl ich die zehnprozentige Fluktuationsrate mit einkalkuliert habe.« Sie nahm einen Bogen mit dem Briefkopf der National Bank in die Hand. »Wir haben nur noch etwas über tausend Dollar auf dem Konto und müssen aufhören, an der Grenze zum Oakland Estate die Felder umzupflügen. Wir können uns weder den Fahrer noch den Traktor leisten und müssen das Bepflanzungsprogramm einstellen.«

Carla nahm Angies Worte mit erstaunlicher Gelassenheit auf. »Okay, aber den reifen Weinstöcken geht es doch gut, oder? Sie hängen voller Trauben. Du sagtest, dass wir eine Rekordernte erwarten können.«

»Ja, aber erst Ende des Sommers. Dann müssen wir entscheiden, ob wir die Ernte an eine größere Weinkellerei verkaufen, damit wir sofort wieder flüssig sind, oder ob wir sie selbst abfüllen. Wenn wir uns für Letzteres entscheiden, hätten wir wahrscheinlich ein weiteres Jahr lang kein nennenswertes Einkommen.«

Hochkonzentriert fuhr Carla durch ihr Haar und strich sich die rotgoldenen Locken aus dem Gesicht. »Ich dachte, wir hätten uns bereits für die zweite Möglichkeit entschieden, weil die Weinkellerei in gutem Zustand ist und die Gewinne höher sein würden.«

»Das war, als ich noch annahm, dass unsere Finanzen für ein weiteres Jahr ausreichen. Dein Verdienst bei Paul ist außerordentlich hilfreich, er bezahlt dich großzügig, denke ich. Aber es reicht nicht aus, um das Defizit auszugleichen.«

Carla ließ die Schultern sinken, und ihre Enttäuschung angesichts dieser veränderten Situation war offensichtlich. »Wir sind so weit gekommen, Angie, und haben so viel erreicht.« Ihr so perfekt geschwungener Mund spannte sich an. »Willst du damit sagen, wir sollten aufgeben? Das wäre Wasser auf die Mühlen der Stenmarks.«

»Ich weiß.« Angie tätschelte Carlas Hand in dem Versuch, ihre Enttäuschung zu lindern. »Ich habe mir deswegen eine Menge Gedanken gemacht. Es gibt verschiedene Möglichkeiten. Wir könnten uns einen Teilhaber besorgen, einen stillen Teilhaber. Jemand, der in das Weingut investieren will.« Angie bemerkte Carlas skeptischen Blick. »Okay. Wir haben noch dreihundert Ar, die unbebaut sind. Wir könnten einige davon Oaklands anbieten. Vielleicht sind sie daran interessiert.«

»Auf keinen Fall!« Carla schüttelte heftig den Kopf, und ihre Stimme klirrte geradezu vor Entschlossenheit. »Ich werde keinen einzigen Hektar opfern, das würde Sam und Dad gewiss nicht gefallen. Außerdem handelt es sich um mein Erbe. Dad hat all die Jahre daran festgehalten, damit wir es wieder aufbauen können.« Sie verstummte, als sie Angies fragenden Blick wahrnahm. Ja, was konnten sie tun? Sie hatten keine Vermögenswerte mehr, die sie verkaufen konnten. Selbst die Aktien, die Derek Sam hinterlassen hatte, waren eingelöst worden. »Wie viel Geld brauchen wir deiner Meinung nach, bis wir ein vernünftiges Einkommen erzielen können?«

Angie war auf diese Frage vorbereitet und kritzelte eine Zahl auf den Block, den sie dann wortlos zu Carla herumdrehte.

»Das ist sehr viel!« Niedergeschlagen sog Carla ihre Unterlippe ein und trommelte mit den Fingern auf die Schreibtischplatte. Sie zermarterte sich das Hirn, um zusätzlich zu den beiden Plänen, die Angie vorgeschlagen hatte, einen Alternativplan zu finden. Was würde ihr Vater an ihrer Stelle tun? Dann fiel ihr plötzlich eine andere Frage ein. Was würde ihr Großvater tun, wenn er in dieser Situation wäre? Als sie heranwuchs, hatte sie die Leidenschaft ihres Vaters für das Grundstück und die Rebstöcke nicht geteilt. Aber seit sie in dem von ihm erbauten Cottage lebte und die Weinstöcke, die er mit seinen eigenen Händen gepflanzt hatte, und das Weingut wieder in Ordnung gebracht hatte, hatte sie das Gefühl, etwas erreicht zu haben. Dazu hatte sie eine Leidenschaft für die Weinherstellung entwickelt, die sie vorher nicht gekannt hatte. Unter Angies Anleitung saugte sie Wissen auf wie ein trockener Schwamm das Wasser, lernte die unterschiedlichen Weinsorten kennen, erfuhr eine Menge über die Herstellungsmethoden, das Abfüllen in Flaschen, die Reifungsprozesse und Marketingstrategien.

»Mit einem Wort: Dad würde niemals aufgeben. Er würde irgendeine Möglichkeit finden – genau wie ich.« Sie blitzte Angie an, um einen womöglichen Widerspruch im Keim zu ersticken.

Doch Angie gähnte nur und war nicht länger in der Lage, vernünftig nachzudenken. »Okay. Ich bin jetzt hundemüde. Lass uns darüber schlafen, und wer weiß, vielleicht fällt uns morgen früh was dazu ein.«

Carla nickte, obwohl sie sicher war, dass keine von ihnen den Schlaf finden würde, den sie so dringend benötigten. »Ja, du hast recht.«

Basil Coulthard, Zweigstellenleiter der National Australia Bank für Nuriootpa, wählte Luke Michaels' Privatnummer auf Rhein-Schloss. Sein stark hervorstehender Adamsapfel hüpfte in seinem dünnen Hals nervös auf und ab, während er auf eine Antwort wartete.

»Mr. Michaels – Luke. Hier ist Basil.« Er machte eine Pause. »Ja, es geht mir gut, danke.«

»Hat Ihnen die letzte Kiste Bordeaux gefallen, Bas?«

»Hervorragend. Meine Frau hat sich geradezu darauf gestürzt.« Basils Mund verzog sich zu einem zynischen Grinsen. »Ein paar Glas zum Abendessen, und schon hat Roslyn eine viel bessere Laune.«

»Das ist gut.« Wie gleichgültig ihm das war! Luke zwang sich dazu, geduldig darauf zu warten, dass Basil weiterredete. Der Bankmanager rief nie an, es sei denn, er hatte wichtige Informationen, die er weitergeben wollte.

»Luke, soeben war Carla Hunter hier. Sie hatten vor einiger Zeit erwähnt, dass Sie an ihren geschäftlichen Dingen interessiert sind. Nun, ihr Kontostand ist momentan ziemlich niedrig. Sie hat einen Darlehensantrag gestellt und ihre Eigentumsurkunde für Sundown Crossing als Sicherheit benutzt. Ich dachte, vielleicht interessiert Sie das.«

Luke wurde schlagartig munter und hörte auf, mit seinem Kugelschreiber herumzufummeln. »Fahren Sie fort.«

»Nun«, Basil räusperte sich geräuschvoll, »ich nehme an, Sie, hm, Rhein-Schloss würde es gerne sehen, wenn ich ihren Antrag ablehne.«

»Wie viel wollte sie denn haben?« Luke stieß einen leisen Pfiff aus, als Basil ihm die Summe nannte, und sein Blick blieb an einer seiner Golftrophäen hängen. Die Strahlen der Sonne brachten sie zum Glitzern und warfen ein Prisma auf den dicken Teppich. »Kann sie das Darlehen zurückzahlen?«

»Gerade so, und nur wenn die Zahlungen über einen größtmöglichen Zeitraum verteilt werden. Das Darlehen hilft ihr über die Runden, bis die erste Ernte abgefüllt und lange genug gereift ist, damit sie verkauft werden kann. Danach wird sie das nötige Kleingeld haben, um das Darlehen zurückzuzahlen. So drückte sie sich zumindest aus.«

»Ich verstehe.« Wie interessant, Carla hatte kaum noch Geld. Das hatte er zwar geahnt, und er war sich ziemlich sicher, dass Carla und Angie ihre Möglichkeiten genau durchdacht hatten. Die Gewissheit, dass ein Darlehen für sie die einzige Möglichkeit war, machte ihn jedoch euphorisch. Er könnte Basil empfehlen, das Darlehen abzulehnen und die Dinge auf Sundown Crossing auf die Spitze zu treiben. Der Mangel an finanziellen Mitteln würde den Druck auf sie erhöhen. Vielleicht würde es ausreichen, wenn er sie dazu bringen könnte, sein Angebot anzunehmen, das nach den Worten seines Großvaters sehr großzügig, für Luke aber lediglich fair war.

»Also?« Basil wurde langsam ungeduldig. »Soll ich das Darlehen ablehnen?«

Lukes Geschäftssinn signalisierte ihm Zustimmung, aber merkwürdigerweise sagte sein Herz nein. Du lieber Gott, was war bloß mit ihm los? Er wollte nicht, dass Carla Erfolg hatte. Es war in seinem Interesse, wenn sie scheiterte und so rasch wie möglich und für immer aus dem Barossa Valley und dem Leben der Stenmarks verschwinden würde. Das war der Wunsch seines verbitterten Großvaters, der ihm sehr dankbar sein würde, wenn er ihm den Wunsch erfüllte. Aus purem Widerspruchsgeist liefen seine Gedanken jedoch in eine völlig andere, subtilere Richtung. Wenn sie das Darlehen bekam und das Geld immer noch nicht reichte, würde sie an die Wand gedrängt werden und hätte keine andere Möglichkeit, als zu verkaufen. Auf lange Sicht gesehen, wäre das die bessere Lösung, denn sie würde

Sundown Crossing, ohne es zu verkaufen, sofort verlassen müssen. Doch wenn sie das Geld schuldete und es nicht zurückzahlen konnte, würde das zwangsläufig zu einem für Rhein-Schloss positiven Ergebnis führen.

Er traf seinen Entschluss. »Geben Sie ihr, was sie benötigt, aber sagen Sie ihr klipp und klar, dass sie das Darlehen nicht aufstocken oder verlängern kann. Beobachten Sie genau, ob sie die Rückzahlungen leistet. Wenn sie gar nicht oder nicht rechtzeitig zahlt, wissen Sie, was Sie zu tun haben.« Er ließ dem Bankmanager einige Sekunden Zeit, um dies zu verdauen. »Verstehen Sie, was ich damit sagen will, Basil?«

Basils Adamsapfel hüpfte erneut auf und ab. »Ganz gewiss. Alles, was Sie sagen, Luke.«

Luke verabschiedete sich und legte den Hörer auf. Er saß eine Zeit lang reglos in dem bequemen Ledersessel und überlegte, wie er diese Entscheidung seiner Familie schmackhaft machen konnte.

Wenn Carla auf den Weg geachtet hätte, anstatt Walt Conrad neugierig anzustarren, der sich auf der anderen Straßenseite mit Josh unterhielt – offensichtlich hatten die Männer eine Auseinandersetzung –, wäre sie nicht mit Luke Michaels zusammengestoßen, der gerade aus einem Gebäude in der Second Street kam. Der Stapel mit den zusammengerollten Plänen, die sie bei sich trug, rutschte ihr dabei aus der Hand und fiel auf den Bürgersteig.

»Verdammt noch mal, warum passt du nicht auf, wohin du gehst?«, wütete Carla. Sie kniete sich hin, um die Pläne aufzuheben, die sie gerade aus der Druckerei geholt hatte.

»Du hast nicht aufgepasst«, entgegnete Luke. Ihre Gereiztheit amüsierte ihn. Dann sah er, warum sie abgelenkt worden war. Er wusste, dass Josh mit ihr ausging. Das passte ihm gar nicht, weil er wusste, was Josh Aldrich für ein Typ war. Ehrgeizig, schmierig, gerissen waren Adjektive, die ihm sofort in den Sinn kamen, obwohl er seinen Job auf Rhein-Schloss gut machte. Josh war seiner Tante Lisel ähnlich – beide betrachteten das jeweils andere Geschlecht als Freiwild, und es gab für sie nur wenige Regeln, um das zu kriegen, was sie haben wollten.

»Ich helfe dir«, bot Luke an und bückte sich, um einen Plan aufzuheben, der in den Rinnstein gerollt war.

»Ich brauche keine Hilfe von einem Stenmark«, blaffte Carla ihn an und sammelte in fliegender Hast die Pläne ein.

»Vielleicht nicht.« Er warf einen vielsagenden Blick in Joshs Richtung. »Ich nehme an, du bist es nicht gewohnt, einen Mann um dich zu haben.« Ihre Wangen färbten sich rosa, und er wusste, dass seine bissige Bemerkung angekommen war.

Sie starrte ihn wütend an, sagte aber nichts, während sie versuchte, um ihn herumzugehen.

»Ich habe gehört, dass die Dinge auf Sundown Crossing gut laufen und eine gute Ernte bevorsteht«, sagte er vorsichtig, weil er sich aus irgendeinem Grund, der nicht plausibel war, noch länger mit ihr unterhalten wollte.

»Hast du Spione angestellt, die dir regelmäßig über die Vorgänge auf unserem Weingut Bericht erstatten?«

Er zuckte die Schultern. »Das ist das, was man sich so erzählt. Es gibt nur wenige Geheimnisse im Valley.«

»Das ist gut. Ich mag nämlich keine Geheimnisse«, entgegnete sie giftig und presste die Lippen aufeinander.

»Erlaube mir, dass ich dir einen kostenlosen Ratschlag gebe, Carla, ohne irgendwelche Bedingungen daran zu knüpfen. Ich habe erfahren, dass du dich mit den Conrads angefreundet hast. Pass bitte auf. Sie sind nicht die Art von Leuten, denen man vertrauen kann.«

»Komisch, das Gleiche haben die Conrads auch über die Stenmarks gesagt. Dass ihr sie um ihr Weingut betrogen und behauptet habt, sie hätten einen Teil der Grenze zwischen ihrem und eurem Weingut für sich beansprucht. Ich habe mich erkundigt. Die Leute sagen, dass Rhein-Schloss sie in den finanziellen Ruin getrieben hat.«

Lukes Lächeln war mehr eine Grimasse. »Du solltest *sämtliche* Tatsachen überprüfen. Wir haben den Prozess gewonnen, und die Conrads mussten die Kosten tragen. Dafür haben sie das meiste Geld gezahlt, denn sie haben versucht, den Diebstahl unseres Grundstücks auf dem Black Ridge Estate zu vertuschen. Sie waren so raffiniert und haben den Grenzzaun versetzt, so dass wir mehr als vierzig Ar landwirtschaftlich nutzbares Land verloren haben. Hätten sie sich von Anfang an an den Plan des Landvermessers gehalten, anstatt gierige Opportunisten zu sein und zu versuchen, uns vor Gericht zu besiegen, würden sie ihr Weingut jetzt noch haben.«

»Du sagtest, die Conrads hätten euch das Land weggenommen. Wie habt ihr das denn festgestellt? Es ist nicht immer eindeutig, wo die Grenze zu einem Weingut aufhört und die andere anfängt.«

Er beschloss, ihre Neugier zu befriedigen und die Wahrheit zu sagen. »Eigentlich nur durch einen Zufall. Einem Mitarbeiter in der Produktion fiel auf, dass sich die Ernteergebnisse auf dem Black Ridge Estate über einen Zeitraum von fünf Jahren wesentlich verschlechtert hatten. Wenn man vierzig Ar weniger Land für Trauben zur Verfügung hat, verliert man ein beträchtliches Volumen an Wein.« Er schnaubte kurz. »Der Manager von Black Ridge meinte, dass mit der Landgrenze etwas nicht stimmte, und wir ließen das Grundstück an der Grenze zum Weingut der Conrads neu vermessen. Sie hatten die gesamte Grenzlinie verschoben und reife Reben dort angebaut, damit es nicht auffiel, und die Gewinne abgesahnt. Sie haben angenommen, es würde uns nicht auffallen, weil unser Grundstück so groß ist.« Er wurde ernst. »Aber sie haben sich getäuscht.«

»Walt sagte, es sei genau umgekehrt gewesen, und Rhein-Schloss habe ein Teil von ihrem Land gestohlen.«

»Der Bericht des Landvermessers beweist genau das Gegenteil«, gab er zurück.

Sie dachte einige Sekunden darüber nach. »Jeder weiß, dass ein so einflussreiches Weinunternehmen wie eures höchstwahrscheinlich jeden Gerichtsprozess gewinnt. Warum sollte Walt mich anlügen, was hätte er davon?« Als Luke die Schultern zuckte, fuhr sie fort: »Ich neige dazu, die Menschen nach ihrem Verhalten zu beurteilen. Walt und Frances waren sehr nett zu mir und meiner Familie. Das kann ich von vielen anderen Leuten im Valley nicht behaupten. Eine gewisse Familie hat sogar veranlasst, dass man uns schneiden soll, weil wir hier unerwünscht sind.«

Angesichts der Schärfe ihrer Worte und der Wahrheit, die darin lagen, wäre er beinahe zusammengezuckt. »Das habe ich nicht veranlasst.«

Carla scheute sich nicht, ihre Wut und Verletzung zu zeigen, und irgendwie brachte Luke ein gewisses Verständnis für sie auf. Sie hatte nichts falsch gemacht, außer dass sie die Tochter des verlorenen Sohnes ihres Großvaters war. Zu einem anderen Zeitpunkt, an einem anderen Ort, hätte er anders reagiert, aber in dieser Situation waren ihm die Hände gebunden. Lisel hatte ihm eines Abends nach dem Abendessen, nachdem Großvater bereits den Tisch verlassen hatte, etwas Derartiges gesagt, und es entsprach der

Wahrheit. Carla war eine Bedrohung für sein Erbe. Trotz der Gefühle, die er für seine Cousine hatte, konnte er es sich nicht leisten, dass sie ihm das wegnahm, was rechtmäßig ihm gehörte – Rhein-Schloss.

»Na gut, dann sind wir eben unterschiedlicher Meinung wie üblich«, konstatierte Carla, und bevor er etwas erwidern konnte, kehrte sie ihm den Rücken zu und eilte davon. Auf dem Weg zu Pauls Büro geriet sie allerdings ins Grübeln.

Lukes Version darüber, was sich zwischen den Conrads und Rhein-Schloss abgespielt hatte, unterschied sich wesentlich von der, die die Conrads ihr erzählt hatten. Walt und Frances nach zu urteilen, waren die Stenmarks die Bösewichte. Sie behaupteten, dass Rhein-Schloss einer Landvermessungsgesellschaft eine beträchtliche Summe gezahlt habe, um all ihre Weingüter neu vermessen zu lassen und auf den Grundstücksurkunden andere Grenzen einzutragen. Dadurch hätten sie den Streit auslösen können, bei dem die Conrads ihre Weinkellerei und fast ihr ganzes Geld verloren hatten.

Wem sollte sie glauben? Walt und Frances' Geschichte überzeugte sie, während Luke Michaels den Fall als reichlich unbedeutend abgetan hatte. Vielleicht war es für die Stenmarks auch nicht wichtig, weil ihr Unternehmen so groß war. Obwohl sie Luke und wofür er stand verabscheute, nämlich die Macht und Arroganz der Stenmarks, weigerte sich etwas in ihrem Inneren zu glauben, dass ihr Großvater so hinterhältig und geldgierig war, um Eigentumsurkunden zu fälschen, damit er ein für ihn winziges Stück Land bekam. Es war einfach unvorstellbar, aber dann stellte sie sich die Frage erneut. Aus welchem Grund sollten die Conrads lügen? Sie seufzte und rieb sich die Schläfen. Es war nicht ihr Problem, und da sie gerne mit den Conrads zusammen war und Walt ihr eine Menge über die Vermarktung von Wein beibrachte, sah sie keine Notwendigkeit, nicht mit ihnen befreundet zu sein.

Sie rollte den Bauplan aus, an dem sie gearbeitet hatte, und begann, die Zeichnung gemäß den Notizen, die Paul am Brett hinterlassen hatte, umzuändern. Sie wollte nicht mehr an die Conrads, die Stenmarks oder an Sundown Crossing denken. Als sie auf die Wanduhr, die über den Aktenschränken hing, schaute, waren fast zwei Stunden vergangen. Sie reckte sich. Ihre Muskeln hatten sich noch nicht daran gewöhnt, dass sie über einen längeren Zeitraum hinweg in einem bestimmten Winkel nach vorne gebeugt dasaß.

Noch eine halbe Stunde. Sie würde rechtzeitig fertig sein, wenn Paul kam, um sich die Änderungen anzuschauen und sie hoffentlich zu billigen. Dann hätte sie noch genug Zeit, um Sams Football-Training beizuwohnen. Er trainierte jetzt häufig nach der Schule und war dem örtlichen Rugbyteam für Jungen unter sieben beigetreten. Es war eine Freude, seinen konzentrierten Gesichtsausdruck zu beobachten, während er dem Trainer zuhörte und verschiedene Übungen und Ballpässe vornahm.

Am zweiten Freitag im März war Sams sechster Geburtstag, und er wachte um 6.30 Uhr auf, um seine Geschenke zu öffnen. Dies hatte zur Folge, dass alle Bewohner des Cottages zur gleichen Zeit wach wurden, denn Sam freute sich ziemlich lautstark über die neuen Football-Stiefel und das Trikot sowie über Angies Geschenk, eine Serie von G.-I.-Joe-Actionfiguren. Wenn er enttäuscht darüber war, dass er nicht das Fahrrad bekommen hatte, das er sich so sehr gewünscht hatte, so ließ er es sich nicht anmerken. Wenig später rannte er zum Wohnwagen der

Loongs, um Su Lee seine Geschenke zu zeigen, bevor sie in die Schule gingen.

»Das wird ein langer Tag werden«, murmelte Carla und unterdrückte ein Gähnen.

»Und eine noch längere Nacht, weil wir ihn und die Loongs zum Geburtstagessen in die Stadt ausführen müssen. Es ist sehr erwachsen von Sam, dass er ein Abendessen möchte anstatt eines Kindergeburtstags«, sagte Angie.

»Das kommt daher, weil er die Kinder in der Schule nicht so gut kennt. Und ich glaube, er hat zugehört, als wir von den Kosten gesprochen haben. Er weiß, dass wir nicht viel Geld haben.« Carla schüttelte bekümmert den Kopf, und ihr Ausdruck spiegelte ihre Enttäuschung darüber wider, dass sie Sam nicht all das geben konnte, was er eigentlich haben sollte. »Eines Tages werde ich ihm alles geben können, was er will und wann er es will.«

»Oh, ich weiß nicht. Es ist gut für die Charakterbildung, auf das zu warten, was man unbedingt möchte. Das haben mir meine Eltern gesagt. Als ich sieben oder acht war, habe ich natürlich nicht verstanden, was ›Charakterbildung‹ bedeutet.«

Carla gluckste. »Ich weiß, was du meinst. Wir hatten auch nicht viel Geld übrig, nachdem Mum und Dad sich getrennt haben.« Sie lugte an Angie vorbei zum Küchenfenster. Die Sonne schien, und der Himmel war wolkenlos – ein weiterer heißer Tag lag vor ihnen. »Was steht für heute auf dem Plan?«

»Tran und ich untersuchen die Trauben auf ihren Zuckergehalt – das nennt man den Baume-Test. Wir benutzen dazu ein Brechungsmesser, um festzustellen, ob der Zuckergehalt ansteigt. Wenn ja, steht die Erntezeit kurz bevor. Wir überprüfen auch den Säuregrad und müssen ständig den Wetterbericht hören. Wenn wir jetzt oder nächste Woche einen schweren Sturm oder Hagel kriegen, könnte sich das verheerend auf die Ernte auswirken.«

»Mir ist aufgefallen, dass ziemlich viele Rucksacktouristen in der Stadt sind. Vielleicht haben sie mitbekommen, dass bald Erntezeit im Barossa Valley ist.«

Angie nickte. »Sie kommunizieren untereinander. Bald wimmelt es hier nur so von Touristen und Traubenpflückern.«

Carla stand auf, räumte die Frühstücksteller und Tassen zusammen und spülte sie ab. »Ich springe kurz unter die Dusche, ehe Sam zurückkommt. Fährst du ihn und die Loongs heute Abend in die Stadt?«

»Natürlich«, stimmte Angie zu. »Um wie viel Uhr?«

»Sagen wir um Viertel vor sieben. Paul und ich treffen euch dann im Restaurant.«

»Oh, Paul kommt auch.« Angie wackelte mit den Augenbrauen. »Josh nicht?«

»Ich konnte es nicht übers Herz bringen, Paul nicht einzuladen, da er so … hilfsbereit war. Josh hat heute Abend etwas vor«, sagte Carla, wohl wissend, dass dies eine ziemlich lahme Ausrede war. Obwohl sie Angie mochte, sollte diese endlich damit aufhören, sie zu verkuppeln. Sie war mit ihrem Leben absolut zufrieden und brauchte keinen Mann, um … vollkommen zu sein.

Sams Geburtstagskuchen mit den Kerzen stand in der Küche des Restaurants bereit, und Paul und Carla warteten darauf, dass die Loongs, Angie und Sam endlich kamen. Sie saßen auf der Terrasse des großen Restaurants, die eine Pergola für solche warmen Abende hatte.

Paul bestellte eine Flasche Weißwein. Er saß Carla gegenüber und lächelte über ihre wachsende Nervosität. »Sie sind ja aufgeregter als Sam über seinen Geburtstag.«

»Es ist sein erster Geburtstag ohne seinen Großvater. Ich hoffe, dass er nicht traurig ist. Er ist ziemlich sensibel, wissen Sie«, antwortete Carla. Es fiel ihr auf, wie gut Paul in seinem Anzug und der Krawatte aussah. Für diesen besonderen Anlass hatte er sich in Schale geworfen.

»Genau wie seine Mutter«, scherzte Paul und beobachtete, wie sie mit dem Besteck herumspielte.

Als Antwort streckte sie ihm die Zunge raus und grinste. Dann brachte der Ober den Wein und schenkte ihnen ein.

Paul hob sein Glas und prostete ihr lächelnd zu: »Auf einen angenehmen Abend.« Danach nahm sein Gesicht einen ernsten Ausdruck an, und er sagte nachdenklich: »Lisa und ich sind immer in dieses Restaurant gegangen, wenn es einen besonderen Anlass gab, wissen Sie.« Dann korrigierte er sich und schüttelte den Kopf. »Nein, natürlich können Sie das nicht wissen.«

»Weckt das traurige Erinnerungen in Ihnen?«

Er atmete tief durch und dachte einen Augenblick nach. »Ja, aber die meisten sind doch glückliche. Wir hatten eine wunderbare Beziehung. Lisa war eine willensstarke Frau«, er hob vielsagend die Augenbraue, »genau wie noch jemand, den ich kenne. Ich wollte ein Jahr lang nicht, dass sie nach Botswana ging, aber sie bestand darauf, weil die Menschen sie dort brauchten. Sie meinte, ihr würde schon nichts passieren.«

»Ich verstehe«, sagte Carla und fügte hinzu: »Ich hatte immer ein ungutes Gefühl, wenn Derek zur See fuhr, aber er liebte seine Arbeit, und er sagte, dass es selten Unfälle auf dem Meer gibt.« Sie sah zur Seite und murmelte: »Für ihn war es einer zu viel.«

Paul nickte verständnisvoll. »Nachdem Lisa weg war, war ich damit beschäftigt, das Haus zu bauen. Ich wollte es fertig haben, wenn sie zurückkam.« Seine Stimme wurde leiser, so als würde er laut denken. »Und nach … Sie wissen schon, hatte ich etwas, worauf ich mich konzentrieren konnte.«

Carla lächelte ihn sanft an. Paul sprach nur selten über Menschen, die eine wichtige Rolle in seinem Leben gespielt hatten. Nicht dass er wortkarg war. Aber vermutlich lag es daran, dass er dachte, die Leute würden sich nicht dafür interessieren. Nur Angie konnte ihn dazu bringen, über sich selbst zu reden. Sie wusste nun, was ihn ins Barossa Valley gebracht hatte: die Krankheit seines Onkels. Seine Eltern waren gestorben, als er noch sehr jung war. Er hatte eine Schwester, die mit ihrem Mann in Dänemark lebte. Vor langer Zeit hatte er davon geträumt, professioneller Basketballspieler zu werden. Doch hatte ihn eine Knieoperation, die nicht so erfolgreich verlaufen war, für immer am Spielen gehindert.

Carla wurde klar, dass er gefühlsmäßig nach wie vor an seiner verstorbenen Verlobten hing. O ja. Sie wusste, dass man Liebe nicht einfach an- und abstellen konnte wie einen Wasserhahn. Weiter kam sie mit ihren schmerzlichen Gedanken nicht, denn in diesem Moment tauchten die Loongs, Sam und Angie auf, und in den folgenden Minuten war sie damit beschäftigt, ihnen ihre Plätze zuzuweisen, Getränke zu bestellen und sich um das Menü zu kümmern.

Sam wirkte äußerst erwachsen in seiner langen Hose, dem weißen Hemd mit der gestreiften Krawatte und dem ordentlich gekämmten Haar. Carlas Kehle schnürte sich zusammen, als sie ihn betrachtete. Er wurde so schnell erwachsen, viel zu schnell. Seine Babyzeit lag hinter ihm, jetzt war er bereits ein kleiner Mann. Ihr Vater und Derek wären bestimmt genauso stolz auf ihn gewesen wie sie.

Kim, die links von Carla saß, beugte sich zu ihr vor. »Die Hauptgerichte sind sehr teuer, oder?«

»Mach dir keine Sorge um die Kosten, Kim. Ich lade euch ein.« Carla lächelte ihr zu. »Es ist meine Art, dir, Tran und Su Lee für all die Hilfe zu danken, die ihr Sundown Crossing gegeben habt. Bestellt das, was ihr möchtet. Ich bestehe darauf!« Und sie vergewisserte sich, dass die Loongs an nichts sparten.

»Eines Tages haben wir auch ein Restaurant, nicht wie dieses hier, aber wir haben eins«, sagte Kim zu Tran und Su Lee.

Tran, der in Gesellschaft normalerweise schweigsam war, fügte großspurig hinzu: »Unseres wird noch besser sein als das hier, Kim.«

»Was für eine Art von Restaurant hast du denn im Sinn, Kim?«, fragte Paul interessiert.

»Ich möchte vietnamesisches Essen kochen. Das kann ich am besten, und dazu werde ich noch einige englische Gerichte anbieten.«

»Für eure Art von Restaurant wären Orte wie Gawler oder Elizabeth gut geeignet, weil sie größer sind«, sagte Angie.

Auf der anderen Seite des Restaurants begannen soeben fünf Personen, ihre Vorspeisen zu essen. Die Stenmarks gingen zum Essen kaum aus. Der Grund, weshalb sie heute hier waren, war der, dass Greta eine neue Küche für Stenhaus bestellt hatte und dass ihr Koch erst in zwei Tagen darin würde arbeiten können.

Die Stenmarks, die alle makellos und teuer gekleidet waren, gaben ein beeindruckendes Bild ab, wie sie da an ihrem Tisch mit Blick auf den Garten saßen. Lisel stach als Einzige in ihrem rosa Kleid mit den Spaghettiträgern hervor. Carl hatte den besten Tisch im Restaurant reservieren lassen, der ihm aufgrund seines Ansehens im Valley selbstverständlich auch gegeben wurde.

Von seinem Platz in der Nähe der Terrasse erblickte Luke als Erster Carla und ihr Gefolge. Er hielt es jedoch für besser, den anderen nichts davon zu sagen und die Peinlichkeit, dass sich Carla in unmittelbarer Nähe ihres Großvaters befand, zu ignorieren. Seine Mutter würde die Tochter ihres jüngeren Bruders vermutlich gerne kennenlernen wollen, doch sie traute sich nicht. Ihr war klar, dass Großvater darüber erzürnt sein würde.

»Du bist heute Abend sehr nachdenklich, Luke«, sagte John Michaels. »Ist irgendetwas passiert?«

»Tut mir leid. Ich dachte gerade daran, dass bald Erntezeit ist.«

»Das wird ein Rekordjahr, und nach Joshs Meinung wird das Ernteergebnis von neunzehnhundertdreiundneunzig noch übertroffen werden«, schaltete sich Lisel ein.

»Ja, es war ein sehr gutes Jahr«, stimmte Carl zu. »Das beste, das wir im Valley je gehabt haben, obwohl einige Weinbauern dies bestreiten würden.«

Die Kellner brachten das Hauptgericht, und die Unterhaltung über die Ernte wurde fortgesetzt.

»Sämtliche Winzer sind optimistisch, was das diesjährige Wachstum angeht«, gab John weiter, was er auf dem letzten Treffen der Winzervereinigung gehört hatte. »Die Bedingungen für die Trauben, einschließlich Tafeltrauben, sind ausgezeichnet.«

Greta Michaels, zum Gähnen gelangweilt vom Dauergerede über die bevorstehende Ernte, verdrehte die Augen. Sie legte ihr Besteck zusammen und schob ihren Teller von sich. An Lisel gewandt, sagte sie: »Bevor der Nachtisch kommt, pudere ich mir noch schnell die Nase. Kommst du mit?«

Lisel nickte. »Warum nicht?«

Die Frauen überließen die Diskussion den Männern.

Auf dem Rückweg von der Damentoilette warf Lisel, immer auf der Suche nach attraktiven, ungebundenen Männern, einen prüfenden Blick in den Außenbereich des Restaurants. Als sie Carla Hunter und Paul van Leeson entdeckte, die mit etlichen anderen Leuten an einem Tisch hinten an der Wand saßen, blieb sie abrupt stehen. Greta, die direkt hinter ihr war, prallte auf sie drauf.

»Himmel, weshalb stoppst du so plötzlich?«, fragte Greta, während sie einen Schritt rückwärts machte.

Lisel warf ihrer Schwester einen bedeutungsvollen Blick zu, dann nickte sie mit dem Kinn zum Tisch hinüber, an dem Carla saß. Ihre Gesichtszüge verspannten sich, und sie verzog spöttisch den Mund. »Da drüben«, flüsterte sie und deutete in Richtung des Tisches. »Das ist Carla und«, sie sah den Jungen, der neben dem Objekt ihres Zornes saß, »ihr verdammter Sohn. Sie essen zusammen mit Paul van Leeson und den Hilfskräften, so wie die Übrigen da aussehen.«

»Sei nicht so snobistisch, außerdem kann man wirklich nicht sagen, dass Paul eine Hilfskraft ist«, schalt Greta. Sie stellte sich neben Lisel und spähte zu dem Tisch hinüber, auf den Lisel gezeigt hatte. Sie sog scharf die Luft ein, bevor sie leise sagte: »Meine Güte … Du hast recht.«

»Ja«, zischte Lisel verärgert. »Sie sieht wirklich aus wie Mutter. Na und? Wir brauchen keinen Vaterschaftstest, der uns verrät, dass sie mit uns verwandt ist, oder?« Lisels Ton war sarkastisch.

»Die Ähnlichkeit ist verblüffend und … sie ist sehr hübsch.« Gretas Ton verriet, dass sie beeindruckt war. »Ich hatte nicht erwartet, dass sie so … Niemand, weder du noch Luke, hat gesagt, dass sie … so attraktiv ist. Und der Junge sieht genauso aus wie«, ihre Stimme wurde weicher, gefühlvoller, während ihr Blick Lisels dunklen, unergründlichen Augen begegnete, »Kurt.«

»Ich weiß.« Lisels Augen, die in der gedämpften Restaurantbeleuchtung fast schwarz waren, blitzten ihre Schwester an. »Wir sagen Papa nichts davon«, sagte sie entschlossen. »Er wird sofort gehen, wenn er erfährt, dass Rolfes Tochter sich hier im Restaurant amüsiert. Wir wissen doch, wie er über sie denkt.«

»Aber…« Greta zog die Stirn in Falten. Sie hielt nichts davon, dass man ihrem Vater das verschwieg.

»Papa wird wütend, Greta, das weißt du ganz genau.« Lisel machte einen Schmollmund und sagte ungeduldig: »Es wird ihn an alte Zeiten erinnern, an Kurt und Marta, an das, was Rolfe getan hat.«

Gretas Blick pendelte zwischen Carla und Sam und ihrer Familie hin und her. Ihr Gesichtsausdruck gab zu verstehen, dass sie mit Lisel nicht übereinstimmte, aber mit einem tiefen Seufzer ließ sie sich überreden. »In Ordnung.«

Wenn Lisel nicht das auffällige rosa Kleid getragen hätte, hätte Carla sie wahrscheinlich gar nicht bemerkt, aber als sie aufsah, erkannte sie sie sofort. Dann fiel ihr Blick auf die Frau, die hinter Lisel herging. Sie war kleiner und hatte einen anderen Teint, aber die Ähnlichkeit war groß genug, um zu vermuten, dass sie Lisels ältere Schwester Greta war. Dennoch, es war besser, ganz sicher zu sein. Carla berührte Pauls Ärmel, um seine Aufmerksamkeit zu erregen. »Dort drüben in der Nähe der Tür steht Lisel Stenmark. Die andere Frau, ist das ihre Schwester?«

Paul nickte. Sie hatte also richtig geraten. Wie interessant. Carla griff nach ihrem Glas und nahm einen großen Schluck Wein. Sie versuchte, ihre Wut, das Gefühl, dass sie ungerecht behandelt wurde, herunterzuschlucken. Sie waren ihre Blutsverwandten. Doch sie würden sie weder anerkennen noch mit ihr reden. Konzentriert kniff sie die

Augen zusammen und folgte den Frauen an ihren Tisch. Dort saßen Luke und sein Vater – sie kannte John Michaels vom Sehen, obwohl sie nie mit ihm gesprochen hatte – sowie ein Mann mit weißen Haaren. Ein großer Mann mit breiten Schultern, der wahrscheinlich aussah, wie ihr Vater ausgesehen hätte, wenn er über achtzig geworden wäre. Es war ihr Großvater. Carl Stenmark. Der Schock, ihn zum ersten Mal zu sehen, führte dazu, dass Carla den Stiel ihres Weinglases so eng umklammerte, dass es beinahe zerbrochen wäre. Als sie sich etwas beruhigt hatte, trank sie das Glas in einem Zug aus und hielt es Paul entgegen.

»Ich hätte nicht gedacht, dass Sie so trinkfest sind«, sagte Paul, während er ihr Glas auffüllte.

»Ich trinke normalerweise auch nicht viel, aber die da drüben geben mir allen Grund dazu.«

Angie sah zu, wie Paul die Weingläser auffüllte. Sie folgte Carlas Blick und entdeckte nun auch die Stenmarks. O nein! In ihrem Kopf schrillten die Alarmglocken, während sie sich die Situation vergegenwärtigte. Carla war schon bei ihrem dritten Glas Wein. Normalerweise trank sie höchstens mal ein Glas, wenn sie in Gesellschaft war. Dies und die Tatsache, dass sie die Feindseligkeit der Stenmarks ertragen musste, steuerten unausweichlich auf eine Katastrophe zu. Noch ehe sie die Kampfeslust, die in Carlas Augen blitzte, registrierte, ahnte Angie, dass es Ärger geben würde. Carla hatte nicht umsonst rotes Haar und das Temperament ihrer Mutter geerbt, und sie hatte mehr als einmal über die Ungerechtigkeit und Dummheit der Stenmarks ihr und Sam gegenüber gewettert.

Carla leckte den Wein von ihren Lippen und stand auf. »Ich glaube, ich gehe mal eben zu meinen Verwandten rüber.«

»Das ist keine gute Idee.« Angie schüttelte warnend den

Kopf. Sie hatte Carla kennengelernt, als diese zwölf gewesen war, und kannte ihre Launen und ihr leidenschaftliches Temperament nur zu gut. Die Anzeichen von Carlas jetzt aufsteigender Wut waren nicht zu übersehen. Dann strich sie sich nämlich das Haar aus der Stirn, straffte die Schultern, ballte die Hände zu Fäusten und kniff konzentriert die Augen zusammen. O ja. Rolfes Tochter rüstete sich zum Angriff. Und Gott bewahre die Stenmarks davor, wenn sie ihrer Wut freien Lauf ließ.

»Der Kellner wird gleich Sams Kuchen bringen«, versuchte Paul, der intuitiv auf Carlas Stimmung reagierte, sie abzulenken. »Sehen Sie mal, da kommt er.«

Die Leute, die an den anderen Tischen saßen, lächelten zu ihnen herüber. Auch die Loongs freuten sich und stießen Laute der Bewunderung aus, während der Kellner den Kuchen mit den sechs brennenden Kerzen an ihren Tisch brachte.

Durch Sams Kuchen momentan von ihrem Plan abgebracht, widmete sich Carla wieder ihrem Sohn, und alle sangen »Happy Birthday«. Der aufgeregte Sam hatte ein kleines Problem damit, die Kerzen auf einmal auszublasen – er gestattete Su Lee, ihm dabei zu helfen. Danach wurde der Kuchen angeschnitten, und jeder am Tisch erhielt ein Stück.

Angie stieß einen Seufzer der Erleichterung aus. Carla schien die Stenmarks verdrängt zu haben. Aber ihre Heiterkeit war nur von kurzer Dauer. Als die Stenmarks sich von ihrem Tisch erhoben und gehen wollten, erkannte Angie, dass Carla nur auf den richtigen Zeitpunkt gewartet hatte. Ehe Angie noch irgendetwas sagen konnte, sprang Carla auf. Sie schlängelte sich zwischen den Tischen hindurch und ging schnurstracks auf ihre Verwandten zu. Angie und Paul blickten einander besorgt an.

»Das wird nicht gut enden«, prophezeite Angie, machtlos, den Lauf der Dinge zu ändern. Monatelang hatten sie hart gearbeitet und die Haltung der Valley-Bewohner ertragen. Doch all die Beleidigungen und der Ärger hatten sich bei Carla angestaut, und ob es Angie gefiel oder nicht, die Stenmarks würden jetzt dafür büßen müssen.

»Wenn Sie möchten, mische ich mich ein«, erbot sich Paul, »aber ich muss sagen, ich habe Verständnis dafür, bei dem, was Sie beide durchgemacht haben.« Angie nickte dankbar, und Paul stand auf und folgte Carla. Zurückhalten konnte er sie jedoch nicht mehr.

Lisel sah als Erste, wie Carla auf sie zusteuerte. Dramatisch hob sie die Hände und rief, als hätte sie Carla gerade erst gesehen: »Meine Güte, schaut mal, wer hier ist! Ich werde mal eben mit dem Oberkellner reden. Der gute Ruf des Restaurants wird darunter leiden, wenn er *jeden* hier reinlässt.«

»Und auch dir einen guten Abend, *Tante* Lisel.« Sie würde sich durch Lisels Sarkasmus nicht aus dem Konzept bringen lassen, schwor Carla sich. Die ungewohnten Weinmengen, die sie getrunken hatte, schwemmten ihre Vorsicht weg. Sie wandte sich an Luke. »Du bist auch hier, Luke. Wie schön. Und wie ich sehe, sind sämtliche Stenmarks heute Abend hier vertreten.«

»Hallo, Carla«, antwortete Luke leise. Er musterte sie eindringlich, und sein Ausdruck verriet, dass er besorgt darüber war, was sie tun oder sagen könnte.

Lisel stellte sich direkt vor Carla, als müsse sie ihren Vater schützen, der sich umgedreht hatte, um John Michaels zum Ausgang zu folgen. Sie schaute ihre Nichte hasserfüllt von oben bis unten an und blickte abschätzig auf ihre Kleidung. »Vielleicht siehst du wie eine Stenmark aus, und einige Leute haben dir das sicher auch schon gesagt, aber du bist keine Stenmark«, keifte sie.

»Vom rechtlichen Standpunkt aus gesehen hast du unrecht«, gab Carla zurück. »Du, ich und alle Leute im Valley wissen, dass das gleiche Blut in unseren Adern fließt und dass das, was meinem Vater vor so vielen Jahren passiert ist, nichts mit mir oder meinem Sohn zu tun hat.« Sie wandte sich ihrer anderen Tante zu. »Mein Vater hat ein Tagebuch geschrieben, in dem er sich lobend über dich geäußert hat, Tante Greta. Er sagte, du wärst sehr fair und vernünftig. Wenn das stimmt, wirst du sicherlich erkennen, wie überholt und dumm dieser«, sie suchte nach einem passenden Wort, »Streit ist.«

Als sie Lisels gehässigen Blick sah, biss Carla die Zähne zusammen und streckte Greta die Hand hin. »Tante Greta, ich bin Carla.« Sie lächelte, als die völlig überrumpelte Greta spontan reagierte und ihre Hand schüttelte, war jedoch nicht weiter überrascht, dass sie stumm blieb. Carlas herausfordernder Blick wanderte von einem Stenmark zum anderen, bis er auf ihren Großvater fiel, der mit dem Rücken zu ihr stehen geblieben war. In ihrer Stimme lag ein flehender Unterton, als sie sagte: »Großvater ...«

Carl drehte sich um. Innerhalb von wenigen Sekunden änderte sich sein Gesichtsausdruck von Überraschung zu Verblüffung – die Ähnlichkeit seiner Enkelin mit Anna Louise war unverkennbar. Als er die Kontrolle wiedererlangte, erstarrte sein Gesicht zu einer undurchdringlichen Maske. Seine vor Zorn weit geöffneten blauen Augen, die sich in Carlas Augen widerspiegelten, bohrten sich in ihre. Eine Ewigkeit verging – in Wirklichkeit nur ein paar Sekunden –, während derer er seine Enkelin fixierte. Sein Kopf ruckte ablehnend hin und her – wortlos wies er sie ab.

»*Großvater*«, sagte Carla erneut. Diesmal hatte sie nicht den Mut zu lächeln.

»Wie kannst du es wagen, ihn einfach anzusprechen?«, zischte Lisel sie außer sich vor Zorn an. »Bist du so dickhäutig oder dämlich, dass du nicht erkennst, dass er nichts mit dir zu tun haben will?«

»Erst wenn mein Großvater mir das selbst sagt, dann glaube ich ihm.« Carla zeigte auf Lisel. »Aber wenn du es sagst, glaube ich dir kein Wort.«

»Du dumme Kuh. Nennst du mich etwa eine Lügnerin?«

Paul, der hinter Carla stand, legte besänftigend die Hände auf ihre Schultern, falls es zu einem Handgemenge kommen sollte.

»Lisel, Carla«, versuchte Luke die beiden Frauen zu beruhigen. »Dies ist weder der Zeitpunkt noch der Ort für eine derartige Diskussion.«

»Stimmt«, erwiderte Carla. Trotzig hob sie das Kinn, und sie sagte zu Luke. »Nenn mir den Zeitpunkt und den Ort...«

Jetzt endlich redete Carl Stenmark. »Genug! Auf der Stelle!« Er ließ seinen Blick über Carla schweifen. »Ich weiß, wer du bist. Ein unverschämter Emporkömmling, der sich etwas vormacht. Du glaubst, dass das Barossa Valley dein neues Zuhause ist und du hier willkommen bist.« Seine Stimme, die gebieterisch und laut sein konnte, übertönte alle anderen. »Mein Enkel hält dich für intelligent.« Sein Blick schweifte zu Luke und dann wieder zu Carla. »Ich glaube nicht, dass das stimmt. Ein intelligenter Mensch weiß, wann er vorwärtsgehen oder sich zurückziehen muss, wie man Schadensbegrenzung betreibt und weiter vorankommt.« Um seinen Worten Nachdruck zu verleihen, zeigte er mit dem Zeigefinger auf sie. »Es wurde bereits angedeutet, dass du im Valley nicht akzeptiert wirst, und es ist lediglich eine Frage der Zeit, bis dein jämmerliches Unternehmen scheitert und du bankrott bist. Wenn du jetzt gehst, könntest du wahrscheinlich noch einiges retten. Wenn du bleibst, wirst du alles verlieren.«

»Ganz ruhig, Carl«, mischte Paul sich vermittelnd ein. »Ich finde, das klingt sehr bedrohlich.«

»Halten Sie sich da raus.« Carl starrte den Architekten herrisch an. »Das geht Sie gar nichts an. Kümmern Sie sich um das, worin Sie gut sind, Paul, den Bau von Häusern und Weinkellereien, und nicht um die Lokalpolitik.«

»Ich bin die Tochter deines Sohnes Rolfe. Bedeutet dir das denn gar nichts?« Zu ihrer Schande gelang es Carla nicht, den flehenden Ton in ihrer Stimme zu unterdrücken. Sie näherte sich ihrem Großvater, bis sich beide nahe gegenüberstanden. Dann bemerkte sie, dass Paul ihr gefolgt war und dass seine Hände noch immer leicht auf ihrer Schulter lagen. Irgendwie, dachte sie, und der Gedanke bohrte sich in ihr Unterbewusstsein, war es tröstlich, dass er da war und ihr beistand.

Für einen kurzen Moment konnten Carla und ihr Großvater den Blick nicht voneinander lösen. In den Tiefen seiner Augen sah Carla die Sorgen, den Schmerz, den die Erinnerung mit sich brachte, und die Ungewissheit, und schließlich verzog er den Mund, und seine Augen wurden hart. Er richtete sich zu seiner vollen Größe auf. Er war größer als Luke und fast genauso groß wie Paul. Eine beeindruckende Gestalt. Seine Gesichtszüge waren wie aus Stein gemeißelt, während er sie unversöhnlich zurückwies.

»Ich hatte nur *einen* Sohn«, dröhnte er mit tiefer, strenger Stimme. »Er hieß Kurt. Er ist vor langer Zeit gestorben.« Damit schickte er sich zum Gehen an.

Über alle Maßen verletzt, schlug Carla auf die einzige

Art und Weise, die sie kannte, zurück, nämlich mit Worten. »Vorhin hast du das Wort jämmerlich benutzt. Ich glaube, dass dieses Wort genau auf dich zutrifft, *Großvater*. Du und deine Ansichten sind jämmerlich, und ob du es gut findest oder nicht, ich bin deine Enkelin, und ich werde niemals verleugnen, dass ich mit dir verwandt bin. Dass du dich aus Gründen, die archaisch und äußerst fragwürdig sind, weigerst, mich anzuerkennen, musst du mit deinem Gewissen ausmachen.« Irgendwie gelang es ihr, ein schwaches Lächeln aufzubringen. »Aber das wird wahrscheinlich nicht schwierig für dich sein. Ich habe schon gehört, dass die Stenmarks kein Gewissen haben.« Carla verspürte nur wenig Genugtuung darüber, dass sie mit dieser Bemerkung genau ins Schwarze getroffen hatte. Carl, der sich erneut zu ihr umgedreht hatte, konnte den Schmerz in seinen Augen nicht schnell genug verbergen.

»Du hast wirklich Nerven, so mit meinem Vater zu sprechen«, zürnte Lisel. Sie hob die Hand, aber bevor sie zuschlagen konnte, packte Luke sie am Handgelenk, drückte es seitlich an ihren Körper und hielt es dort fest.

»Hört jetzt auf.« Lukes Blick richtete sich auf Carla. »Und du auch.« Der Familienstreit war zu einem öffentlichen Auftritt geworden. Alle Anwesenden – sowohl Gäste als auch Kellner – beobachteten sie und lauschten ihren Worten, obwohl sie vorgaben, es nicht zu tun. »Wie ich schon gesagt habe, dies ist weder der Zeitpunkt noch der richtige Ort dafür.«

»Dem stimme ich zu«, sagte Paul und nickte Luke verschwörerisch zu.

Sam, der den Streit gesehen und mit angehört hatte, eilte zu seiner Mutter. Er zog an ihrem Rock und stellte sich vor sie hin. »Mum, bist du okay? Was ist los?«

Sams Angst ließ Carla erkennen, dass der Streit öffentlich geworden war. Sie schluckte die aufkommenden Tränen der Enttäuschung herunter und hob ihren Sohn in die Höhe, um ihn zu beruhigen und damit die Stenmarks ihn sehen konnten. Zum Teufel mit euch allen, schwor sie sich im Stillen. Wenn sie sie nicht akzeptieren wollten, würde Carla sie ebenfalls nicht akzeptieren. Wer brauchte sie denn überhaupt? Es waren kaltherzige Menschen, mit Ausnahme von Tante Greta.

»Es ist okay, Sam, du brauchst dir um nichts Sorgen zu machen.« Sie drückte seinen kleinen Körper an sich. »Wir gehen jetzt wieder an unseren Platz und essen den Kuchen auf, okay?« Entschlossen hob sie ihr Kinn. Carl Stenmarks Worte und die Tatsache, dass er sie und ihren Sohn zurückgewiesen hatte, verletzten sie mehr, als sie gedacht hatte. Aber sie würde ihnen niemals die Genugtuung geben zu sehen, wie tief ihr Schmerz war. Die Worte ihres Großvaters hallten in ihrem Kopf wider – ›Wenn du jetzt gehst, könntest du wahrscheinlich noch einiges retten. Wenn du bleibst, wirst du alles verlieren.‹ Auf keinen Fall würde sie gehen. Sie, Sam und Angie würden hierbleiben und erfolgreich sein. Selbst wenn sie dabei draufgehen würde.

Carl sah, wie sich seine Enkelin auf dem Absatz umdrehte und an van Leeson vorbei an ihren Tisch zurückging. Ihr Rücken war kerzengerade und ihr Kopf hoch erhoben. Einen Moment lang kam es ihm so vor, als wäre Anna Louise wieder bei ihm. Wie eine Fessel legte sich der Schmerz um sein Herz und schnürte es so ein, dass es fast unerträglich war.

Carla war ihrem Vater so ähnlich. Stolz, impulsiv, eigensinnig. Er wusste, dass die Tatsache, dass er Carla und ihren Sohn zurückgewiesen hatte, seine Enkelin tief verletzt hatte. Aber er wusste auch, dass sie keinem von ihnen zeigen würde, wie tief die Wunde war. Er und Rhein-Schloss brauchten ihre Anwesenheit im Valley nicht, aber sein Instinkt und seine langjährige Erfahrung sagten ihm, dass Rolfes Tochter nicht freiwillig gehen würde. Sie müsste dazu gezwungen werden. Er stieß einen leisen, knurrenden Laut aus, während er auf den Ausgang zuging. Die Würfel waren gefallen. Und das war gut so.

12

Kim verstaute die Reste von Trans Lieblingsessen in einen Plastikbehälter und schloss den Deckel. Sie stellte die Dose in den Kühlschrank und machte das Licht in der Küche aus. Nach der Arbeit war Tran zwei Abende hintereinander nicht nach Hause gekommen und hatte auch nicht mit ihnen zu Abend gegessen. Das war äußerst seltsam, da er sein Essen liebte, besonders dann, wenn es heiß und frisch war. Etwas war passiert, sie spürte es. Ihr Bruder war ein verschlossener Typ, und in den letzten beiden Wochen hatte er sein Verhalten geändert. Er beendete seine Arbeit auf dem Weingut so früh wie möglich, duschte und zog sich um. Dann brauste er auf seinem Motorrad davon, ohne zu sagen, wohin er fuhr, und kam erst spät nach Hause, manchmal sehr spät. Meistens war er dann sehr schlecht gelaunt.

Tran war vor einiger Zeit neunzehn geworden und betrachtete sich seitdem als Mann, der seiner älteren Schwester nicht mehr zu sagen brauchte, wohin er ging und was er tat – so viel war klar. Ebenfalls klar für sie war, was er tat. Sie erkannte die Zeichen, die sie schon bei ihrem Vater gesehen hatte, als sie noch ein Kind gewesen war. Er spielte. Und sein Beitrag zu ihren Ersparnissen wurde immer geringer. Dafür hatte er stets eine Ausrede parat. Er sagte, dass er unvorhergesehene Ausgaben hätte, das Motorrad brauche ein neues Ersatzteil, er hätte eine Freundin, er benötigte neue Kleidung.

Kim war ziemlich sicher, dass er keine Freundin hatte, aber sie hätte es lieber gesehen, wenn in Trans Leben eine Frau gewesen wäre, anstatt von Glücksspielen besessen zu sein. Sie wusste, wie schwer das Leben sein konnte, wenn man von der Sucht besessen war, wie ihr Vater es gewesen war. Einmal, als er seine Schulden nicht begleichen konnte, waren Schläger auf die Farm gekommen, hatten ihn aus der Hütte gezerrt und ihn verprügelt, bis er fast tot war. Sie konnte sich noch gut daran erinnern. Ihre Mutter und die älteren Kinder mussten daraufhin die Arbeit auf der Farm übernehmen, und Kim hatte das Familienoberhaupt wieder gesund gepflegt. Den Zustand ihres Vaters, seinen Unmut darüber, dass er verletzt war, und die Belastung, die auf der Familie gelegen hatte – all das würde sie niemals vergessen. Ihr Mund zog sich zusammen, während sie sich dazu zwang, ihre Erinnerungen zu verdrängen. Das Gleiche würde sie mit Tran nicht noch einmal durchmachen, dessen war sie sich ganz sicher. Tran, Su Lee und sie waren schon zu weit gekommen. Sie hatten den Schmerz erfahren, der mit der Trennung von ihrer Familie verbunden gewesen war, und hatten alles aufs Spiel gesetzt, um in einem neuen Land ein neues Leben zu beginnen. Sie würde nicht zulassen, dass die Schwäche ihres Bruders ihre Zukunft zunichtemachen würde.

Kim ging durch den Wohnwagen, um nach Su Lee zu sehen. Ihre Schwester schlief fest auf ihrer Seite des Doppelbettes und hielt das Buch, das sie gelesen hatte, immer noch in der Hand. Kim lächelte, während sie ihr das Buch vorsichtig wegnahm und es auf den Nachttisch legte. Das kleine Mädchen konnte sich glücklich schätzen, denn es konnte zur Schule gehen, dachte sie liebevoll. Su Lee brachte gute Leistungen, sie lernte gerne und war äußerst wissbegierig. Bereits jetzt träumte sie davon, was sie später einmal werden würde. Aber – Kim unterdrückte ein Gähnen, während ihre Gedanken zu ihrem gegenwärtigen Problem zurückkehrten – was würde mit Tran geschehen?

Als sie ausgewandert waren, um einen Neuanfang zu machen, hatte sie sich ein Versprechen gegeben, von dem sie niemals abweichen würde. Das Leben würde anders werden, besser, als es in ihrem kleinen Heimatdorf und in Saigon gewesen war. Wäre sie immer noch eine Gefangene in dem Bordell oder würde auf den Straßen von Saigon leben, wäre sie wahrscheinlich inzwischen drogensüchtig, in Korruption verstrickt oder krank. Schwester Dinah Sherwood, eine australische Nonne mittleren Alters und Krankenschwester, hatte ihr Leben und letzten Endes ihren Verstand gerettet. Sie leitete ein Heim für Waisen- und Straßenkinder, das auf internationale Spenden und Almosen angewiesen war. Schwester Dinah gab den Kindern Kleidung, Nahrung und eine Ausbildung, kurzum eine Chance auf ein besseres Leben.

Als sie siebzehn war, hatte eine Gang von Drogenabhängigen Kim zusammengeschlagen, weil sie ihnen kein Geld oder irgendetwas Wertvolles geben konnte, und sie in einer müllverseuchten Gasse zurückgelassen, wo sie bestimmt gestorben wäre – wenn Schwester Dinah sie nicht gefunden und mit ihrem Kombi ins Waisenhaus gebracht und dort gesund gepflegt hätte. Das Leben auf der Straße hatte Kim verwildern lassen, und Schwester Dinah hatte Monate gebraucht, um mit ihrer sanften Art Kims Misstrauen zu durchbrechen und sie dazu zu bringen, dass sie sich öffnete und ihre Geschichte erzählen konnte.

Dankbar für die Hilfe der Schwester, war Kim im Waisenhaus geblieben und hatte der Nonne und ihrem kleinen Kreis von Angestellten geholfen. Sie hatten ihr Englisch beigebracht, das sie nach einiger Zeit sprechen, lesen und schreiben konnte, und Schwester Dinah hatte sie ermutigt, wieder Kontakt zu ihrer Familie aufzunehmen und bei der australischen Botschaft einen Antrag auf Auswanderung nach Australien zu stellen. Kim hatte auch Tran und Su Lee in ihren Antrag aufgenommen. Die Bearbeitung und Genehmigung des Antrags hatte vier Jahre gedauert. Aber schließlich hatten sie es geschafft, was Schwester Dinahs hartnäckigen Bemühungen bei der australischen Einwanderungsbehörde zu verdanken war. Jetzt waren sie hier, und sie hatte den Wunsch, dass ihr Leben erfolgreich verlaufen würde, und wollte sämtliche Erinnerungen an ihre schlimme Vergangenheit hinter sich lassen.

Seufzend schlug sie die Laken zurück und legte sich ins Bett. Sie war zu müde, um auf Tran zu warten. Sie würde am nächsten Morgen mit ihm reden. Jetzt, wo Carla dabei war, das Weingut wieder aufzubauen, würde alles gut für sie werden. Sie hatten ein Dach über dem Kopf und eine Arbeit, ihre Ersparnisse wuchsen, und Su Lee ging in die Schule. Sie machte das Licht aus, aber dann starrte sie mit weit geöffneten Augen in die Dunkelheit. Sie würde Tran niemals erlauben, ihr Leben zu ruinieren, dafür stand zu viel auf dem Spiel. Seufzend drehte sie sich auf die Seite und schlief ein.

Kim schrie im Schlaf laut auf, und Su Lee schüttelte so lange ihre Schulter, bis sie aufwachte.

»Du hattest wieder diesen bösen Traum, nicht wahr?«, flüsterte Su Lee. Sie umarmte ihre Schwester, als würde das die Dämonen vertreiben.

»Ist schon okay«, beruhigte Kim sie. »Leg dich wieder hin.« Sie wartete, bis Su Lee wieder tief und ruhig atmete, aber nun konnte sie nicht mehr einschlafen. Sämtliche Einzelheiten im Zusammenhang mit ihrer Entführung waren in dem Albtraum erneut hochgestiegen. Blicklos starrte sie in die Dunkelheit, und die Erinnerungen kamen mit Macht wieder …

Als sie sich eingelebt hatte, wurde sie von Tuen, ihrem Entführer, den anderen Frauen und Kindern vorgestellt, die alle unterschiedlich alt waren und in seinem Bordell lebten. Fast ein Jahr lang arbeitete Kim in der Küche und reinigte die Schlafzimmer, bis sich ihr Körper langsam entwickelte. Eine Träne lief über ihre Wange, als sie sich an ihre »Initiation« in die Intimitäten zwischen Mann und Frau erinnerte, und ihre Wangen röteten sich vor Scham und Verlegenheit.

Tuen hatte eine riesige Prämie erhalten, als er einem Kunden eine »Jungfrau« präsentiert hatte, und damit lernte Kim die Wirklichkeit im Bordell kennen.

Als sie zum ersten Mal wegrannte, war sie zwölf. Sie hatte den Zeitpunkt gut geplant und verschwand, als Tuen und zwei seiner Handlanger auf Geschäftsreise waren. Sie irrte drei Tage lang umher, und ab und zu trampte sie auch, um zur Farm ihrer Eltern zurückzugelangen, wo sie jedoch nicht willkommen war. Darüber war sie bitter enttäuscht und traurig. Ihre Mutter eröffnete ihr, sie könne nicht bleiben, und ihr Vater glaubte, dass Tuen zuerst auf der Farm nach ihr suchen würde und dass er ein schlechter Mann sei und der Familie großen Schaden zufügen würde, wenn er sie hier finden würde. Als hätte sie das nicht gewusst!

Es war schwer für sie, dass ihre Eltern sie zurückwiesen. Zwei Tage später entdeckten Tuens Handlanger sie auf der Straße und nahmen sie wieder mit. Erneut wurde sie geschlagen und musste so lange Hunger leiden, bis sie gefügig war. Tuen warnte sie, dass er sie, wenn sie noch mal weglaufen würde und er sie erneut aufgreifen würde, genau wie Nhat und Su Mai zu einem Junkie machen würde und dass sie, wenn sie erst einmal drogensüchtig war, keinen Willen mehr verspüren würde, ihm zuwiderzuhandeln.

In dem dunklen Wohnwagen setzte Kim sich auf, zog die Beine an und legte die Arme um die Knie. Sie versuchte die Vergangenheit zu verdrängen, aber die Erinnerungen hatten sich tief in ihr eingegraben. Als sie vierzehn war, wusste Kim, dass sie sich auf ihre nächste Flucht besser vorbereiten musste. Sie lebte fast ausschließlich im Bordell, nur ab und zu durfte sie mal in die Stadt gehen. Jeden Tag sah sie mit an, was das Leben im Bordell mit den Frauen machte und wie sehr sie dadurch demoralisiert und letzten Endes zerstört wurden. Mit dreißig sahen die meisten Frauen wie fünfzig aus, ähnlich wie die alte Frau, die sie damals hierher gebracht hatten. Fast die Hälfte der Frauen waren drogensüchtig, und der Rest konnte kaum einen intelligenten Satz zusammenkriegen.

Kim war klug genug, um zu begreifen, dass sie ein ähnliches Schicksal ereilen würde, wenn ihre Flucht scheiterte. Sie brauchte ein Jahr, um sie zu planen und auszuführen. Als Erstes musste sie sich entscheiden, wohin sie wollte. Wie sie gehört hatte, war Saigon eine große Stadt, und man konnte sich leicht dort verstecken. Sie brauchte unbedingt Geld, um Leute zu bestechen und zu überleben. Das war die schwierigste Aufgabe, weil Tuen den Prostituierten nur einen Hungerlohn zahlte. Ferner musste sie ihr Aussehen verändern, damit Tuens Männer, die er ausschicken würde, um sie zu finden und zurückzubringen, sie nicht erkennen würden. Und… wenn sie bei diesem Versuch scheiterte, wäre alles verloren.

Das Schicksal meinte es endlich gut mit Kim, denn ihre Flucht gelang. Das Leben auf den Straßen von Saigon war jedoch hart, fast genauso hart wie im Bordell. Sie schlug sich mit Schläue durchs Leben, lernte, wie man stiehlt, lügt, kämpft und überlebt, bis Schwester Dinah sie fand und ihr zeigte, wie ein gutes Leben aussehen konnte.

Sie war jetzt hellwach und hielt die Tränen zurück, die bei diesen Erinnerungen hochkamen. Dann hörte sie, wie Tran mit seinem Motorrad in den Hof fuhr und den Motor abstellte. Sie spähte auf die Uhr auf dem Nachttisch. Es war 1.35 Uhr. Sie stieg aus dem Bett, tapste durch den Wohnwagen und sah, wie Tran gerade die Kühlschranktür öffnete, um sein Abendessen zu suchen.

»Wo warst du?«

Statt ihre Frage zu beantworten, sagte er verärgert: »Ich bin kein Kind mehr. Ich gehe, wohin ich will.« Er setzte sich hin, ignorierte sie und verschlang gierig das kalte Essen aus dem Behälter.

»Du spielst, ich weiß, dass du das tust. Das muss sofort aufhören.« Kim setzte sich ihm gegenüber an den kompakten Einbautisch. »Du bist genau wie unser Vater, aber ich erlaube dir nicht, dass du alles, was wir haben, ruinierst, indem du dich so töricht benimmst.«

»Töricht!« Er funkelte sie streitlustig an. »Du wagst es, mich töricht zu nennen!« Wütend streckte er seine Brust raus. »Ich bin erwachsen, und mein Geld gehört mir. Ich habe es selbst verdient. Du«, er stocherte mit seinem Stäbchen in die Luft, »kannst mich nicht aufhalten, Schwester.«

Das Traurige war, sie wusste, dass er recht hatte. Sie konnte ihn nicht aufhalten. Ihre Mutter hatte versucht, die Glücksspiele ihres Vaters einzuschränken, mit dem Resultat, dass er sie schlug. Schließlich hatte Chou Loong tatsächlich aufgehört zu spielen aus Angst, dass er in den Ruin getrieben würde, wenn er weiterhin verlieren würde. Der Spieldrang war jedoch nach wie vor da und machte aus ihm einen unglücklichen, launischen Mann. Sie erinnerte sich, wie zornig und frustriert er gewesen war und dass er es oft an seiner Familie ausgelassen hatte.

Sie blickte an Tran vorbei aus dem Fenster. Draußen war es völlig finster, aber in dieser Dunkelheit standen die Rebstöcke, die mit prallen Früchten beladen waren. Sie würde nichts bei Tran erreichen können angesichts seiner aufgeblasenen Selbstgefälligkeit und seiner schlechten Laune. Also lenkte sie ihre Gedanken auf die bevorstehende Ernte. Es waren lediglich noch ein paar Tage bis dahin, und Carla und Angie brauchten jede erdenkliche Hilfe, auch Trans. Jetzt war nicht die Zeit dafür, ihn auf sein Problem anzusprechen oder ihm zu sagen, dass er, wenn er nicht aufhören würde zu spielen, alleine in der Welt zurechtkommen müsse. Es würde sie tieftraurig machen, ihrem Bruder ein solches Ultimatum zu stellen, denn sie hatten in den letzten Jahren eine Menge durchgemacht. Aber es musste sein. Tran musste entscheiden, was für ihn wichtig war, das Glücksspiel oder seine Familie. Doch jetzt würde sie erst einmal damit warten, bis die Ernte vorüber war.

Ohne ihm zu antworten, eine Taktik, die ihn ärgern würde, weil Tran es hasste, ignoriert zu werden, stand sie auf, ging wieder in ihr Bett, zog aber vorher demonstrativ die Vorhänge vor die Nische.

»Du bist heute Abend sehr nachdenklich«, stellte Josh fest. Sein Blick ruhte auf Carla, die ihm am Esszimmertisch gegenübersaß. Nur Carla, Josh und Sam waren heute zum Abendessen da gewesen. Angie war schon früher gegangen, weil sie zu einem Treffen in der Stadt musste, und nach dem Essen war Sam davongerannt, weil er mit Su Lee spielen wollte, bis es dunkel wurde.

Sie schaute ihn an, dann wandte sie den Blick ab. »Findest du? Tut mir leid. Ich denke dauernd an die Ernte. Sie fängt in ein paar Tagen an.« Carla achtete darauf, dass sie ihm ein bedauerndes Lächeln schenkte.

Sie wusste, warum sie so wortkarg war. Tagelang, ja sogar seit Wochen hatte sie versucht, eine Lösung zu finden, wie sie Josh am besten sagen konnte, dass sie nicht mehr mit ihm ausgehen wollte. Sie waren mehr als ein Dutzend Mal miteinander ausgegangen, und überraschenderweise hatte sich Josh gut benommen. Sie hatte erwartet, dass er sie nach der zweiten Verabredung anbaggern würde, was er jedoch nicht getan hatte. Wenn es so gewesen wäre, wäre es leichter für sie gewesen, aber im Grunde war er ein beinahe perfekter Gentleman gewesen. Sie fühlte sich allerdings keineswegs von ihm angezogen, und sie glaubte auch nicht, dass das jemals der Fall sein würde. Mehr als Freundschaft war für sie nicht drin.

Trotzdem hatte sie sich aus eigennützigen Motiven weiterhin mit ihm getroffen. Sam und Josh kamen nämlich wunderbar miteinander aus. Sie hatte oft Schuldgefühle, weil ihr Sohn kein männliches Vorbild hatte, zu dem er aufschauen konnte und das ihm Dinge beibringen konnte. Paul, der Sundown Crossing regelmäßig einen Besuch abstattete und gerne mit Sam Ball spielte, war in dieser Hinsicht natürlich auch ganz nützlich. Sie wusste, dass es Josh gegenüber nicht fair war, sich weiterhin mit ihm zu treffen.

»Ich rufe Sam besser rein. Es wird schon dunkel, und er muss vor dem Schlafengehen noch baden.« Sie lachte kurz, während sie aufstand und auf die Hintertür des Cottages zuging. »Er wird alles Mögliche tun, um dem zu entrinnen.«

»Ein typischer Junge«, sagte Josh grinsend. »Als ich heranwuchs, musste Mum sechs kleine Kinder baden und füttern. Manchmal vergaß sie mich, weil sie sich um all die anderen kümmern musste. Dadurch konnte ich mich manchmal zwei oder drei Tage um das Baden herumdrücken.«

Carla verschwand auf der hinteren Veranda und rief nach ihrem Sohn, der nach einer Weile widerwillig antrabte, dann aber ohne nennenswerten Protest im Badezimmer verschwand.

In den letzten Monaten hatte sie ziemlich viel über Joshs Kindheit erfahren. Er war auf einer Apfelfarm in Tasmanien aufgewachsen und war der zweitjüngste von sechs Söhnen gewesen. Er hatte schon früh geheiratet, aber die Ehe war bereits nach zwei Jahren geschieden worden. Er war in Australien herumgereist und hatte etliche Jobs gehabt. Unter anderem hatte er in einem Bergwerk gearbeitet und als Rausschmeißer für einen Nachtclub in Melbourne. Er hatte ständig seine Jobs gewechselt, aber jetzt lebte er schon einige Jahre im Barossa Valley.

Ihr Vater hätte Josh als ungeschliffenen Diamanten bezeichnet, da er zwar keine besondere Bildung genossen, aber jede Menge Lebenserfahrung hatte. Er versuchte, sich anzupassen und die rauen Kanten seiner Persönlichkeit abzuschleifen. Er hatte viel über Rhein-Schloss geredet, und sie wusste, dass er in der Firma vorankommen wollte. Sie kannte ihn nun gut genug, um zu sehen, dass er einen skrupellosen, berechnenden Charakterzug hatte, wenn er unbedingt etwas wollte. Noch ein Grund dafür, dass sie auf den richtigen Moment wartete. Sie wollte ihn auf diplomatische Weise abwimmeln. Instinktiv wusste sie, dass er ein erbitterter Feind sein könnte. Und davon gab es weiß Gott bereits genug im Valley.

Erst als sie Sam ins Bett gebracht hatte und sie gemeinsam im Wohnzimmer auf dem Sofa saßen und sich ein langweiliges Fernsehprogramm ansahen, begann Carla mit ihrer Rede. Es sollten höchst peinliche Momente werden.

»Das Dinner war großartig«, kam Josh ihr zuvor. »Ich bekomme nur selten ein selbstgekochtes Essen. Ich lebe alleine und mache mir keine großen Gedanken übers Kochen.«

»Hm, vielen Dank, Josh ...«, begann sie vorsichtig. »Ich möchte dir etwas sagen. Es ist nicht einfach für mich, aber es muss gesagt werden.«

Er sah sie an, und sein Gesicht wurde ernst. »Das scheint ziemlich wichtig zu sein.«

»Es geht um uns beide.«

Er grinste sie an, und sein Körper entspannte sich zusehends. »Dann ist es wichtig.«

»Nein. Nun, vielleicht. Siehst du, ich denke ...«, sie atmete tief durch. »Wir können uns nicht mehr sehen. Ich möchte keine feste Beziehung mit dir.«

Joshs Gesicht wurde knallrot, und verwirrt runzelte er die Stirn. »Was willst du damit sagen, du möchtest keine Beziehung mit mir?« Sein Ton wurde aggressiv. »Haben wir nicht schöne Zeiten und Spaß miteinander gehabt? Sam mag mich. Ich dachte, du ...« Er hielt inne, schluckte und ging zum Angriff über. »Ich habe dich nie angerührt. Er zuckte demonstrativ die Schultern. »Was ist los?«

Carla hatte nicht mit seinem Wutanfall gerechnet. In der einen Sekunde konnte er ganz ruhig sein, in der nächsten bekam er einen Wutanfall – wie vor einiger Zeit in einem Restaurant, als die Rechnung nicht schnell genug kam. Obwohl er sich später entschuldigt hatte, war die Situation ziemlich peinlich gewesen. »Ich möchte deine Gefühle nicht verletzen, Josh. Es hat auch nichts mit dir zu tun, sondern mit mir.«

Er stand auf, schritt zweimal über den Teppich und stellte sich dann direkt vor sie. »Ich verstehe. Ich bin dir nicht gut genug. Du bist schließlich eine Stenmark.« Er verengte die Augen zu Schlitzen und musterte sie finster. »Das ist es doch, habe ich recht?«

»Das ist es ganz und gar nicht.« Verdammt noch mal, sie hatte geahnt, dass es, dass er schwierig sein würde. Sein Stolz war verletzt, und er hatte das Gefühl, dass sie ihn beleidigt hatte. »Josh, versuch bitte zu verstehen. Ich habe keine partnerschaftlichen Gefühle für dich, und es ist falsch, dich in dem Glauben zu lassen, dass das eines Tages so sein wird. Aber ich hoffe, dass wir dennoch Freunde bleiben können.«

»Freunde!« Sein Lachen klang hohl, und sein Gesicht war vor Zorn verzerrt. »Ich wollte keine Freundschaft mit dir, Carla. Ich wollte mehr als das. Und ich war bereit zu warten.« Vorwurfsvoll deutete er mit dem Finger auf sie. »Du … du hast mir etwas vorgemacht. Du hast mich in dem Glauben gelassen, dass ich, wenn ich mich gut benehme, eines Tages mehr von dir kriegen würde als nur einen einfachen Gutenachtkuss.«

Jetzt wurde auch sie wütend. Sie stand auf, und die Hände auf die Hüften gestützt, baute sie sich vor ihm auf. »Ich habe dir keinesfalls etwas vorgemacht, Josh, das weißt du ganz genau.« Er konnte nur schwer mit der Abweisung umgehen, das hätte sie eigentlich wissen müssen. Daher war es am besten, die ganze Sache nicht noch hinauszuzögern. »Du gehst jetzt besser. Und zwar sofort.«

»Aha, du setzt mich also wieder einmal vor die Tür.« Er grinste sie spöttisch an. »Okay, ich verschwinde, aber zuerst will ich eine Gegenleistung dafür, dass ich so oft mit dir ausgegangen bin.«

Bevor sie erkannte, was er vorhatte, packte er sie und zog sie in seine Arme. Sein Griff war erstaunlich stark, und es war unmöglich, sich von ihm loszureißen. Ihre Brüste wurden an seinen Oberkörper gedrückt, ihre Arme an ihren Seiten festgeklammert. Er presste seinen Mund hart auf ihren. Sein Kuss war als Strafe und als Beleidigung gedacht. Grob fuhr er mit seiner Zunge zwischen ihre Zähne. Sie schnellte in ihren Mund und durchforstete gierig jeden Winkel. Es war nicht möglich für Carla, sich zu wehren, obwohl sie es einige Augenblicke verzweifelt versuchte, bis ihr klar wurde, dass ihn das nur noch mehr erregte. Daraufhin erschlaffte sie und reagierte gar nicht mehr.

Als er fertig war, schubste er sie von sich, und sie wischte sich voller Ekel den Mund ab. »Ich habe dich gebeten zu gehen. Und zwar sofort. Ich möchte nicht, dass du noch mal hierherkommst, Josh.«

Dann begriff sie mit einem Mal, dass sein jetziges Benehmen den wahren Josh Aldrich gezeigt hatte. Der andere Josh, der höfliche, interessante, rücksichtsvolle Josh war eine Illusion gewesen, nur dazu bestimmt, sie zu beeindrucken. Dessen war sie sich plötzlich ganz sicher. Bis zum heutigen Abend hatte er sie getäuscht und die Rolle des netten Typen gespielt. Und sie hätte darauf reagieren und auf ihn reinfallen können! Gott sei Dank war das nicht geschehen.

»Verdammt, verschwinde endlich aus meinem Haus...«

»Ich gehe.« Mit unkontrollierter Wut schleuderte er ihr die Worte entgegen. Er nahm seine Jacke und warf sie über die Schulter. Dann musterte er sie von oben bis unten und versuchte nicht einmal, seine Erregung zu verbergen. »Glaub bloß nicht, dass ich mit dir fertig bin, Carla.«

Er knallte die Tür hinter sich zu, so dass die Fensterscheiben klirrten. Carla ließ sich auf das Sofa fallen und stellte fest, dass sie wie Espenlaub zitterte, eine Reaktion auf seinen Kuss und seinen Wutanfall. Wieso hatte sie sich bloß so von Josh vereinnahmen lassen? Sie hatte geglaubt, er sei … nett. Aber seit heute Abend … Er war so hasserfüllt und bedrohlich gewesen. Und die Art und Weise, wie er sich verabschiedet hatte, war ebenfalls äußerst beunruhigend. Ein Anflug von Angst versteifte ihr Rückgrat. Obwohl sie versuchte, sie zu verdrängen, es gelang ihr nicht. Es war schon eine Zeit lang her, seitdem sie geküsst worden war, damals von Derek. Joshs Kuss war allerdings selbstsüchtig und verletzend gewesen. Sie hatte ihn nicht gewollt und hatte nicht darum gebeten. Ihre Ablehnung hatte das Schlechte in seinem Wesen hervorgebracht, eine Art niederer sexueller Gewalt.

Lieber Gott, was ist bloß los mit dir?, wies sie sich selbst zurecht und versuchte, sich zu beruhigen. Sie hatte ihrer Fantasie freien Lauf gelassen. Es war lediglich ein Kuss eines frustrierten Mannes gewesen, das war alles. Ruhelos stand Carla auf und räumte das Wohnzimmer und die Küche auf, bevor sie nach Sam sah. Gott sei Dank war er durch den Streit mit Josh nicht aufgewacht. Sie deckte ihn zu, ging in ihr Schlafzimmer und redete sich ein, dass sie von Josh Aldrich nichts zu befürchten hatte. Er war sicher nicht der Typ Mann, der nachtragend war. Zumindest hoffte sie das.

Von Sundown Crossing kommend, fuhr Josh ungefähr hundert Meter die Straße hinunter, dann lenkte er leise fluchend seinen Pick-up an den Straßenrand und machte den Motor und die Scheinwerfer aus. Einige Sekunden lang umklammerten seine Hände das Steuer so heftig, dass seine Knöchel weiß wurden, während er versuchte, seine Wut in den Griff zu bekommen.

Dieses Miststück! Carla Hunter war keinen Deut besser als all die anderen Frauen, mit denen er zu tun gehabt hatte. Zum Beispiel Traci, seine viel zu junge, langweilige Ehefrau, seine desinteressierte Mutter und eine Reihe anderer Frauen. Sie alle hatten ihm auf die eine oder andere Weise etwas vorgemacht und versucht, ihn auszunutzen. Er grunzte. Was für ein Narr er doch war! Er hatte geglaubt, Carla sei anders, aber auch sie hatte ihn benutzt und ihn glauben lassen, er hätte eine Chance bei ihr. Er hatte seine Hoffnung darauf gesetzt, dass sie die Richtige war, die Frau, die ihm wirklich etwas bedeutete. Dafür hätte er sie umbringen können. Frustriert schlug er mit den Händen auf das Armaturenbrett.

Er hatte geglaubt, dass er gute Fortschritte machte, dass sie ihm langsam näherkam, aber sie hatte nur mit ihm gespielt und ihn zum Ersatzvater für ihren Sohn erkoren – und ihn reingelegt, um Informationen über die Stenmarks zu bekommen. Er biss sich auf die Lippe, bis sie anfing zu bluten. Mist, vielleicht hätte er ihr nicht so viel über sie erzählen sollen, über ihre Stärken und Verletzlichkeiten – besonders Lisels Leidenschaft für attraktive, ungebundene Männer. Das Unfaire an der ganzen Sache war, dass er Carla wirklich mochte und sie nicht nur ins Bett manövrieren wollte. Er hatte Gefühle für sie und hatte sogar daran gedacht, sie irgendwann einmal zu heiraten.

Er war wirklich zu blöd gewesen, seinen Gefühlen zu erlauben, die Oberhand zu gewinnen. Josh atmete tief ein und langsam wieder aus. Er ließ seinen Kopf gegen den Autositz fallen. Selbst jetzt noch war er von dem Kuss erregt, obwohl sie nicht willig gewesen war. Er räusperte sich und zwang seine Muskeln dazu, sich zu entspannen.

Wochenlang war er nett zu ihr gewesen, hatte den Gentleman gespielt, hatte sein bestes Benehmen an den Tag gelegt, und das alles für einen lausigen Kuss. Keine große Gegenleistung für all seine Bemühungen. In der Dunkelheit kniff er die Augen zusammen, während der Wunsch, sich an Carla zu rächen für all die Kränkungen, die sie ihm zugefügt hatte, in ihm aufstieg. Er war noch nicht fertig mit Carla Hunter. Noch lange nicht.

Sein Mund verzog sich zu einem bösartigen, breiten Grinsen. Das Miststück war ihm etwas schuldig, und sie würde dafür zahlen müssen, so oder so …

13

Carla hatte noch nie an einer Ernte teilgenommen. Paul gab ihr eine Woche frei, und an dem Morgen, an dem die Arbeit begann, traf sie sich mit Angie, Tran und Kim sowie vier Saisonarbeitern auf dem Weingut. Ihr Handwerkszeug waren vernünftige, bequeme Kleidung und Schuhe, ein breitkrempiger Hut und ein Weidenkorb, in den sie die Weintrauben legten, nachdem sie vom Rebstock abgeschnitten worden waren. Viele Weingüter bedienten sich mechanischer Erntehelfer, aber sowohl für ihre kleine Lese als auch aus wirtschaftlichen Gründen pflückten sie die Trauben mit der Hand.

Der Trick war, wie Angie ihnen riet, mit durchgehender Gleichmäßigkeit zu arbeiten und nicht mit Hektik. Außerdem sollten sie eine Menge Flüssigkeit trinken, um den Wasserverlust durch das Schwitzen auszugleichen. Carla hatte sich für ziemlich fit gehalten, aber am Nachmittag des ersten Tages tat ihr alles weh, was nur weh tun konnte – ihre

Oberschenkelmuskeln, der Rücken und Nacken. Ihre Hände versteiften sich. Angie hatte ihr versprochen, dass sich ihr Körper am Ende des zweiten Tages an die Arbeit gewöhnt hätte. Bisher war das jedoch noch nicht geschehen.

Trotz der körperlichen Nachteile spürte Carla eine ungeheure Befriedigung, während sie Weintrauben abschnitt, in ihren Korb legte und ein Stück weiter die Reihe entlangging. Sie hatte zum Wachstum der Früchte beigetragen, hatte sie gehegt und gepflegt, das Unkraut um die Rebstöcke herum entfernt, die Trauben beschnitten und insgesamt umsorgt. Grundsätzlich machte ihr das Unterrichten Spaß. Sie war stolz darauf, ihr Wissen an Schüler weiterzugeben. Aber dies hier war eine ganz andere, persönlichere Aufgabe, und es vermittelte ihr ein größeres Verständnis darüber, was ihr Vater und Angie Jahr für Jahr erfahren hatten. Die Aufregung, wenn sie im Frühling die ersten Knospen an den Weinreben sahen, dann die Sorge über das Wachstum der Trauben – war es zu nass, zu trocken, zu heiß oder zu kalt? –, und danach die Ernte, damit der Weinherstellungsprozess beginnen konnte.

Ohne Angie hätte sie das alles nicht geschafft. Sundown Crossing hätte ohne sie niemals realisiert werden können. Angies Sachverstand, ihr Wissen von vielen Jahren hatten das Weingut so weit gebracht und würden ihren Höhepunkt erreichen, wenn der Traubensaft zu Wein verschiedenster Sorten veredelt wurde.

Am ersten Tag jedoch war Carla froh, als die Sonne unterging. Hundemüde und schleppenden Schrittes schlurfte sie hinter Angie her zum Cottage, wo eine angenehme Überraschung in Gestalt von Paul und Sam auf sie wartete, die das Abendessen kochten.

»Habe gedacht, dass Sie am Ende des ersten Tages wahrscheinlich keine große Lust auf Kochen haben«, begrüßte Paul sie mit einem vielsagenden Grinsen. »Ich baue zwar keine Weintrauben an, aber ich bin schon lange genug im Valley, um zu wissen, dass die Ernte einem ziemlich viel abverlangt.«

»Essen?« Carla ließ sich auf einen Stuhl fallen. »Was ich brauche, ist ein Bad, in dem ich eine Stunde liegen kann.«

»Natürlich brauchen Sie das«, sagte Paul mitfühlend. »Sam, lass deiner Mutter schnell ein Bad ein.«

»Mum, Angie, wir haben euch überrascht, nicht wahr? Paul kocht dein Lieblingsessen, Mum, Lamm mit Rosmarin. Ich habe ihm geholfen und das Gemüse geputzt«, sagte Sam und freute sich wie ein Schneekönig. Dann rannte er ins Badezimmer.

»Du bist ein guter Junge, Sam«, rief Angie, die am Küchentisch saß. Sie sah zu Carla hinüber, die an der Küchentür lehnte. »Paul ist ein Schatz, nicht wahr?«

Carla gähnte gerade, und ihr Gesichtsausdruck war undurchdringlich. »Definitiv.«

»Das ist keine große Sache. Da ich alleine lebe, habe ich kaum das Bedürfnis oder den Wunsch, für mich alleine ein großes Essen zu kochen. Ich weiß, dass das nicht gerade männlich ist, aber Kochen macht mir Spaß«, gab er zu. Er sah zur Küchenuhr auf. »Das Abendessen ist in anderthalb Stunden fertig.« Er zwinkerte Carla zu und fragte: »Brauchen Sie beim Hineinsteigen in die Wanne Hilfe?«

»Ich bin doch keine alte Frau«, schoss Carla grimmig zurück und erinnerte sich jäh daran, dass er sie völlig durchnässt gesehen hatte, und wenn sein Erinnerungsvermögen nicht defekt war – und sie wusste, dass das ganz bestimmt nicht der Fall war –, hatte er eine genaue Vorstellung davon, wie ihr Körper aussah. »Obwohl ich mich momentan so fühle, weil meine Muskeln so weh tun.«

»Auf dem Toilettentisch steht eine Flasche Radox. Streu etwas davon ins Badewasser. Es wird dir helfen«, schlug Angie vor. Da sie schon über zwanzig Jahre Ernteerfahrung hatte, war sie an die körperliche Arbeit mehr gewöhnt als Carla. Doch weil sie älter war als diese, spürte auch sie, dass ihr einige Muskeln weh taten. Sie rieb sich ihren Nacken.

Paul, dem dies auffiel, erbot sich: »Ich bin ein geschickter Masseur. Möchten Sie, dass ich Sie massiere, während wir auf das Lamm im Ofen warten?«

»Ich bin okay.« Sie schenkte ihm ein Lächeln für seine Aufmerksamkeit. »Rolfe hat immer …« Sie erinnerte sich daran, dass er während der Erntezeit ihren Rücken und ihre Schultern massiert hatte, und sie schaute zu Carla hinüber. Sie lächelten einander an, und es bedurfte keinerlei Worte. Beide wussten, dass sie im Laufe des Tages an Rolfe gedacht hatten. »Es ist zwar schwere Arbeit, aber dein Vater wäre von deiner Leistung heute sicherlich beeindruckt gewesen«, lobte Angie.

»Ja, es war hart, aber es hat mir Spaß gemacht, und morgen und übermorgen werde ich bereits daran gewöhnt sein.« Sie sah Angie fragend an. »Nicht wahr?«

»Ganz bestimmt. Die Erntehelfer waren auch nicht schlecht. Sie haben genauso ihren Teil dazu beigetragen wie Kim und Tran.« Angie zog die Stirn in Falten, als sie die Loongs erwähnte. »Ist dir aufgefallen, dass mit den Loongs etwas nicht stimmt? Kim ist nicht so fröhlich wie sonst.«

Carla nickte. »Ja. Tran wirkte viel ruppiger als sonst, und Kim konnte kaum ein Lächeln hervorbringen.«

Sam kam in die Küche gerannt. Er war immer in Eile. »Dein Bad ist fertig, Mum.«

»Oh, das heißt, ich muss mich bewegen.« Carla stöhnte,

als sie aufstand. Sie legte eine Hand auf ihren Rücken und schlurfte davon.

Angie beobachtete, wie Paul ihr hinterherblickte, während sie den Flur hinunterging. Einen Moment lang sah er besorgt aus, dann nahm sein Gesicht wieder einen unbeteiligten Ausdruck an. Wie interessant. Im Laufe der Zeit hatte sie ihn als die Art von Mann kennengelernt, der die Dinge, besonders seine Gefühle, für sich behielt. Er hatte ihnen zwar von seiner verstorbenen Verlobten erzählt, aber darüber hinaus wussten sie nicht besonders viel über Paul van Leeson. Nur dass er in Adelaide ein kleines, aber erfolgreiches Architekturbüro gehabt hatte. Als sein Onkel, Dirk van Leeson, Bauunternehmer und sein engster noch lebender Verwandter, krank geworden war, war er umgezogen. Er war ins Valley gekommen, um sich um das Geschäft zu kümmern, bis es seinem Onkel wieder besser gehen würde. Das war jedoch nicht der Fall gewesen, und vor seinem Tod vermachte Dirk Paul sein Geschäft und ein zweihundert Ar großes Grundstück. So war er hiergeblieben und konzentrierte sich fortan auf die Planung und die Aufsicht über das Restaurieren von historischen Gebäuden – im Valley gab es viele alte Häuser – und beteiligte sich an Ausschreibungen für einfache bis mittelschwere Architekturarbeiten.

Angie mochte Paul, er war ehrlich und nicht überheblich. Und tief in ihrem Innern glaubte sie, dass er der richtige Mann für Carla war. Aber ebenso wie Rolfe konnte Carla sehr störrisch sein. Nach Dereks Tod hatte sie entschieden, dass sie keinen Mann in ihrem Leben brauchte. Besonders nicht nach der Erfahrung, die sie vor kurzem mit Josh Aldrich gemacht hatte. Was für ein Schwein! Im Hinblick auf Josh hatte Carla Gott sei Dank gerade noch den Absprung geschafft, ehe womöglich Gefühle ins Spiel kamen. Sie wollte, dass Carla glücklich war, aber Angie wusste, dass, solange Carla ihre Angst, in einer Beziehung wieder verletzt zu werden, nicht abschüttelte, es nur wenig Fortschritte zwischen ihr und Paul geben konnte. Sie vermutete, dass Paul an Carla interessiert war. Vielleicht aber auch nicht, vielleicht trauerte er nach wie vor um Lisa. Sie stieß einen Seufzer aus und kam zu dem Schluss, dass sie eine bessere Winzerin war als Kupplerin, und möglicherweise sollte sie es dabei belassen.

»Sind Sie sicher, dass Sie keine Massage wollen?«, erinnerte Paul Angie.

»Nein, ich bin okay«, flunkerte Angie. In Wirklichkeit war sie steif wie ein Brett, aber eine heiße Dusche und einige Übungen würden ihre Muskeln wieder auflockern. »Carla braucht Ihre magischen Hände dringender als ich.«

»Sie können sie ja davon überzeugen.« Er zwinkerte ihr zu. »In der Zwischenzeit drehe ich besser mal das Fleisch um.«

Das Abendessen in dem zementverputzten Cottage verlief in einer angenehmen Atmosphäre. Paul erwies sich als ausgezeichneter Koch. Sein Nachtisch bestand aus Apfelkuchen mit Streuseln und Schlagsahne. Angie bestand darauf, den Abwasch zu machen, damit Paul Carla – die zunächst abgelehnt hatte, aber schließlich doch noch nachgab – eine Nacken- und Schultermassage geben konnte, während Sam, der ein bisschen Hausaufgaben zu erledigen hatte, wie üblich deswegen herummaulte, bevor er sich an den Esstisch setzte und anfing zu arbeiten.

»Sie müssen sich entspannen, Carla«, schalt Paul, der auf dem Sofa saß und sie auf einem Schemel vor ihm, während er anfing, ihre verspannten Muskeln zu massieren.

»Ich bin doch entspannt.«

»Das sind Sie überhaupt nicht«, stellte er trocken fest. »Atmen Sie tief ein und langsam wieder aus.«

Was sie ein paarmal tat. Seine Hände waren unglaublich. Sie suchten und fanden schmerzende Muskeln, von denen sie vorher nicht geahnt hatte, dass es sie überhaupt gab. Seine Fingerspitzen kneteten ihren Nacken und rieben die Verspannung fort. Einfach wunderbar. Sie stieß einen zufriedenen Seufzer aus und fragte sich, wie die Leute Tag für Tag Obst pflücken konnten. Diese Massage war genau das, was sie brauchte. Sie war wirklich albern gewesen, dass sie sie zuerst abgelehnt hatte. Warum bloß?

Was hatte Paul nur an sich, dass sie so gereizt war und sich nicht entspannen konnte, wenn er da war? Er war ein guter Chef, verständnisvoll, sehr intelligent, ein Mann, der kein großes Theater um etwas machte. Mmmm! Tief in ihrem Innern – und wenn sie ganz ehrlich mit sich war – kannte sie die Antwort auf die Frage nur zu gut. Sie sträubte sich dagegen, Paul zu sehr zu mögen. Sie hatte keine Zeit für eine Liebesbeziehung, sie musste sich auf den Aufbau des Weinguts konzentrieren und dafür sorgen, den Hof aus den Schulden zu bekommen und ein ausreichendes Einkommen zu erzielen. Außerdem, warum war ihr dies überhaupt in den Sinn gekommen? Paul war an ihr nicht interessiert, jedenfalls nicht im romantischen Sinn. Dennoch spürte sie eine gewisse Einsamkeit, ein Bedürfnis nach Gesellschaft, das wahrscheinlich nach Lisas Tod entstanden war. Was er selbstverständlich nie zugeben würde. Und weil er ein freundlicher, ausgesprochen netter Typ war, hatte er sie bewusst oder unbewusst unter seine Fittiche genommen.

Sie erinnerte sich an Pauls Reaktion, als ihr Großvater in diesem harten Ton mit ihr gesprochen hatte. Paul hatte Carl unterbrochen und ihm zu verstehen gegeben, dass er die Grenzen guten Benehmens übertreten hatte. Dies war der Beweis dafür, dass er keinen großen Respekt vor den Stenmarks hatte. Sie mochte es, dass er sie verteidigt hatte, obwohl sie durchaus in der Lage war, sich selbst zu verteidigen. Verdammt, da war das Wort wieder – mögen. Sie schien ihm nicht entrinnen zu können.

Pauls Massage und Carlas Überlegungen wurden unterbrochen, als Angie ein Tablett mit einer Flasche Wein und drei Gläsern hereinbrachte. Carla erkannte das Etikett sofort. Es war der einzige Jahreswein ihres Vaters – eine von den fünfzig Portweinflaschen, die sie am ersten Tag entdeckt hatten.

»Da heute der erste Erntetag ist, die Ernte so gut verläuft und wettermäßig alles bestens aussieht, habe ich gedacht, wir probieren den Portwein deines Vaters. Entweder er hat einen außerordentlich weichen Geschmack – oder er ist schlecht.« Sie sah Carla fragend an. »Sollen wir?«

»Das würde Dad bestimmt gefallen«, antwortete Carla, und ihre Stimme wurde ein wenig heiser. Beide erinnerten sich an andere Jahrgangsweine in Valley View, als ihr Vater die Tradition eingeführt hatte, den Jahrgang des Vorjahres zu probieren, während gleichzeitig die neuen Trauben geerntet wurden.

»Es ist mir eine Ehre, ihn zu probieren«, sagte Paul. Er beobachtete Carlas Reaktion, ein unergründlicher Ausdruck in seinen Augen.

Angie entfernte das Siegel und entkorkte den Wein. Sie hielt die Flasche dicht an die Nase und atmete das Bukett ein. »Der riecht okay, aber, wie Rolfe immer sagte, der Beweis liegt im Geschmack.« Sie schenkte die dunkle Flüssigkeit ein, bis die Gläser halb voll waren. Sie nahmen sich jeder ein Glas und hielten es in einem stummen Gruß in die Höhe, bevor sie einen Schluck nahmen.

»Er ist gut«, sagte Paul anerkennend. »Nicht zu schwer, er hat ein angenehmes Aroma, einen weichen Nachgeschmack.«

Angies Kommentar war erwartungsgemäß professioneller. »Fruchtig. Weich. Etwas trocken, mindestens fünf, vielleicht sogar acht Jahre in kleinen Eichenfässern herangereift, bevor er in Flaschen abgefüllt wurde – wahrscheinlich von Otto, dem Rolfe einen Vorschuss gezahlt hat.«

»Schade, es gibt nur fünfzig«, und Carla berichtigte sich, »jetzt neunundvierzig Flaschen.«

»Mum, kann ich einen Schluck probieren?«, bat Sam, der die feierliche Weinprobe nicht verpassen wollte. »Es war Großvaters erster Jahreswein.«

Carla lächelte ihren Sohn an und setzte ihn auf ihren Schoß. »Okay, aber nur einen Schluck. Du bist noch viel zu jung, um Alkohol zu trinken.«

Sam verdrehte die Augen. »Ja, ich weiß.«

Carla war keine Weinkennerin, und sie hatte auch keinen besonders empfindlichen Gaumen, aber sie verstand genug davon, um zu wissen, dass dieser Wein gut war. Er wärmte ihre Kehle, ohne zu brennen, und ein Gefühl der Entspannung breitete sich in ihrem Körper aus, das jedoch völlig anders war als Pauls Massage. Oh, um Himmels willen ...

Angie füllte die Gläser erneut, und während sie tranken, sprachen sie hauptsächlich über die Ernte und die Arbeit.

Als Paul Carla bei ihrem dritten Gähnanfall ertappte, beschloss er, dass es Zeit war zu gehen. »Ich verschwinde jetzt. Es gibt noch genug Reste, die ihr morgen Abend essen könnt. Das erspart euch das Kochen.«

Carla gähnte erneut. »Mein einziger Wunsch ist es zu schlafen, wenn möglich hundert Jahre lang.« Sie giggelte über den Blick, den Sam ihr zuwarf, dann fielen ihr ihre guten Manieren wieder ein. »Paul, vielen Dank dafür, was Sie heute für uns getan haben, und für die Massage. Ich weiß das wirklich zu schätzen.«

Seine Hand legte sich um den Türgriff. »Es war mir ein Vergnügen. Ich hoffe, der morgige Tag verläuft gut. Auf Wiedersehen.« Dann war er weg.

Nachdem Carla Sam ins Bett gebracht hatte, und während sie jetzt in ihrem eigenen Bett lag, musste sie zugeben, dass sie angenehm müde war – zu müde, um nachzudenken, sich Sorgen zu machen oder sogar zu träumen.

Die Wochen nach der Ernte waren ebenfalls mit viel Arbeit verbunden. Die Trauben wurden zerstampft, und der Weinherstellungsprozess begann. Carla machte sich mit dem Zerstampfen der Trauben vertraut und dem daraus resultierenden Brei – Saft und Samen –, auch unter dem Namen »Most« bekannt, der zur Gärung und Klärung in große Behälter gepumpt wurde. Danach wurde der Wein gefiltert und bis zum Abfüllen in Flaschen kalt gepresst. Der genaue Zeitpunkt wurde von Angie bestimmt. Dieser Prozess dauerte einige Wochen, und Angie verbrachte mehr Zeit in der Weinkellerei, an die sie ein kleines Büro mit Labor angefügt hatten, als irgendwo sonst, einschließlich dem Cottage und ihrem Bett.

Alle Weingüter im Valley, egal ob sie klein oder groß waren, hatten genauso viel zu tun. Die Winzer waren darauf konzentriert, aus der Ernte den bestmöglichen Jahrgangswein zu machen. Es gab jedoch eine Person, die noch Zeit hatte, nachzusehen, was auf Carlas Weingut passierte.

Josh Aldrich, der sich auf dem Grundstück gut auskannte, nachdem er etliche Male dort gewesen war, hatte es sich, nachdem Carla ihn quasi rausgeworfen hatte, zur Gewohnheit gemacht, Carla und Angie mehrere Male in der Woche ›auszuspionieren‹. Er hatte eine Menge Erfahrung mit nächtlichen Streifzügen, da er sich seit seiner Pubertät zu einem Spanner entwickelt hatte. Er empfand großes Vergnügen dabei, sich an Fenster heranzupirschen in der Hoffnung, einen Blick von einem Mädchen oder einer Frau zu erhaschen, die sich gerade auszog, oder von Pärchen, die gerade Sex miteinander hatten. Das machte ihn unwahrscheinlich an. Fast wäre er vor kurzem erwischt worden, als er das Gleiche in Lyndoch getan hatte. Aber die Gefahr machte für ihn alles noch viel aufregender.

Auf Carlas Weingut gab es keine Hunde, die bellten und Alarm schlugen und auch keine mit Vorhängeschlössern versehenen Tore. Daher war es ziemlich einfach, irgendwo abseits der Straße in einem Gebüsch zu parken und einzudringen, wenn es dunkel war. Heute Abend warf der Vollmond einen blassen Schein über das Land, die Rebstöcke und die Gebäude, während er auf dem Weingut umherstreifte und darauf achtete, dass er leise auftrat. Im Cottage, der Weinkellerei und im Wohnwagen der Loongs brannte noch Licht.

Kurz nachdem die Ernte eingefahren war, hatte er sich hereingeschlichen, um zu sehen, wie viele Gärungsfässer gefüllt waren, und festgestellt, dass das Ernteergebnis ansehnlich war, wenn man bedachte, dass dies das erste Jahr nach dem Wiederaufbau des Weinguts war. Das würde den Stenmarks gar nicht gefallen, wenn sie das erfuhren. Aber momentan waren Luke, John und der alte Carl zu sehr damit beschäftigt, das bestmögliche Ergebnis aus ihrer Ernte zu erzielen, als dass sie sich über das Geschehen auf Sundown Crossing Gedanken gemacht hätten.

Außerdem schnüffelte er mehr aus persönlichen Gründen hier rum ... Er hatte Carla immer noch nicht für ihr Benehmen bestraft, denn er hatte nichts getan, was die Zurückweisung gerechtfertigt hätte. Da er von Natur aus rachsüchtig war, würde er sich keinesfalls damit abfinden. Er hatte Zeit und Geld in sie investiert, und sie schuldete ihm etwas. Und eines Tages würde sie dafür bezahlen müssen.

Bei dem Gedanken daran, was er mit Carla anstellen würde, wenn sich die Gelegenheit ergab, geriet sein Körper in Aufruhr. Ganz bestimmt mehr als ein flüchtiger Kuss. Was sie brauchte, war eine strenge Hand, damit sie sich daran erinnerte, was guter Sex war. Höchstwahrscheinlich war sie mit keinem Mann zusammen gewesen, seitdem ihr Mann gestorben war. Jetzt war die Zeit reif. Sie brauchte nur ein wenig Ermutigung. Die meisten Frauen wollten und brauchten es, genauso wie Männer, aber aus irgendeinem Grund, der nur ihnen bekannt war, zierten sie sich für gewöhnlich und gaben es nicht zu.

Einige Sekunden stand er unter dem Wohnwagenfenster der Loongs und lauschte der asiatischen Musik. So ein Mistzeug. Angewidert schüttelte er den Kopf. Diese verdammten Chinesen. Kim hasste ihn, weil er Tran einigen Männern vorgestellt hatte, die freitagabends in einem Hinterzimmer des Hotels in Lyndoch Poker spielten. Nach den Worten ihres Bruders war sie ein herrischer Drachen. Er leckte sich über die Lippen. Er hätte nichts dagegen, auch sie zu vernaschen. Sie hatte einen schönen Körper, und er wusste, was sie damals in Vietnam erlebt hatte. Wahrscheinlich kannte sie ein paar exotische Tricks, wie man Typen heiß machte.

Er schlich weiter über das Grundstück und spähte durch ein Fenster, um Angie zu beobachten, die gerade mit dem Dreck aus dem Labor beschäftigt war. Weder war er daran interessiert noch an ihr. Sein Blick fiel auf den vorderen Bereich des Cottages, der so weit von der Straße zurücklag, dass Carla im Wohnzimmer keine Gardinen angebracht hatte. Behutsam stieg er die Treppe zur Veranda hoch. Er war vorsichtig, weil es einige alte Bretter gab, die quietschten, wenn man darauftrat. Mittlerweile wusste er, wohin er treten durfte. Er spähte ins Wohnzimmer. Es war leer. Er schaute auf das Leuchtzifferblatt seiner Uhr. Es war 21.36 Uhr. Ihr Sohn würde bereits schlafen, aber wo war Carla? Nachdenklich verzog er seinen Mund und leckte sich über die Lippen. Vielleicht in der Dusche!

Bei dem Gedanken, sie nackt unter der Dusche zu sehen, schluckte Josh schwer, und er bekam eine Erektion. Er schloss die Augen und ließ seiner Fantasie freien Lauf: Das Seifenwasser lief an ihrem Körper herunter, ihr Haar war nass, weil sie es gerade gewaschen hatte, und ihr Kopf unter dem Wasserstrahl war nach hinten gebogen. Jesus! Mit der linken Hand fasste er sich in den Schritt. Ganz ruhig, alter Knabe, du bist kein Teenager mehr, sagte er sich. Verlier bloß nicht die Kontrolle!

Er ging ums Haus herum zum Badezimmerfenster. Da er nicht besonders groß war, blickte er suchend um sich und entdeckte eine alte Plastikkiste, die Sam und Su Lee für ihr Kricketspiel benutzten. Er stellte sich darauf, damit er durch das halb geöffnete Fenster ins Badezimmer linsen konnte. Obwohl das Licht brannte, war niemand zu sehen. Was für eine Enttäuschung! Vielleicht war sie im Büro. Aber dort war es dunkel. Als er ein Geräusch vernahm, drückte er sich gegen die Außenwand des Büros. Die Hintertür wurde geöffnet und wieder geschlossen.

Er rückte näher an die Ecke heran, um einen Blick von der Rückseite des Hauses zu erhaschen. Da war sie. Sie ging gerade über das Grundstück auf die Rebstöcke zu. Er runzelte die Stirn. Ging sie im Mondschein spazieren? Was hatte sie vor? Ein Grinsen lief über seinen Mund. Ja, genau das machte sie. Sie spazierte durch die Weinstöcke und blieb ab und zu stehen, um zum Himmel hinaufzusehen, dann ging sie weiter. Josh konnte sein Glück kaum fassen. Seine alte ›Gewohnheit‹ ermöglichte es ihm, sich lautlos fortzubewegen. Als er sah, dass sie sich immer weiter vom Cottage und der Weinkellerei entfernte, folgte er ihr.

Carla spürte plötzlich, dass sie nicht alleine war. Sie zuckte herum – und entdeckte Josh Aldrich dicht hinter sich. Vor Schreck machte sie einen Satz rückwärts. »Mein Gott, ich hätte fast einen Herzinfarkt gekriegt, Josh.« Seine Anwesenheit machte sie wütend. »Was zum Teufel hast du hier zu suchen?«

»Ich wollte dir etwas Zeit geben, damit du dich wieder beruhigst. Ich denke, wir sollten miteinander reden«, gab er vor.

Ihr Herz raste, und ihre Wut wuchs, weil sie Angst hatte. Sie ließ ihrem Ärger freien Lauf. »Wir haben schon miteinander geredet. Es ist vorbei.« *Noch bevor irgendetwas begonnen hatte.* »Ich will dich nicht mehr sehen. Ich glaube, ich hatte mich klar ausgedrückt.«

»Warum? War ich nicht nett zu dir und habe dich mit Respekt behandelt? Wir hatten eine schöne Zeit miteinander, findest du nicht?« Er trat einen Schritt näher. »Ich habe nie irgendwelche Forderungen an dich gestellt.«

»Sieh mal, Josh«, sagte sie, und ihr Ton wurde sanft, als versuche sie, einem schwierigen Kind etwas klarzumachen. »Was du sagst, stimmt. Aber es gibt zwei Dinge: Erstens fühle ich mich emotional nicht von dir angezogen, und zweitens habe ich keine Zeit, mich ... mit Männern einzulassen! Ich muss mich einzig und allein darauf konzentrieren, dass Sundown Crossing schwarze Zahlen schreibt.«

Sie redete so herablassend mit ihm, als wäre er minderbemittelt. Das gefiel ihm absolut nicht. Was für eine Unverschämtheit! Unkontrollierbare Wut stieg in ihm auf. »Großartig. Du machst einen Typen total geil mit deinem Körper, deinen Augen. Du lässt ihn in dem Glauben, dass er eine Chance bei dir hat, und im nächsten Moment, ohne dir darüber Gedanken zu machen, brichst du die Sache einfach ab.«

Das Mondlicht fiel auf Joshs Gesicht, und Carla registrierte, wie aufgebracht er war. Sie hatte seine Launen schon mal erlebt, und der gesunde Menschenverstand sagte ihr, dass sie versuchen musste, ihn zu beruhigen. »Es tut mir wirklich leid, wenn du den Eindruck hattest, dass ich Gefühle für dich habe.«

Er gab einen knurrenden Laut von sich. »›Tut mir leid‹ bewirkt bei mir gar nichts, Carla. Ich dachte, du bist anders, etwas Besonderes. Weit gefehlt. Du bist genau wie all die anderen Frauen, die ich kenne, egozentrische Ziegen und Schmarotzer.«

»Das stimmt nicht, das weißt du genau.« Sie versuchte, an ihm vorbeizugehen, denn plötzlich bemerkte sie, dass sie ein ziemliches Stück vom Cottage entfernt waren. Tiefes Unbehagen erfasste sie, und ihre Bauchmuskeln spannten sich an. »Sieh mal, Josh. Akzeptieren wir einfach, dass wir uns nicht einigen können. Es spielt keine Rolle, wer von uns recht oder unrecht hat. Unsere Freundschaft ist vorbei. Ich möchte, dass du das Grundstück verlässt, und es gefällt mir ganz und gar nicht, dass du nachts hier herumschleichst. Dies ist Privateigentum.«

Es war ihr Ton, der den Ausschlag gab. Herrisch, kommandierend, verächtlich. Genau wie der alte Carl. Er hatte genug von Leuten, die ihn herumkommandierten und ihm sagten, was und wann er etwas zu tun hatte. Wann er kommen und wann er gehen sollte. Die Stenmarks konnten sich zum Teufel scheren! Er musterte Carla gierig von oben bis unten. Er war ihr jetzt so nah, dass sie nicht entwischen konnte.

»Zeit, deine Schulden zu begleichen, Lady.« Er zog sie ruckartig an sich und fing an, sie fieberhaft zu küssen. Eine Hand griff um ihre Taille, während die andere über ihren Körper wanderte, ihren Hals berührte und durch den Stoff ihres Hemdes ihre Brüste umfasste. Er schlang seinen Fuß um ihre Hinterbeine, dann schob er sich nach vorne. Sie fielen beide auf den Boden, er auf sie drauf.

»Bist du verrückt geworden?«, schrie sie so laut sie konnte. »Geh sofort von mir runter.«

Er schlug ihr ins Gesicht, damit sie aufhörte, aber sie kämpfte wütend weiter, kratzte ihm über das Gesicht, die Brust und die Schultern, bis er ihre Hände packte und sie über ihrem Kopf festhielt. Sie trat mit den Füßen nach ihm, aber durch das Gewicht seines Körpers war der Angriff nur ein nutzloses Zucken. Er lachte sie aus, leckte über ihren Hals und knetete ihre Brüste. Er zerriss ihr Hemd und zerrte an ihrem BH, bis ihre vollen Brüste heraussprangen, die er mit seinen Händen und seinem Mund erkundete.

Sie wand sich hin und her und versuchte, seiner überlegenen Kraft zu trotzen. Er hielt sie nicht davon ab, weil er wusste, dass sie ohnehin bald keine Energie mehr haben würde. Seine Hand griff zwischen ihre Schenkel, und seine Knie drückten ihre Beine gewaltsam auseinander.

Sie fing erneut an zu schreien. Erneut versetzte er ihr mehrere harte Schläge.

»Komm jetzt, Carla, gib dich hin. Ich weiß, dass du es willst«, flüsterte er mit heiserer Stimme. Um sein Verlangen zu demonstrieren, ließ er seinen Unterleib gegen ihren Unterleib kreisen, damit sie seine Erektion spüren konnte. »Ich kann es sehr schön für dich machen, aber ich kann dir auch weh tun. Du hast die Wahl.«

»Du Mistkerl.«

Sie begann von neuem zu schreien, aber er reagierte schnell und legte seine Hand über ihren Mund, um den Schrei zu ersticken. »Niemand wird dich hören. Niemand wird dir helfen, also kannst du dich genauso gut auf den Rücken legen, die Beine öffnen – es ist ja nicht so, dass du noch Jungfrau bist – und es genießen.« Er grinste vor Genugtuung, als ihr Körper erschlaffte, und öffnete die Knöpfe seiner Jeans. »Gutes Mädchen. Ich wusste, dass du vernünftig bist.«

14

Kim Loong kam gerade aus ihrem Wohnwagen, um einen Müllsack in die Tonne zu werfen, die in der Nähe des Tores stand. Ein merkwürdiges Geräusch, etwas Undefinierbares, ließ sie innehalten und lauschen. War es irgendein Nachtvogel? Es klang nicht so wie irgendetwas, das ihr vertraut war. Sie lauschte ein paar Sekunden in die Stille, die darauf folgte, zuckte die Schultern und wollte gerade wieder in den Wohnwagen steigen, als sie das Geräusch wieder hörte. Es kam von einem Menschen – der Schrei einer Frau! Ein Schauder lief ihr den Rücken hinunter, weil das Geräusch Erinnerungen an andere Laute in ihr weckte, die sie vor vielen Jahren auf den Straßen von Saigon gehört hatte. Überfälle, Bandenangriffe, Vergewaltigungen.

Wer konnte da schreien, und aus welchem Grund? Wo kam das Geräusch her? Aus dem Cottage, der Weinkellerei? Sie war höchst besorgt, eilte zum Cottage und klopfte an die Hintertür. Keine Antwort. Sie betrat das hell erleuchtete Haus, aber keiner war da mit Ausnahme von Sam, der in seinem Bett lag und schlief. Sie hastete wieder nach draußen und lauschte, da sie erwartete, das Geräusch noch mal zu hören. Es war totenstill. Sie sollte in der Weinkellerei nachsehen. Dort war alles ruhig, und Angie, die sie nicht stören wollte, saß über einigen Glasfläschchen und Reagenzgläsern gebeugt da und überprüfte den Gärungsprozess. Angie war also da, aber wo war Carla?

Hatte sie etwa nur geträumt? Alles schien in Ordnung zu sein. Der Mond tauchte das Grundstück in ein gespenstisches Licht. Jetzt war alles still. Kim konnte Carla nirgendwo entdecken und war beinahe davon überzeugt, dass sie sich den Schrei nur eingebildet hatte. Sie wollte gerade in ihren Wohnwagen zurückgehen, als sie einen kleinen Lichtfleck bei den Weinstöcken sah. Das Licht flackerte, verschwand und flackerte erneut. Dort sollte überhaupt kein Licht sein, was war das? So schnell sie das in der Finsternis schaffte, denn sie spürte plötzlich die Gefahr – ein Instinkt, den sie schon seit ihrer Jugendzeit hatte –, lief sie auf den Lichtstrahl zu. Und blieb vor Entsetzen wie angewurzelt stehen. Carla wurde soeben von einem Mann attackiert!

Kim zögerte keine Sekunde. Klein und behände, wie sie war, sprang sie dem Mann auf seinen Rücken und griff mit ihren Fingern in sein Gesicht. Mit den Nägeln versuchte sie, ihm die Augen auszukratzen.

»Lass sie los, du Schwein.« Jahrelang aufgestauter Zorn darüber, dass sie missbraucht und von ihren Eltern verstoßen worden war, kochte in ihr hoch. Sie trat nach ihm.

Ihre Zähne fanden sein Ohr, und sie biss so fest zu, wie sie konnte.

Vor Schmerz brüllend, versuchte der Mann, den überraschenden Angreifer loszuwerden. Kims Arm legte sich wie ein Schraubstock um seinen dicken Hals und drückte gegen seinen Adamsapfel. »Ich bringe dich um, du Mistkerl.«

Einen Moment lang vergaß Josh, was er Carla antun wollte. In wilder Wut drehte er sich um und versuchte, die klammernde Hyäne abzuschütteln. Schließlich gelang es ihm. Sie rollte sich von ihm herunter, aber dann war sie sofort wieder auf den Beinen und trat ihn wie von Sinnen in alle möglichen Körperteile. Carla, die sein Gewicht endlich los war, hatte noch so viel Energie übrig, um ihr Knie zu heben und ihm kräftig in die Eier zu treten.

»Au! Verdammte Scheiße!«, brüllte Josh wie ein verwundeter Stier und war außer sich vor Schmerz. Carla versetzte ihm nun weitere Schläge in sein zerkratztes Gesicht, und zwar mit solcher Wucht, dass sein Kopf vor und zurück pendelte. Von zwei Frauen angegriffen, tat Josh das einzig Vernünftige: Er gab auf. Er stolperte in die Senkrechte, aber Kim, die immer noch nicht zufrieden war, trat ihm direkt in die Brust und hätte ihn damit beinahe wieder umgeworfen. Seine Jeans auf den Hüften festhaltend, rannte er durch die Weinstöcke. Kim warf mit ihren Sandalen nach ihm, eine traf ihn am Hinterkopf, die andere verfehlte ihn um wenige Zentimeter. Er hetzte weiter, bis er zum Fluss kam, wo er sich im Gebüsch versteckte, um seine Wunden zu lecken.

»Oh, Carla, sind Sie in Ordnung?« Kim setzte sich in die Hocke und legte die Hand auf Carlas Arm.

Carla setzte sich auf und starrte Kim ins Gesicht. »Du lieber Himmel, wo hast du gelernt, so zu kämpfen?«

»In den Straßen von Saigon«, erklärte Kim. Ein Anflug von Stolz lag in ihrer Stimme. »Das Leben dort ist sehr schwer. Wenn du dort nicht kämpfst, bist du verloren.« Sie blickte über die im Mondschein liegenden Reihen der Weinstöcke, um sich zu vergewissern, dass der Mann nicht zurückkam. »Dieser Josh Aldrich ist ein Schwein. Er hat versucht, Sie zu vergewaltigen. Wir zeigen ihn an, damit die Polizei ihn verhaftet.« Kim half Carla auf die Füße.

»Ich weiß nicht, ich bin nicht sicher.« Carla machte ihren BH zu und knotete die Zipfel ihres Hemds zusammen. »Wenn ich ihn anzeige, wird es jeder im Valley erfahren.« Sie war selbst überrascht, dass sie in der Lage war, logisch zu denken. Ihr Herz raste noch immer, und ihre Hände zitterten. »Die Gerüchteküche hätte einen großen Tag. Das würde auch Auswirkungen auf Sam haben. Du weißt doch, wie Schulkinder einander aufziehen.«

Kim nickte. Sie verstand Carlas Zögern. »Aber Josh ist ein sehr schlechter Mann, Tran hat mir böse Geschichten über ihn erzählt. Aldrich kann man nicht trauen. Was, wenn er es noch mal versucht?«

»Ich weiß, es ist ein Risiko. Ich besorge uns einen Hund, Sam wollte schon immer einen Hund haben. Ich erziehe ihn zu einem Wachhund.«

»Gänse sind auch gute Wachhunde. In vielen Teilen Asiens werden Gänse oft dazu genutzt, um Farmen vor Dieben zu schützen.«

»Ich denke, Sam würde lieber einen Hund haben, und Su Lee ebenso.«

»Sie erzählen aber Angie, was passiert ist?«

»Natürlich.« Carlas Stimme zitterte immer noch von dem gerade Erlebten.

Kim begleitete Carla zum Cottage und wünschte ihr eine gute Nacht.

Carla ging umgehend ins Badezimmer und zog ihre Kleidung aus. Sie fühlte sich schmutzig. Auf ihrem Körper und ihrem Gesicht waren rote Striemen. Wenn Kim ihr nicht zu Hilfe geeilt wäre... Sie erschauderte bei dem Gedanken, weil sie wusste, wie das ausgegangen wäre. Erneut überkam sie heiße Wut, und ihre Gedanken konzentrierten sich auf den nächsten logischen Schritt. Sie sollte Anzeige gegen ihn erstatten. Der gesunde Menschenverstand riet ihr, zur Polizei zu gehen, aber ein anderer Teil von ihr schreckte vor der Vorstellung zurück, dass alle es erfahren würden, wenn sie ihn anzeigen würde. Und in letzter Zeit waren ziemlich viele Leute im Valley ihr und dem Weingut gegenüber nachsichtiger geworden. Obwohl es nur langsame Fortschritte gab, gab es immerhin welche. Sie und Angie waren entschlossen, das Weingut zu einem Erfolg zu machen. Wenn sie Josh jetzt anzeigen würde, müssten sie wieder ganz von vorne anfangen. Aber was noch wichtiger war, es würde sich negativ auf Sam auswirken.

Nein. Sie schüttelte den Kopf, während das Wasser über ihren Körper lief und sie sich entspannte. Das konnte sie Sam auf keinen Fall zumuten. Obwohl, sie kaute an ihrer Lippe, während sie überlegte, sie musste etwas tun, damit Josh nicht mehr in ihre Nähe kam.

Dann kam ihr ein Gedanke. Nachdem sie Angie alles erzählt hatte, würden sie Fotos machen, die die blauen Flecken, das zerrissene Hemd, die Striemen auf ihrem Gesicht zeigten. Dann würde sie den Rat eines Anwalts einholen, und Kim würde die Tatsachen bestätigen. Vielleicht würde ein Schreiben des Anwalts, dass Josh nicht näher als zehn Meter an sie herankommen durfte, helfen. Denn anderenfalls würden sie das Beweismaterial der Polizei übergeben. Sie nickte bekräftigend und war mit ihrem Plan äußerst zufrieden. Die Maßnahme war nicht perfekt, aber sie würde Josh Aldrich veranlassen, sich von ihr fernzuhalten.

Hoffnungsvoll betrat Carla den Frisiersalon. Sie hatte endlich Zeit für einen dringend benötigten Haarschnitt und freute sich auf den angenehmen Luxus, die Haare gewaschen und geföhnt zu bekommen. Die sechs Stühle vor den Spiegeln waren von Kundinnen besetzt, und die drei Angestellten und ein junges Mädchen, das wahrscheinlich dort seine Lehre machte, begrüßten sie mit einem Lächeln, als Carla vor dem Empfangstresen stehen blieb.

»Ich habe letzte Woche einen Termin für heute gemacht. Mein Name ist Carla Hunter.«

»Okay, Carla. Hallo, ich bin Sarah, die Neue.« Sarah machte im Auftragsbuch einen Haken hinter Carlas Namen. Dann wedelte sie mit der Hand und deutete auf den Salon. »Wie Sie sehen, spielen wir heute Reise nach Jerusalem. Sie müssen ungefähr zehn Minuten warten. Ist das in Ordnung für Sie?«

»Natürlich.« Carla setzte sich in einen Korbstuhl in der Nähe eines Tisches, auf dem ein Stapel Zeitschriften lag. Sie blätterte die Seiten durch und überflog die Überschriften der Artikel, die einem alles über Prominente jeglicher Art erzählten, fand jedoch kein Interesse daran. Gelassen ließ sie ihren Blick über den Salon und die Kunden schweifen. In einer Stadt, die so klein war wie Nuriootpa und weniger als dreitausend Einwohner hatte, sollte man meinen, dass man ab und zu mal ein bekanntes Gesicht sah. Und dann ließ sie vor Überraschung die Zeitschrift fallen, als sie am anderen Ende des Salons eine Frau erkannte, die sich gerade die Haare färben ließ, um das Grau zu überdecken. Es war Greta Michaels.

Was für ein Glück! Tante Greta war ohne die anderen Stenmarks hier. Als sie sie zum ersten und bisher einzigen Mal in dem Restaurant getroffen hatte, hatte sie bemerkt, dass ihre Tante eine große Herzlichkeit ausgestrahlt hatte und an Carla interessiert gewesen war. Sie hatte aber zugleich gefolgert, dass Greta, im Laufe der Jahre zermürbt von den stärkeren Persönlichkeiten in der Familie, den Weg des geringsten Widerstands ging, um zu überleben.

Der Stuhl neben Greta wurde gerade frei, und Sarah bat Carla, dort Platz zu nehmen. Sie erkannte sofort ihre Chance, und da Gretas Haare noch nass waren und geföhnt werden mussten, hatte sie ein wenig Zeit, um mit ihr zu reden. Wie ihre Tante darauf reagieren würde, war ihr überlassen.

»Das ist ja eine Überraschung.« Carla lächelte Greta im Spiegel an. »Wie schön, dich wiederzusehen.«

Greta Michaels war zunächst erschrocken, dass sie angeredet wurde. Dann rutschte sie unbehaglich auf ihrem Stuhl hin und her, denn sie war sich darüber im Klaren, dass sie ihrer Nichte nicht ausweichen konnte. »Carla. Du meine Güte!«

»Was für ein schöner Zufall«, sagte Carla und lächelte immer noch. Über was konnten sie bloß reden? Alltägliche, gewöhnliche Dinge, *irgendetwas*. »Ich genieße das kühlere Wetter. Der Herbst ist eine wunderschöne Jahreszeit im Valley, nicht wahr? Die Bäume und Rebstöcke wechseln ihre Farbe.« Dann fiel ihr ein, dass sie letztes Jahr um diese Zeit ins Barossa Valley gekommen war. Wie schnell doch die Zeit vergangen war und wie viel sie und Angie in der Zwischenzeit erreicht hatten.

»Dies ist die Jahreszeit, die ich am liebsten mag«, antwortete Greta höflich, aber zurückhaltend und sah Carla zögerlich im Spiegel an. »Entschuldigung«, sagte sie dann,

»ich will dich nicht anstarren. Es ist nur, weil du fast genauso aussiehst wie meine Mutter; es ist wirklich bemerkenswert.«

»Das wusste ich gar nicht, ich habe nie ein Foto von meiner Großmutter gesehen.« Dennoch hatte Carla eine Ahnung, dass sie irgendwem in der Familie ähnlich sehen musste, denn auch Josh, Luke und ihr Großvater hatten sie so angestarrt, als sie sie zum ersten Mal gesehen hatten. »Ich habe bis nach Dads Tod niemals etwas über deine Familie gehört. Ich habe Dads Tagebuch gelesen, und auch Angie hat mir von der Stenmark-Familie und …«, sie zögerte, »der Dreierbeziehung damals erzählt.«

Greta schüttelte den Kopf. »Ich bin nicht überrascht, dass dein Vater dir nichts gesagt hat. Rolfe hat immer alles für sich behalten. Das, was damals geschehen ist, hat ihn sehr verletzt.«

Carla hob stolz das Kinn. Sie würde sich nicht für ihren Vater entschuldigen. Sie hatte sein Tagebuch gelesen und wusste, dass das nicht nötig war. »Jetzt ist sowieso alles Vergangenheit. Geschichte!« Sie beschloss, dass es besser war, das Thema zu wechseln. »Mein Sohn Sam hat am Samstag sein erstes Football-Spiel. Er ist schon richtig aufgeregt.« Carla fiel auf, dass sich Gretas Gesichtsausdruck entspannt hatte. Das war gut so. »Es ist um zehn Uhr im Stadion.«

»Kurt spielte auch sehr gut Football. Die ganze Familie ist mitgekommen, wenn er gespielt hat. Mutter und Papa waren sehr stolz auf ihn. Mein Luke hat Rugby nach australischen Regeln vorgezogen, aber heute spielt er lieber Golf, wenn er die Möglichkeit dazu hat.«

»Das ist schön.« Carla interessierte sich nicht für ihren Onkel Kurt, der schon lange tot war, oder dafür, was Luke in seiner Freizeit machte. »Geht es Großvater gut?«

Ihre Blicke trafen sich im Spiegel. »Für einen Dreiundachtzigjährigen geht es ihm gut. Er ärgert sich darüber, dass er alt wird und nicht mehr das tun kann, was er vor zwanzig, dreißig Jahren tun konnte.«

»Dad war genauso«, gab Carla zu, und in ihrem Lächeln lag eine gewisse Traurigkeit. »Er hatte Arthritis in den Knien und Händen – ich nehme an, das kam von der jahrelangen Arbeit im Freien.«

»Rolfe«, sagte Greta sanft, und in ihrem Lächeln lag ein Anflug von Melancholie. »Er war nicht so sportlich wie Kurt. Er war zu ernst und erinnerte mich sehr an unsere Mutter.«

Rachel, die Besitzerin des Salons, steuerte auf sie zu, um Gretas Haar zu föhnen. Greta sagte: »Du gehst wahrscheinlich mit deinem Sohn zum Coulthard-Reservat. Ich gehe sonntagmorgens nach der Kirche oft dort spazieren, wenn das Wetter schön ist.«

Carla begriff. Ganz und gar. Ihre Tante gab ihr zu verstehen, dass sie gerne im Park mit ihr reden würde. Sie lächelte und nickte. »Ganz genau. Dann treffen wir uns dort wahrscheinlich mal.«

»Das ist gut möglich«, antwortete Greta, ein verschwörerisches Zwinkern in den Augen.

Rachel strahlte die beiden an, während sie den Föhn anschaltete. Das Geräusch verhinderte jegliche weitere Unterhaltung, aber Carla hatte nichts dagegen. Sie hatte Kontakt zu ihrer Tante aufgenommen und erfahren, dass Greta nicht abgeneigt war, trotz der Weigerung ihres Vaters mehr von ihr wissen zu wollen. Dass ihre Tante bereit war, seinen Zorn zu riskieren, war nach Carlas Auffassung ein Zeichen für ihr Interesse. Noch eine Überraschung! Einige Zeit später verließ Greta den Salon. Sie hatte das Gefühl, dass sie möglicherweise eine Verbündete in Stenhaus hatte. Und das konnte nichts Schlechtes sein.

Luke, der im Glashaus auf einem Stuhl saß, beobachtete, wie seine Mutter überprüfte, ob der Tisch korrekt gedeckt war. Manchmal brachte Margit, die Köchin, das Besteck durcheinander, und Großvater achtete peinlich genau darauf, dass alles genau an seinem Platz lag. Heute wirkte seine Mutter irgendwie anders. Ach ja, sie war beim Friseur gewesen. Ihr Haar sah absolut perfekt aus. Keine einzige Strähne stand heraus. Er hatte fast immer ein Gespür für das Befinden seiner Mutter, und auch diesmal war es so. Das geheimnisvolle Lächeln und die Art, wie sie leise summte, gaben ihm zu verstehen, dass sie eindeutig einen guten Tag gehabt hatte.

»Du siehst aus wie die Katze, die den Kanarienvogel verspeist hat, Mum. Was hast du angestellt?«

»Warum glaubst du, dass ich etwas angestellt habe?«, antwortete Greta ausweichend und schaute ihn unschuldig an.

»Ich spüre es, wenn du etwas Ungewöhnliches erlebt hast. Das ist dir doch bekannt. Hast du vor, eine Party zu geben, in Urlaub zu fahren oder …?« Er musterte sie fragend, und seine Neugier stieg bei ihrem gespielt unbeteiligten Gesichtsausdruck.

»Ich habe lediglich einen interessanten Tag gehabt, das ist alles.«

»Beim Friseur?«, fragte er verdutzt.

Greta stellte sich neben ihn ans Fenster. Sie senkte ihre Stimme, so dass sie beinahe flüsterte: »Okay, ich sage es dir, aber du musst es für dich behalten, Luke. Ich habe Carla heute getroffen. Sie hat sich dort ebenfalls frisieren lassen.«

»Wie praktisch.« Seine Stimme wurde hart. »Ich hoffe, sie hat keine Szene gemacht.«

»Nein, das hat sie nicht«, antwortete Greta rasch und ein wenig barsch. »Wir haben eine Weile miteinander geredet, hauptsächlich über ihren Sohn. Sie sind einander genauso nah, wie wir beide es sind. Carla scheint … nett zu sein.«

»Niemand hat gesagt, dass sie nicht nett ist. Aber es ist nicht richtig, dass sie hier ist. Großvater möchte das nicht, sie erinnert ihn zu sehr an die Vergangenheit. Und Lisel will auch nicht, dass sie hier ist.«

»Lisel mag sie nicht, weil Papa sie nicht mag«, schoss Greta zurück. »Was geschehen ist, liegt so lange zurück. Papa ist alt und störrisch, und er meint, er hat recht daran getan, Rolfe zu verstoßen, aber …« Sie atmete tief durch und sagte dann leise: »Ich glaube es einfach nicht und habe nie geglaubt, was Marta Rolfe damals vorgeworfen hat. Sie war eine gerissene, hinterhältige junge Frau, die einen Fehler gemacht und nicht den Mut gehabt hat, es zuzugeben – einen Fehler, unter dem wir alle haben leiden müssen.«

Verblüfft fixierte Luke seine Mutter. »Leiden? Was willst du damit sagen?«

»Durch die Geschichte dieser Frau habe ich den Bruder, den ich so sehr geliebt habe, verloren. Und Rolfe hat sein Leben verloren, das er im Barossa mit seiner Familie hätte haben sollen.« Sie sah zu ihm auf. »Und du auch. Du hast deinen Onkel verloren, hast ihn nie kennengelernt und bist nicht mit ihm aufgewachsen. Und auch Lisel wurde der große Bruder genommen.«

Es dauerte einen Moment, bis Luke das begriffen hatte. Dann sagte er: »Du gehst von der Vermutung aus, dass Marta über ihre Beziehung mit Rolfe gelogen hat. Und wenn sie doch die Wahrheit gesagt hat?«

»Sie hat gelogen, obwohl wir die Wahrheit niemals genau erfahren werden. Ich kannte meinen Bruder gut. Rolfe war gar nicht in der Lage, all das zu tun, was er ihrer Aussage nach verbrochen haben soll. Genauso wie er glaube ich, dass Kurt sie dazu gezwungen hat, Papa das zu sagen, was sie ihm erzählt hat. Er wusste nämlich, wie Papa darauf reagieren würde.« Bevor Luke noch eine weitere Frage stellen konnte, fügte sie hinzu: »Kurts Stolz war verletzt, weil seine Verlobte mit Rolfe geschlafen hat. Deshalb hat er sich so verhalten. Als ihm bewusst wurde, dass Papa niemals erlauben würde, dass Rolfe zurück nach Hause kam – ich habe sie einmal zufällig zusammen reden hören – versuchte er, Papa zu überreden, seine Meinung zu ändern, aber es gelang ihm nicht.« Sie schüttelte den Kopf. »Er hatte einen Erben, der ihm sehr viel bedeutete, und ließ sich nicht von seiner Entscheidung im Hinblick auf Rolfe abbringen. Tief in seinem Innern war er sicher, dass er ehrenwert gehandelt und das Ansehen seiner Familie gewahrt hatte.«

»Aber warum hat er seine Meinung nicht geändert, nachdem Kurt und Marta tot waren?«

Sie schenkte ihm ein Lächeln. »Das war nicht nötig, denn er hatte einen Erben. Und das bist du.« Sie überlegte kurz, bevor sie sagte: »Rolfe wäre vermutlich auch gar nicht zurückgekehrt. Auch er hatte seinen Stolz und hat wahrscheinlich immer geglaubt, zu Unrecht beschuldigt worden zu sein.«

Die Enthüllungen seiner Mutter hatten Luke die Augen geöffnet. Noch nie hatte sie so offen mit ihm gesprochen oder war seinem Großvater gegenüber so kritisch gewesen. Jetzt war er in einer äußerst verzwickten Lage. Wem sollte er Glauben schenken, und hinter wen sollte er sich stellen? Carla hatte, obwohl sie es nicht wusste, in seiner

Mutter eine Verbündete, die für ihre Sache eintrat. Und er verstand sie jetzt. Greta hatte ihren Bruder in all den Jahren sehr vermisst, und nun hatte sie die Möglichkeit, seine Tochter und deren Sohn kennen zu lernen. Luke merkte, wie sehr sie sich darüber freute, denn für sie war die Familie außerordentlich wichtig.

Sein Großvater allerdings hatte eine völlig andere Meinung als Greta, egal ob aus berechtigten oder unberechtigten Gründen. Luke empfand große Zuneigung und Respekt für den Großvater, bei dem er aufgewachsen war. Carl war das Familienoberhaupt. Er hatte Luke alles über die Weinherstellung gelehrt, und sein Enkel sollte das Geschäft übernehmen, wenn er sich zur Ruhe setzte. Und obwohl er Verständnis hatte für die Gefühle seiner Mutter, war es dennoch sinnvoll, zur Machtbasis – Carl Stenmark – zu halten. Und genau da lag der Hase im Pfeffer. Er hegte eine gewisse Zuneigung zu Carla und bewunderte sie dafür, was sie erreicht hatte. Und ob Großvater diese Eigenschaft schätzte oder nicht – sie hatte bewiesen, dass kostbares Stenmark-Blut in ihren Adern floss. Sie hatte bisher all den Schwierigkeiten getrotzt, die sie mit dem Weingut gehabt hatte.

Doch er wollte Klarheit darüber, was seine Mutter in Bezug auf Carla unternehmen würde. »Was sind also deine Absichten bezüglich Carla?«

»Ich werde sie jedenfalls nicht schneiden oder so tun, als würden sie und Sam nicht existieren«, sagte Greta. Ihre feste Stimme gab ihm zu verstehen, dass sie ihre Absichten niemals ändern würde. »Wenn wir uns irgendwo treffen, reden wir miteinander. Wenn sie mich einlädt, sie auf Sundown Crossing zu besuchen, werde ich hingehen.«

»Und wirst du Papa davon erzählen?«, fragte eine Stimme von der Tür her.

Mutter und Sohn drehten sich um und entdeckten Lisel im Türrahmen. Sie hatten keine Ahnung, wie viel von ihrer Unterhaltung sie mit angehört hatte.

»Nur wenn es unbedingt notwendig ist oder wenn ich gefragt werde. Ich erzähle Papa nicht alles, genau wie du«, antwortete Greta in scharfem Ton.

Lisel ging auf sie zu. Sie wirkte angespannt, und ihre Verärgerung war offensichtlich.

»Du dumme, leichtgläubige Greta. Carla wird dich genauso ausnutzen, wie sie Josh Aldrich ausgenutzt hat. Nach seinen Angaben hat sie ihn gnadenlos ausgenommen, um Informationen über Rhein-Schloss aus ihm herauszupressen.«

»Ich würde Josh nicht allzu viel Vertrauen schenken. Er macht nie irgendetwas ohne Hintergedanken«, sagte Luke geradeheraus.

»Er hat sich sehr aufgeregt, als sie ihm den Laufpass gegeben hat. Das habe ich sofort gesehen, obwohl er versucht hat, es zu verbergen«, fuhr Lisel fort. »Die Frau ist eine gefährliche Hexe.« Sie sah ihre Schwester an. »Ich weiß nicht, warum du das nicht erkennst.«

»Ich sehe nicht alles so schwarz wie du«, antwortete Greta, »und ich habe es satt, dass die Leute mir sagen, was ich tun und lassen soll. Wenn Carla mit mir befreundet sein will, wüsste ich keinen logischen Grund, warum wir nicht miteinander befreundet sein sollten.«

»Siehst du denn nicht, was sie tut?«, beharrte Lisel. »Sie treibt einen Keil zwischen uns, der vorher nicht da war.«

Luke versuchte, die Feindseligkeit, die sich zwischen seiner Tante und seiner Mutter aufbaute, abzuschwächen. »Mum, Lisel, wenn ihr euch nur hören könntet. Ich kann und werde euch nicht sagen, was ihr tun sollt, aber denkt bitte an Großvater. Carlas Anwesenheit im Valley ist für ihn ein Ärgernis, das er in seinem Alter nicht braucht. Ich hoffe, Carla hat nicht die Stärke durchzuhalten, bis die Ernte verkauft wird. Die nächsten zwölf Monate sind entscheidend.«

»Zwölf Monate! Wir wollen nicht, dass sie ein weiteres Jahr hierbleibt.« Lisel richtete ihren Zorn auf Luke. »Wir sollten jetzt etwas tun, um sie loszuwerden, anstatt untätig zu hoffen, dass sie irgendwann mal die Nase voll davon hat, jeden Dollar zusammenzukratzen, und dass sie beschließt, von hier zu verschwinden. Wir müssen uns um Carla … kümmern.« Ihre dunklen Augenbrauen hoben sich vielsagend. »Wenn du weißt, was ich meine.«

»In der Vergangenheit hast du klar deine Meinung über Carla gesagt, Lisel«, stellte Luke fest. »Du weißt, dass Großvater meinem Plan nicht abgeneigt ist, aber«, sagte er herausfordernd, weil er wusste, dass ihr die Kenntnisse fehlten, um das zu tun, »du kannst die Angelegenheit gerne mit ihm besprechen.«

»Jesus, wirst du ihr gegenüber jetzt auch schwach, Luke?«, warf Lisel ihm vor, und die Enttäuschung stand ihr ins Gesicht geschrieben. »Sie ist eine Bedrohung für dich und dein Erbe.«

»Carla ist nicht scharf auf das Erbe«, antwortete Greta sofort. »Die Frau sucht eine Familie für sich und ihren Sohn.«

Luke erkannte rasch, dass seine Mutter sich an Lisels herrischem Ton störte. Lisel hatte sich immer um Luke gekümmert und unterstützte ihn nach Kräften in seinem Wunsch, eines Tages Rhein-Schloss zu übernehmen. So lange er denken konnte, hatte seine Mutter die besitzergreifende Art Lisels akzeptiert. Er war sich bewusst, dass sie in ihm das Kind sah, das sie nie haben würde, obwohl der Altersunterschied zwischen ihnen weniger als zehn Jahre betrug.

»Das sagt sie«, knurrte Lisel. »Aber nur ein Narr würde das glauben.« Ihre dunklen Augen betrachteten den Tisch, auf dem fünf Gedecke fürs Abendessen standen. »Ich habe den Appetit verloren. Bitte Papa und Margit um Entschuldigung für mich«, sagte sie und stöckelte aus dem Zimmer.

Luke und seine Mutter starrten einander an. Greta blinzelte ein paarmal und atmete tief ein und aus – und Luke tat es ihr gleich. Er machte sich Sorgen, dass seine Tante Carla so sehr hasste. Es war völlig sinnlos, denn Carla stellte keine Bedrohung für Lisel dar. Ihr Platz in der Familie, in der Firma war gesichert, warum also reagierte sie so heftig? Wie sehr er sich auch bemühte, er konnte einfach keinen Grund dafür finden. Und um die Sache noch komplizierter zu machen, schien seine Mutter Carla in dem gleichen Maß zu unterstützen, wie Lisel sie verurteilte. Das war wirklich außergewöhnlich. Er hatte nicht gewusst, dass die beiden so leidenschaftlich waren. Eines war jedoch klar – das tägliche Leben in Stenhaus würde deswegen zunehmend schwieriger werden.

In ihrer Suite im ersten Stock, die aus einem großen Schlafzimmer, Wohnzimmer und einem eigenen Bad bestand, schritt Lisel ruhelos über den dicken Teppich. Dann ging sie in ihr Schlafzimmer und setzte sich auf den Schemel vor den Schminktisch. Automatisch griff ihre Hand nach der Bürste, und sie begann, ihr Haar zurückzubürsten. Diese Tätigkeit beruhigte sie etwas.

War Luke verrückt oder einfach nur leicht zu täuschen? Wusste ihr Neffe denn nicht, dass er, wenn er Carla und ihrem Sohn gegenüber zu nachgiebig war, sein Erbe aufs Spiel setzte? Egal, was ihre Schwester sagte, Carla war gerissen. Und es war ihr gelungen, den Widerstand der

Leute im Valley zu brechen. Daher bewunderte Luke vermutlich ihre Entschlossenheit, anstatt ihren Beweggründen zu misstrauen.

Lisel würde sich jedenfalls nicht so leicht hereinlegen lassen. Und Papa auch nicht. Zusammen würden sie eine Lösung finden, *sie* ein für alle Mal aus dem Valley zu vertreiben.

15

Es war ein frischer Wintertag im Barossa Valley, kalt, aber nicht zu kalt für einen Grillabend bei Paul van Leeson. Er feierte den Abschluss eines lukrativen Architekturauftrags im nahe gelegenen Clare Valley. Über zwei Dutzend Leute saßen oder standen auf der weitläufigen Holzveranda, die sich zehn Meter lang vom Wohnzimmer und der Küche aus erstreckte. Pauls Grundstück lag in einem Tal und war von Rebstöcken umgeben. Zu den Gästen gehörten die Conrads, Carla, Angie und Sam, die Loongs sowie verschiedene andere Leute, mit denen Paul geschäftlich zu tun hatte, Händler, Bauunternehmer sowie künftige als auch zufriedene Kunden.

Carla arbeitete jetzt schon ein Jahr für Paul und war mit seinen architektonischen Fähigkeiten vertraut. Sie hielt ihn für außergewöhnlich talentiert, nicht nur weil überall im Barossa Valley und darüber hinaus Beispiele seiner Restaurierungskünste und neuer Arbeiten zu finden waren, sondern auch weil seine Werke äußerst innovativ und einfallsreich waren. Sie blickte sich um und bewunderte die Konstruktion seines Hauses und wie gut es sich in die umliegende Landschaft einfügte. Es war modern, aber nicht ultramodern, und er hatte viele natürliche Materialien benutzt, wie Bauholz und natürliche Steine sowie große Glasplatten, um die ländliche Umgebung zu nutzen. Eine Fülle von einheimischen Pflanzen, die das Haus umgaben, vermittelten den Eindruck, dass das Haus sich perfekt in die ländliche Umgebung einfügte. Sie kam gerne hierher und fand immer etwas Neues, das sie bewundern konnte, ein Detail, das ihr vorher nicht aufgefallen war.

Auch Angie schaute sich voller Bewunderung um und sagte leise: »Das Einzige, was hier fehlt, ist die Hand einer Frau.«

»Ich vermute mal, dass Paul das von Lisa erwartet hat«, flüsterte Carla, wobei ihr Gesichtsausdruck bewusst neutral war. Sie würde sich nicht von Angies ständigen Versuchen, sie zu verkuppeln, beeinflussen lassen. Die beste Lösung war sowieso, sie zu ignorieren. Als die gewünschte Reaktion ausblieb, wandte sich Angie einem Winzer auf der anderen Seite der Veranda zu. Carla blieb versonnen am Geländer stehen, inmitten des Lärms, des Geplauders und der Musik.

Das Leben wurde langsam schön. Der Brief des Anwalts an Josh war erfolgreich gewesen. Wenn sie Josh nun sah, was nicht allzu oft vorkam, hielt er sich von ihr fern. Das war gut so, soweit sie betroffen war, obwohl sie seine stumme Feindseligkeit deutlich spüren konnte. Und tief im Innern war ihr bewusst, dass sie sich vor ihm schützen musste. Josh war ein Problem, doch sie musste lernen, damit zu leben.

Es gab jedoch viele andere Fortschritte und schöne Ereignisse, die sie ablenkten. Greta Michaels und sie hatten sich einige Male im Park getroffen und miteinander geredet. Ab und zu war Sam dabei gewesen. Von Greta erfuhr sie mehr über die Stenmarks, ihre Familiengeschichte – sie hatten ihren deutschen Namen Steinmarch in das englisch besser auszusprechende Stenmark geändert – und über die entscheidenden Jahre im Leben ihres Vaters und die Zeit, als er ein junger Mann gewesen war. Einmal zeigte Greta ihr ein Foto ihrer Mutter, Anna Louise, damit Carla die Ähnlichkeit sehen konnte. Die einzige Person, über die sie sich nie ausführlich unterhielten, war Gretas Vater. Es war besser so. Im Laufe der Unterhaltung hatte Carla etwas über das Wesen ihres Großvaters erfahren und die Lebensregeln, die sein Vater ihn gelehrt hatte. Sie akzeptierte, dass er das Recht hatte, diese Regeln auch auf seine Familie anzuwenden, obwohl sie ihr nicht logisch erschienen.

Mehr als dreißig Jahre hatte Carl Stenmark seine Enttäuschung und seine Wut an seinem jüngeren Sohn ausgelassen, um ihn zu beeinflussen, bis es zu einem Teil von ihm geworden war, genauso wie Essen oder Trinken. Leider wurde ihr aufgrund dieser Erkenntnis eines mit absoluter Sicherheit klar: Nur ein Wunder oder eine Katastrophe würde ihren Großvater dazu bewegen, seine Meinung zu ändern und sie und Sam in die Familie aufzunehmen. Sie atmete tief durch. Sie würde sich dadurch keinesfalls deprimieren lassen, besonders nicht – ihr Blick schweifte über die Rebstöcke, die gegenwärtig ihren Winterschlaf hielten, und den klaren blauen Himmel – an einem so schönen Tag.

Dann beobachtete sie Paul, der sich an den beiden Grillgeräten zu schaffen machte. Er spürte, dass sie ihn ansah, und registrierte, dass sie allein am Verandageländer stand. Er hob sein Weinglas und prostete ihr stumm zu, und sie erwiderte die Geste. Dann merkte sie aus dem Augenwinkel, dass die Conrads auf sie zukamen. In den letzten Monaten waren sie gute Bekannte, wenn nicht sogar gute

Freunde geworden. Carla glaubte, dass die Unterstützung der Conrads dazu beigetragen hatte, einige Leute im Valley umzustimmen. Sie waren nun nicht mehr der Meinung, dass sie und Angie eine Bedrohung darstellten.

»Schön, dich zu sehen.« Walter umarmte Carla, und Frances küsste sie auf die Wange.

»Bist du verreist gewesen, Walt?«, fragte Carla.

»Ja, in Westaustralien. Die Gegend um den Margaret River boomt geradezu, was Wein angeht.« Walt lächelte sie an. »Ich habe erfahren, dass ihr eine gute Ernte hattet.«

»Eine sehr gute«, bestätigte Carla. »Wir haben fast dreißig Tonnen Chardonnay geerntet, die nach dem Keltern mehrere tausend Flaschen ergeben. Und von den Shiraz-Trauben kriegen wir nach dem Gärungsprozess einige tausend Flaschen Rotwein. Das ist kein schlechtes Ergebnis, wenn man bedenkt, dass nicht alle Weinstöcke Früchte trugen.«

»Das ist eine großartige Leistung«, freute sich Frances. »Kein Wunder, dass du so begeistert bist. Die Leute im Valley werden sehen, dass du es ernst meinst.« Obwohl sie *Leute* sagte, wussten alle, wen sie damit meinte – die Stenmarks.

»Im Hinblick auf den Jahrgangswein habe ich einen Vorschlag, der dich vielleicht interessieren könnte und von dem du in finanzieller Hinsicht profitieren könntest.« Walt senkte vertraulich die Stimme.

»Den würde ich mir gerne anhören«, sagte Carla, die neugierig geworden war. Sie respektierte Walts umfangreiches Wissen und seinen Sachverstand auf diesem Gebiet genauso wie Angies. Er hatte zahlreiche Kontakte, und obwohl er kein Winzer mehr war, wusste er immer, was im Weingeschäft los war. Nicht nur im Barossa Valley, sondern weit darüber hinaus. Was konnte sie schon verlieren, wenn sie sich seinen Vorschlag anhörte? Dann fiel ihr plötzlich eine Bemerkung ein, die Luke einst gemacht hatte. Er hatte gesagt, dass man den Conrads nicht vertrauen sollte. Carla schüttelte trotzig den Kopf. Warum sollte sie ihnen nicht vertrauen? Sie hatten ihr nur Freundschaft und Kameradschaft entgegengebracht, etwas, was ihre eigenen Verwandten in keinster Weise getan hatten!

»Es geht um den Vertrieb«, sagte Walt, »den Vertrieb des Jahrgangsweins, wenn er herangereift ist und verkauft werden kann. Ich würde gerne dein Vertreter sein und die ausschließlichen Vertriebsrechte bekommen. Das heißt, ich verkaufe den Wein in deinem Namen zu dem Preis, den der Einzelhandel dafür zahlt. Ich habe einen guten Draht zum Spirituosenhandel, nicht nur in Südaustralien, sondern im ganzen Land.«

»Nach Barossa-Maßstäben ist das keine große Ernte und bestimmt auch nicht exklusiv genug«, gab Carla zu bedenken. Sie hatte sich noch keine großen Gedanken gemacht, aber es konnte sicher nicht schaden, wenn sie ihm zuhörte.

»Carla, Angies Ruf eilt ihr voraus, und die Leute sagen, dass sie eine ausgezeichnete Winzerin ist. Sie hat einige Zeit im Loire-Tal und in Deutschland verbracht, wo sie viel gelernt hat, bevor sie sich deinem Vater in Neuseeland angeschlossen hat. Wenn du auf Weinfesten und Wettbewerben einige Flaschen ausstellst, wirst du Erfolg haben. Das würde Sundown Crossing ein Profil verleihen, das ich dem Spirituosenhandel als hochwertige Boutique-Weinkellerei verkaufen könnte.«

Carla wusste, dass Angie genau das vorhatte. Sie wollte dem Flaschenwein den Titel »Chardonnay Gold« verleihen, in der Hoffnung, dass der Jahrgangswein auf dem Markt ein oder zwei Prämierungen erzielen würde.

Damit würde das Ansehen des Weinguts enorm gefördert.

»Ach Schatz, lass uns jetzt nicht über das Geschäftliche reden. Dies ist ein gesellschaftlicher Anlass. Sieh mal«, Frances deutete auf den Rasen vor dem Haus, »sie fangen gerade an, Football zu spielen – Kinder und Frauen gegen die Männer. Komm, wir schauen uns das an«, bettelte sie und zog Walt am Ärmel.

»Okay, okay, Liebes.« Walt gab sich widerwillig geschlagen und zwinkerte Carla zu. »Wir reden später darüber, in Ordnung?« Er wartete, bis sie zustimmend nickte, bevor er seiner Frau folgte. »Ich rufe dich an.«

Carla gesellte sich zu den Zuschauern, die am Rand des Rasens standen und entdeckte Sam unter den Jungen, die sich gerade aufstellten. In den Wintermonaten war er zu einem Football-Fan geworden. Er spielte eifrig, sah sich im Fernsehen Spiele an und übte zu Hause, obwohl er sich oft darüber beklagte, dass Su Lee nicht die gleiche Begeisterung aufbrachte wie er. Sam und Paul spielten jedes Mal miteinander, wenn er vorbeikam, und sie schätzte es sehr, dass er ihrem Sohn so viel Aufmerksamkeit schenkte. Manchmal war Paul selber wie ein Kind, und es war ihm egal, wenn er sich beim Spielen schmutzig machte. In dieser Hinsicht erinnerte er sie etwas an Derek, ihren verstorbenen Mann. Ein Mann mit einem sanften, fürsorglichen Wesen. Heute konnte er natürlich nicht mitspielen, weil er sich um das Essen kümmerte und eine Menge Steaks und Würste auf den Grill legen musste.

Nachdem Carla das Spiel gesehen und Sam zugejubelt hatte, wenn er ein Tor geschossen hatte, half sie, die Platten mit dem Essen auf den Tischen zu verteilen, die in langen Reihen auf Holzböcken standen. Kim und einige andere

Leute waren schon damit beschäftigt, Teller und Besteck auszulegen.

»Vom Footballspielen kriegt man Hunger«, sagte Carla zu Paul.

»Gut, es gibt nämlich eine Menge zu essen. Ich glaube, ich habe zu viel vorbereitet.«

»Schon in Ordnung, Mr. Paul«, versicherte Kim, »besser als zu wenig.«

»Nächstes Mal übernimmt Kim die Organisation. Sie kann die Mengen besser einschätzen«, erklärte Paul und grinste das Mädchen schief an.

»Gute Idee. Das wird eine wundervolle Übung für sie sein, wenn sie ihr Restaurant eröffnet«, stimmte Carla zu. Nicht dass sie sich darauf freute, Kim, Tran und Su Lee zu verlieren. Bis dahin würden wohl auch noch einige Jahre vergehen, aber irgendwann würde es so weit sein, denn erfahrungsgemäß verwirklichte Kim ihre Träume. Bis dahin wäre Sundown Crossing jedoch fest etabliert und würde genügend Einkommen erzielen, mit dem sie sich noch mehr Arbeitskräfte würde leisten können. Sie glaubte allerdings nicht, dass die genauso gut sein würden wie Tran und Kim. Und irgendwann, wenn sie genug Geld hatte, würde Paul einen Raum konstruieren, in dem Weinproben stattfinden konnten, sowie ein Café vor der Weinkellerei. Vielleicht könnte Kim auf Sundown Crossing ihr Restaurant eröffnen. Carla musste innerlich lächeln, als sie über die Möglichkeiten nachdachte.

Die Party bei Paul dauerte den ganzen Nachmittag. Als es zu dämmern begann, hatten sich die meisten Gäste schon verabschiedet. Nur die Loongs, Angie und Carla waren noch da, um Paul beim Aufräumen zu helfen.

»Was mir an Partys nicht gefällt, ist das Chaos danach«, brummte Paul vor sich hin.

»Tja, ohne geht's nicht«, sagte Angie lachend, während sie die Spülmaschine ausräumte, um sie wieder neu zu füllen.

Carla blickte sich suchend nach Sam und Su Lee um. Sie waren weder im Wohnzimmer noch auf der Veranda. »Wo sind die Kinder?« Und wo war Odin, Sams drei Monate alter Schäferhund?

»Sam wollte mit Rebel und Odin spazieren gehen. Ich habe es ihm erlaubt«, sagte Paul.

Carla musterte ihn düster und schaute dann zum Fenster hinaus. »Es ist schon fast dunkel.«

»Du Glucke«, sagte Angie kopfschüttelnd und schnalzte mit der Zunge. »Geh doch mit Paul und such sie. Wir machen hier weiter.«

»Wahrscheinlich sind sie zur Hauptstraße gegangen. Ich gehe mit Rebel oft dort entlang, und sie läuft automatisch in die Richtung«, sagte Paul. Sein Haus war ein Stück zurückgesetzt, um keinen Einblick in sein Privatleben zu gewähren, war also ungefähr zweihundert Meter von der Straßenbiegung entfernt. Er nahm eine starke Taschenlampe von einem Haken an der Wand, und sie liefen los.

»Es wird schnell dunkel, sie werden die Orientierung verlieren«, sagte Carla, die von Minute zu Minute beunruhigter wurde. Das Letzte, was sie nach diesem schönen Tag brauchte, waren zwei Kinder und zwei Hunde, die sich im Busch oder im Weingut eines Nachbarn verlaufen hatten. Es wurde zudem ziemlich kalt. Sie dachte sehnsüchtig an Pauls Holzfeuer, das im Kamin vor sich hin prasselte, und zog den Reißverschluss ihrer Jacke hoch, während sie neben Paul herging.

Paul stieß einen schrillen Pfiff aus. »Wenn Rebel in der Nähe ist und den Pfiff hört, wird sie bellen.« Aber Rebel bellte nicht. Paul pfiff erneut.

Während sie die Straße hinuntergingen, hörten sie in der Ferne einen Hund bellen. Kurze Zeit später sahen sie im Strahl der Taschenlampe, wie Rebel mit fliegenden Ohren die unbefestigte Straße entlangrannte, direkt auf sie zu. Odin, der kleine Welpe, hoppelte eifrig hinterher, und Sam und Su Lee kamen weit hinten angetrödelt.

»Gott sei Dank«, murmelte Carla. Sie hatte wirklich Angst um die Kinder gehabt. Es gelang ihr, Rebel aus dem Weg zu gehen, der sie gerade freudig anspringen wollte, aber nicht Odin, der aufgeregt umherhüpfte und um ihre Beine wuselte.

»Mum, Paul, was macht ihr denn hier draußen?«, rief Sam ihnen entgegen. »Es ist doch langsam zu dunkel, um einen Spaziergang zu machen. Brrr, und zu kalt!«

»Wir waren gerade auf dem Nachhauseweg«, bemerkte die ältere Su Lee, die, ohne dass ein Wort darüber verloren wurde, genau wusste, dass man sie vermisst hatte.

Paul lachte. »Kinder!« Er zuckte die Schultern. »Ich weiß, was euch aufwärmen wird. Eine heiße Tasse Kakao und ein Schluck Brandy für Mum.«

»Ja«, stimmte Sam zu. »Mum, darf ich die Taschenlampe haben?«

Carlas Spannung wich, und sie gab Sam die Taschenlampe, woraufhin er mit Su Lee und den Hunden abzog. »So ist mein Sohn. Er hat vor nichts Angst.«

»Das ist typisch. In seinem Alter ist alles nur ein Abenteuer, eine Herausforderung.«

Paul und Carla gingen auf das Haus zu. Fast überall brannte Licht, ein freundliches Willkommen, während die Dunkelheit endgültig hereinbrach. Ohne das Licht der Taschenlampe konnte Carla kaum die Straße erkennen, aber Paul kannte den Weg. Er nahm Carlas Hand, um ihr zu helfen, doch trotzdem stolperte sie in ein Schlagloch und verstauchte sich den Knöchel.

»Aua! Mist«, stöhnte Carla, während sie auf einem Fuß balancierte. Paul ergriff ihren Arm, um sie zu stützen.

»Alles in Ordnung?«

»Ich denke schon.« Vorsichtig stellte sie den verletzten Fuß auf den Boden. Er tat zwar weh, aber nicht so, dass es nicht auszuhalten war.

»Ganz ruhig.« Wie selbstverständlich zog er sie an sich, legte ihren Kopf unterhalb seiner Schulter auf seine Brust, und seine Hand strich über ihr Haar.

In seinen Armen fühlte sie sich wie in einem Kokon: warm, sicher, geborgen. Es war wirklich aufregend. Ihr Herz klopfte schneller, in ihren Adern pulsierte das Blut, und ihr Magen hüpfte, als wäre sie auf einer Achterbahn. Es war ein herrlich berauschendes Gefühl, aber gleichzeitig auch beängstigend. Ja, beängstigend. Carla wollte sich nicht verwundbar fühlen, wollte nichts, was sie nicht haben konnte, wollte sich nicht in jemanden verlieben, der sie nicht lieben konnte, weil seine Gefühle nach wie vor woanders waren. Dieser Gedanke kreiste nun in ihrem Kopf, bis er ihre Gedanken vollkommen beherrschte.

»Es geht mir gut.« Sie räusperte sich und entzog sich vorsichtig seiner Umarmung.

»In Ordnung, aber halten Sie meine Hand fest, bis wir zu den Lampen kommen. Wir wollen doch nicht, dass Sie sich womöglich ernsthaft verletzen, nicht wahr?«, sagte Paul in seiner gelassenen Art.

Er nahm ihre Hand und hielt sie warm und fest.

Sie gingen zum Haus zurück, und Carla redete sich ein, dass dieser Anflug von Intimität nichts weiter bedeutete, dass er lediglich um ihre Gesundheit besorgt war.

»Und der Gewinner der Goldmedaille für den besten Chardonnay«, der bärtige Preisrichter auf der Preisverleihung der Kleinwinzer machte eine dramatische Pause. Das Publikum wartete schweigend und voller Erwartung, »ist – Sundown Crossing vom Barossa Valley. Einen Glückwunsch an die Winzerinnen Angela Dupayne und Carla Hunter.«

Carla strahlte über das ganze Gesicht, und wie sie vorher verabredet hatten, ging Angie auf die Bühne, um den Preis entgegenzunehmen und einige Worte zu sagen. Sie hatte bereits den zweiten Preis für den Para-Portwein bekommen, den Carlas Vater vor vielen Jahren abgefüllt hatte. Der Wein trug ein neues Etikett, und es gab zwischenzeitlich nur noch weniger als fünfzig Flaschen davon. Angie hatte angedeutet, dass sie, wenn er eine Auszeichnung bekommen würde, den Preis für den Portwein erheblich erhöhen könnten, den die meisten Weinliebhaber dann sicher auch zahlen würden. Das wäre ein schöner, unerwarteter Verdienst für das Weingut. Ihr Vater wäre hocherfreut gewesen. Ein paar Sekunden lang verschleierten sich ihre Augen. Dann klopften die Leute ihr auf den Rücken und beglückwünschten sie. Ihre Melancholie verschwand und machte einer überschwänglichen Freude Platz.

Schließlich blickte Carla sich in dem riesigen Raum um. Ihre Augen wanderten über die unzähligen Weinflaschen, die Weingläser, die auf den mit Leinentischtüchern geschmückten Tischen standen, und über die Gesichter der Anwesenden. Sie wollte so viele Einzelheiten wie möglich in sich aufnehmen, die Atmosphäre aufsaugen und alles in ihrem Gedächtnis speichern. Dies war ihr erster Weinpreis, das Siegel der Anerkennung objektiver Leute aus derselben Branche. Angie hatte versprochen, dass dies nicht der letzte Preis sein würde, und Carla fing langsam an, das zu glauben.

Hinten in der Menge standen Luke Michaels und Josh Aldrich, obwohl man die beiden nicht gerade als Kleinwinzer bezeichnen konnte.

»Verdammt noch mal! Ich hätte nie gedacht, dass Angie das fertig bringen würde«, sagte Josh zu Luke. »Es ist ihr erster Jahrgangswein, und sie gewinnen auch noch die Goldmedaille dafür. Das nenne ich Anfängerglück.« Er hob vielsagend die Augenbrauen. »Carl wird gar nicht erfreut sein.«

»Bestimmt nicht«, bestätigte Luke. Er schüttelte den Kopf und machte Josh eine Geste, sich etwas zu entfernen, damit die Umstehenden ihre Unterhaltung nicht mit anhören konnten.

Vor dem Haus knöpfte Luke seine schwarze Lederjacke gegen die kalte Luft zu und vergrub die Hände in den Hosentaschen. Ihr Plan, Carla und ihre Freundin aus dem Valley zu vertreiben, würde aufgrund der Medaille, die sie soeben gewonnen hatten, scheitern. Niemals würde sie freiwillig von hier weggehen, denn sie hatte die Garantie, dass sich ihr erster Jahrgangswein bestens verkaufen würde, und dieses Ansehen würde sich auf ihre zweite Ernte übertragen.

Viele Anwohner des Barossa Valley hatten sie schon akzeptiert – Kleinwinzer, Händler und Ladenbesitzer. Es war fast so, als würden sie sich insgeheim freuen, dass Carla einen Sieg über den riesigen Konkurrenten Rhein-Schloss errungen hatte. Die Tatsache, dass sie liebenswert und freundlich war, erhöhte noch ihre Beliebtheit. Lukes Mutter lehnte seine Kritik ihr gegenüber ab, und in den letzten Monaten hatte es in Stenhaus einige erhitzte Diskussionen darüber gegeben. Seine Mutter hatte Carla verteidigt, und Lisels Hass Carla gegenüber war noch gestiegen und hatte zu Streitigkeiten geführt, als Großvater nicht dagewesen war.

»Was sollen wir also mit ihnen machen, Luke?« Joshs Ton war unüberhörbar gereizt.

Luke blickte Josh düster an. Er war sich Joshs Verbitterung Carla gegenüber bewusst, die fast genauso groß war wie Lisels Hass auf sie. »Ich weiß nicht. Noch nicht.«

»Wenn dir nichts einfällt, ich hätte da einige Ideen«, sagte Josh und grinste. »Es sei denn…« Josh hielt inne und kniff kurz die Augen zu, »du willst nicht mehr, dass wir sie loswerden.«

Luke zuckte beinahe zusammen, denn Joshs Bemerkung kam der Wahrheit sehr nahe. Wenn er zu entscheiden hätte, wenn Großvater ihn nicht drängen würde, Krugerhoff zurückzukaufen, wenn seine Mutter Carla nicht so sehr mögen würde und… und wenn er nicht angefangen hätte, seine Cousine zu bewundern und mehr zu mögen, als er es eigentlich tun sollte, würde er sie in Ruhe lassen.

»Das wäre ja keine Lösung«, antwortete Luke sybillinisch.

»Freut mich, das zu hören«, gab Josh zufrieden zurück. »Nebenbei bemerkt, es geht das Gerücht um, dass Walt Conrad mit Carla darüber verhandelt, ihr den gesamten Sundown-Crossing-Bestand abzunehmen. Ich nehme an, der Typ ist auf betrügerische Machenschaften aus.« Er kicherte, als wäre das ein Riesenspaß. »Wenn er das wirklich vorhat, ist unser Problem gelöst.«

Luke, den die Äußerungen seines Betriebsleiters zunehmend verärgerten, blinzelte ihn an und fragte: »Wieso?«

»Was passiert, wenn Conrad den Jahreswein nimmt und ihn auf dem Spirituosenmarkt nicht absetzen kann? Conrad wird bestimmt nicht pleitegehen, er ist nur der Zwischenhändler; aber es könnte sich negativ auf Carlas Weingut auswirken, wenn die Verkäufe ausbleiben. Sie hat kaum noch Geld und ist davon abhängig, dass der Wein verkauft wird, um das Weingut zu finanzieren, bis die nächste Ernte verkauft werden kann. Wenn ihr das Geld ausgeht …«

»Es ist ziemlich unwahrscheinlich, dass Walt den Wein nicht verkaufen kann, nachdem er jetzt eine Goldmedaille gewonnen hat«, bemerkte Luke.

»Stimmt, aber du kennst doch Walt. Er ist ein Schwindler, und wer weiß, vielleicht hat er seinen eigenen Plan im Hinblick auf Sundown Crossing.« Josh nickte. »Dem Mann kann man nicht vertrauen. Carla hält ihn für einen guten Freund, aber Walt will sich nur bereichern.«

»Das brauchst du gar nicht erst zu betonen«, stimmte Luke zu. Er dachte darüber nach, was Josh soeben gesagt hatte. Wollte Conrad sie wirkich über den Tisch ziehen? Und wenn das der Fall war, würden sich die Dinge zu ihren Gunsten entwickeln, wenn Conrad die schmutzige Arbeit machte? Ein saurer Geschmack bildete sich in seinem Mund, gefolgt von einem Anflug von Selbstverachtung. Was sein Erbe anging, wusste er, dass Carla das Valley verlassen sollte.

Großvater, Lisel und sein eigener Vater hielten es für notwendig, Carla zu vertreiben. Aber irgendwie und ungeachtet der Frage des Erbes war das falsch und unfair. Als Mitglied der Stenmark-Familie war er jedoch verpflichtet, sich dem Mehrheitsprinzip anzuschließen, egal wie geschmacklos er es auch fand.

»Komm jetzt, die Show ist vorüber«, befahl Luke barsch, »wir können nach Hause gehen.«

Das Barossa Valley war aufgrund der vielen Festivals, die jedes Jahr dort stattfanden, sowohl national als auch international bekannt. Jede Gelegenheit, eine Party zu geben, wo gutes Essen und ausgezeichnete Weine angeboten wurden, war Grund genug für ein Festival. Solche Anlässe, die zu verschiedenen Jahreszeiten stattfanden, waren dazu bestimmt, den Tourismus zu fördern, die kleine Gemeinde zusammenzubringen und sich zu amüsieren.

Luke war nicht gerade in Feierstimmung, als er auf dem alle zwei Jahre stattfindenden Barossa-Valley-Weinfestival in Tanunda von Stand zu Stand ging. Ab und zu blieb er stehen, um einen Blick über die Produktpalette zu werfen, angefangen von verschiedenen Käsesorten über Traubengelée bis zu Kunsthandwerk und einer Reihe von Tisch- und Dessertweinen. Der Druck auf ihn wurde immer größer, etwas wegen Carla zu unternehmen. Aber er hatte Gewissensbisse, die Anweisung von oben zu befolgen. Er war nicht der zähe Geschäftsmann wie sein Vater und Großvater. Auch hatte er nicht Lisels Killerinstinkt, unbedingt gewinnen zu müssen, oder Josh Aldrichs Mangel an Gewissen, der ihm gestattete, gemeine Dinge zu tun, ohne eine Sekunde darüber nachzudenken.

Seit der Preisverleihung der Kleinwinzer hatte er sich den Kopf darüber zerbrochen, eine Lösung für seine verzwickte Lage zu finden. Bisher jedoch vergeblich. Er könnte seine Tante die Probleme regeln lassen; Lisel hätte damit bestimmt keinerlei Skrupel. Das machte ihm jedoch Sorgen, denn er ahnte, wozu sie tatsächlich in der Lage war.

Während er über seine verfahrene Situation nachdachte, kam das Objekt seines Ärgers prompt in sein Sichtfeld. Carla war in der Menge leicht zu erkennen. Sie unterhielt sich mit den Eigentümern der Tweedies-Gully-Weinkellerei aus Lyndoch. Er hatte erfahren, dass diese Kellerei vorhatte, sich auf den Anbau von Lavendel und Lavendelnebenprodukten umzustellen. Um Werbung für ihre neuen Produkte zu machen, hatten sie einen Stand mit den Dingen bestückt, die sie zukünftig produzieren wollten.

Carlas rotgoldenes Haar wirkte wie ein Magnet auf Luke. Er näherte sich ihr von hinten und tippte ihr auf die Schulter. »Hallo.«

»Luke.« Carla lächelte gezwungen. »Ich wusste gar nicht, dass du Feste magst.«

»Mum hat mich mitgeschleift«, gestand er, obwohl das nicht die ganze Wahrheit war. Er war in der Hoffnung gekommen, Carla hier zu treffen, rein zufällig natürlich. In letzter Zeit hatte er es geschafft, das öfter zu tun, stets in der Hoffnung, ihren Widerstand ihm gegenüber zu brechen. Er wusste nicht, warum er das unbedingt wollte, weil er gegen die Erwartungen seiner Familie verstieß, aber er konnte einfach nicht anders. Da Carla sich jedoch unter Kontrolle hatte, wenn sie sich trafen, hatte er keine Ahnung, ob er nur annähernd erfolgreich war.

»Ich habe Greta am Käsestand gesehen.«

»Mmm, meine Mutter hat, wie man sagt, einen ausgezeichneten Riecher für Käse. Und seit vielen Jahren beurteilt sie die verschiedenen Käsesorten.« Er wollte allerdings nicht über seine Mutter reden. »Amüsierst du dich?«, fragte er, um irgendetwas zu sagen, was die Unterhaltung in die Länge ziehen könnte. In gegenseitigem stillen Einvernehmen hatten sie es sich angewöhnt, ihre auf Gegenseitigkeit beruhenden feindseligen Gefühle in der Öffentlichkeit zu verbergen.

»Ich mag die Atmosphäre, die Menschen, die Kostüme, die Musik. Alles. Es ist so, als wäre ein Stück Deutschland nach Südaustralien gekommen. Sam findet es cool. Er ist mit Angie irgendwo verschwunden. Ich werde ihn wahrscheinlich nicht eher sehen, bis es Zeit wird zu gehen oder bis ihm das Geld ausgeht.«

Er ergriff die Initiative und fragte: »Hättest du Lust, einen Kaffee oder Wein zu trinken?«

Ihre Augen strahlten vor Überraschung über seine Einladung. »Kaffee wäre schön.«

Sie gingen auf einen der zahlreichen Erfrischungsstände zu, und Luke gab seine Bestellung auf.

»Alles okay auf dem Weingut?«

Sie verzog das Gesicht. »Als ob du das nicht wüsstest. Hast du nicht überall deine Spione?«

»Du wirst mir vielleicht nicht glauben, aber das stimmt nicht.«

Sie schmunzelte: »Freut mich, das zu hören.«

Wie konnte er bloß das Misstrauen abbauen, das sie ihm entgegenbrachte? Und, wichtiger noch, wollte er das überhaupt? Er musterte sie verstohlen, während sie ihren Kaffee trank, und wusste plötzlich die Antwort. Ja. Carla Hunter hatte etwas Besonderes an sich, und in den letzten Monaten war ihm das zunehmend bewusster geworden. Mehr als andere Frauen, die er kannte oder gekannt hatte, erregte sie sein Interesse. Er bewunderte ihren Geist, ihre felsenfeste Entschlossenheit, sich durchzusetzen, ihren trockenen Humor. Am meisten jedoch bewunderte er ihre Fähigkeit zu überleben. Eine weniger starke Frau hätte ihren Traum schon lange aufgegeben und wäre gegangen. Aber Carla hatte es nicht getan, und er wusste mit hundertprozentiger Sicherheit, dass sie das niemals tun würde. Wenn er ehrlich war, spürte er etwas viel Tieferes als nur Bewunderung für sie.

»Übrigens, herzlichen Glückwunsch zur Goldmedaille. Auf dein Weingut kannst du wirklich stolz sein«, sagte Luke in das Schweigen hinein.

»Vielen Dank, aber das ist Angies Verdienst.« Ehre, wem Ehre gebührt, war Carlas Devise. »Sie hat die gesamte Arbeit geleistet. Mit ihrem Fachwissen hat sie für den langen Prozess den richtigen Zeitpunkt bestimmt, und alles ist gut gelaufen.«

»Vielleicht, aber ihr werdet beide davon profitieren.«

Sie sah ihn neugierig an. »Was hat Großvater dazu gesagt?«

Luke grinste. »Willst du das wirklich wissen?« Sein Großvater war zornig gewesen, weil Carl ebenso wie Luke wusste, dass es nun sehr viel schwieriger sein würde, Carla loszuwerden.

Sie begriff sofort, was er meinte, und grinste ebenfalls. »So schlimm? Nun, es ist nett zu wissen, dass er mich noch nicht vergessen hat.«

»Ich glaube, es ist dir gelungen, den Stenmarks und vielen Leuten im Valley unvergesslich zu bleiben«, konstatierte Luke.

»Ich fasse das als Kompliment auf, obwohl ich nicht sicher bin, dass es auch so gemeint ist.«

»Wir hatten Meinungsverschiedenheiten«, gab er zu, »aber, Carla«, im Geiste traf er spontan eine wichtige Entscheidung, und bevor er sie ändern konnte, fuhr er rasch fort. »Ich kann nicht für andere sprechen, aber ich zumindest möchte, dass wir … Freunde werden. Glaubst du, dass angesichts der Disharmonie zwischen uns eine Freundschaft möglich ist?«

Carla starrte ihn an. Ihre blauen Augen verengten sich zu Schlitzen. Sie konnte kaum glauben, was sie soeben gehört hatte. Sie schüttelte ein wenig den Kopf und schürzte nachdenklich die Lippen, während sie überlegte. »Das ist eine … neue Idee.« Sie atmete tief ein und langsam wieder aus. »Ich war immer schon der Meinung, dass nichts unmöglich ist, wenn man es wirklich will.«

Luke wusste, dass sie auf ihren Traum anspielte, Sundown Crossing zu einem Erfolg zu machen. »Das finde ich auch.« Sein Ton war aufrichtig, und um seinem Wunsch Nachdruck zu verleihen, streckte er die Hand aus. »Waffenstillstand?« Ihr helles Lächeln verschlug ihm den Atem, und er spürte, wie etwas gegen seine Brust stieß, das sich anfühlte wie der Tritt eines Pferdes, und mit einem Anflug von Fatalismus wusste er, dass sein Leben nie wieder so sein würde wie früher.

Sie ergriff seine Hand und schüttelte sie fest. »Waffenstillstand.«

»Großartig.« Er hielt ihre Hand so lange fest, wie es sich geziemte, und während sie immer noch etwas überrascht war, fügte er hinzu: »Wie wär's mit einem Abendessen, um den Neuanfang zu feiern?«

»Oh!« Sie atmete unschlüssig aus, entschied dann jedoch rasch: »Ja, das wäre schön.«

»Gut, ich rufe dich an.«

Wie auf Kommando kam Sam auf sie zugerannt. In einer Hand hielt er eine halb gegessene Stange Zuckerwatte, in der anderen eine Plastiktüte, die mit leckeren Dingen gefüllt war, die er an den verschiedenen Ständen gekauft hatte. Angie war hinter ihm und legte ihre Hände auf seine schmalen Schultern.

»Dieser junge Mann hier hat sein ganzes Taschengeld für diese Woche und die nächsten beiden Wochen ausgegeben«, verkündete Angie lachend. Sie begrüßte Luke mit einem Kopfnicken, während sie sich auf einen Stuhl setzte. »Sam wollte sich alles doppelt anschauen. Meine Füße bringen mich schier um.«

»Was du brauchst, ist ein belebender Kaffee«, sagte Luke. »Ich hole dir einen, dann werde ich mich auf die Suche nach meiner Mutter machen. Sie wird wahrscheinlich auch fertig sein.«

Nachdem er Angie den Kaffee und Sam eine Limonade spendiert hatte, verabschiedete sich Luke und verschwand in der Menge.

»Dich ausgerechnet mit dem zu sehen, hätte ich nicht gerade erwartet.« Angie konnte ihren Kommentar nicht zurückhalten.

»Na und? Wir haben uns zufällig getroffen. Er hat mich eingeladen, einen Kaffee mit ihm trinken zu gehen, und ich habe das Angebot angenommen. Wir«, sie betrachtete ihre Hände und dann Angie, »wir haben eine Art Waffenstillstand vereinbart und uns darauf die Hand gegeben.«

»Einen Waffenstillstand?«

»Ja. Er möchte, dass wir Freunde sind.« Carla rollte mit den Augen, als Angie sie zweifelnd ansah. »Ich weiß. Vielleicht führt er etwas im Schilde, aber«, sie dachte kurz nach, »das glaube ich nicht. Ich denke, dass er es ehrlich meint.«

»Nun, das ist dann ja eine interessante Entwicklung«, räumte Angie ein. Sie nahm einen Schluck Kaffee, bevor sie ergänzte: »Mit der Zeit wird es sich zeigen, ob es ihm tatsächlich ernst ist mit dem Waffenstillstand.«

16

In seinem luxuriös eingerichteten Büro auf Rhein-Schloss öffnete Carl Stenmark die oberste rechte Schublade seines Schreibtisches und zog eine mehrere Wochen alte Kopie der Gemeindezeitung *Barossa and Light Herald* daraus hervor. Er schlug Seite vier auf, setzte seine Brille auf und starrte auf den Artikel. Die Seite hatte vom vielen Lesen schon Eselsohren. Er kannte den Artikel über die Verleihung der Goldmedaille an Carla bereits auswendig.

Seine blauen Augen verengten sich zu Schlitzen, und die

Falten auf seiner Stirn verstärkten sich, während er das Farbfoto von Angie, der Winzerin, und Carla betrachtete. Er blinzelte, dann wandte er seinen Blick ab. Sie war genau wie Anna Louise. Die Ähnlichkeit mit seiner vor langer Zeit verstorbenen Frau war erstaunlich. Die Erinnerung an Anna Louise machte ihn zutiefst melancholisch. Er konnte seinen Blick nicht vom Foto abwenden. Widerstrebend musste er zugeben, dass sie auch Rolfe etwas ähnelte – die gerade Nase und die starke Kieferpartie waren typisch für die Stenmarks. Mit dem Zeigefinger umfuhr er die Umrisse seiner Enkelin und betrachtete ihre Augen. Genau wie seine waren sie von einem klaren Blau. Ihre vollen Lippen hatte sie wahrscheinlich von ihrer italienischen Mutter.

Er hatte sie nur einmal gesehen, und zwar in dem Restaurant. Aber seitdem war sie von Zeit zu Zeit in seinen Träumen herumgegeistert und hatte ihn auch tagsüber nicht losgelassen. Obwohl er sich dagegen wehrte, musste er leider allzu oft an seine Enkelin denken. Missmutig schüttelte er sein Haupt mit dem dichten weißen Haar. Auch weiterhin versetzte sie alle in Erstaunen, und auf ihre eigene Art und Weise konfrontierte sie ihn ständig, weil sie einfach im Valley blieb. Er gab einen knurrenden Laut von sich und trommelte mit den Fingern auf den Schreibtisch. An ihrer Charakterstärke und ihrer Entschlossenheit bestand keinerlei Zweifel. Sie standen in ihrem Gesicht geschrieben. Carla war genauso starrköpfig wie Anna Louise und sein jüngerer Sohn, an den er, selbst jetzt, nicht denken mochte.

Wenn er an Rolfe dachte, litt er wieder an der Enttäuschung, an dem Schmerz des Verlustes seines Lieblingssohnes. Er war alt genug, um zuzugeben, wenn auch nur sich selbst gegenüber, dass Kurt sein Liebling gewesen war – der Sohn, der dazu bestimmt war, sein Nachfolger zu werden. Anna Louise hatte ihm oft Vorwürfe gemacht, dass er seinen ältesten Sohn, der leichter zugänglich war, dem jüngeren vorzog. Vielleicht hatte sie recht gehabt. Wenn er nicht so parteiisch gewesen wäre, wäre alles anders gekommen.

Wenn. Ein kleines Wort, das er von Herzen verabscheute. Wenn er beide Söhne gleich behandelt hätte, wenn Rolfe zugegeben hätte, dass er Marta verführt hatte, wenn Kurt nicht wie ein Verrückter gefahren wäre … pah! ›Wenn‹ veränderte gar nichts. Verärgert über sich selbst, schlug er die Zeitung zu und faltete sie zusammen. Er schaute auf den Papierkorb, der neben seinem Schreibtisch stand. Irgendetwas hinderte ihn daran, die Zeitung wegzuwerfen.

Er konzentrierte seine Gedanken auf Luke. Gott sei Dank gab es seinen Enkel. Luke war ein würdiger Anwärter und würde eines Tages Rhein-Schloss übernehmen, möglicherweise in nicht allzu ferner Zukunft. Carl hatte Arthritis. Er war ständig müde und spürte seine dreiundachtzig Jahre mit jedem Tag, der verging. Lisel war als Nachfolgerin gänzlich ungeeignet. Mit ihren ständig wechselnden Launen, ihrer Unfähigkeit, länger mit einem Mann zusammen zu sein, und angesichts der Tatsache, dass sie schon über vierzig war, war es kaum wahrscheinlich, dass sie ihm weitere Enkel schenkte. Manchmal verzweifelte er über seine jüngere Tochter, die wie eine Glucke über Luke wachte und Besitz von ihm ergriff, verzweifelte über die wachsende Abneigung zwischen ihr und Greta. Seitdem seine Frau gestorben war, hatte er sie zu sehr verwöhnt. Das Ergebnis war eine überdrehte Egoistin, die lediglich sich selbst und ihre Vergnügungen kannte. Die Familie dachte, dass er nichts von ihren rasant wechselnden Beziehungen wüsste, aber er wusste es nur zu genau. Die Leute redeten, und manchmal hörte er, wie sie darüber flüsterten, und fing diese mitfühlenden Blicke auf. Er wusste es! Das einzig Positive war, dass Luke eines Tages heiraten und einen Sohn kriegen würde, um die so wichtige Erbfolge zu sichern. Carl stieß einen Seufzer aus. Dieser Gedanke beruhigte ihn.

Er blickte auf die Uhr, die an der Wand über der gut gefüllten Cocktailbar hing. Es war beinahe 15.30 Uhr. Er hatte es satt, die Wände anzustarren, Papierkram zu lesen und zu unterschreiben, und würde schnell noch den Rest der Eingangspost erledigen, um dann Felix, seinen Fahrer, anweisen, ihn nach Hause zu fahren.

Die Strecke von der Hauptverwaltung von Rhein-Schloss nach Stenhaus war nicht besonders lang, führte jedoch an einem Spielfeld vorbei, auf dem Football-Mannschaften nach der Schule trainierten. Üblicherweise schenkte Carl den Kindern in ihren Trikots und Football-Stiefeln keinen einzigen Blick, aber heute versuchte er, eines der Kinder ausfindig zu machen, was ihm auch gelang. Auf der anderen Straßenseite saß Sam Hunter mit seinem Schulrucksack und einer Tasche für sein Sportzeug gemeinsam mit zwei anderen Jungen auf dem Rasen in der Nähe der Bordsteinkante.

Der Mercedes rollte vorbei, und Carls Kopf wandte sich wie magnetisch angezogen nach hinten. Seine Augen fixierten den rothaarigen Jungen. »Halt an, Felix«, befahl er, »und fahr rückwärts bis zum Spielfeldrand.«

Ohne zu zögern, tat Felix, wie ihm geheißen, und innerhalb von wenigen Sekunden kam die mächtige Limousine in der Nähe der Stelle, wo die drei Jungen saßen, zum Stehen. Minutenlang betrachtete Carl die Jungen, aber er interessierte sich nur für einen, nämlich seinen Urenkel.

Ein ungewohnter Anflug von Emotionen überkam ihn,

während er Sam beobachtete. Die Jungen, die offensichtlich darauf warteten, abgeholt zu werden, saßen mit übereinandergeschlagenen Beinen auf dem Rasen und spielten einander einen Football zu. Plötzlich erinnerte sich Carl daran, wie Kurt als kleiner Junge gelernt hatte, Rugby zu spielen. Er war gut darin gewesen, ausgezeichnet. Und bevor ihm bewusst wurde, was er tat, stieg Carl aus dem Auto und ging über die Straße zu den Jungen hin.

»Hallo«, begrüßte er die drei verlegen. Es war lange her, seitdem er zuletzt mit kleinen Jungen geredet hatte. Zwei von ihnen sahen ihn misstrauisch an. Er konnte es ihnen nicht verübeln, denn sie kannten ihn nicht. Nicht dass er sich etwas aus ihnen machte, sein einziges Interesse galt schließlich Sam. »Mein Sohn hat auch immer Football hier gespielt, als er jung war.« Er versuchte, ihr Misstrauen zu zerstreuen. Dann wandte er sich an Sam. »Weißt du, wer ich bin, Sam?«

»Ich bin nicht sicher«, antwortete Sam zögernd. Einige Sekunden lang blinzelte er in die Nachmittagssonne und fixierte den alten Mann. »Du ... erinnerst mich irgendwie an jemanden, den ich ... gekannt habe. Meinen Großvater. Er sah dir sehr ähnlich, aber er hatte einen Bart.«

»Oh. War er ein guter Großvater?« Carl fiel auf, dass die anderen Jungen, offensichtlich von der Unterhaltung gelangweilt, an die Spielfeldseite gerückt waren, wo sie sich weiter den Ball zuspielten.

»Der beste.« Sams Antwort war schnell und ehrlich.

»A-aber er, er, Mum hat mir erzählt, dass er im Himmel ist.«

»Ich verstehe«, nickte Carl. »Du bist bestimmt sehr traurig.« Er sah, dass Sams Gesicht ernst wurde. »Was würdest du dazu sagen, dass ich deinen Großvater vor langer Zeit als Bub gekannt habe?« Sein Blick ruhte auf Sam, seinem roten Haar, den Sommersprossen auf seiner Nase und seinen Wangen. Er war Kurt und … Carla so ähnlich. Gefühle überkamen ihn, und sein Hals wurde eng. Dieser Junge war sein eigen Fleisch und Blut. Er war die Zukunft oder konnte es werden. Aber was wollte er damit erreichen, dass er mit Carlas Sohn sprach? Verdammt, er wusste es nicht. Es war, als wäre er von einem inneren Zwang getrieben, dem er sich freiwillig unterworfen hatte. Erstaunlicherweise gab ihm das neue Energie.

Sam sah den Mann in dem Geschäftsanzug an, als könne er es kaum glauben. »Wirklich?«

»Ja. Was würdest du dazu sagen, wenn ich dir erzähle, dass du dem älteren Bruder deines Großvaters sehr ähnlich siehst. Den kannte ich nämlich auch, weißt du.«

»Hey, Sam«, rief einer der Jungen, die Hände trichterförmig um den Mund gelegt, »weißt du nicht mehr, was wir in der Schule über Fremde gelernt haben?«

Erschrocken trat Sam einige Schritte rückwärts. »Ich … ich muss jetzt spielen.«

Carl schüttelte den Kopf. Natürlich. Wie dumm von ihm. Er war ein Fremder für den Jungen. Leider war es heutzutage normal, dass Kinder Fremden gegenüber misstrauisch waren. Zweifellos hatte seine Mutter ihm dieses Misstrauen eingebläut. Er sah, wie der Trainer der Jungen auf sie zugeeilt kam.

»Bist du in Ordnung, Sam?«, fragte ein großer, älterer Mann mit grauem Haar. Als er näher kam, erkannte er Carl. »Oh, Sie sind es, Mr. Stenmark. Ich bin Verne Wakely, kann ich Ihnen irgendwie behilflich sein?« Er sah von Carl zu Sam und wieder zu Carl. »Sam wartet darauf, dass seine Mutter oder Angie ihn abholt – sein Training endete heute schon etwas früher.«

Carl tat die Sorge des Trainers mit einer Handbewegung

ab. »Ist schon in Ordnung. Ich plaudere nur ein wenig mit dem Jungen und habe ihm gesagt, dass mein Sohn früher ebenfalls Rugby hier gespielt hat.«

»Ich erinnere mich an Kurt, ich bin nur einige Jahre jünger als er. Er war ein ausgezeichneter Spieler.« Verne lächelte wohlwollend. »Der kleine Sam scheint viel von ihm geerbt zu haben. Er hat eine gute Konzentration und ist geschickt mit dem Ball.«

»Welche Position spielst du, Sam?«, fragte Carl. Er tat alles dafür, sich noch einige Minuten mit Sam zu unterhalten und ein wenig mehr über den Jungen in Erfahrung zu bringen.

»Außenverteidiger.« Sam betrachtete den alten Mann eingehend. »Stenmark, Stenmark heißen Sie? Mein Großvater ... oh«, seine ernste Miene verriet, dass er endlich begriffen hatte. »Mein Großvater hieß Stenmark. Sie müssen also ...«

»Mr. Stenmark ist dein Urgroßvater, Sam«, half Verne.

»Cool.« Voller Unschuld grinste Sam zu dem Mann mit dem schneeweißen Haar hinauf. »Deshalb sehen Sie so aus wie mein Großvater.«

»Hier kommt Angie, um dich abzuholen. Pünktlich, wie immer«, bemerkte Verne anerkennend.

Carl streckte seinem Urenkel die Hand entgegen. »Schön, dich kennen zu lernen, Sam.« Ohne zu zögern, ließ der Junge seine kleine Hand in die seines Urgroßvaters gleiten.

»Schön, Sie auch kennen zu lernen, Sir.« Ein Runzeln grub sich in seine Stirn. »Wie soll ich Sie denn nennen? Sicher nicht Großvater, weil Sie ja nicht mein Großvater sind ...« Er sah Carl fragend an.

Inspiriert durch den Augenblick, schlug Carl spontan vor: »Als mein Großvater noch lebte, habe ich ihn Papa Fritz genannt. Wie wär's mit Papa Carl? Das ist leicht zu merken.« Aus dem Augenwinkel merkte er, dass Angie Dupayne aus dem Kleintransporter stieg und auf sie zukam. Das Gesicht der blonden Frau spiegelte Besorgnis wider.

Die Hände auf die Hüften gestützt, fragte sie: »Was ist hier los?«

»Alles in Ordnung, Angie. Mr. Stenmark ist zufällig vorbeigekommen und hat den Jungen beim Footballspielen zugeschaut. Das ist cool«, erklärte Verne lachend, während er Sams Haar zerzauste.

»Ich hatte nichts Böses im Sinn, Mrs. Dupayne«, versicherte Carl. »Es war nur eine plötzliche Eingebung.«

Angies Gesichtsausdruck verriet, dass sie nicht ganz davon überzeugt war. »Okay. Hol deine Sachen, Sam. Wir müssen gehen.«

Gekränkt durch das geringschätzige Verhalten der Frau – Carl war es nicht gewohnt, dass Leute, einschließlich Frauen, so ablehnend zu ihm waren –, stand er stumm da und beobachtete, wie Angie mit Sam zum Kleintransporter ging, wartete, bis er im Auto Platz genommen hatte und dann davonfuhr. Mein Gott, was machte er da bloß? Diese Frage stellte er sich wiederholt, während er in den Mercedes stieg und Felix anwies, ihn nun nach Hause zu fahren. Es war eine spontane Idee gewesen, Kontakt mit dem Jungen aufzunehmen und mit ihm zu sprechen. Aber warum hatte er das getan? Aus Neugier. Einsamkeit. Ein Muskel in seinem prägnanten Kinn begann zu zucken. Aus einem Bedürfnis heraus. Er schüttelte heftig den Kopf und schlug mit der rechten Faust in seine linke Handfläche. *Nein. Nein.* Es war dumm von ihm gewesen. Er würde nicht schwach werden und Carla und ihren Sohn in sein Herz lassen. Rolfe war die Ursache für all seinen Schmerz und seine Traurigkeit, und er weigerte sich zuzulassen, dass so etwas noch mal passierte.

Angie beobachtete Carla im Badezimmerspiegel dabei, wie sie sich schminkte, und vergewisserte sich, dass ihr Gesicht nichts verriet. Sie konnte jedoch nicht umhin zu bemerken: »Ich hoffe, du weißt, was du tust.«

»Tust? Alles, was ich tue, ist, mit Luke Michaels zu Abend zu essen. Mehr nicht. Punkt.«

»Ruft er dich an?«

»Nein, ich treffe ihn in Tanunda in dem Restaurant, das wir ausgewählt hatten.«

»Es ist also keine richtige Verabredung.«

Carla verdrehte die Augen. »Ich betrachte es nicht als Verabredung. Luke möchte, dass wir Freunde sind, und ich bin bereit, ihm etwas entgegenzukommen. Das ist nur fair und«, sie hielt inne, bevor sie Lipliner auflegte, »vernünftig. Wenn irgendjemand meinen Großvater dahingehend beeinflussen kann, dass er etwas nachsichtiger wird, dann ist es Luke.«

»Du hast also deinen eigenen Plan.«

»Nun«, Carla dachte einen Augenblick nach und gab dann eine ehrliche Antwort, »es ist nicht unbedingt ein Plan. Ich schwimme nur mit dem Strom und hoffe, dass etwas Gutes dabei herauskommt.«

»Das hoffe ich ebenfalls. Jetzt, da Walt die Ernte des letzten Jahres für uns verkauft, stehen wir kurz davor, unsere Finanzen unter Kontrolle zu bringen. Er hat versprochen, uns nächste Woche einen Scheck zu schicken, sobald die Lieferung der Flaschen an das Spirituosenlager in Adelaide erfolgt ist. Es dauert noch acht Monate, bis die nächste Ernte reif ist, und dann schreiben wir schwarze Zahlen.«

»Ich weiß. Und Luke und Großvater wissen es sicher auch. Also sind sie am Ball, wie es so schön heißt. Sie müssen entweder etwas sehr Drastisches unternehmen, um uns zu vertreiben, oder sie akzeptieren es, dass wir bleiben.« Sie hielt inne, um Lippenstift aufzulegen. »Angenommen, Lukes Friedensangebot ist ehrlich gemeint, werden er und der Rest der Familie hoffentlich endlich akzeptieren, dass Sundown Crossing ein kleiner, aber rentabler Teil des Barossa Valley ist.«

Angie lächelte, aber der Ausdruck in ihren Augen war skeptisch. »Ich wünsche dir viel Glück.«

»Danke.« Carla hoffte, dass sie das nicht brauchte. Sie hatte hin und her überlegt, ob sie Lukes Einladung zum Abendessen annehmen sollte, und die negativen und positiven Aspekte analysiert. Tief in ihrem Innern war sie jedoch eine Optimistin, und sie wollte unbedingt, dass die Stenmarks sie akzeptierten, nicht unbedingt ihretwegen, sondern Sams wegen. Fast ununterbrochen redete er davon, dass er seinen Urgroßvater getroffen hatte. Die Ähnlichkeit mit ihrem Vater hatte ihn seltsam berührt, und jetzt wollte er mehr über die Stenmarks erfahren. Es wäre gut für ihn, wenn er eine größere Familie hätte, und nicht nur sie und Angie. Während sie durch das Wohnzimmer ging, um ihre Autoschlüssel zu holen, die auf der Kommode lagen, beugte sie sich über Sam und gab ihm einen Gutenachtkuss. »Bis später, mein Schatz. Geh bitte ins Bett, wenn Angie es dir sagt. Okay?«

Sam, der sich gerade etwas im Fernsehen anschaute, nickte zustimmend. »Nacht, Mum.«

Carla erreichte als Erste das Park-Restaurant in der Murray Street. Sie war überrascht, dass das Restaurant wie viele andere keinen deutschen Namen hatte, da Tanunda von deutschen Einwanderern gegründet worden war. Sie stellte sich vor, dass das Restaurant vorher ein Wohnhaus gewesen und wahrscheinlich über hundert Jahre alt war, nach der Höhe der Decke und der Dicke der Wände zu urteilen. Die vorderen Zimmer waren zu einem Restaurant umgebaut worden, und die Küche lag auf der Rückseite. Das Restaurant war klein und gemütlich und nur halb voll. Die meisten Gäste schienen Touristen zu sein. Das im Kamin prasselnde Holzfeuer verlieh dem Raum eine wohlige Behaglichkeit.

Carla wusste das zu schätzen, denn die Temperatur draußen war im einstelligen Bereich, obwohl es längst noch nicht so kalt war wie Christchurch. Sie konnte gut auf die kalten Winter ihrer Heimatstadt verzichten. Wenn sie ab und zu daran dachte, dass sie den größten Teil ihres Lebens in Neuseeland verbracht hatte, war sie überrascht, wie schnell sie sich im Barossa Valley eingelebt hatte. Es war hilfreich, ein Ziel zu haben, z.B. ihren Job bei Paul. Er hatte so viel Arbeit und war die meiste Zeit nicht in seinem Büro. Daher übertrug er ihr immer mehr Verantwortung für die Zeichnungen und den Kontakt mit den Kunden. Sie vermisste ihn und ihre gemeinsamen Gespräche, das Lachen, seine umkomplizierte Art. Sie blickte zur Eingangstür hinüber und verfolgte, wie Luke soeben seinen Mantel und Schal ablegte und beides an die Holzhaken an der Wand hängte.

»Tut mir leid, dass ich so spät komme. Musste noch etwas Dringendes im Büro erledigen. Nichts Ernsthaftes«, sagte er, während er ihr gegenübersaß.

Das Problem war Lisel. Sie hatte fürchterliche Laune, weil ein von ihr initiiertes Werbeprogramm fehlgeschlagen war. Es lag jedoch *nie* an ihr, sie schob die Schuld stets auf andere. Luke hatte sie mit viel Diplomatie beruhigt. Seine Tante war manchmal wirklich ein Problem, und in den letzten zwölf Monaten hatte er sich mehr als einmal gewünscht, sie würde auf eine lange, All-inklusive-Erkundungsreise nach Europa oder in die USA gehen, um Werbung für den

Wein zu machen. Die Angestellten, besonders diejenigen, die mit Lisel auf Rhein-Schloss zu tun hatten, entspannten sich sichtlich, wenn sie im Ausland war. Er sollte ihr nächstes Mal, wenn sie miteinander sprachen, tatsächlich vorschlagen, eine solche Reise anzutreten.

»Bist du schon lange hier?« Lukes Frage wurde von einem schuldbewussten Lächeln begleitet.

»Ein paar Minuten, lang genug, um etwas aufzutauen.«

Er lachte. »Frierst du? Hier ist es bestimmt nicht so kalt wie in Christchurch am Ende des Winters.«

»Stimmt, aber für mich ist es immer noch zu kalt.«

Eine Bedienung reichte ihnen die Speisekarte und eine Weinkarte. Sie brauchten einige Minuten, um zu entscheiden, was sie bestellen sollten.

»Also, was ist in Sundown Crossing los? Bist du schon fertig mit dem Beschneiden der Rebstöcke?«, fragte Luke, nachdem ihre Bestellung aufgenommen worden war.

»Fast. Da die Tage kürzer werden und ich vier Tage pro Woche für Paul arbeite, habe ich nur am Wochenende Zeit für die Rebstöcke. Angie sagt, dass es ungefähr ein Dutzend weitere Reihen gibt, die gestutzt werden müssen. Sie versucht gerade, mir den Weinanbauzyklus beizubringen und mir zu erklären, wie und warum die Reben im Winter ruhen und dass ein Großteil der Nahrungsreserven in den Wurzeln gespeichert wird, wo sie sicher vor dem Frost sind und im Frühling, wenn es wieder wärmer wird, zu neuem Leben erwachen. Das ist ziemlich lehrreich.« Sie lächelte. »Natürlich ist dir all das bekannt. Ich bedauere, dass ich mich erst so spät dafür interessiert habe. Dad wollte mir alles über die Herstellung von Wein beibringen. Aber als er noch lebte, habe ich mich zu wenig dafür interessiert.«

»Geh nicht zu hart mit dir ins Gericht, du hattest bestimmt eine Menge anderer Dinge zu tun. Hast du mir nicht einmal erzählt, dass du, nachdem sich deine Eltern getrennt hatten, deinen Vater nur einige Male im Jahr gesehen hast?« Carla blickte ihn überrascht an. Dann fiel ihm ein, dass seine Mutter ihm das erzählt hatte. Sie und Carla waren in den letzten Monaten gute Freundinnen geworden. »Es wäre sehr schwierig für deinen Vater gewesen, dir den Zyklus zu erklären, weil du die meiste Zeit ohnehin nicht da warst.«

Er gab ihr einige Sekunden, um das zu verdauen. Dann fragte er: »Alles in Ordnung mit van Leeson? Ich meine, was deinen Job betrifft.« Die Frage sollte beiläufig klingen, aber da sein Interesse an Carla deutlich gestiegen war, betrachtete Luke einige in Frage kommende Männer im Valley, einschließlich Paul, als mögliche Rivalen um ihre Gunst.

»Ja, alles okay. Er hat so viel zu tun, dass ich ihn manchmal wochenlang nicht sehe.«

Gut! Es war schwierig, eine enge Beziehung mit jeman-dem aufzubauen, wenn man ihn kaum sah. Aus diesem Grund musste er sich etwas ausdenken, wie er Carla öfter sehen, und in Erfahrung bringen, ob sich etwas zwischen ihnen entwickeln konnte. Wenn das der Fall wäre, wüsste er nicht, wie er es seiner Familie beibringen sollte. Aber er würde sich durchsetzen, falls es dazu kommen würde.

Die Bedienung brachte die Vorspeise, und sie begannen zu essen. Luke hatte Carlas Unsicherheit bemerkt. Sie schien nicht ganz sicher, was sie von der neuen Friedfertigkeit zwischen ihnen halten sollte. Instinktiv wusste er, dass er ihre Vorbehalte auflösen und ihr Vertrauen gewinnen musste, eine Aufgabe, für die er sich voll und ganz einsetzen wollte.

»Ich habe erfahren, dass Conrad dir die Ernte abgenommen hat.«

Sie sah ihn an und äußerte vorsichtig: »Ja. Walt hat sich großzügigerweise bereit erklärt, als Zwischenhändler aufzutreten, ohne etwas dafür zu verlangen. Dafür sind Angie und ich ihm sehr dankbar.«

Luke war sich darüber im Klaren, dass sie wusste, dass ihm bekannt war, wie schlecht es momentan um ihre finanzielle Situation bestellt war, und dass er ein heikles Thema angesprochen hatte, indem er Conrad erwähnt hatte. Ebenso wie ziemlich viele Leute im Valley vertraute er dem Mann nicht, aber wenn er schlecht über Walt sprach, würde Carla ihn und seine Frau nur noch stärker verteidigen. »Ich hoffe, alles klappt so, wie du es dir vorgestellt hast.«

»Wirklich?«, fragte Carla mit erhobener Augenbraue.

»Ja.« Und das meinte er auch so. Er freute sich, dass Sundown Crossing erfolgreich war, egal, was Großvater davon hielt.

Ihre Unterhaltung wurde unterbrochen, als die Bedienung ihre Vorspeisenteller abräumte und nach einer Weile den Hauptgang brachte.

»Ich habe gehört, dass dein Sohn gut Rugby spielt.«

Dieses Thema sagte ihr mehr zu. »Wer hat dir das denn erzählt? Ich gebe zu, dass ich etwas voreingenommen bin, aber Sam ist wirklich sehr gut in Rugby, er gibt sich sehr viel Mühe.«

»Verne, sein Trainer hat mir das gesagt. Wir kennen uns schon lange. Er ist Mitglied des örtlichen Schützenvereins. Ich bin Pistolenschütze und übe dort zweimal pro Monat.«

»Schießen? Ist das nicht ein etwas ungewöhnliches Hobby?«

Er zuckte die Schultern. »Ich bin ein durchschnittlicher Schütze, aber es ist äußerst entspannend, genau wie Golf. Man spielt gegen andere und gleichzeitig gegen sich selbst, gegen seine Schwächen.« Er versank ein paar Sekunden in ihren blauen Augen. »Was machst du denn gerne in deiner Freizeit?«

»Zunächst einmal würde ich gerne ein wenig freie Zeit haben«, antwortete sie lakonisch. »Manchmal hat der Tag nicht genug Stunden. Ich arbeite für Paul, muss mich um Sam kümmern, möchte lernen, wie man eine gute Winzerin wird – dafür brauche ich eine Menge Zeit. In Neuseeland habe ich Skilanglauf gemacht, bevor Sam geboren wurde und … und Derek gestorben ist.«

»Es war sehr schwer für dich, Carla, ich verstehe das.«

Ihre blauen Augen musterten ihn fragend. »Wirklich?«

»So viel, wie ein Mann verstehen kann, der im Gegensatz zu dir ein relatives leichtes Leben gehabt hat. Silberlöffel, ausgezeichnete Schulbildung, all das, was gut war, habe ich bekommen.«

»Dad hat oft gesagt, dass schlechte Zeiten den Charakter formen.« Ein wehmütiges Lächeln huschte über ihr Gesicht.

»Er hat recht gehabt. Rolfe hat wirklich schwere Zeiten durchgemacht.« Er hätte noch hinzufügen können, *dank des harten Urteils seines Vaters*, ließ es jedoch bleiben. Das war auch nicht notwendig, denn ihr Gesichtsausdruck, der oft verschlossen und misstrauisch war, wenn sie mit ihm zusammen war, war jetzt offen und klar. Sie hatten nun zu Ende gegessen, und er fragte: »Hast du noch Platz für Nachtisch?«

Sie gluckste. »Wenn du die Rechnung bezahlst, ja.«

Natürlich würde Luke zahlen, schließlich hatte er sie ja eingeladen. Er machte der Bedienung ein Zeichen, noch einmal die Speisekarte zu bringen. Die beiden entschieden sich für einen süßen Dattelpudding.

»Wir haben fast einen Rekord geschafft: Wir haben über eine Stunde miteinander geredet, ohne uns zu streiten«, alberte Luke. »Das ist doch ein gutes Zeichen, oder nicht?«

»Es ist erstaunlich, was man alles erreichen kann, wenn man es nur versucht«, scherzte sie und lächelte, um den Sarkasmus etwas abzumildern.

Er legte kurz seine Hand auf die ihre, dann nahm er sie wieder weg. »Da hast du recht. Dann ist also nichts unmöglich, oder?«

In einer Ecke des Park-Restaurants, in der das Licht etwas gedämpfter war, saß Josh Aldrich. Er hatte das Restaurant nach Luke betreten, und nachdem er seinen Chef und Carla entdeckt hatte, sich auf einen Platz zurückgezogen, von dem aus er nicht gesehen wurde. Dieses ungewöhnliche Ereignis konnte er sich nicht entgehen lassen. Luke und Carla aßen zusammen zu Abend – und sie verstanden sich sogar! Was dachte sich sein Chef bloß dabei oder… versuchte er etwa eine neue Strategie bei ihr?

Fasziniert und gleichzeitig abgestoßen, dass sie hier anwesend waren, hatte Josh weder sein Essen geschmeckt noch die Tatsache, dass er zu weit entfernt war, um mitzukriegen, über was die beiden sich unterhielten. Doch die Körpersprache, besonders Lukes, war ziemlich leicht zu verstehen. Carlas konzentrierter Gesichtsausdruck, die Art und Weise, wie sie sich nach vorne beugte, um jedes Wort mitzukriegen, die verschiedenen Nuancen in ihrem Ausdruck. Sie hatten glücklicherweise keine Ahnung, dass er sie beobachtete. Oh ja, Luke war an ihr interessiert, und nach seinem Verhalten zu schließen, war es mehr als nur oberflächliches Interesse.

Ein Anflug von bitterer Eifersucht schnürte seine Kehle zu. Er hustete und schluckte sie runter. Was zum Teufel sollte er von dieser neuen Entwicklung halten? Wenn Luke sich auf Carlas Seite geschlagen hatte oder sich mit der Absicht trug, könnten sich dadurch die Machtverhältnisse auf Rhein-Schloss verändern. Carl würde darüber nicht gerade erfreut sein, aber Luke war sein Erbe und der Einzige in der Stenmark-Familie, der in der Lage war, ihre riesigen Besitztümer zu verwalten. Lisel war völlig ungeeignet, weil ihr Lukes Führungsqualitäten fehlten und die meisten Angestellten sie nicht mochten. Die Dinge konnten nun wirklich interessant werden. Carla und Greta waren schon miteinander befreundet, und wenn Carla und Luke sich jetzt auch noch näherkamen, könnte es zu einer – wie nannten es die Franzosen noch mal? – *tour de force* kommen, bei der Lisel den Kürzeren ziehen würde. Denn zwischen Tante und Nichte gab es ohnehin keinerlei Zuneigung.

Nicht dass Josh sich irgendetwas aus Lisel machte, wirklich nicht. Seine eigenen Chancen in Bezug auf Rhein-Schloss waren das, was ihn interessierte. Und wenn Carla von der Familie akzeptiert wurde, wollte sie ihn bestimmt nicht um sich haben, besonders nicht nach dem, was er an jenem Abend auf dem Weingut mit ihr gemacht hatte. Er wurde rot, als er sich daran erinnerte, wie peinlich es gewesen war, als Carla und Kim seine Pläne vereitelt hatten.

Josh, der ein Opportunist erster Güte war, hielt es für klug, einen Plan zu entwickeln, um der Romanze der beiden Einhalt zu gebieten. Ehe Lisel morgen auf Geschäftsreise nach Melbourne fuhr, würde er ein wichtiges Gespräch mit ihr führen müssen.

17

Frühling 1995

Carla saß auf einer Parkbank in der Nähe des Sees im Coulthard Reserve und hielt ihr Gesicht in die warme Sonne. Sam und Su Lee kurvten mit ihren Rädern im Park herum und kamen nur kurz vorbei, wenn sie etwas zu trinken oder einen Snack brauchten. Sie sausten gerne mit ihrem Fahrrad hier rum. Und so früh am Tag waren auf diesem Weg nur wenig Fußgänger unterwegs, die sie umfahren könnten. Carla sah auf ihre Armbanduhr. Es war 10.30 Uhr. Der Gottesdienst in der Holy Trinity Lutheran Church würde bald zu Ende sein, und Greta hatte angedeutet, dass sie eventuell zu ihr in den Park kommen würde, um etwas mit ihr zu plaudern. Carla freute sich sehr auf ihre gelegentlichen Treffen. Ihre Tante war charmant und warmherzig, und jetzt, da sie und Luke friedlich miteinander umgingen, lernte Carla ihre Familie langsam besser kennen, natürlich mit Ausnahme ihres Großvaters und Lisel.

Im Winter hatte sie irgendwann einmal auf einem von Sams Football-Spielen Carl in der Menge entdeckt, aber sie war klug genug gewesen, nicht auf ihn zuzugehen. Bedauerlicherweise wirkte er irgendwie älter, und seine Schultern waren noch gebeugter als damals im Restaurant. Er sah ernst und streng aus. Er war so lange geblieben, bis Sam ein Tor geschossen hatte, und als sie das nächste Mal in seine Richtung gesehen hatte, war er verschwunden gewesen.

Je öfter sie an ihren Großvater dachte, desto stärker wurde ihr Mitgefühl. Obwohl ständig viele Leute um ihn herum waren, war er bestimmt die meiste Zeit seines Lebens einsam – unter anderem wegen seiner Einstellung und den strengen Maßstäben, nach denen er lebte. Er hatte seine Frau verloren, die nur achtundvierzig Jahre alt geworden war. Dann hatte er Rolfe verbannt, und danach waren Kurt und Marta ums Leben gekommen. Kein Wunder, dass seine Hoffnungen jetzt auf Luke lagen. Sie beneidete ihren Cousin nicht darum, die Last zu tragen, die mit Rhein-Schloss einherging. Allerdings war er streng genommen gar nicht ihr leiblicher Cousin, dachte sie, während sie die Aussicht genoss.

Aufgrund des heftigen Winterregens hatte der North Para River eine Menge Wasser, und der See beherbergte jetzt verschiedene Arten von Wildenten, ein Paar schwarze Schwäne und zwei flaumige Schwanenjunge. Der Frühling, ihr dritter im Barossa Valley, war eine wunderschöne Zeit. Es war eine ständige Lernerfahrung für sie, den Zyklus der Rebstöcke zu verstehen. Zusammen mit Angie hatte sie die Rebstöcke inspiziert, die bereits Knospen trugen, und sie hatten veranlasst, dass das Unkraut gejätet wurde, um einen eventuellen späten Frostschaden zu begrenzen.

Sie hatte nun das Grundwissen, was mit den Rebstöcken im Frühling passierte und dass, bald nachdem die Knospen getrieben waren, zarte Triebe erscheinen würden. Innerhalb von fünf bis acht Wochen würden die Blüten sprießen, sich selbst bestäuben und Früchte hervorbringen. Aber es gab ununterbrochen jede Menge zu lernen, vermutlich ihr ganzes Leben lang. Doch sie scheute sich nicht davor, denn zum Glück hatte sie Angie, die ihr all das beibrachte.

Sam und Su Lee ließen sich ihre Saftflaschen nachfüllen und strampelten auf ihren Fahrrädern wieder los. Sie schlossen sich anderen Kindern an, die johlend den Pfad entlangflitzten, und Carlas Gedanken schweiften wieder ab. Das Verhältnis zwischen ihr und Luke wurde langsam interessant, was sie erstaunte, obwohl sie das Gefühl hatte, dass Angie das gar nicht gefiel. Angie war nach wie vor davon überzeugt, dass Paul der Richtige für sie war, obwohl sie kein Wort mehr darüber verlor. Nicht dass sie, Carla, auf einen Mann aus gewesen wäre. Dennoch, sie würde sich etwas vormachen, wenn sie nicht zugeben würde, dass sie und Luke gut zusammenpassten und dass sie viele gemeinsame Interessen hatten.

Wohingegen es nicht so einfach war, Pauls Gefühle zu verstehen. Manchmal erwischte sie ihn dabei, wie er sie bei der Arbeit beobachtete, sein Gesicht ernst und undurchschaubar. Aber abgesehen davon, dass sie zusammen arbeiteten, hin und wieder gemeinsam essen gingen und sich gegenseitig besuchten, hatte sie keine Vorstellung davon, ob er irgendwelche Gefühle für sie hegte. Aber was empfand sie für ihn? Nun… Sie seufzte, während sie den Enten zu ihren Füßen weitere Brotkrumen zuwarf. Viel zu oft ertappte sie sich dabei, dass sie an ihn dachte und von ihm träumte.

Verärgert über ihre Gedanken, schüttelte sie den Kopf und befahl sich, an etwas anderes zu denken. Zum Beispiel daran, als Greta das erste Mal zum Tee zu ihr auf das Weingut gekommen war. Angie, die hartnäckig jedem misstraute, der Stenmark-Blut in seinen Adern hatte, war sehr formal und distanziert gewesen. Ihre eigenen Gefühle waren eine Mischung aus Anspannung und Optimismus gewesen, ob alles gut laufen würde. Sie hätte sich keine Sorgen machen müssen. Greta war einfach Greta! Freundlich, offen, aufrichtig. Als sie später über den Besuch ihrer Tante nachgedacht hatte, konnte sie kaum glauben, dass Greta und Lisel Schwestern waren, weil die beiden so verschieden waren.

Vielleicht lag das an dem großen Altersunterschied, der zwischen ihnen lag. Außerdem glaubte sie, dass Gretas Freundschaft dazu beitrug, dass Luke ihr gegenüber gelöster wurde. Sie hatte nichts von dieser teutonischen Kälte bei Luke bemerkt, die ihrem gemeinsamen Großvater innewohnte. Wenn Carl Stenmark früher womöglich ein Quäntchen Wärme und Menschlichkeit gehabt hatte, waren seit Jahren Kummer und Verbitterung an deren Stelle getreten. Carla war reif genug, um das zu begreifen, obwohl sie es nicht befürwortete. Daher verblüffte sie sein Interesse an Sam. Aber vielleicht war das seine Art, sich die guten Zeiten, die er mit seinem verstorbenen Sohn Kurt gehabt hatte, durch Sam ins Gedächtnis zu rufen.

Dann sah sie Greta, die schnellen Schrittes auf sie zukam und ihr zuwinkte. Ihre Tante, die nach wie vor schlank war und einen aufrechten Gang hatte, war nach der neuesten Mode gekleidet. Sie trug ein maßgeschneidertes Kostüm und eine smaragdgrüne Bluse, um dem Kostüm etwas Pep zu verleihen.

»Guten Morgen. Ist es nicht schön, die Sonne wieder zu spüren? Meine alternden Knochen mögen den Winter gar nicht mehr so gerne«, gestand Greta und fragte im nächsten Atemzug: »Wo ist Sam?«

»Er fährt mit Su Lee im Park herum. Sie müssten bald zurück sein, um sich wieder etwas zu essen und zu trinken zu holen«, sagte Carla, während Greta sich neben sie setzte.

»Wie geht es dir?«, fragte Greta, und ihre hellen graublauen Augen musterten ihre Nichte eindringlich.

»Sehr gut. Sam und mir geht es gut. Schau mal, da kommen sie …« Carla deutete auf die beiden Gestalten, die den Pfad hinuntergerast kamen. Sam, der Wettkämpfe liebte, schob sich vor Su Lee. Kims Schwester war vier Jahre älter als Sam, aber nicht so gut koordiniert oder so waghalsig wie er. Um ein Haar wäre er auf die Nase geknallt, weil er unvermutet über einen Hubbel im Asphalt fuhr. Er schaffte es jedoch gerade noch, das schlingernde Rad zu stabilisieren.

»Er ist ein richtiger Junge«, lachte Greta. »Als Luke so alt war wie er, ist er wie ein Verrückter gefahren und hat sich zweimal den Arm gebrochen.« Sie sah Carla von der Seite an und sagte beiläufig: »Er erzählte, dass ihr beide letzten Sonntag einen schönen Tag gehabt habt, als ihr in Waikerie wart und dort in einer Gaststätte zu Mittag gegessen habt.«

Es lag nicht unbedingt an Gretas Bemerkung, sondern an ihrem Blick und Tonfall, dass Carla anfing zu lachen. Instinktiv wusste sie, dass ihre Tante Greta etwas über sie und Luke herausfinden wollte. Sie erinnerte sich daran, dass Sam nicht gerade wild darauf gewesen war, mit ihnen zu fahren. Er hatte es vorgezogen, mit Angie nach Gawler, der nächstgelegenen größeren Stadt südwestlich des Barossa Valley, zu fahren und sich von ihr ins Kino einladen zu lassen. »Wir hatten einen wunderschönen Tag. Luke meinte, ich solle mich auch in diesen Breiten auskennen und Orte kennenlernen, die außerhalb des Valley liegen.«

»Ja, er kennt die Gegend, denn er hat oft weit entfernt Golfturniere. Luke hat nichts dagegen, hunderte von Kilometern zu einem solchen Turnier zu fahren, ein Vergnügen, das Papa völlig unerklärlich ist.«

»Natürlich. Großvater kennt nur Arbeit.«

Greta zuckte die Schultern. »Das Weingeschäft ist sein Leben. Er wollte es so.«

Carla fragte nicht weiter nach, aber die leicht kritische Bemerkung ihrer Tante überraschte sie. Aus den Gesprächsfetzen und aus den ausgedehnten Unterhaltungen, die sie mit Greta seit Monaten führte, wusste sie, wann sie ein

Thema fortsetzen konnte und wann sie besser aufhören sollte. Jetzt war das Letztere der Fall. »Wir könnten zum Mittagessen nach Angaston fahren. Hast du Lust?«

»Ja, aber ich kann leider nicht. John und ich sind zu einem Geschäftsessen in Chateau Tanunda eingeladen. Da müssen wir natürlich hingehen.«

Carla war enttäuscht, lächelte aber trotzdem. »Klar, aber ein anderes Mal vielleicht.«

»Gerne.«

Gretas Antwort und ihr bedauerndes Lächeln gaben Carla zu verstehen, dass sie wusste, wo sie am liebsten gewesen wäre. Jetzt war es an der Zeit, ein Thema anzuschneiden, das sie bisher aufgeschoben hatte. Sie griff in ihre Leinentasche und zog ein in Plastik gehülltes Päckchen daraus hervor. »Es wird Zeit, dass du das liest, Tante Greta.« Sie gab ihrer Tante das Päckchen.

»Was ist das?«

»Das Tagebuch meines Vaters. Er hat es geschrieben, als er ein junger Mann war und noch auf Stenhaus wohnte. Es enthält Aufzeichnungen, seine Gedanken, seine Absichten mit Krugerhoff, diese Art von Dingen. Außerdem beschreibt er darin seine Gefühle und die Affäre mit Marta aus seiner Perspektive. Es ist bestimmt eine interessante Lektüre.«

Greta wickelte das Päckchen aus und nahm das Tagebuch mit den vielen Eselsohren in die Hand. Die Tinte auf den ersten Seiten begann schon langsam zu verblassen. Sie stieß einen abgrundtiefen Seufzer aus. »Er hätte das Papa zeigen sollen. Vielleicht hätte er seine Meinung geändert.«

Carla schüttelte den Kopf und sagte bedauernd: »Wir wissen beide, dass das nicht stimmt. Dennoch, ich bin sicher, dass Dad sich gewünscht hätte, dass du die Wahrheit erfährst, wenn auch dreißig Jahre zu spät.«

Greta wickelte das Tagebuch wieder ein. »Ich werde es sorgsam behandeln, Carla, das verspreche ich dir.«

Sie gab ihrer Nichte einen Kuss auf die Wange. »Danke, dass du es mir anvertraust. Und jetzt«, sie sah auf ihre Uhr, »muss ich gehen. John kommt nur ungern zu spät.« Während sie den Pfad entlang auf den Parkplatz zuging, winkte sie Sam zum Abschied zu und war bald darauf verschwunden.

Sam balancierte gekonnt auf dem Hinterrad und kam in der Nähe der Bank, auf der seine Mutter saß, zum Stehen. »Mum, wann essen wir zu Mittag? Ich bin kurz vorm Verhungern.«

»Sam Hunter, du hast den ganzen Vormittag gegessen. Wie kannst du nur Hunger haben?«

»Aber ich habe Hunger.« Nach Bestätigung heischend, sah er seine Begleiterin an. »Wir haben doch Hunger, Su Lee, oder?«

Die stille Su Lee antwortete mit einem ernsthaften Nicken.

Grinsend gab sich Carla geschlagen. »Okay. Wir verstauen eure Räder im Kofferraum, und dann fahren wir nach Angaston.«

Es war schon später Nachmittag, als Carla, Sam und Su Lee nach Sundown Crossing zurückkamen. Angie wartete schon auf sie und ging unruhig auf der Terrasse des Cottages hin und her. Carla spürte sofort, dass etwas nicht stimmte, weil Angie normalerweise die Ruhe in Person war. Jetzt war sie blass und hatte die Unterlippe eingezogen – ein sicheres Zeichen dafür, dass sie nervös war.

Carla wartete, bis Sam und Su Lee spielen gegangen waren, dann fragte sie geradeheraus: »Was ist passiert?«

»Komm rein, wir haben ein Problem.«

Sie setzten sich an den Esstisch, und Carla wartete gespannt. Sie versuchte sich von Angies Besorgnis nicht anstecken zu lassen. »Also – was ist los?«

»Irgendetwas Rätselhaftes ist geschehen«, begann Angie. »Walt Conrad hat vor fast zwei Stunden angerufen. Es geht um den Wein, den wir ihm überschrieben haben und den er an den Einzelhandel verkaufen sollte.«

»Die Sendung ist doch schon vor Wochen abgeschickt worden«, sagte Carla.

»Ja. Sie liegt auf Paletten in einem Lager in Adelaide, bis Walt das Geschäftliche erledigt hat. Zehn Prozent der Lieferung sollte an den Spirituosenhandel in Adelaide gehen, und der Rest war für Melbourne und Sydney bestimmt. Aufgrund der Publicity, die wir wegen der Goldmedaille bekommen haben, konnte er neunzig Prozent der Ladung in die am dichtesten besiedelten Bezirke der beiden Städte bringen. Schließlich wurde der Lastwagen mit unserem Wein beladen und ist Freitagvormittag losgefahren.«

Verständnislos runzelte Carla die Stirn. »Wo liegt denn das Problem?«

»Walt sagte am Telefon, dass es unterwegs einen Unfall gegeben hat. Der Lastwagen hat einen Totalschaden gehabt, genauso wie die Ladung – alles ist so schwer beschädigt, dass es nicht mehr geborgen werden konnte.«

Carla wurde schneeweiß. Fast ihre gesamte Ernte war zerstört! Mein Gott, wann würden sie endlich mal Glück haben? Sie hatten sich so sehr auf die Zahlungen des Einzelhandels verlassen. »Wann ist das passiert?«

»Gestern Nachmittag in der Provinz Victoria. Walt

ist soeben auf dem Weg dorthin, um den Schaden zu begutachten und zu erfahren, was genau passiert ist.« Angie gab Carla einige Sekunden, um die schlechte Nachricht zu verdauen. »Es gibt noch mehr schlechte Nachrichten! Walt hat zugegeben, dass er einige Kosten gespart hat, damit die östlichen Staaten unser Produkt zu einem Preis kaufen, der uns einen guten Gewinn einbringt. Für die Lieferung hat er ein anderes Transportunternehmen beauftragt, eine Firma, die er nicht kannte. Die Ladung war nicht ausreichend versichert.« Sie schüttelte den Kopf. »Wenn die Versicherung die Unterlagen geprüft hat, bekommen wir schätzungsweise lediglich um die zwanzig Prozent der Kosten zurück, und obendrein wird das wahrscheinlich monatelang dauern.«

Carla ließ die Hände auf die Tischplatte donnern, und ihr Gesicht spiegelte nicht nur Entsetzen, sondern auch ihr aufbrausendes Temperament wider. »*Was*? Ich glaube es einfach nicht. Warum, wie konnte Walt nur so dumm sein? Er wusste doch, dass wir auf das Geld angewiesen sind. Wir brauchen es, um die nächste Ernte zu finanzieren und das Darlehen zurückzuzahlen. Was hat er sich bloß dabei gedacht?«

Angie zuckte die Schultern, eine Geste, die genauso viel sagte wie Worte. Carlas Gedanken liefen auf Hochtouren. Sie hatten mit einem Totalverkauf ihrer ersten Ernte gerechnet. Alles – die Existenz von Sundown Crossing hing davon ab. Sie stützte die Ellbogen auf den Tisch und legte den Kopf in ihre Hände. »Was sollen wir jetzt tun?«

»Ich mache eine Kanne Tee, und wir bewältigen das Problem gemeinsam. Es muss eine Lösung geben, wie wir da wieder herauskommen«, sagte Angie über die Schulter hinweg, während sie zur Küche ging. »Und ob es dir gefällt oder nicht, Carla, vielleicht müssen wir das unbebaute Land verkaufen.«

Carla reagierte mit einem Kopfnicken. So sehr sie sich dagegen sträubte, das Land zu verkaufen, jetzt konnten sie diese Möglichkeit nicht länger außer Acht lassen. »Wann ruft Walt wieder an?«

»Wenn er an der Unfallstelle ist. Ich soll dir sagen, wie leid es ihm tut, was passiert ist, und dass er es irgendwie wiedergutmachen will.«

»Ach ja?« Carla kräuselte spöttisch die Lippen und verdrehte die Augen zur Decke. »Wie will er das denn anstellen?« Sie hörte, wie Angie in der Küche einen tiefen Seufzer ausstieß.

»Das hat er nicht gesagt.«

Verdammt! Eine riesige Enttäuschung stieg in Carla auf, während sie die Katastrophe mental und gefühlsmäßig zu verarbeiten versuchte. Der Lastwagen hatte einen Unfall gehabt … es war einfach nicht fair. Sie kämpfte gegen die aufkommenden Tränen an. Wenn sie jetzt wegen des Unfalls heulte, würde das zu gar nichts führen. Ihr Unterkiefer spannte sich an, während sie darum kämpfte, ihren Zorn im Zaum zu halten. Sie und Angie hatten Walt Conrad vertraut. Jetzt hatte er sie und das Weingut an den Rand des Ruins getrieben. Er selbst würde nichts verlieren, weil er darauf bestanden hatte, für seine Rolle als Vermittler kein Geld zu verlangen. Und sie war ihm für seine Großzügigkeit auch noch dankbar gewesen! Dann formierte sich ein Gedanke in ihrem Kopf. Hatten Luke und Josh recht gehabt in Bezug auf Walt? War der Mann gerissen – oder lediglich unfähig? Wenn sie ihre momentane Lage betrachtete, machten allerdings beide Optionen keinen Unterschied.

Den Rest des Nachmittags verbrachten Angie und Carla

mit Überlegungen, wie sie die brisante Lage nur annähernd in den Griff bekommen konnten. Es lief alles darauf hinaus, dass sie nicht genug Geld hatten. Hinzu kam, dass eine große Firma sich in letzter Minute dagegen entschieden hatte, ihnen die Tafeltrauben aus der kommenden Ernte abzunehmen. Sie stützten ihren Plan auf zwei Pfeiler. Carla würde erst mal zur Bank gehen und ein neues Darlehen beantragen. Wenn das abgelehnt werden sollte, würden sie das unbebaute Land verkaufen und darauf hoffen, dass einer der Weingutbesitzer, deren Grundstück daran angrenzte, es kaufen würde.

Dienstagabend kurz nach dem Essen wurden Carla, Angie und Sam durch ein Klopfen an der Haustür aufgeschreckt.

»Erwarten wir jemanden?« Angie sah Carla fragend an. »Paul vielleicht?«

»Nicht dass ich wüsste. Paul ist bis Freitag in Adelaide«, antwortete Carla, während sie zur Tür ging. Vor der Tür standen Walt und Frances Conrad, die beide ziemlich verlegen wirkten. Carlas blaue Augen bekamen einen eiskalten Ausdruck. Seitdem sie die Nachricht von der zerstörten Lieferung gehört hatte, war es schwierig für sie geworden, nett über die Conrads zu denken. Walts »Organisationstalent« könnte sie das Weingut kosten, wenn die Bank den Darlehensantrag ablehnte oder wenn sie ihr Land nicht verkaufen könnte.

»Verzeihung, dass wir euch so spät überfallen. Wir sind gerade aus Victoria zurückgekommen«, sagte Walt eilig. »Ich wollte euch nur erklären …«

»Das hast du doch schon am Telefon getan, Walt. Angie und ich verstehen die Situation.« Carlas Stimme klang abweisend.

»Dürfen wir eine Minute hereinkommen, Carla? Walt hat, nun, ich denke, wir können euch in finanzieller Hinsicht helfen.«

Carla sah Angie an, deren blonde Augenbrauen sich fragend hoben. Sie bezweifelte, dass irgendetwas, was die Conrads taten, ihnen helfen würde, aber es konnte ja nicht schaden, sich anzuhören, was sie zu sagen hatten. »Kommt herein.« Sie wandte sich an ihren Sohn. »Sam, morgen ist Schule. Es wird Zeit, ins Bett zu gehen.«

Sam, der ausgestreckt auf dem Wohnzimmerteppich lag, versuchte mit ihr zu handeln.

»Oh, Mum, noch eine Minute bitte. Der Film ist fast zu Ende.« Er grinste triumphierend, als sich seine Mutter, die durch den Besuch der Conrads abgelenkt war, einverstanden erklärte.

Walt kannte sich offensichtlich mit Körpersprache aus, und er hütete sich davor, Carla zu umarmen oder Angie einen flüchtigen Kuss auf die Wange zu drücken. Stattdessen setzte er ein schuldbewusstes Lächeln auf, während er und Frances am Esstisch saßen und darauf warteten, dass Angie und Carla sich zu ihnen setzten.

»Ich kann euch gar nicht sagen, wie peinlich uns die ganze Sache ist«, begann Walt, und seine normalerweise dröhnende Stimme klang gedämpft. »Ich weiß, dass ihr deshalb schlecht von mir denkt, und ich würde euch gerne für den Verlust entschädigen.«

»Indem du uns den Wert der Ladung ersetzt?«, fragte Angie geradeheraus und warf Carla einen vielsagenden Blick zu.

»Nein, das war eigentlich nicht meine Absicht. Tatsache ist, der Wein ist ruiniert, und ihr habt kein Geld mehr. Aber ich habe einen Vorschlag, der, wenn er für euch akzeptabel ist, uns allen zugutekommt.«

»Und wie kann das aussehen?«, fragte Carla, die keine Miene verzog.

»Vor einigen Jahren hat Frances das Haus ihrer Mutter in Angaston geerbt. Es ist ziemlich alt und nicht viel wert. Momentan ist es vermietet, aber wenn wir es verkaufen, würden wir euch einen Teil des Erlöses geben, der euch über Wasser hält, bis die nächste Ernte verkauft werden kann.«

Sie konnte nur schwer glauben, dass er ihnen das Geld einfach *geben* wollte, und fragte: »Meinst du ein persönliches Darlehen?« War er wirklich so dumm?, fragte sich Carla. Begriff er denn nicht, dass sie kein Geld hatten, weil sie bereits ein Darlehen hatten, das zurückgezahlt werden musste?

»Nicht gerade ein Darlehen, Carla«, mischte sich Frances ein. »Walt und ich betrachten es mehr als Investition in Sundown Crossing. Wir würden erwarten, dass unsere Geldspritze uns zu einer Teilhaberschaft an eurem Weingut berechtigt. Das ist das, was Walt braucht, versteht ihr? Ein Weingut, an dem er sich beteiligen kann, aber für das er nicht die alleinige Verantwortung tragen muss.«

»Angie und ich haben schon über einen Teilhaber nachgedacht. Paul van Leeson wäre unsere erste Wahl, aber wir haben uns dagegen entschieden. Und obwohl nur mein Name auf der Grundstücksurkunde steht, habe ich bereits einen stillen Partner, und das ist Angie.« Carla fixierte die beiden Conrads, ehe sie fortfuhr. »Sie hat ihr Kapital in das Weingut investiert, und jeder von uns erhält fünfzig Prozent vom Gewinn.«

Walts Mund verzog sich zu einer verärgerten Linie. »Meine Liebe, hast du denn eine Wahl in dieser Angelegenheit?« Er kniff die Augen zusammen und fügte hinzu: »Oder hast du das Vertrauen in mich und Frances verloren, weil die Ladung ruiniert ist?«

»Walt, du bist sehr offen zu mir, daher möchte ich ebenso offen antworten. Ich bin nicht scharf darauf, dass sich irgendjemand finanziell an meinem Weingut beteiligt.« Sie lächelte ihre Teilhaberin an. »Angie und ich kommen gut miteinander zurecht, und wenn wir eine dritte Person hereinnehmen würden, könnte dadurch das Gleichgewicht gestört werden. Obwohl ich dein Angebot sehr zu schätzen weiß, muss ich ablehnen.«

»Wie wollt ihr denn deiner Meinung nach überleben?«, fragte Frances verärgert. »Ihr könnt von Glück sprechen, wenn die Bank euer Darlehen verlängert. Dieser Basil Coulthard ist ein gemeiner Kerl.« Sie nickte ihrem Mann vielsagend zu. »Das wissen wir genau.«

Carla stimmte Frances im Stillen zu. »Seine Bank ist ja nicht die einzige im Barossa Valley.«

»Vielleicht nicht«, räumte Walt ein. »Aber bist du dir darüber im Klaren, dass die Stenmarks Coulthard in der Hand haben? Es geht das Gerücht, dass er Luke Michaels Informationen über interessante Darlehen weitergibt«, sagte er und hob warnend den Finger. »Glaub bloß nicht, dass du deine finanziellen Probleme geheim halten kannst. Im Valley verbreiten sich gute Nachrichten schnell und schlechte noch schneller. Und der alte Carl wartet nur darauf, dass dir so etwas widerfährt. Ich kenne sein Verhalten. Sobald er herausfindet, dass du nicht mehr liquide bist, wird er dich fertigmachen.«

»Wir sind uns dessen bewusst, Walt. Auch du hast dazu beigetragen, Rhein-Schloss die nötige Munition zu liefern«, sagte Angie ohne einen Anflug von Boshaftigkeit.

Abrupt stand Walt auf, und sein Stuhl schrammte über den Holzboden. Sein heller Teint wurde dunkelrot vor Zorn darüber, dass Carla seinen Vorschlag nicht zutiefst dankbar angenommen hatte. »Ich bin in bester Absicht hierhergekommen, obwohl ich, rechtlich gesehen, Sundown Crossing nichts schuldig bin. Ihr beide seid noch zu geschockt, um den Vorschlag logisch zu durchdenken. Das verstehe ich.« Er machte Frances eine Geste, aufzustehen. »Denkt einfach noch einmal über mein Angebot nach – ich möchte euch wirklich helfen – und lasst mich wissen, wie ihr euch entschieden habt.«

Carla stand kurz davor, ihm deutlich zu sagen, wohin er sich sein Angebot stecken konnte, aber sie wechselte einen Blick mit Angie, die leicht ihren Kopf schüttelte. Carla verstand sofort. Warum sollte sie auch vorher schon sämtliche Brücken hinter sich abbrechen? Vielleicht war sein Angebot das einzige, was sie bekommen würden. »Das tun wir, Walt«, versprach sie steif, während sie die beiden zur Tür begleitete.

Sobald die Conrads weg waren und Carla Sam ins Bett gebracht hatte, setzten sie und Angie sich aufs Sofa und begannen zu reden.

»Was hältst du davon?«, fragte Carla.

»Mein Bauchgefühl?«, fragte Angie und verzog das Gesicht. »Ich weiß nicht recht. Sie scheinen es ja gut zu meinen, aber … für sie passt alles so herrlich, findest du nicht? Die Lieferung ist zerstört. Plötzlich finden sie finanzielle Mittel, um uns über Wasser zu halten, und Frances unterbreitet uns mit unschuldiger Miene, dass Walt an unserem Weingut interessiert ist.« Ihre Augenbrauen schossen in die Höhe. »Ich brauche niemanden, der Zugang zu allem hat und uns sagt, wie man ein Weingut führt. Rolfe hat mir freie Hand mit der Weinherstellung gegeben, genau wie du. Ich habe keine Lust darauf, dass irgendjemand auf meine Entscheidungen Einfluss nimmt.«

»Ich habe ihm seine stille Beteiligung auch nicht abgenommen«, stimmte Carla zu. Sie kuschelte sich ins Sofa und ließ den Kopf an die Rücklehne fallen. »Dennoch, zu diesem Zeitpunkt können wir es uns nicht leisten, ihr Angebot völlig auszuschlagen.«

»Ich weiß«, seufzte Angie.

Als sie endlich im Bett lag, warf Carla sich unruhig hin und her, schlug ein paarmal auf ihr Kopfkissen ein und zerwühlte so lange ihr Bettlaken, bis sie sich darin fast eingewickelt hatte. War sie vernagelt, oder fühlte sie sich schuldig, weil sie einen unmöglichen Traum verwirklichen wollte? Sollte sie das tun, was eine leise Stimme in ihrem Kopf wisperte – nämlich aufgeben, alles verkaufen und wieder nach Christchurch gehen? Niemand konnte sagen, dass sie nicht alles versucht hatte, das Weingut rentabel zu machen. Sie und Angie hatten wie die Verrückten gearbeitet, um ihren Traum zu verwirklichen, aber … wie lange konnte sie sich noch einreden, dass alles in Ordnung kommen würde? Wenn sie eine Hürde überwunden hatten, war schon die nächste da, und die nächste …

Wie schlimm wäre es für sie, ihre Niederlage einzugestehen? *Verdammt hart*, wie sie zugeben musste. Vor allem war es schmerzhaft, den Traum ihres Vaters aufgeben zu müssen und sich dem Druck der Stenmarks zu beugen. Nun, nicht der ganzen Familie, aber einigen. Als sie an ihre Familie dachte, kehrten ihre Gedanken zu Luke und Tante Greta zurück. Wenn sie nach Christchurch zurückginge, würden sie und Sam den Kontakt mit ihnen verlieren. Sie könnte möglicherweise in Südaustralien bleiben, weit außerhalb des Barossa Valley. Das bedeutete aber gleichzeitig, dass sie Paul nicht mehr sehen würde. Und Sam würde all seine Freunde verlieren und müsste sich ebenfalls wieder ganz neu irgendwo eingewöhnen.

Das Chaos war mal wieder komplett, und das alles hatte sie Walt zu verdanken. Sie hätte ihn erwürgen können. Erneut prügelte sie auf ihr Kopfkissen ein und versuchte dann, Schäfchen zu zählen, um endlich einzuschlafen.

Basil Coulthard liefen wohlige Schauer der Vorfreude über den Rücken, während er Luke Michaels Büronummer wählte. Das, was er Luke zu erzählen hatte, würde ihm ganz sicher eine oder zwei Extrakisten des herrlichen Rhein-Schloss-Weins einbringen.

»Luke, hier ist Basil.«

Am anderen Ende der Leitung verzog Luke Michaels das Gesicht. Er mochte diesen indifferenten Bankmanager nicht, aber in der Vergangenheit hatte sich der Mann als äußerst nützlich erwiesen, denn er hatte ihm zur rechten Zeit alle möglichen Informationen geliefert.

»Hallo, Basil, was ist los?«

»Carla Hunter war gerade da. Sie möchte ihr Darlehen verlängern. Sie braucht mehr Geld und eine längere Laufzeit. Ich dachte, das könnte Sie vielleicht interessieren.«

Wie die anderen Bewohner im Valley hatte auch Luke von dem Pech auf Sundown Crossing gehört. Er hatte nicht gewusst, wie er Carla helfen konnte, denn er kannte ihre eigensinnige Art. Vielleicht hatte er jetzt die Möglichkeit dazu.

»Sie ist kein großes Risiko, Basil. Ich meine, die Bank kann eigentlich nicht verlieren, oder? Wenn Sie ihr das geben, was sie will und sie sich nicht an die Bedingungen hält, nehmen Sie das Weingut einfach wieder in Besitz und verkaufen es dann.«

»D-das ist die übliche Vorgehensweise der Bank«, sagte Basil, ein wenig abgeschreckt durch Lukes gereizten Tonfall. »A-also ... Sie glauben, ich sollte ... ich meine, wenn ich mich daran erinnere, was Sie sagten, als sie das Darlehen zum ersten Mal beantragt hat, habe ich gedacht, dass Rhein-Schloss es lieber sehen würde, wenn ich nicht … Sie wissen schon!« Einige Sekunden lang herrschte Schweigen am anderen Ende der Leitung, und je länger es andauerte, desto nervöser hüpfte sein Adamsapfel auf und ab.

»Sie sind der Bankmanager, und ich werde Ihnen nicht sagen, was Sie tun sollen. Aber da Sie theoretisch nichts verlieren können, könnten Sie Carla das geben, was sie braucht, und die Sache für sie erleichtern.« Luke räusperte sich, bevor er hinzufügte: »Ich verstehe das als persönlichen Gefallen, wenn Sie wissen, was ich damit sagen will.«

»Oh!« Verdattert runzelte der Bankmanager die knochige Stirn, dann glättete sie sich wieder, als der Groschen bei ihm endlich fiel. »In Ordnung, Luke, ich mache sofort alles fertig.«

»Aber Sie sagen Carla nichts von unserem Gespräch, nicht wahr?«

»Äh, hm. Natürlich nicht.«

»Dann haben wir uns verstanden. Ich werde Ihnen in absehbarer Zeit eine Kiste zukommen lassen. Auf Wiedersehen, Basil.«

Luke legte nachdenklich den Hörer auf. Seine Kiefermuskeln mahlten angestrengt, während er darüber nachdachte, wie er seine Entscheidung dem Vorstand, der in einer Stunde tagen würde, übermitteln sollte. Mutter, die ohnehin nicht Mitglied des Vorstands war, würde zweifellos erfreut sein. Doch sie war wahrscheinlich die Einzige, die zustimmen würde. Er schnaufte verdrießlich, als er an die diversen Reaktionen dachte. Es würde eine hitzige Diskussion werden.

Angespanntes Schweigen herrschte, als Luke über Sundown Crossing berichtete und seinen Vorschlag an Basil Coulthard, Carlas Darlehen zu verlängern.

»Warum hast du das erlaubt?«, fragte Lisel und ging sofort zum Angriff über. »Wegen Conrads Dummheit ist Carla dort, wo wir sie haben wollen. Es wird nun ein Leichtes sein, sie aus dem Valley zu vertreiben, da sie ja kein Geld hat. Dann wären wir diese unerwünschte Person samt Anhang ein für alle Mal los.«

Luke fixierte seine Tante einige Sekunden regungslos, bevor er antwortete. »Früher hätte ich dir zugestimmt. Aber wir alle haben gesehen, was sie in der kurzen Zeit, die sie hier ist, erreicht hat, und ich meine, Sundown Crossing hat es verdient, zum Valley zu gehören. Deshalb habe ich Basil ermutigt, das Darlehen zu genehmigen.«

»Das kann doch nicht dein Ernst sein«, entgegnete Lisel und funkelte über den Konferenztisch hinweg den Mann an, für den sie eingetreten war, seit er ein kleiner Junge gewesen war.

Nun mischte sich auch John Michaels ein. »Das war nicht Teil des Rhein-Schloss-Plans, Luke. Du hättest uns vorher fragen müssen, bevor du dem Bankmanager grünes Licht gegeben hast.«

»Als Präsident der Gesellschaft musste ich eine sofortige Entscheidung treffen. Und ich habe sie getroffen. So einfach ist das.«

»Von wegen einfach!«, zeterte Lisel und ignorierte den missbilligenden Blick ihres Vaters.

Carl sagte kein einziges Wort. Er überließ es den anderen, Luke anzugreifen. Er beobachtete lediglich ihre Reaktionen und hörte genau zu, was sein Enkel dazu zu sagen hatte. Er hatte Luke beigebracht, Entscheidungen zu treffen, weil er in absehbarer Zeit die Firma übernehmen würde.

Alle, die jetzt um den Konferenztisch herumsaßen, wussten das. Lisel reagierte, wie man es von ihr erwartet hatte, denn sie hasste Carla. Das war aus jedem Wort, das Lisel über Rolfes Tochter sagte, herauszuhören. Und obwohl John Lukes Vater war, schlug sein Herz nur für die Fima. Für ihn zählte lediglich der Erfolg des Betriebs.

Josh Aldrich, der kürzlich erst zum Produktions- und Versandmanager aufgestiegen war und damit die Leitung des Gesamtablaufs von der Ernte bis zum Auftragsversand innehatte, nahm ebenfalls an den monatlichen Vorstandssitzungen teil. Er schüttelte stirnrunzelnd den Kopf und verkündete: »Es ist ziemlich offenkundig, warum Luke das getan hat.«

Lisel musterte Josh interessiert. »Dann kannst du uns bestimmt aufklären.«

Josh nickte. »Luke möchte wahrscheinlich nicht, dass ich das sage, aber die Vorstandsmitglieder sollten wissen, dass Luke sich in letzter Zeit ziemlich häufig mit Carla getroffen hat. Er hat sich in sie verliebt.«

»*Was?*«, kreischte Lisel empört. »Niemals!« Ihr Blick zuckte zwischen Josh und Luke hin und her. »Das kann nicht wahr sein. Sag mir, dass Josh sich geirrt hat.« Sie rang die Hände und fing an, mit dem Papierkram, der vor ihr lag – ihrem aufgemöbelten Werbeprogramm – herumzuhantieren. »Nicht Carla – jede andere, aber nicht sie!«

»Meine persönlichen Gefühle hatten nichts mit meiner Entscheidung zu tun. Wir wissen alle, dass Carlas Weingut im Vergleich zu unserem Pachtbesitz ziemlich klein ist. Vom geschäftlichen Standpunkt aus gesehen ist es die Mühe nicht wert, dass wir uns weiterhin stark dafür machen, es zu kaufen.«

Carl hörte seinem Enkel zu und prüfte die Mienen der anderen am Tisch. Niemand glaubte Luke. Carl atmete tief ein und spürte, wie sich etwas in seiner Brust verengte. Luke hatte Joshs Vorwurf nicht abgestritten, allein das verriet schon einiges. Luke hatte sich in Carla verliebt! Das war etwas, was er nicht hören wollte, es würde die Sache nur noch verkomplizieren. Ein unsichtbares Gewicht legte sich auf seine Brust und wurde immer schwerer, so dass er kaum mehr durchatmen konnte. Er versuchte, dieses Unbehagen zu ignorieren. Er war halt einfach aufgebracht, das war alles. In seinem Vorstandszimmer fand eine Meuterei statt, und er musste dafür sorgen, dass sie nicht ausartete.

»Schwachsinn«, wehrte Josh ab und wandte sich dann entschuldigend an Carl: »Tut mir leid, Mr. Stenmark.«

»Stimmt das, Luke?« Carl sprach jetzt zum ersten Mal. »Bist du in Carla verliebt?«

»Wäre das denn so schlimm, Großvater?«, antwortete Luke ausweichend.

»Ich habe euch doch gesagt, dass sie sich irgendwie in Stenhaus einschleichen würde. Aber ich hätte nie gedacht, dass sie Luke in ihre Fänge kriegen würde.« Lisel war außer sich vor Zorn.

»Sei still, Lisel«, befahl Carl. Er fixierte seinen Enkel. »Du hast meine Frage noch nicht beantwortet.«

»Ich … weiß nicht. Vielleicht.« Zum ersten Mal klang Luke unsicher. »Ich bewundere sie, sehr sogar. Sie bringt mich zum Lachen und fordert mich heraus. Ich bin gerne mit ihr zusammen, und ich möchte noch öfter mit ihr zusammen sein.« Er lächelte seinen Großvater zögernd an. »Ich war noch nie verliebt, daher habe ich keinen Vergleich, aber …« Er ließ den Satz unbeantwortet.

»Und erwidert Carla deine Gefühle?«, fragte Carl, während er seinen Enkel genau beobachtete. Ein erschreckendes Déjà-vu-Gefühl überkam ihn. Irgendwie wiederholte sich die Geschichte, obwohl die Umstände anders waren. Rolfe … der Schmerz in seiner Brust wurde plötzlich stärker, und er holte mühsam Luft. Er legte die Hand auf seine Brust, in der Hoffnung, den Schmerz einzudämmen. Etwas stimmte nicht. Das Atmen fiel ihm immer schwerer und wurde von Sekunde zu Sekunde schmerzhafter. Der Raum begann sich zu drehen. Eine Art feuchtkalter Schweiß, nicht der Schweiß, der von harter Arbeit herrührte, bildete sich auf seiner Stirn, aber Carl war es nicht warm, sondern kalt. Der Schweiß machte überhaupt keinen Sinn.

Der Schmerz steigerte sich und wurde unerträglich. Stöhnend sank Carl in sich zusammen, und sein Kopf schlug auf dem Tisch auf. Um ihn herum wurde es schwarz.

»Papa! O Gott. Er hat einen Herzinfarkt«, schrie Lisel. Sie sprang von ihrem Stuhl auf und eilte zu ihm, während sie Luke wütend ansah. »Das ist alles deine Schuld. Du hast das verursacht, hast ihn mit deinem dämlichen Gefühl für Carla enttäuscht.« Josh rief sie im Befehlston zu: »Los – wir brauchen einen Krankenwagen.«

18

Die Nachricht, dass Carl Stenmark einen Herzinfarkt erlitten hatte, verbreitete sich wie ein Lauffeuer. Noch am selben Nachmittag unterrichtete Kim Loong Carla, Angie und Paul. Im War Memorial Hospital in Tanunda hatte sich Carls Zustand leicht stabilisiert. Danach war er mit dem Rettungshubschrauber in ein größeres Krankenhaus nach Adelaide gebracht worden, das eine Intensivstation für Schlaganfallpatienten hatte. Als Kim ihnen die traurige

Nachricht überbrachte, sprachen die drei gerade über Walt Conrads Angebot einer Teilhaberschaft an Sundown Crossing. Carls Herzinfarkt hatte dieses Thema dann in den Hintergrund gedrängt.

»Die arme Greta, sie muss ja völlig verzweifelt sein, und Luke ebenso.« Carlas Stimme versagte. Sie wusste, dass ihre Tante ihrem Vater sehr nahestand. Wer hätte so etwas vermutet? Ihr Großvater war zwar schon weit über achtzig, aber er wirkte völlig gesund. Doch dann erinnerte sie sich daran, dass auch Rolfe, ihr Vater, bis zu seinem Tod körperlich fit gewesen war.

»Rhein-Schloss wird in einem Chaos versinken«, bemerkte Paul. »Carl hatte über vierzig Jahre das Sagen dort.«

»Mr. Stenmark ist im Royal Adelaide Hospital«, bestätigte Kim. »Alle Familienangehörigen sind in die Stadt gefahren, um bei ihm zu sein.«

Carla traf ihre Entscheidung spontan. »Ich werde ebenfalls hinfahren. »Kim, such bitte Sam. Ich möchte, dass er mitkommt.«

Angie sah Carla von der Seite an. »Bist du sicher, dass das klug ist? Alle Stenmarks werden dort sein und könnten dir die Hölle heiß machen.«

Carla reckte störrisch das Kinn, und ihre blauen Augen funkelten entschlossen. »Er ist auch mein Großvater. Ich habe das gleiche Recht, dort zu sein, wie sie.«

»Besonders Lisel wird es womöglich nicht so sehen. Wenn sie will, kann sie ausgesprochen gemein sein«, meinte Paul, wusste jedoch gleichzeitig, dass Carla ihren Kopf durchsetzen würde. »Möchten Sie, dass ich Sie dort hinfahre? Es ist schon später Nachmittag, und die Fahrt dauert einige Stunden.«

Sie lächelte ihn an. »Ja, das wäre wunderbar, vielen Dank.« Sie kannte Adelaide nicht besonders gut, da sie die meiste Zeit im Barossa Valley verbracht hatte. Sie blickte an ihrer Kleidung hinunter und fand sie unpassend. »Ich werde schnell etwas anderes anziehen.«

Angie schüttelte den Kopf, als Carla den Flur hinunter in ihr Schlafzimmer rannte. »Danke.« Sie legte ihre Hand auf Pauls Arm. »Ich bin froh, dass Sie mit ihr fahren.«

»Kein Problem«, sagte er auf seine übliche freundschaftliche Art. »Vielleicht ergibt sich auch die Gelegenheit, mit ihr über die Conrads zu reden.«

»Carla hat ihr Angebot abgelehnt, aber wenn die Bank unser Darlehen nicht verlängert, wird sie keine andere Wahl haben, als es anzunehmen«, informierte Angie ihn.

Paul schnaubte leicht. »Ich weiß nicht warum, aber irgendwie habe ich bei Walts Angebot ein ungutes Gefühl. Der Mann ist im Valley verschrien, dass er nur daran interessiert ist, sich zu bereichern. Wenn ich zurück bin, werde ich einige diskrete Nachforschungen anstellen und herausfinden, was es mit diesem scheinbar großmütigen Angebot auf sich hat.«

In diesem Moment fiel bei Angie der Groschen. Sie begriff, dass Paul sich Sorgen um Carla machte. Schon seit einiger Zeit vermutete sie, dass Paul Gefühle für Carla hegte. Sie konnte seine Hilfsbereitschaft, seine enge Verbundenheit mit ihnen und die Blicke, die er Carla hin und wieder zuwarf, nicht länger darauf zurückführen, dass er ein zuverlässiger Freund war. Auch glaubte sie zu wissen, warum er es noch nicht ausgesprochen hatte. Carla hätte oft genug gesagt, dass sie keine Zeit für eine Liebesbeziehung hätte, obwohl sie sich mit Luke Michaels traf. Höchstwahrscheinlich vermutete Paul, dass er gegen den wohlhabenden Luke mit seiner Verbindung zu den Stenmarks keine Chance haben würde.

Angie lächelte ihn zustimmend an. »Das ist eine ausgezeichnete Idee.«

Das Wartezimmer, das in unmittelbarer Nähe der Intensivstation vom Royal Adelaide Hospital lag, war ziemlich voll, denn die gesamte Stenmark-Familie hatte sich dort versammelt. Als Paul, Carla und Sam das Zimmer betraten, ging Luke spontan auf Carla zu und umarmte sie. Sie gab ihm einen Kuss auf die Wange, bevor sie sich abwandte. »Es tut mir so leid wegen … Großvater.«

Wie ein Geier beobachtete Lisel das Geschehen und funkelte Carla giftig an. »Was machst du denn hier?«, fragte sie spitz. Sie erhob sich von ihrem Stuhl und stellte sich, die Hände aggressiv auf die Hüften gestützt, direkt vor ihre Nichte.

Wenn Lisel einen Streit wollte, konnte sie ihn gerne haben. »Als Enkelin von Carl Stenmark habe ich genauso das Recht, hier zu sein, wie ihr alle.«

»Du Hexe! Wir wollen dich und dein Gör hier nicht. Und Papa will auch nicht, dass du hier bist«, geiferte Lisel. Das stundenlange Herumsitzen und Warten auf die behandelnden Ärzte ihres Vaters machte Lisel noch explosiver als sonst schon. »Und wenn du glaubst, dass du durch dein impertinentes Aufkreuzen hier in Papas Testament bedacht wirst, hast du dich geirrt.«

»Dass du an so etwas nur denken kannst, zeigt, wes Geistes Kind du bist, Tante Lisel«, schoss Carla zurück. »Ich bin an keinem Erbe interessiert. Ich bin hier, weil ich, trotz Großvaters Haltung mir gegenüber, Gefühle für ihn habe und möchte, dass er überlebt und wieder gesund wird.«

»Bestimmt«, sagte Lisel, und ihre Oberlippe kräuselte sich verächtlich, »damit du dich bei ihm einschmeicheln kannst. Wenn es nach mir geht, wird das keinesfalls geschehen.«

»Lisel! Genug jetzt!«, knurrte Luke in einem Ton, der an den seines Großvaters erinnerte. »Setz dich hin und benimm dich. Wenn du das nicht kannst, geh spazieren oder so. Aber du machst hier auf keinen Fall eine Szene. Verstanden?«

»A-aber Luke, sie ist ...«

Lukes Vater trat nach vorn und legte seine Hand unter Lisels Ellbogen. »Ich weiß, du machst dir große Sorgen, Liebes, wie wir alle hier. Komm, wir holen dir Kaffee, der dich aufbaut. Ich könnte auch einen vertragen.« John Michaels, der sein Erstaunen über Lisels Folgsamkeit verbarg, manövrierte sie bestimmt aus dem Zimmer.

Luke schenkte Carla ein Lächeln. »Ich bin froh, dass du da bist.«

»Ich auch«, sagte Greta. Sie umarmte Carla und verstrubbelte spielerisch Sams Haar. »Hallo, Sam.« Sie nickte dem großen Mann, der hinter Sam stand, zu. »Paul.«

Carla versuchte, Lisels Gehässigkeit zu verdrängen, und ihre blauen Augen hefteten sich auf Luke. »Irgendwelche Neuigkeiten?«

»Sie machen eine Reihe von Tests. Wir werden bald wissen, wie schwer sein Herzinfarkt war.« Luke seufzte und schüttelte den Kopf. Sein Gesicht war ungewöhnlich ernst. »Wir warten schon seit Stunden.«

Carla und Paul hockten sich auf die unbequemen Holzstühle, und Sam spielte auf dem Teppichboden mit den Matchbox-Autos, die Carla ihm eingepackt hatte. Die vier Erwachsenen taten ihr Bestes, Smalltalk zu machen, aber ihre Gedanken waren bei dem Schicksal des Familienoberhaupts. Eine Stunde verstrich mit quälender Langsamkeit. Lisel und John brachten Erfrischungen für die Stenmark-Familie. Lisel, die sich jetzt mehr in der Gewalt hatte, ignorierte ihre Nichte und Sam und sprach ausschließlich mit Paul über sein Projekt im Clare Valley.

Ihre Unterhaltung wurde unterbrochen, als zwei Ärzte in weißen Kitteln das Wartezimmer betraten. Rechtlich war Greta die nächste Verwandte, daher wandten sie sich an sie.

Dr. Leifmann, der Größere der beiden, stellte sich ihr vor und sagte: »Mr. Stenmark ist jetzt in einem stabilen Zustand. Ihm geht es den Umständen entsprechend gut, und er ruht sich aus.«

»Ist er bei Bewusstsein?«, fragte Greta.

»Ab und zu«, erwiderte Dr. Verrone, der etwas untersetzter war. »Er hat Beruhigungsmittel bekommen, und es ist absolut notwendig, dass er die nächsten vierundzwanzig Stunden Ruhe hat. Wie von Ihnen gewünscht, wird eine erfahrene Krankenschwester bei ihm bleiben und seinen Zustand überwachen.«

»Dürfen wir zu ihm?«, fragte Lisel und biss sich auf die Unterlippe, damit sie nicht mehr zitterte.

Dr. Leifmann blickte von Lisel zu Greta. »Nur Sie beide und nur einige Minuten. Denken Sie daran, Ihr Vater ist sehr krank und darf keinen Stress haben.« Er sah sie streng an. »Haben Sie verstanden?«

Greta nickte, und ihr Blick richtete sich vielsagend auf ihre Schwester. »Natürlich.«

Stumm folgten Greta und Lisel den Ärzten auf die Intensivstation.

»Ich bezweifle, dass sich in den nächsten vierundzwanzig Stunden viel an Großvaters Zustand ändern wird«, sagte Luke zu Carla. »Wir haben uns im Hilton International ein Zimmer genommen, aber du solltest mit Sam nach Hause fahren. Ich habe ja deine Telefonnummer und werde dich über seinen Zustand auf dem Laufenden halten.«

Paul, der, mit Ausnahme seiner Unterhaltung mit Lisel, bisher still gewesen war, wandte sich an Carla. »Luke hat recht. Es wäre sinnvoller, in einigen Tagen zurückzukommen, wenn es Carl etwas besser geht.«

»Sagst du ihm, dass Sam und ich hier waren?«, fragte sie Luke, der nickte. Es war ihr wichtig, dass ihr Großvater erfuhr, dass sie sich wirklich Sorgen um ihn machte und sofort ins Krankenhaus geeilt war. Nur der Himmel wusste, welche Lügen Lisel in sein Ohr flüstern würde, wenn es ihm wieder besser ging! Während sie Sam seine Jacke anzog, dachte sie an die Zeit, als sie mit Josh Aldrich befreundet gewesen war, und an die merkwürdigen Dinge, die er ihr über Lisel erzählt hatte. Warum hasste diese Frau sie nur so sehr? Carla war keine Bedrohung für sie um die Gunst ihres Vaters oder für Rhein-Schloss. Aber es war offensichtlich, dass sich Lisel irgendwie dadurch bedroht fühlte, dass Carla immer noch im Valley lebte.

Carla glaubte langsam, dass ihr Problem irgendetwas mit Luke zu tun hatte. Aber aus welchem Grund? Plötzlich kam ihr ein Gedanke. Vielleicht war Lisel in Luke verliebt. Das war durchaus denkbar. Sie war nur sieben Jahre älter als er, sie arbeiteten zusammen, wohnten im selben Haus und hatten offensichtlich vieles gemeinsam. Wenn sie gefühlsmäßig involviert war, egal, ob er ihre Gefühle erwiderte oder nicht, könnte Lisel womöglich annehmen, dass sie und Sam eine Bedrohung für Lukes Erbe darstellten, sollte Großvater nachgeben und die beiden in die Familie aufnehmen.

Und nicht nur das. Die Tatsache, dass Luke an Carla interessiert war, könnte Lisels Eifersucht oder Besitzanspruch erwecken. Es war im Valley allgemein bekannt, dass Luke an Großvaters Stelle treten würde, wenn dieser in Pension ging. Und je nachdem, wie schnell er sich von dem Herzinfarkt erholte, würde er eventuell schneller in Pension gehen als erwartet. Möglicherweise hatte Lisel die völlig verzerrte und falsche Vorstellung, dass Carla bei der Leitung von Rhein-Schloss eine Rolle spielen würde, falls ihr Großvater ihr gegenüber etwas aufgeschlossener wurde. Das waren alles interessante Vermutungen, aber leider war damit ihre Frage noch nicht beantwortet, warum ihre Tante sie so sehr verabscheute.

Es war später Nachmittag im Barossa Valley. Carla, Angie und Sam waren in Adelaide, um Carl Stenmark zu besuchen, der auf dem Wege der Besserung war. Kim saß auf dem Rücksitz von Trans Motorrad und hielt sich an seinem Hemd fest, während Tran auf die Tube drückte und sie die Straße in Richtung von Paul van Leesons Grundstück hinunterbrausten. Ihr Bruder war von der Arbeit in Tanunda, wo er in der Küche eines Restaurants einen Teilzeitjob gefunden hatte, nach Hause gekommen und hatte einige brisante Informationen mitgebracht, die Paul bestimmt interessieren würden.

Rebel stand auf der Veranda und bellte zur Begrüßung. Sie wackelte mit ihrem gesamten Hinterteil, als sie die Besucher erkannte. Paul, der den Radau hörte, kam die Treppe von seinem Arbeitszimmer auf dem Dachboden hinunter und öffnete die Haustür. »Hallo, was für eine Überraschung und obendrein noch so eine angenehme.« Er grinste Kim zuversichtlich an. »Sind Sie gekommen, um einem armen, einsamen Junggesellen das Abendessen zu kochen?«

Kim schüttelte den Kopf, während sie vom Motorrad stieg, und ging auf Paul zu. »Tran hat ein paar Informationen. Die werden Sie gut finden.«

Neugierig hob Paul eine Augenbraue. »Kommen Sie

doch rein«, sagte er und hielt den beiden die Tür auf. Er bedeutete ihnen, es sich auf den Landstilsofas gemütlich zu machen, die um den offenen Kamin herumstanden, der aus blauen Steinen gebaut war, die von seinem Grundstück stammten.

»Tee, Kaffee?«, erkundigte sich Paul höflich. Kim und Tran lehnten genauso höflich ab. »Was kann ich für Sie tun?«

Kim, die Trans Unschlüssigkeit spürte, sprach als Erste. »Sie haben den Unfall überprüft und den Lastwagen. Was mit dem Wein passiert ist. Mein Bruder«, sie stieß Tran ermutigend in die Rippen, »arbeitet in Tanunda. Heute hat er gehört, wie zwei Männer sich laut beim Mittagessen unterhielten. Sie saßen in der Nähe der Küche und tranken zwei Flaschen Wein. Tran kann Ihnen das genauer erzählen.«

Tran rieb sich zögernd das Kinn, bevor er anfing zu reden. »Diese Männer redeten über Conrad. Sie schienen ihn gut zu kennen. Vielleicht haben sie früher mal für Conrad gearbeitet.«

»Erzähl Paul, was die Männer sagten, Tran.«

Tran nickte. »Sie lachten, als ob jemand einen guten Witz gemacht hätte, und prahlten über einen Job, mit dem sie einen Winzer zum Narren hielten. Sie sprachen von einem Unfall in Victoria, dass sie es aussehen ließen, als ob alles kaputt sei.« Er hielt inne und nickte. »Die Wahrheit ist: Die Flaschen, die vom Lastwagen fielen, waren mit Wasser gefüllt, nicht mit Wein. Auf den Fotos der Zeitungen sieht es so aus wie zerbrochene Weinflaschen.«

Paul, der Tran seine volle Aufmerksamkeit schenkte, lehnte sich nach vorne. »Das ist ja höchst interessant. Gibt es sonst noch etwas?«

»Die Männer sagten, dass der Wein irgendwo in Adelaide gelagert ist und dort bleibt, bis er gebraucht wird.«

»Gebraucht wird? Was meinen sie damit?«, fragte Paul verwundert. »Haben die Männer Conrad beim Namen genannt?«

»Einmal«, sagte Tran eifrig. »Der fette Mann sagte, er sei ein schlauer Bursche und verdiene viel Geld mit dem Wein, weil Conrad den Flaschen ein neues Etikett aufklebt und dann nach Perth schickt.«

Paul atmete tief durch, und ein breites, zufriedenes Grinsen legte sich über sein Gesicht. »Ah ja? Damit ist Walt in den Betrug verwickelt. Der Mann ist wirklich noch dreister, als ich es von ihm erwartet hätte.«

»Gute Nachricht, nicht wahr?«, fragte Kim. Sie tätschelte Trans Knie, um zu zeigen, wie stolz sie war, dass er Paul sein Wissen weitergegeben hatte.

»Ganz sicher. Aber wir müssen herausfinden, wo der Wein gelagert wird, und wir müssen beweisen, dass es die Ernte von Sundown Crossing ist.« Paul war ehrlich mit ihnen. »Ohne die Flaschen haben wir keinen Beweis, dass Conrad einen Betrug begangen hat. Wenn wir sie finden, wäre das der eindeutige Beweis für die Versicherung und die Polizei.«

Kim nickte ernst. »Sie haben recht. Was unternehmen wir?«

Paul schwieg einige Minuten und durchdachte das Problem. »Ich kenne in Elizabeth einen pensionierten Polizeiinspektor, der gelegentlich inoffizielle Nachforschungen anstellt. Wenn jemand das Lagerhaus finden kann, wo der Wein untergebracht ist, dann ist es Gary Sweeney.«

»Das ist gut. Machen Sie schnell, denn Carlas Antrag für ein Darlehen wurde von der Bank abgelehnt. Bald haben sie und Angie kein Geld mehr und müssen Mr. Conrads Angebot annehmen. Dann sind wir ihm alle ausgeliefert«, sagte Kim. Ihr normalerweise heiterer Gesichtsausdruck war verschwunden, ein Beweis dafür, wie besorgt sie darüber war, dass diese Möglichkeit eintreten würde.

Paul streckte Tran die Hand entgegen, und der Vietnamese schlug ein. »Ich bin Ihnen unendlich dankbar. Sie waren eine große Hilfe. Diese Information ist der Durchbruch, den ich brauche.« Er zwinkerte den beiden verschwörerisch zu. »Es ist jedoch äußerst wichtig, dass wir das alles erst mal für uns behalten. Sagt niemandem etwas davon, nicht einmal Carla und Angie. Okay?«

»Okay«, versprachen Kim und Tran einstimmig.

Kurz darauf saßen die beiden Loongs wieder auf dem Motorrad und knatterten Pauls lange Einfahrt hinunter auf die Straße zu. Kim lächelte, während der Wind ihr Haar zerzauste. Sie war stolz auf ihren Bruder, weil er das Richtige getan und Paul alles erzählt hatte. Sie hatte einige Überzeugungsarbeit leisten müssen, bis er sich einverstanden erklärt hatte, mit Paul zu reden, denn er wollte sich nicht in schmutzige Geschäfte verwickeln lassen. Aber schließlich hatte er Mut bewiesen und getan, was richtig war. Dies gab Kim die Hoffnung, dass er endlich erwachsen wurde. Und sie war doppelt erfreut darüber, denn in der letzten Zeit hatte sie Anzeichen gesehen, dass er versuchte, seine Spielsucht in den Griff zu bekommen. Darum betete sie jeden Tag zu Buddha.

Carl Stenmark saß in dem bequemen Sessel, den ihm das Genesungsheim zur Verfügung gestellt hatte. Seine blauen Augen ruhten auf den Vorhängen, die sich in der Nachmittagsbrise leicht bewegten. Er lernte gerade eine heilsame Lektion, die darin bestand, etwas zu tun, was seinem Wesen völlig fremd war – nämlich gar nichts, und das tagaus, tagein. Nach Aussagen seiner Ärzte war es genau das, was er brauchte, um sich zu erholen. Obwohl das Nichtstun für ihn äußerst schwierig war, hielt er sich, wenn auch mit einigem Widerstreben, wortwörtlich an ihre Anweisungen.

Die Tätigkeit, für die er jetzt eine Menge Zeit hatte, war... Nachdenken! Er dachte an Anna Louise und wie sehr er nach wie vor ihre Gesellschaft vermisste – nach mehr als dreißig Jahren... Und er dachte an Rhein-Schloss. Das Unternehmen hatte ihm seit seiner Jugendzeit eine Aufgabe und später einen gewissen Stolz auf das, was er erreicht hatte, gegeben. Er hatte es zur nahezu besten Weinkellerei im Barossa Valley gemacht. Er musste auch an Kurt und Marta und Rolfe denken, und dies wiederum lenkte seine Gedanken auf Rolfes leidenschaftliche, starrköpfige Tochter und Sam, seinen Urenkel.

Carla, die seiner verstorbenen Frau so ähnlich sah. Wenn er Rolfes Tochter ansah, wurde sein Herz weit, und die Erinnerungen an Anna Louise kamen mit erstaunlicher Klarheit zurück, der Schmerz, sie zu verlieren, und die Freude, sie geliebt zu haben. Er schüttelte sein weißes Haupt und zwang sich dazu, seine Gedanken auf etwas anderes zu konzentrieren. Was für ein dummer alter Mann er war, so melancholisch zu sein. Das führte zu gar nichts. Vielleicht sollte er sich an die Probleme mit seinem erstgeborenen Sohn und Rolfe erinnern, obwohl das schon so lange her war. Alles, was er während all der Jahre und der vielen Arbeit vorzuweisen hatte, war... Luke, und ach ja, er konnte es nicht länger abstreiten, Carla und Sam. Rolfes Tochter und sein Urenkel waren mit ihm verwandt, das war eine unbestrittene Tatsache. Er konnte nicht leugnen, und dies war ein ziemlich großes Zugeständnis, dass sie ihm in seinem Herzen verbunden waren, gleichgültig, was seine jüngste Tochter an Gehässigkeiten verspritzte.

Irgendwie konnte er nicht glauben, dass Carla berechnend war. Er schüttelte den Kopf und stieß einen tiefen Seufzer aus. Nicht so wie Lisel. Von all seinen Kindern und Luke war sie diejenige, die am gierigsten, analytischsten und dazu am zynischsten war. Lisels Verhalten hatte ihn jahrelang verwirrt und enttäuscht. Tief im Innern war sie eine unglückliche, unzufriedene Frau, die seiner Meinung nach keinen Grund hatte, so unzufrieden zu sein. Zwei gescheiterte Ehen und mehrere kurze Affären im und außerhalb des Valleys schienen Lisels Charakter noch verschlimmert zu haben. Seine Familie glaubte, dass sie alles vor ihm geheim halten konnte, dass er nichts bemerkt hatte. Aber ihm war aufgefallen, dass die ruhige, heitere Greta sich in der Vergangenheit Lisels starkem Willen gebeugt hatte, dass das bei Carla jedoch nicht mehr der Fall war. Und dass Luke, der loyale Neffe, seine Tante so gut er konnte schützte. Carl wusste alles. O ja, er wusste auch, was für eine Art von Frau Lisel war.

Und jetzt auch noch zusätzliche Komplikationen in der Familie! Luke hatte angeblich Gefühle für Carla! Wenn das wirklich stimmte und nicht nur eine vorübergehende Leidenschaft war, würde er gezwungen sein, einige Änderungen vorzunehmen. In seinem Alter und seiner Situation musste er praktisch vorgehen. Er konnte es sich nicht leisten, seinen Enkel von ihm zu entfremden oder ihn zu verlieren. Luke war dazu bestimmt, Rhein-Schloss zu übernehmen, und wenn das hieße, dass er sich den Erwerb von Krugerhoff aus dem Kopf schlagen und Carla in die Familie aufnehmen müsste, würde er seinen Stolz überwinden, die Vergangenheit ruhen lassen und es einfach tun.

Außerdem, fragte er sich, wäre das denn so schwer? Mit

Ausnahme von Lisel mochte jeder in der Familie Carla. Sogar er musste zugeben, dass sie seinen Respekt verdiente. In der Tat hatte er eine winzige Zuneigung für seine resolute rothaarige Enkelin und deren Sohn. Das war ein großes Eingeständnis, etwas, das er sich vor zwölf Monaten nicht hätte vorstellen können.

Nun wurde er der Gedankenspiele überdrüssig, und er stand unsicher auf, um in dem weitläufigen Garten des Sanatoriums einen Spaziergang zu machen.

Vier Wochen nach seinem Herzinfarkt war Carl wieder auf Rhein-Schloss und widmete sich der Leitung des Unternehmens. Er arbeitete jedoch nur noch von 10 Uhr bis 15.30 Uhr.

Eines Nachmittags, während er in seinem Arbeitszimmer die Post las, kam Greta mit einem kleinen Buch, das sie wie ein Kleinod trug, zu ihm. »Wie geht's dir, Papa?«

Er sah zu ihr auf. »Sehr gut, meine Liebe. Ich bin so fit, wie schon seit Jahren nicht mehr.«

»Das ist gut, weil ...«, Greta biss sich auf die Lippe und zögerte.

»Was ist los, Greta?«

Sie atmete tief durch und nahm all ihren Mut zusammen. »Ich denke, du solltest das hier mal lesen.«

»Du weißt doch, dass ich keine Romane mag.« Er blinzelte sie missmutig an.

»Es ist ein Tagebuch, Papa. Rolfes Tagebuch, das er vor langer Zeit geschrieben hat, bevor er Stenhaus verlassen hat.«

Carl schnaubte. »Warum sollte ich das lesen?«, fragte er schroff. Verärgert warf er den Brieföffner auf den Schreibtisch. »Ich habe keine Lust, die alten Erinnerungen auszugraben. Das führt zu nichts.«

»Das Tagebuch wird die Geschehnisse damals ins rechte Licht rücken«, erklärte sie beharrlich. »Und um Rolfe, Carla und Sam gegenüber fair zu sein, solltest du es lesen.«

»Von wem hast du es erhalten?«

»Von Carla, Papa.«

Er warf ihr einen strengen Blick zu, der sie normalerweise zur Flucht veranlasst hätte. Doch er war überrascht, als das nicht geschah. »Loyalität gehört zu den Dingen, die ich bewundere. Und du, Greta, hast eine ganze Menge davon. Also gut, lass das Tagebuch hier. Wenn ich etwas Zeit habe, werde ich es lesen.«

Offensichtlich erleichtert, reichte Greta ihm das abgewetzte Tagebuch. »Ich werde dir jetzt deinen Kaffee bringen, Papa«, sagte sie als Friedensangebot und ging dann so schnell sie konnte aus dem Zimmer, ehe er seine Meinung ändern konnte.

Carl legte das modrig riechende Tagebuch auf die rechte Seite des Schreibtisches. *Später*, dachte er, um das Unvermeidliche aufzuschieben. Er würde es später lesen.

Carl las das Tagebuch mit der ausgeblichenen Handschrift zwei Mal. Nach dem Abendessen, als das Tageslicht langsam schwand, machte er einen Spaziergang im Garten und blieb in der Nähe des Swimmingpools stehen. In seinem Kopf herrschte ein wirres Durcheinander aus Gedanken und Erinnerungen – was er zu Rolfe gesagt hatte, die Antworten seines jüngeren Sohnes, und wie er sie zurückgewiesen und stattdessen Kurt und der wahrhaftig nicht so unschuldigen Marta geglaubt hatte.

Lieber Himmel, wie ungerecht er gewesen war! Anstelle von gesundem Menschenverstand und logischem Denken hatte er seine Wut walten lassen. Dafür gab es keine Rechtfertigung, weder damals noch heute. Es war ihm nicht gerade angenehm, dass er so ehrlich mit sich war. Er musste zugeben, dass seine Entscheidung damals zum großen Teil durch die aufsässige Art seines jüngeren Sohnes beeinflusst worden war sowie einem irrationalen Bedürfnis, ihn dafür zu bestrafen, dass er selbstständig gehandelt hatte. Aber warum? Diese Frage ging ihm im Kopf herum. Warum hatte er so hart reagiert? Selbst jetzt, nach all den Jahren, in denen er über das Geschehene nachgedacht und es analysiert hatte, konnte er keine Antwort darauf finden. Er wusste nur, dass er selbst dazu erzogen worden war, keinen Widerstand innerhalb der Familie zu dulden.

All diese unausgefüllten Jahre! Alles hätte ganz anders sein können und sollen.

Wie eine Flutwelle überkam ihn plötzlich ein riesiges Schuldgefühl. Er saß da, bis es fast ganz dunkel war und ein Lichtschein vom Haus herüberkam – bis die Insekten aufhörten zu zirpen und die Vögel verstummten. Als er aufstand, wusste er, was er zu tun hatte. Auch wenn er die verlorenen Jahre nicht mehr zurückholen konnte, so musste er doch anfangen, einen Teil wiedergutzumachen.

19

Carla, die angesichts ihres ersten offiziellen Besuchs in Stenhaus sichtlich nervös war, weil sie dort zum Abendessen eingeladen war, hielt das Steuer so fest umklammert, dass ihre Knöchel weiß wurden.

»Pass auf, Mum, du fährst gleich über die Farbkanister«, warnte Sam sie, und seine Stimme klang vor Aufregung höher als sonst. Als sie in Richtung der Einfahrt fuhr, die zum Eingang des Weinguts führte, war sie zu rasant um eine Kurve gebogen.

Carla riss das Steuer herum. »Wie dumm, die Farbkanister hierhin zu stellen. Ich werde Tran sagen, dass er sie morgen früh woanders hinstellen soll«, knurrte sie. Vor einem Monat hatten sie einige Liter grüne Farbe bestellt, um im Winter den Vorratsschuppen und die Weinkellerei zu streichen. Winter war die beste Zeit für Wartungsarbeiten, weil die Arbeit an den Reben dann ruhte.

Während sie zum Anwesen ihres Großvaters fuhr, dachte sie daran, wie die Einladung zum Abendessen entstanden war. Sie hatte ihren Großvater zweimal im Sanatorium besucht und bemerkt, dass sich seine Haltung ihr gegenüber auf bemerkenswerte Weise verändert hatte. Sie hatte erwartet, dass er feindselig reagieren würde, und war bereit gewesen, all das über sich ergehen zu lassen. Es jedoch gar nicht notwendig gewesen, denn er war ihr und Sam gegenüber erstaunlich aufgeschlossen gewesen. Sie versuchte eine Erklärung für sein verändertes Verhalten zu finden und vermutete, dass es daran lag, dass er einen Herzinfarkt erlitten hatte, der ihn zum Nachdenken gebracht hatte. Wenn man dem Tod nur knapp entronnen war, reagierte man bestimmt so.

Einige Wochen nachdem Carl wieder zu Hause war, hatte Greta angerufen und Carla und Sam gebeten, Samstag zum Abendessen zu ihnen zu kommen. Carla hatte ihre Überraschung heruntergeschluckt und die Einladung angenommen. Jetzt war sie jedoch sehr nervös und ein wenig ängstlich. Als sie mit Angie darüber gesprochen hatte, hatte ihre Freundin vermutet, dass noch etwas anderes als der Herzinfarkt der Auslöser für diesen plötzlichen Sinneswandel war. Carla zuckte die Schultern, als sie in die lange Einfahrt einbog, die zu Stenhaus führte. Spielte es wirklich eine Rolle, was für eine Motivation Großvater hatte? Wahrscheinlich nicht. Alles, worauf sie hoffen konnte, war, dass mit der Zeit Frieden herrschen würde.

Als sie die gekieste Einfahrt mit den am Rand stehenden Kiefern und Rosenbüschen hinauffuhr, erinnerte sie sich daran, als sie das erste Mal an die Tür geklopft und von ihrer Tante übel beschimpft worden war. Lisel würde heute Abend auch da sein. Durch ihre kurze Freundschaft mit Josh Aldrich wusste sie, dass alle Stenmarks samstagsabends zu Hause aßen. Wieder mit Lisel konfrontiert zu werden, würde eine große Herausforderung für sie darstellen. Um das mal nett auszudrücken. Aber sie wusste eines – und ihre blauen Augen funkelten vor Entschlossenheit: Egal, was passieren würde – sie hatte nicht vor, nachzugeben oder gar vor der scharfzüngigen Lisel zu katzbuckeln.

Greta begrüßte Carla und Sam herzlich und führte sie den breiten, gefliesten Flur entlang bis zu dem im Innenhof gelegenen Wohn-Ess-Bereich.

»Der Verkehr war nicht sehr stark«, sagte Carla als Erklärung dafür, warum sie zwanzig Minuten zu früh dran waren.

»Im Winter gibt es hier nicht so viele Touristen. Es ist schön, dass ihr schon da seid, dann haben wir noch etwas Zeit, miteinander zu plaudern, bevor Papa kommt.« Greta nahm Carlas Arm. »Komm, setz dich ans Fenster. Luke wird auch bald da sein. Er ist der inoffizielle Sommelier der Familie.«

Carla setzte sich und ließ ihren Blick durch den Raum schweifen. »Ein wunderschöner Raum. Ich liebe so viel Glas, diese aparten Fliesen und den kostbaren Teppich.«

Sie betrachtete eine Reihe australischer Gemälde, die an einer Wand hingen. »Er ist sehr gemütlich und einladend.«

»Danke. Dein Freund Paul hat ihn entworfen, und Papa hat mir freie Hand gelassen, ihn einzurichten. Ich bin zufrieden mit dem Ergebnis und der Rest der Familie ebenfalls. Papa verbringt ziemlich viel Zeit in diesem Zimmer, denn es liegt so zentral – nahe bei der Küche, der Veranda und den Rebstöcken.«

»Das verstehe ich«, sagte Carla und nickte zustimmend.

John, Gretas Mann, kam auf sie zu und schüttelte ihre Hand. »Schön, dass du da bist, Carla. Und du auch, Sam.« In seiner linken Hand hielt er eine Stofftasche, die er Sam reichte. »Das ist ein Teil von Lukes Spielsachen aus seiner Kindheit. Vielleicht möchtest du damit spielen.«

»Vielen Dank, Sir«, antwortete Sam höflich, nachdem er sich bei seiner Mutter vergewissert hatte, dass sie nichts dagegen hatte. Sofort verstreute er die Spielsachen auf dem Boden in der Nähe des Sofas und begann, sie zu sichten. Er hielt einen Kreisel in die Höhe. »Was macht man denn damit?«

John kniete sich hin und zeigte ihm, wie man den Kolben von oben nach unten drückt, bis der Kreisel an Geschwindigkeit zunimmt, wie wild brummt und dann einen schrillen Heulton von sich gibt. Als John ihn losließ, wirbelte der Kreisel über den Boden.

»Das ist ja cool.« Sam war beeindruckt.

In dem Moment kam Luke herein. Er trug einen cremefarbenen Rollkragenpullover und eine dunkelgraue Hose. Strahlend begrüßte er Carla und Sam und nahm rasch von allen Anwesenden die Getränkewünsche entgegen. Dann wandte er sich zur gut gefüllten Bar, und wenig später hatte jeder sein Glas in der Hand. Feierlich hielt er sein Glas in die Höhe. »Auf einen neuen Anfang.«

Carla wusste, dass er auf die Tatsache anspielte, dass sie, nachdem sie schon über zwei Jahre im Barossa Valley lebte, noch nie hier gewesen war. »Darauf trinke ich gerne.«

Fünf Minuten später betrat Carl Stenmark den Raum. Sofort herrschte angespanntes Schweigen. Er ging jedoch, ohne zu zögern, auf Carla und Sam zu. Während sie sich aus ihrem Sessel erhob, legte Carl seine Hände auf ihre Arme. »Carla Hunter und Sam, ihr sollt beide wissen, dass ihr von diesem Tag an als Mitglieder der Stenmark-Familie hier herzlich willkommen seid.«

»Oh, Papa.« Greta, der die Tränen in die Augen traten, eilte an die Seite ihres Vaters und küsste ihn auf die Wange. »Was für eine kluge Entscheidung.«

»Ich bin einfach… *überwältigt.*« Mühsam schluckte Carla den Kloß in ihrem Hals herunter. Ihr Vater hätte sich so sehr gefreut, und Angie würde vor Staunen die Kinnlade herunterfallen, wenn sie das erfuhr. Sie schaute in Lukes Richtung, der sie angrinste, dann zu Greta und ihrem Mann, und dann kehrte ihr Blick zu ihrem Großvater zurück. Zwei blaue Augenpaare blickten sich an. »Es hat lange gedauert«, sagte sie mit klarer Stimme und einem verschmitzten Augenzwinkern, »aber das Warten hat sich gelohnt, Großvater. Ich danke dir.« In der nächsten Sekunde wurde sie in seine Arme gezogen und auf europäische Art auf beide Wangen geküsst.

»Wir beide haben uns viel zu erzählen, Enkelin, aber nicht jetzt. Jetzt wird es Zeit für ein Festessen. Komm an den Tisch. Du sitzt rechts von mir und Sam neben dir«, ordnete Carl an, und seine Stimme klang schroff, um seine aufgewühlten Gefühle zu verbergen.

Luke beobachtete das Geschehen. Er hätte erfreuter nicht sein können. Sein Großvater hatte endlich ein Einsehen, was angesichts seiner Starrköpfigkeit einem Wunder gleichkam. Luke hatte erfahren, dass seine Mutter ihm Rolfes Tagebuch zu lesen gegeben hatte. Es hatte Carl die Augen geöffnet und ihm, wenn auch dreißig Jahre zu spät, zu verstehen gegeben, dass er falsch gehandelt hatte. Die Vergangenheit ließ sich nicht mehr ändern, aber an dem Gesichtsausdruck des alten Mannes, an der Wärme, die in seinem Blick lag, wenn er Carla und Sam ansah, konnte jeder erkennen, dass er alles daransetzen würde, die Ungerechtigkeit, die er seinem zweiten Sohn angetan hatte, wenigstens teilweise wiedergutzumachen. Es war in der Tat ein denkwürdiger Tag in Stenhaus. Und jetzt, da Carla in den Kreis der Familie aufgenommen worden war, konnte Luke seinen eigenen Intentionen nachgehen und eine tiefere Beziehung zu Carla aufbauen. Etwas, woran ihm sehr viel gelegen war. Wenn sich sein Wunsch erfüllte, würden sie im Barossa Valley ein fantastisches Team werden: er mit seiner Erfahrung im Weingeschäft und sie mit ihrer Leidenschaft und ihrem Organisationstalent.

Während sich alle auf ihre zugewiesenen Plätze setzten, bemerkte Carl, dass noch ein Platz noch frei war. »Wo ist Lisel?«

»Sie sitzt in ihrem Zimmer und schmollt«, erwiderte Greta und nahm an, dass das der Wahrheit entsprach, »weil ich ihr erzählt habe, dass Carla und Sam zum Abendessen kommen.«

Carls glückliche Miene wurde plötzlich ernst, und seine Augen wurden hart. »Ist sie krank?« Greta schüttelte den Kopf, woraufhin er sich an seinen Enkel wandte. »Luke, geh und hol sie. Lisel gehört zur Familie, und sie wird zusammen mit der Familie essen.«

»Großvater, das Abendessen verläuft bestimmt angenehmer, wenn Lisel nicht da ist«, entgegnete Luke, und alle wussten, dass das der Wahrheit entsprach. Carl war jedoch unerbittlich. »Geh jetzt und hol sie.« Und während Luke auf die Tür zuging, die zum Flur führte, fügte er hinzu: »Lisel vergisst manchmal, in wessen Haus sie lebt. Solange sie hier wohnt, wird sie sich an meine Regeln halten oder …« Der Satz blieb unbeendet, aber jeder am Tisch wusste, was er sagen wollte. Er verlor kein Wort mehr über seine schwierige Tochter und wandte sich Sam zu. »Sag mir, Sam«, sagte er mit sanfter Stimme, »wie steht's mit dem Rugby?«

»Mein Team steht an erster Stelle, Sir«, sagte Sam stolz und grinste den alten Mann an.

»Gut.« Das Familienoberhaupt wandte sich an Greta. »Wir sind bestimmt alle hungrig. Wir werden nicht auf Luke und Lisel warten. Sag Margit bitte, dass sie die Suppe auftragen soll, Greta.«

»Ja, Papa.«

Als Luke endlich mit der widerspenstigen, mürrisch dreinblickenden Lisel auftauchte, waren die anderen mit dem ersten Gang fast fertig. Lisel weigerte sich, die Suppe anzurühren, nachdem sie sich gesetzt hatte, und starrte abwechselnd giftig Carla, ihren Vater und das Geschirr auf dem Tisch an, ohne sich an der Unterhaltung zu beteiligen. In ihrer hochmütigen Art strahlte sie eine gewisse Eleganz aus. Sie trug ein schwarzes Wollkleid mit Rollkragen. Die Schlichtheit des Kleides wurde durch die Perlenkette an ihrem Hals noch betont.

Wie immer drehte sich das Gespräch um die Reben und die Weinherstellung.

»Carla, da du im letzten Jahr so viel Pech mit der Ernte hattest – ist es denn möglich, das Weingut weiterhin zu bewirtschaften?« John stellte die Frage, auf die so viele Leute im Valley eine Antwort haben wollten.

»Ich denke schon«, war ihre prompte Antwort. »Wir werden noch etwas Geld von der Versicherung bekommen, und ich hätte einen Interessenten, der gerne als stiller Teilhaber einsteigen möchte. Ich würde es jedoch vorziehen, mein Darlehen zu verlängern, falls die Bank zustimmt.«

»Die Bank hat sicher nichts dagegen«, sagte Carl gelassen mit einem mysteriösen Zwinkern in den Augen. »In der Vergangenheit war ich dein schärfster Kritiker, aber was du in so kurzer Zeit erreicht hast, verdient meinen Respekt. Du und deine Winzerin verdient die Chance auf Erfolg.«

Carla war erstaunt, dass ihr Großvater ein solches Eingeständnis machte. »Wir werden auf jeden Fall Erfolg haben«, antwortete sie, und in ihrem Tonfall lag eiserne Entschlossenheit.

Als sie die Worte ihres Vaters hörte, warf Lisel Messer und Gabel scheppernd auf ihren Teller. »Papa, ich glaube einfach nicht, was ich da höre. Was wird hier gespielt? Noch vor kurzem wollten alle hier«, ihr Blick schweifte über die Familie, »sie einstimmig loswerden. Jetzt wird sie von allen mit offenen Armen willkommen geheißen.« Sie gab einen missbilligenden Schnalzlaut von sich. »Ihr macht mich alle krank.«

»Lisel, du verstehst das offenbar nicht. Wir wissen jetzt Dinge, die zuvor im Dunkeln gelegen haben«, versuchte Greta ihr geduldig zu erklären.

»Was für ein Blödsinn! Ihr habt euch in die Irre führen lassen, weil sie Mutter so ähnlich sieht.« Vorwurfsvoll zeigte sie mit dem Finger auf ihre Nichte. »Könnt ihr denn nicht sehen, was sie vorhat? Sie schleicht sich in die Familie ein, um sich zu bereichern. Alles, was sie interessiert, ist das Geld von Rhein-Schloss und das Ansehen der Stenmarks.«

Empört über Lisels Anschuldigung, erwiderte Carla:

»Das stimmt absolut nicht.« Schützend legte sie den Arm um Sam, so als müsse sie ihn vor Lisels Bösartigkeit schützen. »Es gibt nur eines, das ich seit jeher von der Stenmark-Familie haben möchte – und das ist die Chance, Mitglied einer liebevollen Familie zu sein und Sam damit einige Verwandte zu geben, unter denen er heranwächst.«

Lisel schnaubte spöttisch. »Du kannst vielleicht alle hier mit deiner herzergreifenden Rede zum Narren halten«, ihr Kopf zuckte absichtlich in die Richtung ihres Vaters, »aber nicht mich.«

»Du kennst mich nicht, Tante Lisel, also urteile bitte nicht derart ablehnend und vorschnell«, antwortete Carla. »Du hast mir nie eine Chance gegeben.«

»Das stimmt, und das werde ich auch nie tun.« Frustriert, weil sie keinerlei Unterstützung von ihrer Familie erhielt, richtete Lisel ihren zornigen Blick auf Luke. »Und du, mein lieber Neffe, bist der größte Verlierer, denn du wirst deines Erbes beraubt.«

»Lisel, jetzt reicht es«, brüllte Carl seine jüngste Tochter an und schlug mit der Faust auf den Tisch, um seinen Worten Nachdruck zu verleihen. »Solch skandalöses Benehmen dulde ich keinesfalls an meinem Tisch. Die Vergangenheit ist vorbei«, seine Stimme war kraftvoll; es schwang jedoch ein gewisses Bedauern darin mit, »und kann nicht geändert werden. Ich habe mich entschieden, Carla und Sam in unsere Familie aufzunehmen. Und ob dir das gefällt oder nicht, du musst es akzeptieren.«

Lisel sprang auf und hätte fast ihren Stuhl dabei umgeworfen. Verbissen schüttelte sie den Kopf. »Ehe ich das tue, friert die Hölle zu.«

Luke beobachtete, wie seine Tante mit kerzengeradem Rücken auf die Tür zuschritt. Er hatte Lisels Temperamentsausbrüche schon öfter erlebt, aber einen so heftigen noch nie. Und noch nie war ein solcher Ausbruch so offen gegen seinen Großvater gerichtet gewesen. Die Wut in ihren Augen, ihre starken Emotionen und ihr uneingeschränkter Hass Carla gegenüber machten ihm mehr zu schaffen als ihre Anspielung auf ein womöglich kleineres Erbe. Etwas Seltsames ging mit seiner Tante vor sich, er konnte es nicht länger verleugnen. Aufgrund von Geschichten, die ihm seine Mutter erzählt hatte, wusste er, dass sie als Kind sehr verwöhnt worden war und dass sie oft ungehalten reagierte und gemein wurde, wenn die Dinge nicht nach ihrer Nase gingen – wie es auch heute Abend der Fall war. Lisel Stenmark hatte etwas Skrupelloses an sich. Obwohl dies nur selten zum Ausbruch kam, war es dennoch permanent vorhanden. Und da ihr Hass auf Carla so tief war, konnte niemand wissen, wozu sie sonst noch in der Lage war.

Luke blickte seinen Großvater verstohlen von der Seite an und bewunderte die Entschlossenheit des alten Mannes. Lisels Angriff hatte ihn nicht einen Deut von seiner Entscheidung abgebracht. Er war fest entschlossen, das Unrecht, das Rolfe, Carla und Sam angetan worden war, wiedergutzumachen. Luke wusste, dass die geänderte Meinung seines Großvaters im Barossa Valley Klatsch und Tratsch auslösen würde. Aber für Carla konnte und würde es einen Riesenunterschied machen. Die Anerkennung der Stenmark-Familie würde ihr alle Türen öffnen. Es würde eine große Last von ihren Schultern nehmen und ihr die Möglichkeit geben, ihre Pläne zu verwirklichen. Außerdem hoffte Luke, dass sie etwas aufgeschlossener für seine eigenen Pläne sein würde. Er könnte sie beispielsweise zum Golfspielen mitnehmen und herausfinden, ob sie Talent dafür hatte.

Carla packte den todmüden Sam ins Bett und strich ihm die rotblonden Haarsträhnen aus der Stirn.

»Nacht, Mum«, murmelte er und gähnte. Seine Augenlider flatterten – und schon schloss er die Augen und schlief ein.

Lächelnd richtete sie sich auf. Sam hatte einen wunderschönen Abend in Stenhaus verbracht. Sein Urgroßvater, John und Luke hatten viel Aufhebens um ihn gemacht. Und wie verblüfft er gewesen war, als Greta ihnen das Gemälde von ihrer Mutter gezeigt hatte! Sam war sofort aufgefallen, wie ähnlich Carla Anna Louise sah. Leise schloss sie die Tür zu Sams Zimmer und ging in ihr eigenes. Endlich bekam er die Familie, die er verdient hatte, war alles, was sie noch denken konnte.

Rasch zog sie sich aus und schlüpfte unter die wärmende Bettdecke. Sie würde sich immer an den heutigen Abend erinnern. Er würde der Anfang eines etwas leichteren und erfüllten Lebens für sie und ihren Sohn sein. Vor knapp zwei Jahren hatte sie die riskante Entscheidung getroffen, sich selbst und Sam aus der gewohnten Umgebung von Christchurch herauszureißen und hier ein neues Leben zu beginnen. Oft hatte sie an der Richtigkeit ihrer Entscheidung gezweifelt. Sie hatte viel Kummer und Rückschläge erlebt, aber das gehörte hoffentlich jetzt der Vergangenheit an.

Ihre Gedanken schweiften zu Luke. Sie wusste, dass er dazu beigetragen hatte, dass ihr Großvater seine Meinung ihr gegenüber geändert hatte. Der wahre Auslöser war jedoch Großvater selbst gewesen, der das Tagebuch ihres Vaters gelesen hatte. Und sie wusste noch etwas: Luke meinte, er habe sich in Carla verliebt. Wärme stieg ihr in die Wangen, während sie darüber nachdachte. Sie hatten das Kriegsbeil begraben, und sie mochte Luke. Sehr sogar. Es war schön, mit ihm zusammen zu sein, er war umgänglich, intelligent, aber… sie seufzte in die Dunkelheit. Könnte sie sich auch in ihn verlieben? Das wäre schön, denn sie passten sehr gut zusammen. Aber sie war noch nie vernünftig gewesen, wenn es um Herzensangelegenheiten ging. Als sie sich vor vielen Jahren in Derek verliebt hatte, war sie jedes Mal, wenn er zur See fuhr, krank vor Sorge gewesen. Wenn sie ganz ehrlich mit sich war, musste sie zugeben, dass sie, ob es ihr gefiel oder nicht, eine Schwäche für Paul, ihren Chef, hatte. Aber er hing wahrscheinlich nach wie vor an seiner verstorbenen Verlobten.

Sie drehte sich auf die Seite und murmelte in ihr Kopfkissen: »Hör auf, dir Gedanken um die Liebe zu machen. Es gibt wichtigere Dinge.«

Montagvormittag, als Lisel ihren Mercedes-Sportwagen auf ihrem Parkplatz vor dem Rhein-Schloss-Büro abstellte, hatte sich der Zorn, dem sie Samstagabend Luft gemacht hatte, in kalte Wut verwandelt. Etwas musste geschehen in puncto Carla Hunter, und es war klar, dass sie die Einzige in der Familie war, die den Mut hatte, etwas zu unternehmen.

Ihr Vater hatte sich von Carla bezaubern lassen, weil sie ihrer Mutter so ähnlich sah. Greta, ihre gefühlsduselige, unfähige Schwester, und John hielten sowieso immer zu Papa und Luke. Luke, den sie großgezogen, beschützt, ermutigt und um den sie sich gesorgt hatte! Und der das meiste zu verlieren hatte. Darüber hinaus hatte dieser Tölpel sich in diese falsche Schlange verliebt. Was hatte Carla im Krankenhaus zu ihr gesagt, als Papa krank gewesen war? Sie zog die Stirn in Falten und versuchte, sich die genauen Worte in Erinnerung zu rufen. Als sie Carla zu Recht beschuldigt hatte, dass sie nur auf Geld aus sei, hatte diese gesagt: *Dass du nur so etwas denken kannst, zeigt doch, wes Geistes Kind du bist.* In ihrem linken Mundwinkel zuckte ein Nerv. Wie konnte diese Frau es wagen, so mit ihr zu reden? Ihre Lippen begannen, vor Wut zu zucken. Das Miststück glaubte wohl, jetzt brauchte es sich keine Sorgen mehr zu machen. Papa hatte nachgegeben und sie in die Familie aufgenommen. Und der Rest der Familie kippte ebenfalls um und machte ein Riesentheater um sie und ihren Sohn.

Nachdenklich kniff sie die Augen zusammen, als sie sah, dass Josh Aldrich soeben auf das Gebäude zuging, und ihr verbitterter Gesichtsausdruck verwandelte sich in ein leuchtendes Grinsen. Es würde einen Weg geben, dieser unerquicklichen Situation ein Ende zu bereiten. Das Leben musste ganz einfach wieder so werden, wie es gewesen war, bevor Carla ins Valley gezogen war. Ihr Lächeln verstärkte sich noch, während sie Josh beobachtete. Sie kannte die richtige Person, die ihr bei der Ausführung ihres Planes helfen würde. Ohne Zeit zu verschwenden, stieg sie aus ihrem Auto und rief: »Josh, warte mal! Ich muss mit dir reden.«

Angie saß in Paul van Leesons Küche und sah ihm dabei zu, wie er das Abendessen für sie zubereitete. Carla hätte sich gewünscht, dass Angie mit ihr und Sam zum Abendessen, ihrem zweiten, nach Stenhaus fahren würde, aber sie hatte abgelehnt. Sie wollte den Stenmarks nicht zur Last fallen und ihre Gastfreundschaft ausnutzen. Außerdem wollte sie Carla und Sam die Möglichkeit geben, ihre Familie in aller Ruhe näher kennen zu lernen. Als Paul angerufen hatte, wollte er Carla bestimmt zum Abendessen einladen. Stattdessen gab er sich mit Angie alleine zufrieden.

Sie hatte nichts dagegen, seine zweite Wahl zu sein, denn sie mochte Paul sehr gerne. Im Laufe der Zeit war er sowohl ein enger Freund geworden als nebenbei Carlas großzügiger Arbeitgeber. Obwohl sie sich Carla gegenüber nicht mehr darüber äußerte, dass Paul ein viel besserer Partner wäre als Luke, war sie nach wie vor dieser Meinung.

Beim Abendessen und einer Flasche Chardonnay plauderten sie gelöst miteinander.

»Schade, dass Carla nicht kommen konnte. Ich habe einige Nachforschungen über Walt Conrad angestellt, und ich glaube, sie wird daran interessiert sein, was ich herausgefunden habe«, sagte Paul zu Angie.

»Wir brauchen Walt nicht als Teilhaber, weil die Bank unser Darlehen akzeptiert hat. Das haben wir dem Einfluss der Stenmarks zu verdanken, dadurch wurde der Deal inoffiziell genehmigt.« Angie hob vielsagend die Augenbrauen. »Sie können sich vorstellen, wie sehr ich mich darüber freue. Ich wollte nicht, dass Walt seine Nase in alles steckt, was auf dem Weingut vor sich geht.«

»Das ist eine gute Nachricht!« Pauls Grinsen verriet pure Freude. »Und glauben Sie mir, nach all dem, was ich über Conrad erfahren habe, wollen Sie ihn auch ganz sicher nicht als Teilhaber. Man kann ihm nicht vertrauen. Vor einigen Jahren, als Rhein-Schloss ihn vor Gericht gezerrt hat, hat er wegen des Grenzzauns gelogen, und nachdem er den Prozess verloren hatte, ist er verbal über Carl und Luke hergefallen. Aber das ist noch nicht alles.« Er hielt inne, um ein Stück Steak mit einem Schluck Wein hinunterzuspülen. »Ich bin einem Tipp nachgegangen, den Tran mir im Zusammenhang mit der verunglückten Sundown-Crossing-Weinladung gegeben hatte. Es hat eine Weile gedauert.« Er stand auf, ging zur Kommode und kam mit einem Ordner zurück. »Ein ehemaliger Polizist und Freund von mir, Gary, hat so lange in Adelaide recherchiert, bis er herausgefunden hat, wonach wir suchen. Gary hat noch viele Kontakte zur Unterwelt, daher war es nicht weiter schwierig für ihn. Ich habe Ihnen erst mal nichts erzählt, weil ich es für besser hielt abzuwarten, bis ich den Beweis hatte. Die gesamte Weinladung ist in einem kleinen, abgelegenen Lagerhaus in Ostadelaide untergebracht. Schauen Sie mal«, er breitete einige Fotos auf dem Schreibtisch aus, »Gary hat Fotos mit Datum gemacht, um zu beweisen, dass die Sendung noch existiert.«

Angie verschlug es fast die Sprache, und sie krächzte: »Das glaub ich nicht.« Sie starrte Paul an. »Wie hat Ihr Freund das herausgefunden?«, und fügte übergangslos hinzu: »Vielleicht will ich das gar nicht wissen.«

Paul bestätigte ihre Worte mit einem Glucksen. »Okay, aber es ist sozusagen der Beweis dafür, dass Conrad euch übers Ohr gehauen hat. Das Betrugsdezernat hat bestimmt Interesse an ihm. Und die Versicherungsgesellschaft ebenfalls, die die Schadensersatzforderung, die Conrad gestellt hat, schon zahlen wollte.«

Angie betrachtete die Fotos und las den Bericht, den Gary geschrieben hatte. »Sehr beeindruckend. Was für ein Miststück ist dieser Walt, uns dermaßen auszunutzen!«

»Er ist ein Opportunist, der kein Gewissen hat – und sich unbedingt an den Stenmarks rächen will. Da Carla mit den Stenmarks verwandt ist, hätte es ihm eine enorme Genugtuung verschafft, ihr Weingut in den Konkurs zu treiben und es dann zu übernehmen.«

Angie fuhr mit der Hand über ihr langsam ergrauendes Haar und stieß einen Seufzer aus. »Wissen Sie, es gab da immer etwas, was mir an Walt und Frances nicht gefallen hat. Sie waren so zuckersüß, einfach zu nett.

Vermutlich werde ich auf meine alten Tage noch zynisch.«

Paul schüttelte den Kopf. »Sie haben einfach nur eine gute Menschenkenntnis.« Er nahm einen Schluck Wein und sagte dann: »Es besteht kein Zweifel daran, dass er den Wein bald nach Westaustralien bringen wird, damit er dort im Frühjahr auf den Markt kommt. Was er für die Ladung bekommt minus Versand- und Umetikettierungskosten, ist sein Reingewinn.«

»Wir sollten Carla das so bald wie möglich wissen lassen«, sagte Angie und fügte hinzu: »Paul, Sie haben den Beweis erbracht, daher sollten Sie mit ihr sprechen.«

»Natürlich. Morgen bin ich im Clare Valley, also werde ich am Montag nach dem Abendessen rüberkommen.«

»Ich werde nicht da sein, weil ich an dem Abend eine Besprechung in Tanunda habe. Aber Tran und Kim werden Ihre Entdeckung dann sicher gerne bestätigen.«

»Ich bin froh, dass das geregelt ist.« Er lächelte, während er sich die Hände rieb. »Ich habe bemerkt, dass Sie ein gutes Mädchen waren und Ihr Abendessen ganz aufgegessen haben. Zur Belohnung serviere ich jetzt den Nachtisch. Wie klingt Tiramisu?«

»Es geht mir weniger um den Klang als um den Geschmack. Und der ist, wenn ich mich recht erinnere, himmlisch.«

20

Josh nahm den Fuß vom Gaspedal, schaltete den Motor ab und ließ den Kleintransporter den kleinen Abhang hinunterrollen, bis er in der Nähe der Weinkellerei zum Stehen kam. Alles war still in Sundown Crossing. Im Wohnwagen der Loongs brannte kein Licht, und in Carlas Haus war nur das Licht auf der Veranda und eine kleine Tischlampe an. Aber wo war Sams Hund?, fragte er sich, als er aus dem Auto stieg und seine verkrampften Rückenmuskeln streckte. Er wollte nicht, dass Odin wie verrückt bellte und alle aufweckte. Er ging um den Kleintransporter herum und klopfte an die Wand der Weinkellerei. Der Hund bellte immer noch nicht. Josh grinste voller Verachtung. Toller Wachhund! Der dumme Köter jagte wahrscheinlich irgendwo Hasen oder stattete van Leesons Hund einen Besuch ab. Es passte ihm ausgezeichnet in den Kram, dass der Hund nicht hier war und ihn störte.

Nachdem er mit Lisel alles abgesprochen hatte, hatte er einige Abende mit dem Austüfteln seines Planes zugebracht. Sie hatte ihm eine atemberaubende Summe für seine Drecksarbeit versprochen, und sie hatten vereinbart, sich nach Ausführung der Tat um Mitternacht in Lyndoch zu treffen, damit sie ihm das Geld übergeben konnte. Mit dem Geld, das er gespart hatte – obwohl das nicht so viel war, wie er es gerne gehabt hätte –, und Lisels ›Spende‹ hätte er genug Geld, um eine Anzahlung für ein kleines Weingut zu leisten, das in Pokolbin in New South Wales zum Verkauf ausgeschrieben war.

Endlich würde er sein eigener Boss und in der Lage sein, all das, was er im Barossa Valley und in Rhein-Schloss gelernt hatte, in die Tat umzusetzen. Die Zerstörung von Sundown Crossing und von Carlas Träumen wäre eine Extraprämie, an der er sich noch viele Jahre ergötzen würde. Diesem hochnäsigen Miststück würde er ein für alle Mal eine Lektion erteilen.

Er holte drei Benzinkanister à zwei Liter aus dem Kofferraum, schraubte die Deckel ab und besprengte das Innere der Weinkellerei mit der Flüssigkeit. Dabei hatte er selbstverständlich darauf geachtet, dass sein Auto in sicherer Entfernung parkte. Als er die Kanister geleert hatte, verstaute er sie wieder im Pick-up und nahm zwei weitere heraus, die er auf der vorderen und hinteren Veranda des Cottages ausleerte. Den Inhalt des letzten Kanisters schleuderte er über den Reisigzaun, der den Wohnwagen der Loongs vom Cottage und Weingut abtrennte.

Er schlug den Kragen seiner mit Schafsfell gefütterten Jacke gegen die Kälte hoch und grinste wie ein Irrer, als der Wind die Baumwipfel bewegte. Großartig. Dieser Wind würde die Flammen anfachen! Und was für ein Freudenfeuer das werden würde! Er wusste nicht, wer im Cottage war, vermutete jedoch, dass Carla und Sam da waren, weil ihr Fahrzeug hinten im Hof stand und Sam morgen in die Schule musste. Der Lieferwagen stand nicht da, daher vermutete er, dass Angie weg war, wahrscheinlich auf der Versammlung der Winzervereinigung in Tanunda. Und wie stand es mit dem Wohnwagen der Loongs? Trans Motorrad parkte jedenfalls nicht an der üblichen Stelle. Er war also auch nicht da und arbeitete wahrscheinlich noch in dem Restaurant, wo er einen Job gefunden hatte.

Josh holte eine Plastiktüte aus dem Pick-up, in der einige zusammengerollte Zeitungen und ein Feuerzeug lagen. Er hatte keinerlei Schuldgefühle über das, was er vorhatte. Carla hatte es verdient, alles zu verlieren, auch ihr Leben. Er hatte keinerlei Mitgefühl mit ihr. Sie hatte ihn in eine peinliche Lage gebracht, seine Gefühle verletzt und seinen Traum zerstört, dass sie die richtige Frau für ihn war.

Außerdem war Lisel in diesem Punkt überdeutlich gewesen. Sie war der Meinung, dass Carla unverzüglich aus dem Weg geräumt werden musste, und wenn dabei auch noch ihr Sohn und die Loongs draufgingen, wen scherte es? Weder Lisel Stenmark noch Josh. Während er heiter vor sich hin hantierte, stiegen ihm schon die Benzindämpfe in die Augen... Kim, die in jener Nacht zwischen den Weinstöcken bewiesen hatte, was für eine gute Straßenkämpferin sie war, hatte ihr Schicksal ganz besonders verdient. Dieses kleine vietnamesische Miststück, diese Hure. Dachte wohl, sie könnte die Vergangenheit vergessen und als angesehene Person gelten. Ha! Nicht, wenn es nach ihm ging.

Er bedauerte lediglich, dass er das Schauspiel nicht beobachten konnte. Lisel hatte ihm eingebläut, dass es wichtig sei, ein Alibi zu haben. Er würde jetzt in die nächstgelegene Gemeinde, Nuriootpa, verduften und dort mit jemandem einen Streit vom Zaun brechen. Jesus, sie war wirklich ein kaltherziges, cleveres Miststück, diese Lisel. Sie hatte wirklich an alles gedacht. Ihre Besessenheit in Bezug auf Luke und seine Zukunft – seiner Meinung nach verdammt ungesund – trieb sie an, eine solche Tat anzuzetteln. Mit ihr wollte er sich keinesfalls anlegen. Obwohl, wenn sie ihn irgendwie ermutigen würde, würde er es ihr schon besorgen und sich später Sorgen um womögliche Konsequenzen machen. Er verzog das Gesicht und spuckte auf den Boden. Aber das würde eh nicht passieren. So toll fand sie ihn auch wieder nicht.

Was sollte er zuerst anzünden? Das Cottage, beschloss er mit einem fröhlichen Kichern. Über den Ziegelsteinen war es mit Zement verputzt, und die Fensterrahmen und das Dach waren aus Holz. Es würde wahrscheinlich am längsten dauern, bis es in Flammen stand. Danach war der Reisigzaun an der Reihe. Der würde in wenigen Minuten lichterloh brennen, und die Funken würden auf den Wohnwagen überspringen und auf die Gasflasche, die an der Seite befestigt war und für Kochzwecke benutzt wurde. Danach wäre die Weinkellerei an der Reihe. Sie war verriegelt, aber er würde einige Fenster einschlagen und ein oder zwei Leuchtraketen hineinwerfen, um die Dinge zu beschleunigen. Zusammen mit der jetzigen Ernte, dem Benzin, das überall im Gebäude verteilt war, und dem Material in Angies kleinem Labor würde das ein fantastisches Freudenfeuer werden.

Im Licht des Halbmondes konnte Josh alles gut erkennen. Er ging auf den Reisigzaun zu.

Zehn Minuten später war die Tat vollbracht. Entlang des Reisigzauns, im Cottage und in der Weinkellerei breiteten sich die Flammen nach allen Seiten aus. Josh verschwendete keine Zeit, lief zum Wagen und sprang hinein. Dann ließ er den Motor an und trat aufs Gaspedal, um schnell das Weite zu suchen. In der Eile bemerkte er nicht, dass in der Kurve zur Weinkellerei Farbdosen aufeinandergestapelt standen. Der vordere Kotflügel des Pick-ups krachte in die Dosen, fuhr einige platt und zerquetschte eine davon so, dass sich der Inhalt über den Boden, einen Reifen und den rechten Kotflügel ergoss.

»Scheiße, was war das denn?«, knurrte er, während er den Pick-up auf den Ausgang des Weinguts zusteuerte. Wahrscheinlich ein paar Kisten, die er nicht gesehen hatte. Gleichgültig zuckte er die Schultern und fuhr weiter. Das Wichtigste für ihn war jetzt, so schnell wie möglich von hier wegzukommen. Im Rückspiegel sah er die lodernden Flammen. Das hatte er gut gemacht. Lisel würde zufrieden mit ihm sein.

Nach knapp zehn Minuten später parkte er in einer dunklen Seitenstraße in der Nähe der Hauptstraße und ging in Richtung des Hotels. Als er die dortige Bar betrat, schaute er auf die Wanduhr: Es war 21.25 Uhr. Mit dem Vorsatz, sich ein Alibi zu verschaffen, blickte er sich um.

Zwei Männer spielten gerade Pool. Vier andere saßen an einem Tisch und unterhielten sich, und weitere drei saßen auf den Barhockern. Unter den Anwesenden war einer, den er überhaupt nicht mochte. Er war sowieso schon auf hundertachtzig von dem Adrenalischub, den er durch seinen eben erledigten Job hatte. Es wäre also für ihn ein Vergnügen, den Typen zu beleidigen und ihm ordentlich eine in die Fresse zu geben.

Paul schaute auf den Tachometer seines Allradantriebs und merkte, dass er viel zu schnell fuhr. Er drosselte sein Tempo. Die Sitzung der Bauunternehmer auf dem Gelände von Clare Valley hatte länger gedauert, als er erwartet hatte. Das bedeutete, dass er nicht vor 21.30 Uhr in Sundown Crossing sein würde. Einige Kilometer von seinem Ziel entfernt sah er plötzlich einen unnatürlichen Schein am dunklen Himmel. Das war ein Feuer! Er drückte das Gaspedal durch. Während er die Straße hinunterjagte, tippte er auf seinem Handy die Nummer des örtlichen Notrufs ein.

»In Sundown Crossing ist ein Feuer ausgebrochen, das sich offenbar schon stark ausgebreitet hat. Beeilen Sie sich!«, brüllte er ins Telefon. Dann wählte er Carlas Nummer. Keine Antwort. Er trat das Gaspedal bis zum Anschlag durch, und der Landrover raste auf den Feuerherd zu.

»Gütiger Gott«, murmelte Paul, während er mit quietschenden Reifen vor dem Cottage hielt. Alles stand lichterloh in Flammen: der Wohnwagen, das Cottage, die Weinkellerei. Hastig sprang er aus dem Auto und war so geistesgegenwärtig, die Picknickdecke, die auf dem Rücksitz lag, mitzunehmen. Er rannte auf das Cottage zu, blieb aber noch kurz stehen, um die Decke in den Ententeich zu tauchen. Die tropfnasse Decke schlang er sich um den Körper, trat mit dem Stiefel Carlas Schlafzimmerfenster ein und kletterte hinein.

Carla lag im Bett und hustete im Schlaf, während der Rauch schon durch das Zimmer waberte. Paul rüttelte sie an der Schulter. »Carla, Carla! Das Haus brennt. Steh auf!« In der Dunkelheit tastete er nach irgendetwas, das er ihr umlegen konnte. Er riss die Decke vom Bett und legte sie um ihre Schultern. »Los jetzt«, er hob sie halb aus dem Bett, »wir müssen raus.«

»W-was?« Völlig verschlafen begann sie wieder zu husten, und zwischen den Hustenanfällen, dem Rauch und dem Knistern des Feuers krächzte sie: »Sam…?«

»Du kletterst jetzt aus dem Fenster. Ich hole Sam«, rief Paul und schubste sie auf das kaputte Fenster zu. Er nahm ihre Nachttischlampe und zertrümmerte damit herausstehende scharfe Glasteile, damit sie sich nicht verletzte.

»Die Loongs! Kim und Su Lee sind im Wohnwagen.«

»Ich weiß. Ich hole sie raus.« Er hielt inne, weil er von einem Hustenanfall erschüttert wurde. »Geh, sofort!«

Nachdem Paul Sam aus dem Haus geholt und ihn und Carla aus dem Umkreis des Feuers gebracht und anschließend auch noch Kim und Su Lee gerettet hatte, brannten der Wohnwagen und das Cottage lichterloh. In der Weinkellerei verbreitete sich das Feuer nicht so rasch. Die fünf beobachteten mit Entsetzen und ohnmächtiger Faszination das lodernde Inferno. In der Ferne hörten sie das Heulen der Feuerwehrwagen, die immer näher kamen.

Carla blickte Paul an und spürte neben ihrer schmerzenden, raucherfüllten Lunge noch etwas ganz anderes: Wie gut er aussah! Sogar jetzt, wo sein Gesicht von der Asche schwarz verschmiert war. Er hatte sich die linke Hand verbrannt, weil er die Tür zum Wohnwagen hatte aufreißen müssen, und einen nassen Stofffetzen darum gewickelt – ein Stück von seinem karierten Hemd. Sein dunkles Haar und seine Hose waren an manchen Stellen angesengt. *Paul hatte ihr Leben, das von Sam und das der Loongs gerettet!* Sie war so dankbar, dass er rechtzeitig gekommen war, aber ... da war noch etwas mehr. Das Gefühl war tiefer als reine Dankbarkeit. Aber jetzt war nicht die rechte Zeit, sich Gedanken darüber zu machen. Später ...

Ein Schauer lief über ihren Rücken und breitete sich in ihrem ganzen Körper aus. Wenn er nicht gekommen wäre und das Feuer gesehen hätte ... , wäre nicht nur Sundown Crossing jetzt Geschichte, sondern alle, die hier lebten, mit Ausnahme von Angie und Tran. Ihre Gedanken wurden von den Geräuschen um sie herum überlagert – dem Zischen des Feuers, während die Feuerwehr ihre Schläuche darauf richtete, dem Knistern von brennendem Holz, dem gelegentlichen Knallen und kleineren Explosionen. Beißender Qualm und stechende Gerüche, die durch das brennende Baumaterial entstanden, vervollständigten das Schreckensszenario.

Das einzige Gebäude, das die Feuerwehr retten konnte, war die Weinkellerei. In dem ganzen Durcheinander der vielen Helfer und wechselnden Gefahrensituationen hatten Carla und Paul kaum Zeit, mehr als ein paar Worte miteinander zu wechseln. Doch eines war klar – das Feuer war absichtlich gelegt worden.

Aber aus welchem Grund? Wer war der Brandstifter? Carla hatte keine Ahnung. Ihre Gedanken waren ein einziges Wirrwarr.

Sie standen in einer kleinen Gruppe zusammen und beobachteten, wie die Flammen das Cottage gierig verschlangen, bis nur noch die geschwärzten Wände übrig blieben. Vom Wohnwagen war nur noch ein zerknitterter

Haufen Aluminium zu sehen, und der Holzzaun war sowieso wie Zunder abgebrannt. Den Feuerwehrleuten, die ihre Schläuche nun fast nur noch auf das größte Gebäude richteten, gelang es, das Feuer in der Weinkellerei unter Kontrolle zu bringen. Sie hatten tragbare Scheinwerfer aufgestellt, die die traurigen Überreste des Cottages und des Wohnwagens erleuchteten. Das Spektakel hatte natürlich auch Zuschauer von den angrenzenden Grundstücken angelockt, die sich an der Grenzlinie zum Weingut versammelt hatten.

Eine weitere Stunde verging, ehe die Feuerwehrleute das Feuer in der Weinkellerei endgültig gelöscht und die letzten Brandherde ausgeräumt hatten. Zu diesem Zeitpunkt versuchte Angie, in das Weingut einzubiegen, war jedoch gezwungen, ein paar hundert Meter davor zu parken. »Jesus«, keuchte sie, sprang aus dem Auto und hetzte zum Haus. Als sie Carla und Sam entdeckte, stürzte sie voller Erleichterung auf sie zu und umarmte die beiden heftig. »Was in Gottes Namen ist hier geschehen?«

»Ein exakt ausgeklügelter Fall von Brandstiftung, sagt der Leiter der Feuerwehr«, klärte Paul sie auf.

»Aber wer …?« Angie starrte Paul und Carla ratlos an.

»Ich könnte einige Spekulationen anstellen und ein paar Namen nennen, aber das werde ich noch nicht tun. Der Täter fährt jedoch jetzt mit grüner Farbe an seinem Fahrzeug durch die Gegend. Der Brandstifter hat mehrere Farbdosen umgefahren, und eine Dose ist so zerquetscht, dass sie die Farbe wunderbar auf die Reifen verteilt hat. Eine grüne Reifenspur führt bis auf die Straße hinaus.« Paul sah auf seine Uhr und musterte Carla besorgt. Sie schien psychisch total am Ende zu sein. »Es ist schon spät. Ihr kommt alle mit mir und werdet die Nacht in meinem Haus verbringen.« Es war keine Frage oder Einladung, sondern eine klare Ansage. »Der Leiter der Feuerwehr sagte, dass die Polizei morgen früh vorbeikommt, um uns zu befragen.«

»Alles ist vernichtet«, sagte Carla mit bebender Stimme. »Unsere Kleidung, die Möbel, das Büro – sämtliche Unterlagen.«

»Das sind doch nur materielle Dinge. Du und Sam haben überlebt und die Loongs ebenfalls«, versuchte Angie, sie aufzuheitern. »Das ist das Allerwichtigste.«

»Das haben wir Paul zu verdanken.« Carla blickte zu Paul hinüber, der gerade mit dem Leiter der Feuerwehr redete. »Wenn er uns nicht hätte besuchen wollen, würden wir jetzt nicht hier stehen.«

»Aber du bist hier, und das ist viel wichtiger als alles andere«, wiederholte Angie und nahm Carla fest in die Arme.

»Ich … weiß nicht, was wir jetzt anfangen sollen.« Carla schluckte schwer. »Früher war klar, was wir zu tun hatten. Aber jetzt? Mein Gott, Angie, ich weiß nicht mehr weiter.«

»Ich weiß, Liebes, aber jetzt ist nicht die Zeit, um Entscheidungen zu treffen. Nicht, wenn du traumatisiert und erschöpft bist. Du brauchst Zeit, um dein Gleichgewicht wiederzuerlangen.«

Plötzlich musste Carla grinsen, und sie murmelte: »In Ordnung, *Doktor* Dupayne. Du hast wie immer recht.«

Sie blieben, bis das Feuer völlig erloschen war, dann begleitete Paul sie zu seinem Landrover – alle mussten sich eng zusammenquetschen – und fuhr mit ihnen nach Hause.

Obwohl sie so erschöpft war, wusste Carla, dass sie nicht in der Lage sein würde zu schlafen, noch nicht. Zuerst brachte sie Sam zu Bett. Tran war zwischenzeitlich ebenfalls zu ihnen gestoßen. Als er vom Dienst heimgekommen war und nur noch rauchende Ruinen vorgefunden hatte, war er außer sich vor Entsetzen gewesen. Doch ein Feuerwehrmann konnte ihn beruhigen und schickte ihn dann weiter zu Paul. Dort hatte sich die Loong-Familie unter Tränen in die Arme geschlossen, und Tran hatte gelobt, dass er von nun an für immer mit dem Glücksspiel aufhören würde. Der mögliche Verlust seiner kleinen Familie hatte dem jungen Mann offensichtlich die Augen dafür geöffnet, wo seine Prioritäten lagen. Angie zog sich auf die Schlafcouch in Pauls Arbeitszimmer zurück – und Carla und Paul blieben allein zurück.

Paul hatte geduscht und die Kleidung gewechselt. In der linken Hand, um die jetzt ein richtiger Verband gewickelt war, hielt er zwei Becher mit heißem Kaffee, von denen er einen Carla reichte, die auf dem Ledersofa vor dem Kamin saß. Die Decke aus ihrem Bett war immer noch um ihre Schultern gewickelt.

»Ich sollte Ihnen einige Sachen zum Anziehen holen«, sagte er, während er sich neben sie setzte. »Oben auf dem Speicher steht noch ein Koffer mit Lisas Sachen. Ich will die ganze Zeit schon etwas damit machen, habe es jedoch bisher noch nicht geschafft. Das heißt, wenn Sie nichts dagegen haben, ihre Sachen zu tragen.« Er sah sie flüchtig an, und sie bestätigte mit einem Kopfnicken, dass es ihr nichts ausmachte. »Sie haben ungefähr die gleiche Größe, schätze ich.«

»Das hat Zeit bis morgen früh.« Carla nippte an ihrem Kaffee, aber er war noch zu heiß, und sie stellte den Becher am Rand des Kaffeetisches ab. »Ich habe Ihnen noch nicht dafür gedankt, dass Sie mein und Sams Leben gerettet haben.« Ihre Augen leuchteten. »Vielen Dank! Es scheint, als hätten Sie es sich zur Gewohnheit gemacht, uns Hunters ständig aus der Patsche zu helfen.«

»Es ist nicht nötig, dass Sie mir dafür danken. Man

kann nur von Glück reden, dass ich gerade auf dem Weg zu Ihnen war. Normalerweise bin ich so spät abends immer zu Hause.«

Carla runzelte die Stirn. »Sie waren auf dem Weg zu mir? Warum?«

»Wegen Walt Conrad…«

Angesichts all dessen, was heute Abend geschehen war, war es schwierig für Carla, die volle Bedeutung dessen, was Paul ihr über Walt und seine betrügerischen Machenschaften erzählte, zu begreifen. Aber sie zweifelte nicht eine Sekunde an deren Wahrheitsgehalt. Sie hatte nie ganz verstanden, weshalb sie den Conrads gegenüber trotz ihrer Liebenswürdigkeiten so reserviert gewesen war. Jetzt wusste sie es. Ihr Bauchgefühl hatte sie gewarnt. Und Angie war es genauso ergangen.

»Man sollte Walt das Handwerk legen, bevor er seine Betrügerein fortsetzt. Ich schlage vor, wir geben das, was wir wissen, an die Polizei und die zuständige Versicherungsgesellschaft weiter. Die sollen ihn dann in die Zange nehmen.« Pauls Ton war kühl und hart. »Er umgeht schon seit Jahren die Gesetze, daher wird es langsam Zeit, dass er kriegt, was er verdient hat.«

»Sehr richtig.« Carla gähnte herzhaft. Sie sollte eigentlich wütend auf Walt sein, und tief in ihrem Innern war sie es auch. Aber irgendwie erschien sein Verhalten angesichts dessen, was heute Abend passiert war, völlig unwichtig. Irgendjemand hatte einen wesentlichen Teil des Weinguts zerstört und versucht, sie, Sam und die Loongs umzubringen. Es war zu schrecklich, um darüber nachzudenken.

»Glauben Sie, Walt hat etwas damit zu tun, was heute Abend passiert ist, weil ich sein Angebot, Teilhaber zu werden, abgelehnt habe?«, fragte Carla gedehnt.

»Keine Ahnung. Das Ganze scheint etwas extrem zu

sein, selbst für ihn. Aber zumindest wissen wir, dass er definitiv hinter dem Weingut her ist. Die Möglichkeit, dass er etwas damit zu tun hat, sollte nicht außer Acht gelassen werden.«

»Wer könnte sonst noch …?«

Paul nahm ihre Hand und drückte sie leicht. »Wer würde davon profitieren, wenn Sie nicht mehr wären und Sundown Crossing verfallen würde?«

Die Antwort auf diese Frage lag offen auf der Hand, und Carla sprach sie aus. »Die Stenmarks. O nein. Bestimmt nicht.« Sie schüttelte heftig den Kopf. »Großvater nicht und Luke auch nicht. Ich gehöre jetzt zur Familie.« Während sie daran dachte, stiegen ihr Tränen in die Augen, die sie wütend wegwischte. *Nein.* Auf keinen Fall konnte Paul sie davon überzeugen, dass ihr Großvater oder Luke die Drahtzieher waren.

»Nun, *irgendjemand* wollte Sie loswerden. Das ist unbestritten.«

Sie legte ihre Hand über die Augen und stieß einen tiefen, lang gezogenen Seufzer aus. Etwas passierte mit ihr, ganz tief im Innern. Und das hatte absolut nichts mit dem Brand zu tun. Dass Paul ihre Hand hielt, hatte eine verblüffende Wirkung auf ihren Körper, ihre Gefühle. Ihr Herz begann schneller zu schlagen, und ihr Mund wurde trocken. O Gott. Sie brauchte … wollte, dass er sie eng an sich drückte und sie all den Schrecken vergessen ließ, wenn auch nur für einen winzigen Augenblick. Und sie sehnte sich nach ihm, wie sie sich schon lange nach niemandem mehr gesehnt hatte! Aber was war der Grund dafür? Die Antwort war ganz einfach. Sie war in Paul verliebt.

Ihre Augen öffneten sich weit, während sie mit blendender Klarheit Gewissheit über ihre Gefühle erlangte. Sie liebte ihn! Dies zuzugeben, löste die ganze Verwirrung auf, die sie seit Wochen, Monaten gespürt hatte. Es waren die kleinen Dinge. Die Sehnsucht, mit ihm zusammen zu sein und seine Gesellschaft zu genießen. Sein Humor, sein offenes, freundliches Wesen. Es gab so vieles an ihm … Sie hatte ihre Gefühle verdrängt und verleugnet und hatte sich eingeredet, dass es wichtigere Dinge gab, auf die sie sich konzentrieren sollte. Aber was war wichtiger als Liebe? Sie hatte sich damit abgefunden, dass die Liebe in ihrem Leben keinen Platz mehr hatte. Jetzt konnte sie ihre Gefühle nicht länger verleugnen. Ein zaghaftes Lächeln umspielte ihre Lippen.

Sie liebte Paul van Leeson. *Aber was war mit ihm?*, fragte eine leise Stimme in ihrem Kopf. Erwiderte er ihre Gefühle? Paul war nicht besonders mitteilsam und behielt seine Gefühle gerne für sich. Dennoch, könnte er vielleicht mehr als Freundschaft für sie empfinden? Die Frage, die so wichtig für sie war, verlangte eine Antwort, aber … wie sollte sie sie nur stellen?

Er ließ ihre Hand los und legte seinen Arm um ihre Schulter, um sie – sicher freundschaftlich – zu umarmen. Sie überraschte ihn, indem sie ihn direkt ansah, wobei die Frage in ihren Augen zu lesen war. Schüchtern hob sie die Hand, und ihre Finger strichen über sein Kinn. Sein Blick weitete sich, dann kniff er die Augen zusammen. Er atmete tief durch und wartete.

»Ich denke, Sie haben nichts gegen einen kleinen Kuss einzuwenden, denn ich möchte Ihnen dafür danken, was Sie heute Abend für mich getan haben«, flüsterte sie. Ihre Stimme klang heiser und ein wenig unsicher.

Paul bewegte sich nicht. Er schob sie nicht von sich und wartete einfach ab, was sie tun würde. Sie sehnte sich verzweifelt nach seiner Berührung, dem Gefühl seiner Lippen auf ihren, und sie lehnte sich so dicht an ihn, bis ihr Gesicht nur wenige Zentimeter von seinem entfernt war. Ihr sehnsüchtiger Gesichtsausdruck schwemmte all seine Bedenken zur Seite.

»Oh, Carla. Meine süße Carla!«, murmelte er und zog sie eng an sich. Seine Lippen pressten sich stürmisch auf die ihren – was nun auch ihre letzten Zweifel vertrieb. Ihre Lippen öffneten sich und nahmen das sinnliche Spiel seiner Zunge in sich auf. Sie reagierte darauf mit ungezügelter Leidenschaft. Jetzt brauchte sie ihre Gefühle nicht länger zu verleugnen.

Nach einer Weile stand er auf und zog sie vorsichtig mit sich hoch, damit er ihren Körper an seinen schmiegen konnte. Was für ein fantastisches Gefühl das war – sein Körper an ihrem! Aber es waren ihre Lippen, die nun eine ungeheure Faszination auf ihn ausübten und denen er sich ausgiebigst widmete. Seine Hände schoben ihre Schlafanzugjacke nach oben und legten sich warm über die weiche Rundung ihrer Brust. Sie konnte kaum ein Keuchen unterdrücken, als ein lustvoller Schauder ihren Körper durchrieselte. Sie wollte nicht, dass er aufhörte. Sie wollte ... mehr.

»Ich habe so lange auf ein Zeichen gewartet, dass du mehr als Freundschaft von mir willst«, flüsterte er in ihr Ohr. Seine Hände umfassten ihr Gesicht, und er schaute ihr tief in die Augen. »Ich liebe dich, Carla Hunter, ich liebe dich schon seit dem Tag, an dem ich dich zum ersten Mal gesehen habe. Und als du zu mir kamst, um für mich zu arbeiten«, er hielt inne, um zu überlegen, »war es eine bittersüße Qual für mich, den größten Teil der Woche mit dir zusammen zu sein, besonders als du anfingst, dich mit Luke zu treffen.«

Sie lächelte, während sie seine Worte in sich aufnahm. Er liebte sie! »Du bist wirklich ein guter Schauspieler, Paul. Du hast deine Gefühle perfekt versteckt.«

»Weil ich dich nicht abschrecken wollte. Du hast oft genug gesagt, dass du keine Zeit für eine Liebesaffäre hättest, und... ich war bereit zu warten.«

»Tatsächlich?« Sie leckte sich über die Lippen, während sie nachdachte. »Nun, du, ich, wir brauchen jetzt nicht mehr zu warten, weil«, jetzt strahlte sie, »ich soeben bemerkt habe, dass ich mich ebenfalls in dich verliebt habe.«

»Wirklich?« Paul hob fragend die Augenbraue, während sie einander umarmten. »Und was ist mit Luke Michaels?«

Sie neigte ihren Kopf zur Seite und sagte heiser: »Luke gehört zur Familie, und ich mag ihn, aber lieben tue ich *dich.*«

Mit den Fingern strich er ihr eine rotgoldene Strähne aus der Stirn. »Dem alten Carl wird das überhaupt nicht gefallen. Er erwartet doch, dass ihr beide eine dauerhafte Beziehung eingeht.«

Carla begriff, warum ihr Großvater das gerne sähe. Es würde sie an die Stenmarks und an Rhein-Schloss binden. Es war jedoch nicht das, was sie wollte. »So sehr ich Großvater liebe, aber er wird nicht über mein Leben bestimmen. Ich treffe meine eigenen Entscheidungen, und es gibt nur eine Person, mit der ich auf Dauer zusammen sein möchte.« Ihre blauen Augen glitzerten schelmisch. »Nur wenn diese Person mich fragt, natürlich.«

»Ah, ich verstehe«, sagte er und nickte. Und nach genau zwei ewigen Sekunden fragte er sie. »Willst du mich heiraten, Carla Hunter?«

Er brauchte nicht lange auf ihre Antwort zu warten. »Ja, ganz bestimmt.«

In seinem Lächeln lag ein gewisser Triumph, als er sie an sich drückte. »Das ist wundervoll, mein Liebling, aber ich habe nicht einmal eine Flasche Champagner im Kühlschrank, um diesen denkwürdigen Moment zu feiern.«

Carla rückte ein Stück von ihm ab und sah ihm tief in die Augen. In ihrem Ton lag nun ein verführerisches Versprechen, durchsetzt mit Vorfreude. »Du weißt hoffentlich, dass man noch auf andere Art und Weise feiern kann.«

Er begriff, was sie damit meinte, und sein Lächeln verstärkte sich. »Dann sollten wir also keine Zeit verschwenden.« Er hob sie hoch, trug sie in sein Schlafzimmer und legte sie auf das Kingsize-Bett, das den ganzen Raum beherrschte.

Josh Aldrich schaltete die kleine Lampe in seinem Pick-up an, um auf seine Armbanduhr zu sehen: Es war Viertel vor eins. Wo zum Teufel blieb sie nur? Es ärgerte ihn kolossal, dass Lisel ihn hier versauern ließ. Egoistisches Miststück. Ihr war es scheißegal, dass er sich die Eier abfror, während er auf sie wartete. Er wäre froh, wenn er sie jetzt zum letzten Mal sehen würde.

Er hatte in der Nähe des Lyndoch-Hotels geparkt, und wenn sie nicht bald kommen würde, würde ihm endgültig die Sicherung durchbrennen.

Weitere zwanzig Minuten vergingen. Dann sah er, wie ihr schnittiger Sportwagen in der Nähe hielt. Verdammter Mist. Ich beweg mich keinen Millimeter, dachte er, soll sie doch gefälligst zu mir kommen. Die Arme angriffslustig über der Brust verschränkt, blieb er regungslos im Auto sitzen.

Nach einer Minute klopfte Lisel, die in ihrer Lederjacke, Hose und Stiefel äußerst sexy aussah, an das Beifahrerfenster. Sie öffnete die Tür und kletterte ins Auto. Dann kräuselte sie die Nase. »Puh, du stinkst ja wie ein Bär.«

»Das würdest du auch tun, wenn du dich in der Nähe

eines Feuers aufhieltest«, erwiderte er mürrisch. »Du hast ja ziemlich lange gebraucht, hier aufzutauchen.«

»Ich hatte eine Verabredung.«

Sextolle Schlampe. Denk nicht daran, was sie gemacht hat, maßregelte er sich, sonst wirst du nur geil. Er zuckte die Schultern und konzentrierte sich auf das Ende seiner Mission. »Hast du das Geld?«

»Was? Kein Smalltalk, keine Nachbesprechung?« Ihr Ton war sarkastisch. Er war ein Schwein, aber er hatte ihrem Zweck gedient. »Ist es gut gelaufen?«

»Wie am Schnürchen. Tran und Angie waren nicht zu Hause, aber die anderen waren da und schliefen bereits.«

Lisel nickte zufrieden. Sie wollte, sie wäre da gewesen und hätte Carla dabei zusehen können, wie sie in Rauch und Flammen verschmurgelte. Seit sie klein gewesen war, hatte Lisel eine Vorliebe für Feuer und beobachtete gerne, wie die Flammen züngelten und alles verschlangen. Sie liebte auch die Farben, die rotgelbe Glut, die sich kräuselnden Rauchfahnen. »Und du hast dir ein Alibi verschafft?«

Er knurrte sie an, als er den misstrauischen Unterton in ihrer Stimme hörte. »Scheiße, ja. Ich sagte doch, es lief wie am Schnürchen.«

Lisel griff in ihre Tasche und holte einen dicken Umschlag daraus hervor, den sie ihm reichte. »Genau die Summe, die wir abgemacht hatten. Ich werde allerdings nicht warten, bis du es gezählt hast.« Nachdem das erledigt war, fragte sie abschließend: »Wann fährst du ins Hunter Valley?«

»Morgen. Nachdem ich gepackt habe. Mein Kündigungsschreiben liegt auf Lukes Schreibtisch.«

»Man wird dich vermissen.« Sie zollte Menschen nur ungern Anerkennung. »Dennoch, es ist besser, wenn du gehst.« Aus zwei Gründen wollte sie nicht, dass er im Valley blieb. Erstens befürchtete sie, dass er eines Tages gierig werden könnte und mehr Geld von ihr erpressen würde, und zweitens: Wenn er hierblieb, würde er sie ständig an ihre Tat erinnern. Sie drückte den Türgriff des Autos herunter, um auszusteigen. »Ich wünsche dir viel Erfolg bei deinem neuen Vorhaben, Josh.«

Er grinste verächtlich. »Klar, danke.«

Es war vorbei. Lisel setzte sich hinter das Steuer des Mercedes und leckte sich genüsslich die Lippen, so als hätte sie gerade eine köstliche Mahlzeit verzehrt. Luke würde nie erfahren, was sie alles unternommen hatte, um seine Zukunft zu sichern. Auch ihr Vater nicht. Sie tastete nach dem Zündschloss, steckte den Schlüssel hinein und startete den Motor. Sie legte den Gang ein. Zwei Jahre der Unsicherheit auf Rhein-Schloss waren vorüber, und das Leben konnte wieder seinen normalen Lauf nehmen. Papa würde über seine Enttäuschung, seine Enkelin und seinen Urenkel verloren zu haben, schnell hinwegkommen und sich wieder darauf konzentrieren, Luke auf die Übernahme von Rhein-Schloss vorzubereiten. Der nächste Punkt auf ihrer Liste war, eine Frau für ihren Neffen zu finden. Es wurde langsam Zeit, dass er eine Familie gründete. Nachdem Carla aus dem Weg geräumt war, konnte sie eine Beziehung zwischen Luke und einer geeigneten Frau organisieren – jemandem, der viel vom Weinbau verstand.

Ja, das würde eine wunderbare Beschäftigung sein.

Das Frühstück in Stenhaus war normalerweise eine ruhige Angelegenheit. Lisel und ihr Vater aßen ihr Müsli mit Fruchtjoghurt, und danach knabberten sie Toast und tranken Kaffee.

Doch heute eilte Greta mit geröteten Wangen ins Zimmer und wandte sich ohne Umschweife an ihren Vater. »Papa, ich habe gerade mit Angie Dupayne telefoniert,

Carlas Winzerin. In Sundown Crossing ist etwas Schreckliches passiert. Gestern Nacht sind sämtliche Gebäude abgebrannt.« Völlig außer Atem, machte sie eine Pause, um Luft zu holen. »Den Weinstöcken ist nichts passiert, aber mit Ausnahme der Weinkellerei liegt alles in Schutt und Asche. Luke ist gerade losgefahren, um sich den Schaden anzusehen.«

Lisel, die an der linken Seite des Tisches saß, von wo aus sie ihren Vater und Greta gut beobachten konnte, rückte sich in Positur. Es war Zeit, Theater zu spielen. »Wie furchtbar. Wie ist denn das passiert?« Sie sah, wie sich der Gesichtsausdruck ihres Vaters verfinsterte und er die rechte Hand an die Herzgegend hob.

Carls Stimme war angespannt, als er fragte: »Und... Carla und Sam?«

Greta ließ sich auf den nächsten Stuhl fallen und rieb sich über die Stirn. »Gott sei Dank geht es ihnen gut. Paul van Leeson war auf dem Weg zu Carla. Er hat beide herausgeholt und ihr Leben gerettet, ebenso wie das von Kim und Su Lee Loong. Es grenzt an ein Wunder, dass niemand verletzt wurde.«

Ein Stück Müsli blieb Lisel im Hals stecken, und sie verschluckte sich. *Niemand war verletzt worden.* Diese Worte hallten in ihrem Kopf wie ein nicht enden wollendes Echo. Carla lebte noch! So ein dämlicher Idiot, dieser Josh. Er hatte doch gesagt, dass alles wie am Schnürchen gelaufen sei. Dies war nicht ihre Vorstellung von einem reibungslosen Verlauf. Paul Leeson war ihnen zu Hilfe gekommen und hatte den edlen Ritter gespielt!

Sie rang nach Atem. Das Zimmer, die Situation, alles schnürte sie ein. Sie brauchte Platz und Zeit zu überlegen. Trotz all der Vorbereitungen, Intrigen und Risiken, die sie eingegangen war, hatte Carla überlebt! Allmächtiger Gott, sie versuchte, zumindest den Anschein von innerer Ruhe zu bewahren. Warum musste man denn immer letztlich alles selber machen? Sie hatte Josh einen riesigen Batzen Geld gezahlt – und er hatte alles versaut.

»Angie meint, nach Aussage des Leiters der Feuerwehr war es Brandstiftung. Das Positive ist, dass sie eine Spur gefunden haben. Als der Täter geflüchtet ist, hat er mehrere Farbdosen umgefahren, und die Polizei, die übrigens schon mit Carla gesprochen hat, ist sicher, dass das Fahrzeug auf dem Kotflügel der Beifahrerseite und am Reifen Farbspuren aufweist«, verkündete Greta mit einiger Genugtuung.

»Wo sind Carla und Sam denn jetzt? Sie sollten zu uns kommen.« Lisels Angebot klang einladend und liebenswürdig.

»Sie sind bei van Leeson und wollen auch dort bleiben. Das ist näher an ihrem Weingut. Ich trinke jetzt eine Tasse Kaffee und werde danach bei ihnen vorbeischauen.

»Ich möchte, dass sie bei uns wohnen. Hier ist es sicher«, verlangte Carl. »Schließlich sind wir ihre Familie.«

Greta lächelte ihren Vater an. »Ich werde versuchen, sie zu überzeugen, aber du kennst doch Carla. Sie ist sehr unabhängig und kennt Paul und sein Haus sehr gut.«

»Ich fahre mit dir nach Sundown Crossing und danach zu Paul van Leeson«, beschloss Carl. »Vielleicht kann ich sie überreden.«

Lisel drehte sich der Magen um. Sie hatte das Gefühl, sich übergeben zu müssen. Verlass den Raum, sagte sie sich, ehe du auffällst. »Während alle nach Carla und Sam sehen, sollte ich in die Firma fahren. Außerdem habe ich dort um zehn Uhr eine Besprechung wegen der Werbeaktion.« Sie stand auf und verließ raschen Schrittes das Frühstückszimmer.

In ihrer Suite angekommen, nahm sie sofort ihr Handy und wählte Joshs Festnetznummer. »Du bist ja immer noch hier«, zischte sie ihn an, als er abhob. »Du musst sofort verschwinden.«

»Warum?«

»Du Trottel! Du hast alles versaut. Carla und Sam leben noch, und die Loongs ebenso.«

Joshs Stimme explodierte. »Was?! Wieso?«

Ein flüchtiges Lächeln trat auf ihre Lippen, als sie die Bestürzung in seiner Stimme hörte. Er, der sich für den Größten hielt, war letzten Endes doch nicht so großartig. »Van Leeson hat sie gerettet. Das Problem ist jedoch dein Pick-up. Hast du ihn dir schon mal angeschaut?« Sie wartete nicht auf seine Antwort. »Angie Dupayne sagte, dass am vorderen Kotflügel und am Reifen grüne Farbspuren sind, die von Sundown Crossing stammen.«

»Ja. Ich habe es heute Morgen bemerkt, konnte mir aber nicht erklären, wie das passiert ist.«

Der Mann war ein Vollidiot, daran bestand kein Zweifel. »Du musst den Pick-up sofort loswerden«, befahl Lisel. »Stell ihn irgendwo ins Gebüsch und verschwinde blitzartig aus dem Valley, und zwar heute noch, bevor die Polizei sich die Fahrzeuge der Leute anschaut, die etwas gegen Carla haben könnten.«

»Ach du Scheiße«, fluchte Josh. »Dann muss ich mir ja noch einen Lieferwagen kaufen.«

»Ja und? Du hast doch Geld genug, Josh. Tu es einfach.« Ihr Instinkt sagte ihr, dass Josh einer Polizeibefragung nicht lange standhalten würde. Was gleichzeitig hieß, dass er sie verpfeifen würde. Verdammt! Jetzt war es zu spät zur Umkehr. Sie hätte die Tat selber ausführen sollen. Auf niemanden konnte man sich mehr verlassen! Sie kniff die Augen zusammen, als sie ihr Gesicht im Spiegel ihres Schminktischs sah. Jetzt war es Zeit für Schadensbegrenzungen. Brandstiftung war ein schweres Verbrechen, aber Brandstiftung mit der Absicht zu töten ein noch viel schwereres.

Vielleicht sollte sie ein paar Monate aus dem Valley verschwinden. In Europa war jetzt Sommer, und es wäre nicht besonders schwierig, Luke davon zu überzeugen, dass sie sich ein Bild von den Weingütern in Frankreich und Italien machen wollte. Der Gedanke erleichterte sie. Ein Lächeln erhellte ihr Gesicht, und die Übelkeit im Magen verschwand langsam. Ja, sie würde nach Europa fahren. Überleben war ein Urinstinkt, und als Mitglied der Stenmark-Familie hatte sie einen überaus starken Überlebenswillen. Sie würde von hier verschwinden, ehe jemand sie fragen konnte, ob sie womöglich ein begründetes Motiv hätte, Carla zu töten.

21

Allerdings gewann erst mal ihre Neugier die Oberhand. Ehe Lisel nach Rhein-Schloss fuhr, folgte sie dem vom Chauffeur ihres Vaters gelenkten Wagen nach Sundown Crossing, um sich ein Bild von dem Schaden zu machen. Luke war bereits dort und sprach mit einem Feuerwehrmann, der darauf achtete, dass das Feuer sich nicht noch mal entzündete.

»Mein Gott! Was für ein Chaos«, sagte Carl soeben entsetzt, als Lisel zu Luke und Greta stieß. Manchmal, wenn er unter Stress stand, verfiel er in die deutsche Sprache. »Alles ist zerstört, nur die Rebstöcke stehen noch.«

»Morgen, Großvater, Morgen, Mutter. Ich weiß. Es sieht

schlimm aus, aber die Reben sind intakt, und die Weinkellerei hat's auch nicht so schlimm erwischt. Angie meint, wenn die starke Hitze des Feuers den Gärungsprozess nicht zu sehr beeinflusst hat, kann die diesjährige Ernte wahrscheinlich gerettet werden.«

Carl schüttelte sein weißhaariges Haupt und sagte bestimmt: »Wer auch immer das getan hat, sollte ausgepeitscht werden.« Er schnaubte. »Nein, er sollte eine weitaus schlimmere Strafe erhalten.« Sein Blick streifte über die Reste des Cottages und den Wohnwagen der Loongs. »Es grenzt an ein Wunder, dass alle lebend hier rausgekommen sind.«

»Das haben sie van Leeson zu verdanken«, sagte Luke, der absolut nicht glücklich darüber war, dass Paul Carlas Retter gewesen war. Er hatte soeben bei Paul mit Carla geredet. Da er äußerst sensitiv war, was Carla betraf, war ihm sofort aufgefallen, dass eine Veränderung mit ihr stattgefunden hatte. Obwohl er erwartet hätte, dass sie völlig am Ende war, hatte er ein gewisses Strahlen an ihr bemerkt. Und er hatte bemerkt, wie sie Paul immer wieder ansah und dabei lächelte. Auch ihre gemeinsame Körpersprache war ihm nicht entgangen. Etwas war zwischen ihnen passiert, dessen war er sich sicher. Hatte Carla sich etwa in Paul verliebt? Bestand darin ihre Veränderung?

Auf dem Weg nach Sundown Crossing hatte er über die Pläne und die Träume, die er für eine gemeinsame Zukunft mit Carla gehabt hatte, nachgedacht. Sie passten perfekt zusammen, und Großvater würde hocherfreut sein, wenn sie heiraten würden. Er könnte natürlich mit Paul um Carlas Gunst kämpfen. Aber tief in seinem Innern wusste er, dass das zu nichts führen würde. Sie hatte einen zu starken Willen und würde sich nicht leicht umstimmen lassen. Besonders dann nicht, wenn sie sich bereits der Gefühle für einen anderen sicher wäre. Es war nur gut, dass er sich noch nicht zu sehr an sie gewöhnt, geschweige denn in sie verliebt hatte.

Er sah, dass Lisel mit besorgtem Gesichtsausdruck auf ihn zukam. Machte sie sich etwa Sorgen um Carla und Sam? Vielleicht hatte sie Gewissensbisse, weil sie Carla so anfeindete. Gleichzeitig war das schwer vorstellbar, weil sie in dieser Hinsicht ihrem Vater ähnelte. Wenn sich die beiden einmal zu etwas entschlossen hatten, änderten sie nur selten ihre Meinung.

Lisel schüttelte den Kopf und verkündete: »Luke, das ist ja einfach furchtbar. Die Hunters, Angie und die Loongs haben ihr Zuhause verloren. Wer kann so etwas nur tun?«

»Die Polizei hat eine Spur, sie werden den Täter finden«, übernahm Carl die Antwort. »Wenn jemand ein kleines Weingut auslöschen kann, aus welchem Grund auch immer, dann sind alle Weingüter im Valley potenzielle Opfer. Deshalb müssen sie den Täter finden und verhaften.«

»Das macht Sinn.« Lisel sah Greta eindringlich an und legte die Hand auf den Arm ihres Vaters. »Das ist schrecklich für dich, Papa. Geht es dir gut?«

»Mach kein Theater, Lisel, es geht mir gut«, wies Carl sie barsch zurecht. »Ich bin nur enttäuscht, das ist alles. Luke hat mir gerade erzählt, dass Carla und Sam bei van Leeson wohnen, bis alles geklärt ist. Ich hätte gerne, dass sie bei uns wohnen, damit wir uns um sie kümmern können.«

»Du hast recht, Papa, das sollten sie tun. Carla und der Junge haben Schreckliches durchlebt, sie sollten bei ihrer Familie sein.«

Luke musterte Lisel genauer und bemerkte, dass sie eine teilnahmslose Maske aufgesetzt hatte. Die veränderte Haltung seiner Tante war verblüffend. Wo waren ihre Boshaftigkeit, ihr Protest gegen Carlas Anwesenheit im Valley, ihre wahnsinnige Eifersucht geblieben? Sie erinnerte ihn an ein Chamäleon, das seine Farben wechselte, wenn es sich seiner Umgebung anpassen wollte. Und es gab noch etwas, was ihm auffiel. Es lag eine Eiseskälte in den Augen seiner Tante, die mit ihren teilnahmsvollen Worten in völligen Widerspruch stand. Aus Erfahrung wusste er, dass sie eine Schau abzog. Bei Vorstandssitzungen oder im Umgang mit den Angestellten hatte er ähnliche Veränderungen an ihr erlebt.

Lisel schaute auf ihre Uhr und wandte sich an Luke. »Ich gehe jetzt besser, sonst komme ich noch zu spät zur Sitzung. Wenn du nachher im Büro bist, müssen wir miteinander reden. Es wird Zeit, dass ich einige Weinanbaugebiete in Europa besuche, um in puncto Werbung auf dem Laufenden zu bleiben.«

»Das ist eine gute Idee«, stimmte Carl ihrem Vorschlag zu.

»Auf Wiedersehen, Papa und Greta, auf Wiedersehen, Luke.« Lisel gab ihrem Vater und ihrer Schwester einen Kuss auf die Wange und stieg in ihr Auto. Ihr blieb gerade noch genug Zeit, um bei Josh vorbeizufahren und ihm Feuer unter den Hintern zu machen.

Carla, die die Kleidung von Pauls verstorbener Verlobten trug, stand an Pauls Wohnzimmerfenster und schaute über die Holzveranda auf das Tal und das Buschland. Ein verträumtes Lächeln umspielte ihre Lippen, während sie an die Ereignisse der letzten Nacht dachte, die ihren Höhepunkt erreichten, als Paul sie gefragt hatte, ob sie seine Frau werden wollte. Und sie sich daraufhin in aller Ausführlichkeit geliebt hatten. Sie musste sich zwar an die Vorstellung gewöhnen, dass sie bald Mrs. van Leeson sein würde, aber sie hatten auch vereinbart, dass sie die Heirat nicht überstürzen wollten. Sam sollte sich in aller Ruhe mit der Vorstellung vertraut machen, bald wieder einen Vater zu haben, was ihm bestimmt sehr gefallen würde. Außerdem musste sie mit Angie besprechen, ob sie Sundown Crossing wieder aufbauen oder verkaufen sollten. Gott sei Dank hatte sie weiterhin die Versicherungsbeiträge gezahlt. Daher würde bei sorgfältiger Planung noch genügend Geld für den Wiederaufbau übrig bleiben, wenn sie sich dafür entschieden. Ihr Leben würde sich nochmals völlig ändern.

Angesichts all dessen, was geschehen war – der Betrug der Conrads, das Feuer auf dem Weingut –, sollte sie nicht so glücklich sein, wie sie jetzt war. Auf irgendeine unerklärliche Weise ließ die Tatsache, dass sie Paul liebte und er sie, alles, selbst das Feuer – so schockierend es auch sein mochte – nicht so schlimm erscheinen. Momentan war er auf dem Polizeipräsidium in Nuriootpa und zeigte Walt an. Und was den Brand anbetraf, so hatten die beiden Polizisten, die sie heute Morgen befragt hatten, gesagt, dass sie schon einen Hinweis hätten. Die Reifenabdrücke mit der grünen Farbe stammten auf jeden Fall von einem schweren Fahrzeug wie einem Lastwagen, Lieferwagen oder Pick-up. Sie waren zuversichtlich, dass sie den Täter bald fassen würden.

Ihre Gedanken schweiften zu ihrem Großvater und Greta, die gerade bei Paul ankamen, als die Polizei abfuhr. Sie hatte Tränen der Erleichterung in ihren Augen gesehen, als sie sich alle in die Arme gefallen waren. Greta und ihr Großvater hatten versucht, sie zu überreden, mit ihnen nach Stenhaus zu kommen, wo genug Platz für sie war. Als sie ihr Angebot abgelehnt hatte, waren sie sehr enttäuscht gewesen. Doch ihr Zuhause war jetzt bei Paul. Er wollte unbedingt, dass sie, Sam, Angie und die Loongs vorerst bei ihm blieben.

Unten im Tal spielte Sam mit Su Lee und den beiden Hunden. Beide genossen den freien Tag, denn weder Carla noch Kim wollten die Kinder heute in die Schule schicken. Außerdem benötigten sie neue Kleidung und Schuluniformen, ehe sie wieder irgendwohin gehen konnten. Jetzt trugen die beiden ihre Schlafanzüge, und Sam hatte über seinen Pyjama einen Pullover an, den sie irgendwann mal bei Paul vergessen hatte. Er war viel zu groß für ihn, aber das war ihm egal. Su Lee trug eine Jacke von Kim. Im Gegensatz zu den Erwachsenen störte sie die Kälte nicht – wie es oft bei Kindern der Fall ist.

Sie hörte Schritte und wandte sich vom Fenster ab. Angie war gerade aus der Stadt und vom Weingut zurückgekommen. »Wie stehen die Dinge?«

»Für die Leute im Valley ist's ein Festtag. Die Nachricht von der Brandstiftung ist in aller Munde, und die Leute fahren dort ständig vorbei, um sich alles anzuschauen. Einige, die keine Ahnung haben vom Ausmaß des Schadens, haben Lebensmittel und Vorräte dagelassen. Die O'Malleys«, Angie bemerkte Carlas ratlosen Gesichtsausdruck und erklärte, »das sind die Leute, die auf der anderen Bergseite wohnen und sechs Kinder haben. Also, die wollen Sam und Su Lee Kleidung besorgen. Das finde ich sehr nett von ihnen.«

»Ja, allerdings. Und was ist mit dem Weingut?«

»Ich glaube, wir haben Glück im Unglück gehabt, was allerdings auch langsam Zeit wird.« Angie schnaufte verdrossen. »Ich habe die Fässer untersucht und einige Proben genommen. Der Gärungsprozess verläuft genau nach Plan und scheint von der Hitze des Feuers nicht betroffen zu sein. In den nächsten dreiundsechzig Stunden wissen wir mehr.«

»Das wäre ja wunderbar.«

Mehr noch als ihre Worte veranlasste Angie der Ton von Carlas Stimme, sie kritisch zu betrachten. »Okay, was gibt's Neues? Warum bist du so gar nicht verzweifelt darüber, was passiert ist?«

Jetzt tat Carla etwas, was ihrem Wesen überhaupt nicht entsprach. Sie tanzte um den Kaffeetisch herum und stellte sich dann direkt vor Angie. »Ich kann einfach keine Geheimnisse vor dir haben, oder? Ich bin verliebt. Und wenn man verliebt ist, wird all das, was man vorher für unmöglich hielt, plötzlich möglich.«

Angie stieß einen Seufzer aus und versuchte, sich ihre Enttäuschung nicht anmerken zu lassen. »In wen denn? In Luke?«

»Nein, du Dummchen.« Carlas blaue Augen blitzten. »In Paul.«

»Gott sei Dank. Da freue ich mich ehrlich für euch beide. Kurzfristig war ich wirklich besorgt.« Angie umarmte Carla begeistert. »Ich bin froh, dass du den Richtigen gefunden hast. Du hättest dir keinen besseren Mann aussuchen können als Paul.« Mit einem Augenzwinkern fügte sie hinzu: »Wenn ich fünfzehn Jahre jünger wäre, hätte ich mich mit dir um ihn gerauft.«

Carla giggelte vergnügt, und ihre Wangen färbten sich rosa, als sie gestand: »Wir werden heiraten.«

»Himmel, das muss man Paul lassen: Wenn er sich erst einmal in Bewegung setzt, geht es ziemlich fix.«

Carla errötete noch mehr. »Das kann ich nicht abstreiten.« Unvermittelt erfasste sie eine starke Unruhe. Übergangslos griff sie sich fahrig ins Gesicht, lief nervös im Wohnzimmer umher und räumte hektisch auf.

Intuitiv erkannte Angie, dass es sich um ein verzögertes Stresssyndrom handelte. »Du und Sam und die Loongs, ihr habt Schreckliches durchgemacht. Es wird eine Weile dauern, bis ihr das verarbeitet habt. Vielleicht solltest du einen Arzt oder Therapeuten aufsuchen, Carla.«

Carla schüttelte heftig den Kopf. »Mir geht es gut. Ich muss nur dafür sorgen, dass ich beschäftigt bin, wenn Sam wieder in der Schule ist. Aber wir müssen über die Zukunft reden, die Zukunft von Sundown Crossing. Wie sollen wir vorgehen?«

Angie atmete tief durch und hakte ihre Daumen in die Taschen ihrer Jeans. »Alles zu seiner Zeit, Liebes. Wir sollten uns noch ein paar Tage Zeit lassen, dann können wir die Dinge nüchterner betrachten und entscheiden, was wir tun wollen. Okay?«

Carla lächelte dankbar. »Okay. Jetzt brauche ich einen Kaffee. Möchtest du auch einen?«

»Natürlich.«

Einträchtig gingen die beiden Frauen in Pauls Küche.

Josh konzentrierte sich auf die vor ihm liegende Straße und machte sich nicht die Mühe, die Landschaft um sich herum wahrzunehmen. Seit den späten Morgenstunden war er unterwegs und fuhr in nordöstliche Richtung auf Broken Hill und die Grenze zu. Die Sonne, die schon ziemlich tief stand, war direkt hinter ihm. Er hatte vor, bis tief in die Nacht hinein zu fahren und die größtmögliche Distanz zwischen sich und dem Valley zurückzulegen. Seine Pläne, das Weingut in Pokolbin zu kaufen, waren erst einmal auf Eis gelegt, worüber er stinksauer war. Lisel hatte ihm befohlen, aus Australien zu verschwinden. Wenn sein alter Pick-up mit den Plastikkanistern im Kofferraum gefunden würde, was vermutlich der Fall war, würden die

Bullen, dumm wie sie seiner Ansicht nach waren, zwei und zwei zusammenzählen und in sämtlichen Provinzen Australiens nach ihm suchen.

Anstatt nach Hunter Valley würde er nach Broken Hill fahren und danach in östliche Richtung durch Nyngan, Dubbo und weiter nach Sydney. Er würde sein Geld dort auf eine Bank legen und sich einen Kreditbrief besorgen, danach würde er einen internationalen Flug nach – tja, wohin? – nehmen.

Er runzelte wütend die Stirn, während der Pick-up Kilometer um Kilometer von Asphalt verschlang. Wohin sollte er fliegen? Europa? Die Vereinigten Staaten? Südamerika? Zum Teufel, er konnte überallhin. Er war jetzt sein eigener Boss und hatte keine Verbindungen mehr zu irgendjemandem oder irgendetwas.

Er fuhr durch ein Kaff namens Mingary. Die Grenze von New South Wales war nur einige Kilometer von hier entfernt, und er drückte aufs Gas, bis der Tacho 130 km anzeigte. Plötzlich hörte er hinter sich eine Sirene aufheulen. Scheiße, die Bullen. Mit vom ständigen Fahren getrübtem Blick starrte er in den Rückspiegel. Verdammte Bullen. Die Idioten liebten es, jemanden aufzuschreiben, und ihm war bewusst, dass er viel zu schnell gefahren war. Er fügte sich in sein Schicksal, drosselte das Tempo und fuhr an den Straßenrand, um zu warten, dass sie hinter ihm anhielten. Zwei Beamten stiegen aus dem Fahrzeug und schlenderten auf ihn zu. Er wappnete sich gegen die unvermeidliche Lektion über zu schnelles Fahren und setzte einen ahnungslosen Gesichtsausdruck auf, während der größere der beiden Beamten zunächst nach seinem Führerschein fragte.

Als die beiden Joshs Namen lasen, tauschten sie einen Blick.

»Würden Sie bitte aussteigen?«, sagte der eine, der sich als Polizeiwachtmeister Gregson vorgestellt hatte.

»Wozu? Meine Herren, ich habe es ziemlich eilig. Schreiben Sie mich einfach auf, damit ich weiterfahren kann.« Als die Mienen der beiden Beamten hart blieben, zuckte Josh die Schultern, öffnete die Tür und schwang seine Beine über den Sitz, um auszusteigen.

»So einfach ist das nicht, Mr. Aldrich. Bitte entfernen Sie sich ein Stück von Ihrem Fahrzeug«, sagte Gregson, der offenbar der Dienstältere war. »Nach diesem Wagen und Ihrer Person wird bereits gefahndet. Wir haben Anweisungen, Ihren Wagen zu stoppen und zu durchsuchen.«

»Weshalb das denn?« Josh täuschte nicht länger Freundlichkeit vor und schlug jetzt einen scharfen Ton an, während er sich einige Schritte von seinem Pick-up entfernte. Obwohl er keinerlei Emotionen zeigte, war er zutiefst besorgt. Wenn die Beamten einigermaßen effizient waren, würden sie den Stapel Geldscheine, der unter dem Vordersitz versteckt war, entdecken. Dann wäre er ihnen wirklich eine Erklärung schuldig.

»Auf Anordnung von Polizeimeister Bronson vom Polizeirevier in Nuriootpa wegen des Verdachts der Brandstiftung im Zusammenhang mit einem unter dem Namen Sundown Crossing bekannten Weingut. Die Polizei in Barossa hat Ihren Pick-up gefunden, mit einigen leeren Kanistern im Kofferraum, die vorher mit leicht entzündbarem Material gefüllt waren«, rasselte der Beamte herunter.

»Aber ich …« Plötzlich hatte er einen genialen Einfall. »Mein Pick-up ist gestohlen worden. Deshalb musste ich diesen neuen kaufen, verstehen Sie? Ich habe einen wichtigen Termin in New South Wales.«

»Haben Sie das Fahrzeug als gestohlen gemeldet, Sir?«,

fragte der Polizist, auf dessen Uniform der Name Frankel stand.

Josh kratzte sich am Kopf. »Hm, nein, das habe ich vergessen, weil ich es so eilig habe. War der Brand nicht schon am Montagabend? Ich war gar nicht in der Nähe von Sundown Crossing, sondern in Nuriootpa, wo ich ein paar Bier getrunken habe. Sie können sich beim Hotel erkundigen. Ich war in eine Schlägerei mit einem Typen dort verwickelt.«

Erneut tauschten die Beamten einen Blick. »Wie dem auch sei, Mr. Aldrich, Sie werden jedenfalls gesucht, damit man Sie im Zusammenhang mit der Brandstiftung verhören kann.« Gregson grinste einladend. »Sie dürfen mit uns zum Polizeirevier kommen und dem Beamten dort alles erzählen.« Er stellte sich neben Josh, offenbar um ihn zu bewachen, während der Jüngere der beiden den Pick-up, die Kabine, das Gepäck und andere Dinge, die im Kofferraum lagen, gründlich durchsuchte.

Josh schluckte den Kloß in seiner Kehle herunter, als der Polizist das in eine Plastiktüte gewickelte Geld in die Höhe hielt.

Jetzt musste er sich ganz schnell eine Geschichte einfallen lassen, was es mit dem Geld auf sich hatte.

»Das ist ein Haufen Geld, Mr. Aldrich«, sagte Gregson gedehnt und sah Josh prüfend an. »Sie können uns sicher erklären, wie es in Ihren Besitz gekommen ist – und warum Sie es versteckt haben.«

Josh fixierte den größeren Beamten mit einem durchdringenden Blick. »Bin ich verhaftet?«

»Noch nicht. Der zuständige Beamte auf dem Polizeirevier wird das entscheiden, nachdem Sie ihm einige Fragen beantwortet haben.«

»Und was ist mit meinem Pick-up? Ich kann ihn ja nicht

am Straßenrand stehen lassen, wo die Leute ihn womöglich aufbrechen.«

»Wir werden einen Abschleppwagen organisieren, der ihn zum Polizeirevier schafft. Verschließen Sie das Auto. Dem Fahrzeug wird in so kurzer Zeit nichts geschehen.«

»Das hoffe ich verdammt noch mal, sonst kann mir die Polizei den Schaden ersetzen«, knurrte Josh, während die Beamten ihn zum Polizeiauto führten und ihn auf den Rücksitz verfrachteten. Lisel hatte ihm gesagt, was zu tun sei, wenn die Polizei ihn verhörte. *Sag gar nichts*. Es war Sache der Polizei zu beweisen, dass er schuldig war, und wenn er schwieg, würden die Beamten sich die Zähne ausbeißen.

Luke trommelte mit den Fingern auf die Schreibtischplatte, eine Angewohnheit, die er sich im Laufe der Jahre von seinem Großvater abgeguckt hatte. Es fiel ihm schwer, sich auf seine Arbeit zu konzentrieren und einen langen, wortreichen Bericht über die Produktionserwartungen im Weinanbau in den nächsten fünf Jahren zu lesen. Seine Gedanken waren bei Carla und Lisel. Er musste zugeben, dass er keine Chancen bei Carla mehr hatte, weil sie sich für Paul van Leeson entschieden hatte. Darüber war er sehr enttäuscht. Genau wie seine Mutter und sein Großvater.

Dennoch, er begriff, wenn auch zähneknirschend, warum Carla und Paul sich so gut verstanden. Die beiden hatten eine Menge gemeinsam. Und wenn er Carla schon an einen anderen Mann verlieren musste, dann besser an Paul als an irgendeinen Volltrottel. Der Architekt war maßgeblich daran beteiligt gewesen, Walt Conrads betrügerische Machenschaften gegenüber Carla und Angie aufzudecken, und hatte die nötigen Beweise erbracht. Außerdem schien Conrad noch bei etlichen anderen Transaktionen die Menschen im Valley getäuscht zu haben. Was bedeutete, dass alle froh waren, dass Conrad letztendlich seine gerechte Strafe bekam.

Wenn er nicht an Carla dachte und daran, was hätte sein können, grübelte er über seine Tante nach. Es bestand für ihn kein Zweifel daran, dass Lisels Mitgefühl für Carla nach dem Brand unecht gewesen war. Aber welchen Grund hatte sie? Vielleicht, um Großvater und ihn zu beeindrucken? Oder ... er konnte den Gedanken, wie unfair er auch sein mochte, nicht länger verdrängen. Wollte sie den Verdacht zerstreuen, dass sie etwas mit der Brandstiftung zu tun hatte? Je länger er darüber nachdachte, desto gewisser wurde er. Er kannte ihre Rachegefühle nur zu gut.

Ein Klopfen an der Bürotür riss ihn aus seinen Grübeleien. Die Tür wurde geöffnet, und John, sein Vater, kam herein und schloss die Tür hinter sich.

»Aha, du kämpfst mit dem Bericht«, sagte sein Vater grinsend.

Luke verzog das Gesicht. »Das ist wahrhaftig dürre Kost, wie du weißt.« Er sah, wie sein Vater sich auf einen Stuhl auf der anderen Seite des Schreibtischs setzte. »Was ist los?«

»Vielleicht interessiert es dich zu erfahren, dass die Polizei Walt und Frances Conrad wegen betrügerischer Machenschaften verhaftet hat. Außerdem habe ich soeben erfahren, dass sie den Pick-up gefunden haben, der im Zusammenhang mit der Brandstiftung auf Sundown Crossing benutzt wurde. Er gehört Josh Aldrich. Gestern am Spätnachmittag hat die Polizei Josh in Gewahrsam genommen, bevor er die Grenze nach New South Wales passieren konnte. Mein Informant sagte, dass er eine riesige Menge

Bargeld bei sich hatte«, teilte John Luke mit. »Es macht Sinn, dass er der Täter ist. Er ist ein übler Kerl und konnte es nicht ertragen, dass Carla ihm den Laufpass gegeben hat.«

Luke nickte zustimmend und schwieg kurz. »Ja, aber es ist schwer zu glauben, dass Josh die Tat allein geplant und ausgeführt hat. Ich vermute, dass irgendjemand mit Geld der Drahtzieher ist und die Tat organisiert hat.«

»Du meinst, jemand war der Kopf, und Aldrich wurde dafür bezahlt, die Tat auszuführen? Hast du irgendeine Idee, wer …?«

Luke gab ein Knurren von sich. »Leider ja. Und es ist für die Stenmark-Familie äußerst unangenehm.«

Verblüfft nahm John seine Brille ab, kniff sich in die Nase und starrte seinen Sohn an. »Und warum?«

»Denk mal nach, Dad. Wer könnte davon profitieren? Nein, profitieren ist vielleicht nicht der richtige Ausdruck. Wem würde ein Stein vom Herzen fallen, wenn Carla und Sam nicht mehr da wären und Sundown Crossing nicht länger existieren würde?«

Johns Augen weiteten sich vor Verblüffung, als ihm spontan die Antwort einfiel. »Du meinst doch nicht …«

»Doch«, bestätigte Luke verdrossen. »Lisel.«

»Ist das dein Ernst?«

»Wir beide wissen, dass sie keine Skrupel kennt. Das hat sie auf Rhein-Schloss oft bewiesen. Und die Vorstellung, dass Großvater Carla in die Familie aufgenommen hat, ist ihr völlig verhasst, was einfach unerklärlich ist. Ich weiß nicht, ob du es bemerkt hast, aber es fällt immer mehr auf, dass sie, um es nett auszudrücken, psychisch etwas instabil ist.«

»Ich weiß, dass sie reichlich überspannt ist«, räumte John ein. »Und dass sie Carla als Bedrohung für dein Erbe sieht. Lisel hat dich immer als ihren Besitz betrachtet. Daher ist ihr Misstrauen Carla gegenüber verständlich.«

»Verständlich vielleicht, aber was sie getan hat, ist unverzeihlich. Sie hat versucht, Carla und den kleinen Sam umzubringen«, erwiderte Luke empört. »Ich habe kein Problem damit, mein Erbe mit Carla oder Sam zu teilen. Es ist genug für uns alle da. Rechtmäßig steht es eher ihr zu als mir, denn sie ist direkt mit Großvater verwandt.«

»Das ist sehr großmütig von dir, mein Sohn. Aber jetzt verstehe ich auch, warum Lisels Beteiligung an der Tat auf perverse Art Sinn macht. Sie hatte ein Motiv, selbst wenn jemand anders den Brand gelegt hat. Und nachdem sie jetzt vor Ungeduld fiebert, so rasch wie möglich nach Europa zu reisen, könnte das der Beweis für ihre Beteiligung an der Tat sein.«

Luke nickte. »Ich bezweifle nicht, dass Josh Aldrich, wenn es hart auf hart kommt und etwas für ihn dabei herausspringt, Lisel belasten wird. Zwar liegen mit Ausnahme des Geldes, das die Polizei eventuell mit ihr in Verbindung bringen wird, keine äußeren Beweise gegen sie vor. Aber es würde Aussage gegen Aussage stehen. Weil Lisel allerdings eine Stenmark ist, wird man ihr jedoch mehr Glauben schenken.«

John wurde sehr still und räusperte sich nach einer Weile. »Du hast recht. Dennoch, was Rhein-Schloss angeht, wäre es klug, wenn sie von der Bildfläche verschwinden würde. Je eher sie nach Europa fährt, am besten in ein Land, das kein Auslieferungsabkommen mit Australien hat, desto besser ist es für alle Beteiligten.«

»Dem kann ich nur zustimmen. Wie wär's mit Spanien? Sie spricht fließend Spanisch, weil sie fünf Jahre mit Carlos Rodriguez verheiratet war. Bevor sie jedoch verschwindet, möchte ich sie mit meinem Verdacht konfrontieren und ihr verdeutlichen, dass sie um der Familie willen – den Skandal würde Großvater nicht überleben – dem Barossa Valley für immer fernbleiben sollte.«

John kratzte sich nachdenklich hinter dem Ohr. »Ich weiß, sie ist eine Plage, aber würde Carl das gutheißen?«

Lukes nickte entschlossen. »Nur so kann es funktionieren, Dad. Wir können in Madrid eine Filiale von Rhein-Schloss eröffnen, die sie leiten kann. Wer weiß, ob sie überhaupt wieder hierher zurückkehren will. Doch wenn Lisel psychisch instabil ist, wie ich es vermute, könnten Carlas und Sams Leben permanent in Gefahr sein.«

John Michaels strich sich über das Kinn. »Ich weiß nicht so recht. Meinst du, dass Carl deine Idee gefallen wird?«

»Mit der nötigen Erklärung bin ich mir ziemlich sicher. Wenn Lisel erst mal im Ausland ist, liegt es an uns, wie wir es ihm beibringen.«

»Du hast das offenbar alles sehr gut durchdacht. Wir sollten es also versuchen.«

»Großvater darf niemals erfahren, was Lisel getan hat«, sagte Luke. »Er hat in den letzten Jahren genug gelitten, und wenn er wüsste, dass Lisel in den Fall verwickelt ist, würde ihn das umbringen.«

John stand auf und setzte seine Brille auf. »Du hast recht. Tu, was du für nötig hältst«, sagte er und schloss leise die Tür hinter sich.

Blind starrte Luke eine Zeit lang auf die geschlossene Tür. Es war gut, dass er die Angelegenheit mit seinem Vater besprochen hatte. Er wusste nun definitiv, was er zu tun hatte.

22

In Pauls Haus war alles ruhig. Die Loongs, Angie und Sam waren bereits zu Bett gegangen, und Carla und Paul saßen auf dem Sofa und hielten sich an den Händen. Sie beobachteten, wie nach und nach die Holzscheite im Kamin knisternd in Flammen aufgingen. Heute Abend hatten sie ihre Verlobung gefeiert. Kim hatte das Abendessen vorbereitet und serviert, und Paul hatte den Verlobungsring, den sie heute gemeinsam gekauft hatten, an Carlas Finger gesteckt.

Carla lächelte, während sie in die Flammen starrte. Sie lächelte ständig, seit sie und Paul ihre Gefühle füreinander gestanden hatten. Auch Sam freute sich, dass die beiden verlobt waren. Er mochte Paul sehr, abgesehen davon, dass sie sich beide für dieselben Dinge interessierten. Zum Beispiel für Rugby, Wandern im Buschland und die Geschichte der Wikinger. Aber am meisten freute er sich darüber, wieder einen Vater zu haben. Morgen würde sie nach Stenhaus fahren und ihrem Großvater und Greta von der Verlobung berichten. Sie würden bestimmt enttäuscht sein, weil aus ihr und Luke nichts geworden war, aber die Liebe war halt unberechenbar.

»Die Polizei hat Josh Aldrich heute nach Nuriootpa überführt, um ihn zu befragen. Sein Alibi war nicht hieb- und stichfest. Die Schlägerei, in die er verwickelt war, fing nämlich erst an, nachdem der Brand gelegt war. Ich denke, es ist nur noch eine reine Formalität, ihn wegen Brandstiftung anzuklagen«, sagte Paul und gab ihr einen Kuss auf die Wange.

»Ich weiß, Angie hat es mir schon erzählt.« Es war nach wie vor unvorstellbar für sie, dass Josh Aldrich nicht nur

Sundown Crossing zerstören, sondern gleichzeitig auch noch sie, Sam und die Loongs töten wollte. Es war schwer zu glauben, dass jemand derart bösartig sein konnte. Sie versuchte, diese finsteren Gedanken zu verdrängen. Damit wollte sie sich später befassen, wenn der Schock nicht mehr so frisch war. »Offensichtlich reden alle in der Stadt darüber und wollen wissen, was ich mit Sundown Crossing machen werde. Die meisten Leute denken, ich werde verkaufen, weil auf dem Land ein Fluch lastet.«

»Ein Fluch? Das ist doch lächerlich!« Paul sah sie fragend an. »Hast du denn schon Pläne, ob – und wenn ja, was du und Angie mit dem Weingut anstellen werdet? Angie sagte, dass der Wein bis zum Ende der Woche in Flaschen abgefüllt wird. Was ist danach?«

»Ja, ich habe ein paar Ideen.« Sie sah ihn von der Seite an. Sie liebte sein maskulines Profil. »Ich habe ein ziemlich hochgestecktes Ziel und würde gerne deine Meinung dazu hören.«

Er lehnte sich zurück und verschränkte die Hände hinter dem Kopf. »Schieß los.«

»Angie, Sam und ich haben schon so viel erreicht, dass wir jetzt nicht einfach alles im Stich lassen können. Das Weingut war der Traum meines Vaters. Der Versicherungsmakler hat mir mitgeteilt, dass das Geld, das wir von der Versicherung bekommen, ausreicht, um das Weingut wieder aufzubauen. Ich habe mir Folgendes vorgestellt …« Sie kramte ein zusammengefaltetes Stück Papier aus ihrer Jeanstasche und breitete es auf dem Tisch aus, damit er es sich ansehen konnte.

Die Zeichnung stellte den Grundriss eines gepflasterten Innenhofs dar und ein kleines Restaurant mit einem Bereich für Weinproben. An das Restaurant angebaut, war ein Cottage mit drei Schlafzimmern und einem Extrazimmer, das als Büro dienen sollte. »Das ist natürlich eine Rohskizze«, entschuldigte sie sich. »Ich habe diesen Plan erst heute Nachmittag erstellt. Aber ich denke, er ist klar genug, um zu erkennen, was ich vorhabe. Die Loongs könnten das Restaurant führen, den Gewinn behalten und auf dem Grundstück leben. Und Angie und ich wären für den Weinverkauf und das Weingut verantwortlich.«

Paul hob die Zeichnung hoch, um sie näher betrachten zu können. »Du hast bereits alles geplant? Ich bin beeindruckt, Carla Hunter. Das ist ein vernünftiges Konzept.« Er schmunzelte und fügte amüsiert hinzu: »Wie ich feststelle, hat die Arbeit in einem Architekturbüro auf dich abgefärbt. In Zukunft werde ich dir alle Designarbeiten übertragen.«

»Dir gefällt die Idee?« Sie hielt den Atem an, während sie auf seine Antwort wartete, und erkannte plötzlich, wie wichtig es war, dass Paul ihrem Plan zustimmte. Das bedeutete nämlich, dass sie am selben Strang zogen.

»Ja, sie ist fantastisch. Ich nehme an, dass die beiden Schlafzimmer für Kim, Su Lee und Tran bestimmt sind und Angie auch eines bekommt?« Sie nickte wortlos. »Vielleicht solltest du daran denken, Angie einen größeren Raum zu entwerfen, eine Art Wohn-Schlafzimmer-Einzimmerapartment mit eigenem Badezimmer und einem separaten Eingang.«

»Natürlich, darauf hätte ich auch selbst kommen können.«

»Dafür sind Architekten doch da, mein Schatz«, erklärte er zwinkernd. »Um das Gesamtkonzept in Augenschein zu nehmen und ihre Erfahrungen und künstlerischen Fähigkeiten einzubringen. Hast du schon mit Angie oder den Loongs über deinen Plan gesprochen?«

»Noch nicht.« Sie fuhr mit den Fingern durch ihr Haar

und strich sich einzelne Strähnen aus dem Gesicht. »Ich wollte zunächst sehen, was du von dem Konzept hältst.«

»Es ist großartig, und ich bin sicher, dass es Angie auch gefallen wird. Vielleicht solltest du noch etwas damit warten, bis ich eine vollständigere Zeichnung angefertigt habe. Wenn du willst, nehme ich das morgen früh als Erstes in Angriff.«

»Wunderbar.« Sie legte die Arme um seinen Hals und brachte ihr Gesicht nah an seines. »Es ist schon spät. Wir sollten ins Bett gehen, aber ...«, ihre blauen Augen leuchteten verheißungsvoll, »nicht unbedingt, um zu schlafen.«

Lisels Reisepläne waren unter Dach und Fach, sie würde in Kürze losfahren, hatte ihre Sekretärin ihm vor zehn Minuten verkündet. Lukes Kiefer zuckte vor Anspannung, denn er wusste, dass die Auseinandersetzung mit seiner Tante nicht mehr aufgeschoben werden konnte. Bevor sie verschwand, musste er unbedingt die Wahrheit erfahren und die ›Bedingungen‹ festlegen, wenn sie ihm versprach, nicht mehr zurückzukommen. Dies war keine Aufgabe, auf die er sich freute. Die Unterhaltung würde höchst unangenehm verlaufen.

Es war nach siebzehn Uhr und das Gebäude war fast leer, während er den Korridor hinunter auf Lisels Büro zuging. Wie es ihrer Stellung als Mitglied der Stenmark-Familie entsprach, hatte Lisel ein großes Büro mit geschmackvollen Möbeln und eleganten Teppichen mit dickem Flor. An den Wänden hingen Illustrationen von verschiedenen erfolgreichen Werbekampagnen. Im Laufe der Jahre hatte er eine Menge Zeit in ihrem Büro verbracht, dachte er, während er den Türknauf herumdrehte.

Seit dem Feuer auf Sundown Crossing vor drei Tagen hatte er sich eine Menge Gedanken darüber gemacht, wann sich seine Tante so verändert hatte. Es war wohl vor acht Jahren gewesen. Zuerst waren die Veränderungen in ihrem Charakter kaum aufgefallen, doch dann wurde sie immer ichbezogener. Man musste sie zunehmend stärker loben. Sie war mit ihrem Leben unzufrieden und entwickelte merkwürdige Eigenarten und exzessive Launen. Sie wollte pausenlos geliebt werden, nicht nur von ihrer Familie, sondern auch von den jeweiligen Männern, für die sie sich kurzzeitig interessierte. Sie war unfähig, Verantwortung zu übernehmen, wenn die Dinge, die sie organisiert hatte, schiefgingen. Und seit Carlas und Sams Ankunft hatte sie ihren Hass auf die beiden abgeladenen. Seiner Meinung nach war seine Tante psychisch hochgradig gestört. Dass sie versucht hatte, Carla zu töten, war der Beweis dafür, dass sie gemeingefährlich war. Was sie nie im Leben zugeben würde. Genauso, wie sie sich nie in Behandlung begeben würde, es sei denn, sie würde dazu gezwungen.

»Luke!« Lisels Kopf schoss in die Höhe. Sie war gerade dabei, den Papierkram in ihren Attachékoffer zu legen. »Du willst mir sicher auf Wiedersehen sagen. Wie nett von dir.«

Als Antwort schloss er die Tür hinter sich und stellte sich in die Mitte des Zimmers. »Dad hat mir erzählt, dass Josh verhaftet wurde, weil er mit der Brandstiftung auf Carlas Weingut zu tun hat. Ich dachte, vielleicht interessiert dich das.«

»Na und?«, gab sie zurück. Ihr Lächeln erstarb, und ihr Ton wurde scharf. »Das geht mich nichts an. Außerdem«, sie schnaufte verächtlich, »war Josh ziemlich dumm. Er hat geglaubt, dass er ungeschoren davonkommt.«

»Da er eine Menge Geld bei sich hatte, als die Polizei ihn anhielt, wird vermutet, dass er einen Komplizen hatte oder dass er die Tat im Namen eines anderen ausgeführt hat.«

Lisel zuckte gleichgültig die Schulter. »Wie ich schon sagte, der Mann ist ein Narr.«

»Das denke ich auch. Aber wie du weißt«, sagte er und sah ihr direkt in die Augen, »ist es nur eine Frage der Zeit, bis Josh denjenigen verrät, die die Tat geplant hat.«

»Also wirklich, mein Schatz. Josh und das, was er getan hat, sind mir völlig egal. Reden wir doch über etwas Erfreulicheres, ja?«

»Den Gefallen kann ich dir leider nicht tun. Auch ich glaube, dass er einen Komplizen hatte, und ich ahne, wer es ist.« Seine Tante, die gerade die Hand an ihren Hals legen wollte, hielt abrupt in der Bewegung inne, und er fuhr fort: »Du warst es, Lisel. Du hast die Tat geplant. Du hast Josh gesagt, was er tun soll, und ihn dafür bezahlt.« Bevor sie ihn unterbrechen konnte, fügte er hinzu: »Woher ich das weiß? Weil ihr beide die Einzigen seid, die ein Motiv hatten.«

Lisel funkelte ihren Neffen wütend an. Sie biss sich auf die Lippe und kaute darauf herum. »Du musst verrückt sein, so etwas zu denken. I-ich bin unendlich verletzt, dass du mich einer solchen Tat für fähig hältst!«

Luke ignorierte ihr Theaterspiel. »Ach wirklich? Ich habe Basil von der Bank gebeten, deine Kontoauszüge zu überprüfen. Nach seinen Angaben hast du vor einer Woche eine große Summe Bargeld abgehoben, ungefähr denselben Betrag, den Josh bei sich hatte, als er verhaftet wurde, abzüglich den Kosten für den neuen Wagen. Ehrlich gesagt halte ich das nicht für einen reinen Zufall.« Er wartete, bis sie seine Worte verdaut hatte. »Wie lange, glaubst du, wird Josh schweigen? Einen Tag, zwei Tage? Er wird nicht alleine seinen Kopf hinhalten, so zuvorkommend ist er nicht, wie wir beide wissen.«

Fast eine Minute lang herrschte angespanntes Schweigen im Raum.

Lisel fing an, nervös herumzuhantieren. Sie fummelte an ihrem Haar herum, rückte ihre Kostümjacke zurecht und räumte ihren bereits aufgeräumten Schreibtisch auf. Dabei hielt sie die Augen gesenkt. Sie war außer sich und versuchte verzweifelt, etwas zu ihrer Verteidigung hervorzubringen, etwas, das Luke glauben würde. Der Junge war ja so undankbar, dachte sie zornig. Schließlich hatte sie sichergestellt, dass er der alleinige Erbe von Rhein-Schloss sein würde. Warum sollte er seinen Reichtum und sein Ansehen mit Carla, diesem nur auf sich selbst bedachten Emporkömmling, teilen? Begriff er denn gar nichts? Sie musste jedoch zugeben, dass er in Bezug auf Josh recht hatte. Er war wirklich ein blöder, egozentrischer Typ. Wenn es ihm zum Vorteil gereichte, würde er sie auffliegen lassen. Sie hob ihren Kopf und blickte ihren Neffen an. Noch nie zuvor hatte sie so viel Ablehnung und einen solchen Mangel an Zuneigung in seinem Gesicht gesehen.

Schockiert über Lukes Gesichtsausdruck, spürte sie plötzlich ein beklemmendes Gefühl in ihrer Brust, das immer stärker wurde, so als ob ihr Herz brechen würde. Luke, der zu ihr aufgesehen und sie bewundert hatte, ihr vertraut hatte, der ihr all die Jahre erlaubt hatte, ihn zu führen, hatte jegliches Mitgefühl und allen Respekt vor ihr verloren. Dieser emotionale Fausthieb verstörte sie mehr als die Tatsache, dass Carla überlebt hatte. Ihre Kampfeslust und das Bedürfnis, sich zu verteidigen, waren plötzlich erloschen.

»Glaub nicht, dass du mich mit deinen Ausreden abspeisen kannst, Lisel. Ich kenne dich zu gut. Die Schuld steht dir ins Gesicht geschrieben.«

Sie machte einen allerletzten Versuch und beschloss, dass

Angriff die einzige Verteidigung war, die sie noch aufbringen konnte. »Ich habe es für dich getan«, platzte sie heraus und ließ völlig außer Acht, dass sie damit ihre Schuld einstand. »Ich habe in den ganzen Jahren so viel für dich getan. Ich war deine Mentorin, ich habe dich ermutigt. Wo bleibt dein Dank dafür, Luke?«

»Ich soll dir dankbar dafür sein, dass du die Brandstiftung initiiert und versucht hast, mehrere Menschen zu töten?« Seine Oberlippe verzog sich vor Abscheu, und er steckte seine zu Fäusten geballten Hände noch tiefer in seine Hosentaschen. »Du bist krank im Kopf, wenn du meinst, dass ich das stillschweigend dulde.«

Sie unterdrückte den Schmerz, den seine Worte verursachten, und hob trotzig das Kinn, während sie wütend die Hände auf die Hüften stützte. »Pah! Du bist genauso schwach wie Papa. Weder du noch er hatten den Mut, Entscheidungen zu treffen, also musste ich es tun. Es tut mir nur leid, dass mein Plan nicht so gut funktioniert hat, wie ich es mir gewünscht hatte. Und«, fragte sie herausfordernd, »was willst du jetzt tun? Mich verpfeifen? Ich sehe schon die fette Schlagzeile in den Zeitungen – *Neffe klagt seine Tante, die Tochter von Winzer Carl Stenmark, wegen Brandstiftung und versuchten Mordes an.*«

»Wenn dadurch nicht Großvaters Herz gebrochen würde, würde ich es bestimmt tun. Denn Strafe hast du wahrhaftig verdient.« Sein Ton glich klirrendem Eis. »Ich mache dir jedoch einen Vorschlag – eine Art Kompromiss, der dir erlauben wird, frei zu sein, dich jedoch vom Barossa Valley fernzuhalten.« Als sie etwas einwenden wollte, hob er die Hand. »Hör einfach zu.«

In ein paar Sätzen erklärte ihr Luke seinen Vorschlag, und als er fertig war, sackte Lisel in sich zusammen und gab sich geschlagen. Hatte sie eine andere Wahl? Ihr Instinkt sagte ihr, dass er das Angebot nur machte, weil die Wahrheit für ihren Vater unerträglich sein würde. Aber … das Valley, ihr Zuhause, ihren Zufluchtsort für immer zu verlassen, wie Rolfe es zwangsweise vor so langer Zeit getan hatte! Diese Ironie, die darin lag! Luke hatte seinen Vorschlag gründlich durchdacht, das musste sie ihm lassen. Finanziell brauchte sie sich keine Gedanken zu machen, und die Eröffnung einer Zweigstelle von Rhein-Schloss in Madrid, einer Stadt, die sie liebte, war auch ganz reizvoll. Wenn sie auch von vornherein wusste, dass sie da gewiss nicht oft sein würde.

Luke bohrte nach. »Nun? Bist du damit einverstanden, Lisel?«

Sie warf den Kopf in den Nacken und funkelte ihn böse an. »Ich habe ja wohl kaum eine andere Wahl. Also gut.« Tief in ihrem Innern wusste sie jedoch, dass sie glimpflicher davongekommen war, als sie es verdient hatte. Wenn die Polizei sie beschuldigt hätte, wäre sie garantiert im Gefängnis gelandet. Dennoch empfand sie Luke gegenüber keinerlei Dankbarkeit. Es würde ihm recht geschehen, wenn die starke Carla, die noch dazu ihre Nichte war, ihn eines Tages auf Rhein-Schloss verdrängen würde. Sie lächelte fast, als sie daran dachte. Wie interessant das werden würde! Leider wäre sie nicht dabei, wenn das geschah.

»Ich muss jetzt nach Adelaide fahren und mein Flugzeug erreichen, obwohl ich zuerst noch woanders hinfliege und nicht direkt nach Madrid«, sagte sie scharf. Sie klappte ihren Attachékoffer geräuschvoller zu als unbedingt notwendig. Das bedeutete, dass ihre Diskussion beendet war. Ohne sich von Luke zu verabschieden oder ihm einen letzten Blick zuzuwerfen, nahm sie den Koffer und rauschte stolz erhobenen Hauptes aus ihrem Büro.

Luke stieß einen Seufzer der Erleichterung aus. Es war

vorbei. Die Familie war sie los, sie und ihre gefährlichen Psychosen. Er fühlte sich nicht gut angesichts dessen, was er hatte tun müssen, obwohl es dringend notwendig gewesen war. Sein Großvater durfte niemals die Wahrheit erfahren. Zwar würde Josh, der ein widerlicher Feigling war, lang und breit ausposaunen, dass Lisel die Drahtzieherin gewesen war. Luke würde jedoch sein Bestes tun und seine gesellschaftliche Stellung in der Gemeinde nutzen, um derartige Anschuldigungen abzuschmettern. Er würde behaupten, dass das die Hirngespinste eines Mannes waren, der der gerechten Strafe zu entgehen versuchte. Und das Geld würde er als lange vorher ausgemachte Abfindung deklarieren.

Erschöpft ließ er seinen Blick über Lisels Büro streifen. So viel von ihrer Persönlichkeit beherrschte die Wände, die Möbel. Er fasste einen Entschluss. Morgen würde er alles aus dem Raum entfernen, die Wände neu streichen und einen neuen Teppich legen lassen. Danach würde er einen neuen Werbemanager einstellen.

Es war noch ziemlich frisch an diesem Vorfrühlingsabend, aber nicht zu kalt für eine Party unter freiem Himmel. Unzählige farbige Lichter und Laternen tauchten Stenhaus in helles Licht. Ein großes gestreiftes Festzelt war auf dem Rasen in der Nähe des Swimmingpools aufgebaut worden, und Tische und Stühle für fast zweihundertfünfzig Gäste standen überall am Pool und auf der Veranda. Es war Carla und Pauls offizielle Verlobungsfeier, und Gastgeber war Carl Stenmark, das Familienoberhaupt von Rhein-Schloss.

Carl beobachtete Sam, der mit einigen Kindern spielte, und ein Lächeln trat auf seine Lippen, als er den Blick über die festliche Gesellschaft schweifen ließ. Genauso war es vor mehr als dreißig Jahren gewesen, als Kurt und Marta ihre Verlobung gefeiert hatten. Irgendwie wiederholte sich die Geschichte, aber er war zuversichtlich, dass die Beteiligten dieses Mal glücklicher werden würden. Niemals zuvor hatte Carla so strahlend ausgesehen. Das wischte seine Enttäuschung darüber, dass sie nicht Luke erwählt hatte, vollends beiseite. Luke lächelte zur Zeit selten, und Carl wusste, warum. Denn Carla war ein Juwel, das gewiss jeder Mann gerne gehabt hätte, vor allem sein Enkel. Doch Carl hatte ganz und gar nichts gegen Paul van Leeson einzuwenden. Paul war ein guter Mann und ein verdammt guter Architekt.

Sein Blick fiel auf Greta, die um die Gäste herumschwirrte und eine perfekte Gastgeberin war. Sie hatte diese Aufgabe nach dem Tod seiner geliebten Frau vor langer Zeit übernommen. *Anna Louise*. Wie sehr er sie nach so langer Zeit immer noch vermisste! Aber jetzt war Carla hier, die ihn an Anna Louise erinnerte, und Sam, der Kurt wie aus dem Gesicht geschnitten war. Die beiden waren eine herzerwärmende Entschädigung für die Einsamkeit, die er seit Jahren empfand.

Die Einzige, die fehlte, war Lisel, und ein Anflug von Traurigkeit überkam ihn. Seine Tochter hatte sich in eine schwierige Frau verwandelt, was teilweise auch seine Schuld war. Er hatte sie zu sehr umsorgt und verwöhnt, ihr viel zu oft nachgegeben und dazu beigetragen, dass sie sich in eine launische, berechnende Frau verwandelt hatte. Intuitiv spürte er, dass es eine lange Zeit dauern würde, ehe er sie wiedersehen würde. Obwohl das wirklich bedauerlich war, war es angesichts ihrer Hassgefühle Carla gegenüber vielleicht am besten so. Lisel machte die Familie unglücklich – eine Familie, die nach so vielen kummervollen Jahren wieder zusammengefunden hatte.

Auf der anderen Seite des Swimmingpools, wo sich der Cateringservice um den Spießbraten kümmerte, unterhielt sich Angie Dupayne mit Luke.

»Dein Großvater versteht wirklich etwas von Partys«, lobte Angie, während Luke ihr noch ein Glas Weißwein reichte.

»Es ist mehr das Werk meiner Mutter als das meines Großvaters. In dieser Hinsicht ist sie Expertin.«

Angie bemerkte, wie sein Blick Carla und Paul folgte, die auf der behelfsmäßigen Tanzfläche zum Discobeat einer fünfköpfigen Band tanzten. »Sie sind ein schönes Paar, findest du nicht?«

»Ja.« Er nickte und grinste schwach. »Ein nettes Paar.«

Angie hielt es für klug, das Thema zu wechseln, und sagte: »Wir stehen kurz davor, das Weingut wieder aufzubauen. Paul hat es geschafft, die Pläne durch die Stadtverwaltung zu boxen, und in zirka zwei Wochen können wir anfangen. Kim und Tran freuen sich schon rießig auf ihr eigenes Restaurant. Das Projekt ist für uns alle eine aufregende Sache.«

»Nachdem immer mehr Touristen in unsere Gegend kommen, erweitern viele Winzer ihre Keller und bauen Cafés und Restaurants an«, sagte Luke. »Wir machen das bei verschiedenen Weinkellereien, an denen wir beteiligt sind, genauso.«

»Mhm, die Dinge sehen gut aus für das Barossa Valley, nicht wahr?« Als er nicht antwortete, bemerkte Angie, dass er interessiert eine attraktive junge Frau betrachtete, die ein paar Meter von ihm entfernt stand. Obwohl er Carla verloren hatte, war er offenbar nicht untröstlich, dachte sie amüsiert. »Kennst du sie?«, fragte Angie neugierig.

»Was?« Er wirkte wie ertappt. »Oh. Das ist Felicity Kent, die neue Leiterin der Werbeabteilung von Rhein-Schloss.

Sie hat letzte Woche bei uns angefangen. Sie hat einige gute, neue Ideen.«

»Vielleicht fühlt sie sich ein wenig verloren, weil sie noch nicht viele Leute kennt«, sagte Angie, die nun ihrerseits Felicity musterte, die etwas einsam wirkend die Tanzenden beobachtete. Sie grinste über sich selbst, konnte aber der Chance nicht widerstehen, wieder einmal die Kupplerin zu spielen. »Warum forderst du sie nicht einfach zum Tanzen auf?«

»Zum Tanzen?« Er blinzelte, als ob er aufgewacht wäre. »Das ist eine gute Idee. Entschuldige mich«, sagte er und ging mit einem breiten Grinsen auf Felicity zu.

Angie beglückwünschte sich innerlich zu ihrem spontanen Kuppelerfolg. Carla hatte glücklicherweise ihre Liebe zu Paul entdeckt, und wenn sie die Körpersprache von Luke und Felicity richtig deutete: Wer weiß, vielleicht würde Carl Stenmark schon bald eine weitere Verlobungsfeier ausrichten dürfen.

Das Barossa Valley

Die Erforschung und spätere Besiedlung der Barossa-Region begann Ende 1837 mit einer von Oberst William Light geleiteten Expedition. Der Oberst wurde nach der Barossa-Region zu Ehren eines Kameraden, der siegreich aus der Schlacht von Barossa hervorging, benannt. Das Barossa Valley, zu dem auch das Eden Valley gehört, ist ungefähr siebzig Kilometer von Adelaide, der Hauptstadt von Südaustralien, entfernt.

Seit der europäischen Kolonisierung wurde im Barossa Valley nach Gold geschürft (ca. 1868), Kupfer und Marmor abgebaut, Letzteres in Angaston und Koonunga, und in Nuriootpa wurden Fliesen hergestellt. Momentan sind die Weingüter, die einundzwanzig Prozent des australischen Weins produzieren, in der Überzahl. Dadurch ist das Barossa Valley zum größten Weinanbaugebiet im ganzen Land geworden.

Bei der Besiedelung wurde das Land im Barossa Valley gerodet und Weizen, Gras und Gemüse angebaut. Angehörige der Peramangks, eines Stammes der Aborigines, wurden für die Getreideernte eingesetzt. Es ist eine Ironie des Schicksals, dass die Aborigines ihre traditionellen Jagdreviere verloren, indem sie den Kolonialbauern zu Wohlstand verhalfen und schon bald danach aus dem Valley verschwanden.

Heute hat das Barossa Valley über sechzig Weinkellereien. Es sind Firmen unterschiedlicher Größe, teils im Familienbesitz, teils als staatliche Unternehmen geführt. Dazu kommen über sechshundert Weinbauern, die ihre Produkte an die Weinkellereien liefern.

Zu den größten Ansiedlungen im Barossa Valley gehören vier Städte. Etwas weiter entfernt liegen einige kleinere Städte und Dörfer.

Lyndoch war die erste Stadt, die besiedelt wurde, und gehört zu den ältesten Städten in der Provinz Südaustralien. William James Browne war der erste unabhängige Siedler Lyndochs. Nach seiner Ankunft in der Provinz im Jahr 1839 mietete er von der South Australian Company ein Stück Land. Das heutige Lyndoch hat noch viele Häuser, die aus der frühen Besiedlungszeit stammen, und obwohl die Gründung auf die Engländer zurückgeht, hat sich im Laufe der Zeit der deutsche Einfluss dort bemerkbar gemacht. Es wird sogar berichtet, dass noch Mitte des letzten Jahrhunderts auf den Straßen Deutsch gesprochen und traditionelle deutsche Waggons benutzt wurden.

Angaston (zunächst unter dem Namen Angas Town bekannt) gilt allgemein als die englischste der vier Barossa-Gemeinden. Das Land, das mehr als 1 1400 000 Ar umfasst, wurde im Jahr 1839 an den Engländer George Fife Angas verpachtet, obwohl die Familie Angas erst 1843 mit Ackerbau und Viehzucht begann. Angaston, das im englischen Stil erbaut wurde, hat zudem einen bemerkenswerten deutschen Einfluss. Charakteristische deutsche Ansiedlungen gab es in den Gebieten in der Nähe von Angaston, z.B. Moculta, Flaxman's Valley, Bethany und Langmeil. (Langmeil erhielt 1918 den Namen Bilyara, wurde 1975 jedoch wieder in Langmeil umbenannt. Das Dorf existiert allerdings nicht mehr in seiner ursprünglichen Form, denn es wurde von der Stadt Tanunda eingemeindet.) Das deutsche Erbe in und um Angaston herum gründet sich auf den hohen Bedarf an Arbeitskräften, die Angas für seine Ländereien benötigte. Er bezahlte einen Großteil der Kosten für die Überfahrt und beschäftigte auf seinen Ländereien viele preußische Einwanderer lutherischen Glaubens.

Außer den Weingütern gibt es viele auf Milchwirtschaft spezialisierte Bauernhöfe, und auf den Weiden grasen Schafe und Rinder. Gegenwärtig steigt die Produktion von Olivenöl, denn die Olivenhaine bieten eine zusätzliche Einkommensquelle. Die Angas Park Fruit Company ist heute der größte Verarbeitungsbetrieb von Trockenfrüchten in Australien.

Außerhalb der Stadt gibt es zwei historische Weinkellereien – Yalumba, die älteste in Familienbesitz befindliche Weinkellerei Australiens, und Saltrams im Westen des Landes.

Die Gemeinde Tanunda (Tanunda ist angeblich die Bezeichnung der Aborigines für ›Wasserloch‹) wurde Anfang 1840 gegründet, als preußisch-lutherische Einwanderer das Barossa Valley besiedelten. Bethany (ursprünglich unter dem Namen Bethanien bekannt) war die erste deutsche Siedlung, die 1842 von Lutheranern erbaut wurde. Tanunda ist zum deutschen Kultur- und Religionsmittelpunkt des Valleys geworden und Schauplatz des alle zwei Jahre stattfindenden Barossa-Valley-Weinfestivals. Zu diesem Anlass gibt es eine Menge Aktivitäten, wie Pferdebeschlagen und Federnrupfen, und viele Einwohner tragen Tracht.

Nuriootpa ist die nördlichste, größte und wohl modernste der vier Gemeinden, deren Besiedlung bis in das Jahr 1841 zurückreicht. (Der Name ist vermutlich Aborigene-Ursprungs und bedeutet ›Versammlungsort‹.) In den Ebenen von Nuriootpa wurde durch Abholzung der Weg für

Weideflächen und Getreidefelder geebnet und danach für den Anbau von Obst, hauptsächlich Aprikosen. Als die Weinproduktion rentabler wurde, wurden die Felder zum großen Teil durch Weingüter ersetzt.

Die Nuriootpa High School ist das Hauptgymnasium im Valley und bietet Studiengänge im Weinanbau. Bemerkenswert ist, dass die Schule ihren eigenen Markenwein produziert, der auf Weinausstellungen sehr erfolgreich ist. Auch die Faith Lutheran Secondary School in Tanunda produziert ihren eigenen Wein.

In Nuriootpa befinden sich auch die Barossa-Keramikwerke (ursprünglich unter dem Namen Krieg bekannt). Die Firma besitzt die Exklusivrechte für die Lieferung von Bodenfliesen an so bekannte Unternehmen wie McDonald's.

Da die Region über 10 000 Einwohner hat und der Tourismus ein florierender sekundärer Wirtschaftszweig ist, ist das Barossa Valley sowohl in landwirtschaftlicher als auch historischer Hinsicht einzigartig.

Danksagung

Mein herzlicher Dank geht an Allister Ashmead von Elderto Wines, Südaustralien. Lesley und Geoff Schrapel von Bethany Wines, Südaustralien. Penfolds Wines. An meine Literaturagentin Selwa Anthony. Meine Redakteurinnen Pauline O'Carolan und Kylie Mason. Dem Tanunda-Besucherzentrum. *The Four Towns of the Barossa Valley* von Helen Oliver. *The Barossa: A Vision Realised* von R.S. Munchenberg. Heinrich Proeve, Donald A. Ross, Anne Hausler, Geoffrey B. Saegenschnitter, Noris Ioannou und Roger Teusner. Und ganz besonders danken möchte ich Lesley und Geoff Schrapel von Bethany Wines, Südaustralien.